Escrita histórica e geopolítica da raça

a recepção de Gilberto Freyre na França

Vencedora do I Concurso Internacional de Ensaios
Prêmio Gilberto Freyre 2020/2021

Cibele Barbosa

Escrita histórica e geopolítica da raça
a recepção de Gilberto Freyre na França

1ª edição
São Paulo
2023

© Cibele Barbosa da Silva Andrade, 2021

1ª Edição, Global Editora, São Paulo 2023

Jefferson L. Alves – diretor editorial
Gustavo Henrique Tuna – gerente editorial
Flávio Samuel – gerente de produção
Jefferson Campos – analista de produção
Nair Ferraz – coordenadora editorial
João Paulo Putini e Giovana Sobral – revisão
Julia Ahmed – projeto gráfico e diagramação
Ronaldo Alexandre – capa

Créditos de imagens:
Imagem de contracapa e de orelhas – manuscritos de *Casa-grande & senzala*. Acervo Fundação Gilberto Freyre
Imagem de mapa da capa – Leon Overweel/Unsplash
Na foto de frente de capa – Gilberto Freyre (ao centro), Juan Liscano (à esquerda), Georges Gurvitch (à direita) e Mario Pinto de Andrade (abaixo). Castelo de Cerisy-la-Salle, 1956. Acervo: Fundação Gilberto Freyre

---

Dados Internacionais de Catalogação na Publicação (CIP)
(Câmara Brasileira do Livro, SP, Brasil)

Barbosa, Cibele
 Escrita histórica e geopolítica da raça : a recepção de Gilberto Freyre na França / Cibele Barbosa. – 1. ed. – São Paulo : Global Editora : Fundação Gilberto Freyre, 2023.

 ISBN 978-65-5612-431-5

 1. Antropologia 2. Freyre, Gilberto, 1900-1987. 3. Casa-grande & senzala 3. Freyre, Gilberto, 1900-1987 - Crítica e interpretação 4. Relações raciais 5. Sociologia I. Título.

23-144230   CDD-907.2

Índices para catálogo sistemático:
1. Freyre, Gilberto : Historiografia   907.2

Aline Graziele Benitez - Bibliotecária - CRB-1/3129

Obra atualizada conforme o
NOVO ACORDO ORTOGRÁFICO DA LÍNGUA PORTUGUESA

Global Editora e Distribuidora Ltda.
Rua Pirapitingui, 111 – Liberdade
CEP 01508-020 – São Paulo – SP
Tel.: (11) 3277-7999
e-mail: global@globaleditora.com.br

globaleditora.com.br   @globaleditora
/globaleditora   @globaleditora
/globaleditora   /globaleditora
blog.grupoeditorialglobal.com.br

Direitos reservados.
Colabore com a produção científica e cultural.
Proibida a reprodução total ou parcial desta obra sem a autorização do editor.

Nº de Catálogo: 4533

Para meu menino Heitor

Agradecimentos

Escrever os agradecimentos deste livro, formulado com base em minha tese de doutorado, trouxe à tona fortes e belas reminiscências. Afinal, mais de quinze anos se passaram desde o dia em que entrei na sala do meu orientador Luiz Felipe de Alencastro para apresentar-lhe meu projeto de pesquisa para a obtenção do Diploma de Estudos Avançados (DEA/Master) e, na sequência, o doutorado na Universidade Paris IV – Sorbonne. Na bagagem, um histórico de estudos sobre a obra de Gilberto Freyre desenvolvido durante a graduação, quando fui bolsista de iniciação científica sob orientação do professor e amigo Antônio Paulo Rezende, para quem dirijo afetuosos agradecimentos. Na época dos meus vinte e pouquíssimos anos, estudei um Freyre tardio, antenado com os estudos da pós-modernidade, de acordo com a proposta de pesquisa sugerida pelo meu querido mestre da Universidade Federal de Pernambuco.

Naquele final dos anos 1990, o mesmo Antônio Paulo despertou meu interesse pelos estudos de história da Historiografia, em especial durante suas memoráveis aulas sobre a *Escola de Annales*. Quando, nas comemorações do nascimento de Freyre, no ano 2000, tive a oportunidade de assistir a uma palestra do historiador Peter Burke no Recife, encontrei a peça que faltava para encetar o tema da pesquisa que iria realizar nos anos seguintes: Freyre e a escola dos *Annales*.

Continuando com os agradecimentos, dirijo-os ao mestre e grande historiador Luiz Felipe de Alencastro por acreditar em meu trabalho, pelas conversas e debates que ajudaram a amadurecer minhas ideias sobre a questão racial no Brasil e, sobretudo, pelo conselho essencial e decisivo para o *tournant* na constituição do meu argumento de tese: o estudo do processo de descolonização na França. Grata, enfim, por toda generosidade e ensinamentos.

Entre os professores, também guardo com muita gratidão a memória das aulas e conversas com o professor Jacques Revel da École d´Hautes Études de Sciences Sociales.

No campo das amizades, não poderia deixar de citar meus amigos Marie-Charlotte Belle, Julie Jourdain e Phillipe Piedalet, aos quais dedico não somente estima e afeto, mas também um forte sentimento de gratidão por conselhos fundamentais na redação da tese, nas revisões do meu francês titubeante e na iluminação de caminhos diante dos imbróglios burocráticos comuns à vida universitária. Lembro com muito carinho os tempos em que, já de volta ao Brasil e no meio de uma escrita desesperada, pude contar com algumas idas de Julie e Charlotte à Biblioteca Sainte-Geneviève e à Biblioteca Nacional da França para fazerem cópias de artigos que só poderiam ser consultados *in loco*. Sem essa preciosa ajuda, muito teria sido perdido em minha pesquisa. Todas essas contribuições foram essenciais, mas o maior legado consistiu na amizade que construímos, tão bela e sólida que nem o Atlântico que nos separa conseguiu diluir.

Não posso deixar de mencionar aqueles que foram essenciais para o processo de elaboração e finalização de boa parte deste trabalho. À Jamille Barbosa, da Fundação Gilberto Freyre, meus profundos agradecimentos por possibilitar o acesso às correspondências recebidas por Freyre e aos recortes de jornal tão primorosamente reunidos em pastas por Magdalena Freyre, esposa do sociólogo de Apipucos, cujo empenho nessa tarefa facilitou sobremaneira meu trabalho. As fontes primárias obtidas na Fundação Gilberto Freyre, parte delas transcrita e publicada no antigo site da instituição, também foram de ajuda sem igual. Sem essa documentação, o trabalho não chegaria a termo.

Os agradecimentos à Jamille se estendem, de resto, a diferentes fases: desde a elaboração da tese até momentos posteriores, mais recentes, nos quais sempre pude contar com o envio e indicação de documentos que me ajudaram na composição de artigos, palestras e estudos complementares, que também contribuíram para este livro.

Uma pesquisa sem bibliotecários praticamente não existe. Por essa razão, sou grata a todos os funcionários das bibliotecas e acervos por onde estive e por onde ainda perambulo, funcionários que me ajudaram com gentileza, presteza e generosidade: Maria do Carmo Andrade, pessoa iluminada e querida, e Lúcia Gaspar, ambas ex-bibliotecárias da Fundação Joaquim Nabuco (instituição onde trabalho), além de Nadja Tenório e Veronilda Santos. No âmbito dos acervos, agradeço a todos os colegas do Centro de Documentação e de Estudos da História Brasileira (Cehibra) que, de forma direta ou indireta, contribuíram para meu acesso às fontes documentais durante os anos de pesquisa.

Caminhando para tempos mais recentes, agradeço a Ian Merckel pela leitura da minha tese e pelo estímulo para que eu apresentasse meu trabalho no exterior, graças ao qual eu pude, literalmente, tirá-lo da gaveta onde havia ficado guardado durante alguns anos após minha defesa. Graças às pesquisas em bibliotecas e às conversas com pesquisadores, que realizei no embalo de minha ida aos Estados Unidos, pude complementar algumas partes desta obra com informações essenciais. Na mesma linha de agradecimentos a aqueles que me estimularam a tentar publicar meus estudos, um *merci* a Christian Lynch, que, tendo me conhecido desde o tempo em que eu tentava escrever a tese em terras francesas, sempre me perguntou se eu já havia publicado meu estudo. Aproveito para dizer que serei sempre grata aos amigos e familiares que torceram por mim e pelo meu trabalho, uma lista longa demais para incluir aqui.

Gratidão à Fundação Gilberto Freyre e à Global Editora por promoverem um concurso tão importante para o incentivo à pesquisa social nas últimas décadas, possibilitando que trabalhos como este cheguem a público. Desejo vida longa ao prêmio e às instituições envolvidas. Meus agradecimentos se estendem à comissão julgadora, que me honrou com a escolha unânime do texto.

Como todo agradecimento precisa de um desfecho, mesmo que eu não tenha conseguido mencionar todos aqueles e aquelas que fizeram parte desta jornada – e desde já peço desculpas aos que aqui não foram mencionados –, gostaria de remeter um agradecimento especial a Érico Andrade, meu companheiro à época da tese, pai do meu filho e eterno amigo, que ocupou um papel essencial em minha trajetória de vida e de estudos, principalmente na França, sendo um incentivador desde a primeira hora e em todas as horas.

A Gabriel Peters, que acompanhou de pertinho o momento em que resolvi retirar o pó das páginas do meu trabalho, submetendo-o ao I Concurso Internacional de Ensaios – Prêmio Gilberto Freyre –, da Fundação Gilberto Freyre/Global Editora. Lembro-me com muito carinho da nossa ida apressada à copiadora para impressão dos três exemplares e de nossa chegada esbaforida à Fundação, no último dia e na última hora, para a entrega das cópias do texto. Aproveitei aquela tarde para caminhar pelos jardins da Casa-Museu de Gilberto, mostrando a Gabriel as pitangueiras em flor. Um dia para não esquecer.

Minha eterna gratidão à memória dos meus pais que, em vida, investiram o que tinham e o que não tinham em meus estudos básicos. Ao meu pai, que muito me amou e acreditou que, com estudos, eu poderia ir longe; e à minha mãe, que sempre apoiou minhas decisões e me amou em cada segundo de sua existência. Seu maior sonho era ver a filha formada na Universidade. O primeiro exemplar de *Casa-grande & senzala*, comprado com esforço no início da pesquisa de iniciação científica, tem a dedicatória dela. Partiu antes de ver a filha se formar, mas se foi com a certeza de que ela iria atrás de seu sonho de se tornar historiadora.

Por fim, não poderia deixar de dedicar este livro ao meu filho Heitor, amado, amamentado e embalado enquanto eu terminava de escrever a tese. É para ele, hoje menino grande, quase rapaz, que vão todos os meus esforços. Para ele dedico meus sonhos e minhas realizações. Este livro é uma delas.

Sumário

Apresentação do Prêmio 17
Prefácio 19
Lista de abreviações 23
Introdução 25

Capítulo 1
Gilberto Freyre e a historiografia brasileira 35

   1.1 Gilberto Freyre antes de *Casa-grande & senzala* 35
      1.1.1 Os anos americanos 36
      1.1.2 O retorno ao Brasil 39
      1.1.3 *Casa-grande & senzala*: a jornada 43
   1.2 A escrita da história do Brasil antes
       de *Casa-grande & senzala* 45
      1.2.1 A mestiçagem na escrita histórica
         e o racismo científico 46
   1.3 A história do Brasil em *Casa-grande & senzala* 52
      1.3.1 Uma crítica ao mito do branco 54
      1.3.2 Ambivalências do discurso da mestiçagem 58
      1.3.3 Contradições em *Casa-grande & senzala* 63
   1.4 *Casa-grande & senzala* e a crítica dos anos 1930 65
      1.4.1 Uma obra entre história e literatura 65
      1.4.2 Sociólogo ou historiador? 69
      1.4.3 Uma obra sobre o Nordeste ou sobre o Brasil? .. 72
      1.4.4 Uma obra boasiana 73

Capítulo 2
Freyre e os historiadores dos *Annales* 77

2.1 Fernand Braudel e a recepção da obra de Gilberto Freyre.. 78
    2.1.1 Braudel no Brasil 78
    2.1.2 Braudel e o artigo de 1943 80
    2.1.3 Considerações braudelianas sobre a historiografia
          brasileira e a obra de Gilberto Freyre 82

2.2 Lucien Febvre e Gilberto Freyre:
alguns pontos de convergência 89
    2.2.1 Febvre e o espírito de síntese 90
    2.2.2 História e sociologia em Febvre e Freyre 91
    2.2.3 A geografia sob os olhares de Febvre e Freyre 93
    2.2.4 Considerações sobre o folclore nas obras de Febvre
          e Freyre 95
    2.2.5 Febvre, Freyre e os encontros entre história e psicologia 97
    2.2.6 Febvre e Freyre: "confrades em História" 101

Capítulo 3
Redes de sociabilidade e a recepção de Freyre na França 105

3.1 Roger Bastide e Gilberto Freyre 105
3.1.1 O começo de uma amizade 105
    3.1.2 A tradução de *Casa-grande & senzala* na França 110
    3.1.3 A tradução de Bastide *versus* a tradução de Orecchioni. 111
3.2 Bastide, Balandier e o pluralismo disciplinar de Freyre 113
3.3 Georges Gurvitch e Gilberto Freyre:
uma amizade necessária 116
    3.3.1 Gurvitch e o colóquio de Cerisy 118
    3.3.2 A heterodoxia metodológica nas obras de Gurvitch
          e Freyre 119
        3.3.2.1 A crítica ao empirismo da sociologia
                norte-americana 121
    3.3.3 Freyre e a sociologia brasileira do pós-guerra 123
        3.3.3.1 A sociologia "freyriana" em xeque 125
3.2 A recepção de Freyre por Jean Pouillon e Roland Barthes... 128
3.3 Jean Duvignaud e Freyre 129
3.4 Uma voz dissonante: Alberto Guerreiro Ramos 130
    3.4.1 A resposta de Duvignaud e o comentário
          de Edgard Morin 133

Capítulo 4
Gilberto Freyre e o antirracismo 137
4.1 Freyre e Horkheimer em Paris 139
4.2 A Unesco e a questão racial 141
    4.2.1 Debates em torno da *Declaração sobre a Raça* 144
4.3 O "Projeto Unesco" no Brasil 149
    4.3.1 Pesquisadores brasileiros na Unesco 150
    4.3.2 Alfred Métraux no Brasil 153
    4.3.3 O Instituto Joaquim Nabuco no quadro do
         "Projeto Unesco" 155
    4.3.4 Por que Freyre? 157
         4.3.4.1 Lewis Hanke e a recepção de Freyre
              nos EUA 158
    4.3.5 A participação de Freyre no Projeto Unesco 161
    4.3.6 O balanço das pesquisas da Unesco no Brasil 167
    4.3.7 Bastide e a "democracia racial" em Freyre 168
4.4 Freyre e a "democracia racial": real ou ideal? 174
    4.4.1 Braudel e a "democracia étnica" no Brasil 177

Capítulo 5
A recepção de Freyre e o cenário político da França
no pós-guerra 181
5.1 Ode à mestiçagem e *"colonialismo esclarecido"* 181
    5.1.1 "Áreas culturais" e crítica ao etnocentrismo 183
    5.1.2 Lucien Febvre e o discurso sobre a mestiçagem 185
    5.1.3 O Brasil mestiço de Freyre 190
    5.1.4 Fanon: uma outra voz sobre a mestiçagem 194
5.2 A questão colonial na França 196
5.3 Mestiçagem como solução: Freyre e os exemplos de Cuba,
    Venezuela e Brasil 202
5.4 A recepção de *Casa-grande & senzala* por Lucien Febvre ... 204
5.5 Lusotropicalismo e colonialismo europeu 210
    5.5.1 A centralidade do Brasil na comunidade lusotropical ... 216
    5.5.2 Roger Bastide e o lusotropicalismo 219
    5.5.3 O lusotropicalismo e a crítica angolana de
         Mario Pinto de Andrade 221

Capítulo 6
Casa-grande & senzala e o imaginário exótico da França no pós-guerra 227

   6.1 Os trópicos "quentes" de Freyre 227
      6.1.2 De uma tela de Henri Rousseau ao relatório Kinsey: olhares de Braudel e Alain Bosquet sobre a obra de Freyre 228
   6.2 *Casa-grande & senzala* e a coleção *La Croix du Sud* 230
   6.3 Literatura brasileira e exotismo: o Nordeste na França 233

Conclusão 243

Fontes e bibliografia
   Fontes impressas – Textos de Gilberto Freyre 251
      Obras 251
      Artigos científicos 252
      Artigos na imprensa 253
      Conferências, ensaios, opúsculos, relatórios 254
      Textos sobre a recepção de Freyre na França (até os anos 1950) 254
      Textos sobre a recepção de Freyre no Brasil (anos 1930/40) 256
      Textos sobre Freyre na imprensa 256
      Relatórios e obras publicadas pela Unesco 257
   Bibliografia 258
      Obras 258
      Artigos 270
      Teses 275

No que concerne àquilo que não podemos vivenciar por nós mesmos, devemos procurar recorrer à experiência dos outros.
Grande Enciclopédia de Zelder, 1735

Apresentação do Prêmio

A Global Editora tem o privilégio de publicar *Escrita histórica e geopolítica da raça: a recepção de Gilberto Freyre na França*, trabalho vencedor do I Concurso Internacional de Ensaios – Prêmio Gilberto Freyre 2020/2021. Promovido pela editora em parceria com a Fundação Gilberto Freyre, o concurso teve um bom número de inscritos, e o texto de Cibele Barbosa foi escolhido vencedor pela comissão julgadora. Cibele Barbosa é doutora em História Moderna e Contemporânea pelo Centre d' Études du Brésil et de l' Atlantique Sud (Centro de Estudos do Brasil e do Atlântico Sul) da Universidade Paris IV-Sorbonne, França (2011). É pesquisadora titular da Fundação Joaquim Nabuco/MEC e professora do Profsocio/Fundaj.

Cibele tem experiência na área de História Contemporânea, com ênfase em história afro-brasileira e africana, história intelectual e história visual em espaços atlânticos, atuando principalmente nos seguintes temas: colonialismo, pós-abolição e questões raciais no Brasil. O texto que integra este livro configura-se num criterioso exercício de investigação e de análise empreendido pela autora, que busca aqui desvendar os modos como os escritos de Freyre sobre o Brasil interagiram com diferentes horizontes de expectativa dos franceses nos anos 1950, presença esta marcante naquele contexto nos debates acerca de temas como o racismo e o colonialismo. A Global Editora, com a publicação de *Escrita histórica e geopolítica da raça: a recepção de Gilberto Freyre na França*, renova seu propósito de contribuir para o debate em torno das ideias do mestre de Apipucos.

Prefácio

Como Cibele Barbosa indica na "Introdução", *Escrita histórica e geopolítica da raça: a recepção de Gilberto Freyre na França* deriva de uma tese de doutorado em História que ela apresentou na Sorbonne Université. Tive a chance de dirigir a tese, acompanhando, assim, as diferentes etapas desta pesquisa. Constato que a autora avançou nos seus trabalhos, completando a tese com pesquisas mais recentes.

Houve alguns momentos decisivos na divulgação da obra e das ideias de Gilberto Freyre na Europa e nos Estados Unidos. O primeiro ocorre no final da Segunda Guerra, depois do Holocausto e outros genocídios praticados pela Alemanha nazista, com fundamento na ideia da superioridade racial ariana. Reconhecido como especialista das relações raciais, Freyre é convidado a participar das iniciativas organizadas pela recém-fundada Unesco (1945), para combater o racismo e promover o multiculturalismo. No pós-guerra e na organização das instituições internacionais, o Brasil granjeava bastante relevo. Única nação latino-americana a combater junto aos Aliados na guerra contra o nazifascismo, o Brasil foi cogitado para ser – ao lado dos Estados Unidos, URSS, Reino Unido, França e China – o sexto país com cadeira permanente no Conselho de Segurança da ONU.[1]

---

[1] No início de 1945, a imprensa francesa e britânica informava que na Conferência de Yalta havia sido decidido convidar o Brasil para compor o Conselho de Segurança da ONU como membro permanente: "Le Brésil serat-il reconnu comme sixième grande puissance mondiale?". *Le Monde*, 24 fev. 1945.

Em Paris e na criação da própria Unesco, destacava-se o pensador positivista, cientista e diplomata Paulo Carneiro, representante e embaixador brasileiro na instituição (1946-1966), assim como membro de seu Conselho Executivo (1946-1982). Discreto e eficaz, Paulo Carneiro contribuiu para a difusão da cultura e dos pensadores brasileiros na França.[2] No capítulo quinto de seu livro, Cibele Barbosa, utilizando fontes primárias inéditas ou pouco conhecidas no Brasil e na França, estabelece a análise mais completa sobre esse período prestigioso da influência freyriana e brasileira no debate internacional sobre escravismo, cultura e relações inter-raciais.

Nos Estados Unidos, na mesma época, a obra de Gilberto Freyre serviu como referência no debate sobre o escravismo e o pós-escravismo nas Américas. Quando foi publicada, em 1946, a edição americana de *Casa-grande & senzala*, traduzida por Samuel Putnam, que dois anos antes traduzira para o inglês Euclides da Cunha e Jorge Amado, predominava no país um sistema próximo do apartheid, em que mais da metade dos estados americanos proibia o casamento inter-racial. O historiador David Brion Davis descreve também o choque que soldados negros e brancos antirracistas tiveram na época, ao testemunhar o racismo no seio das tropas americanas durante a Segunda Guerra. Nesse contexto, Frank Tannenbaum, o grande sociólogo austro-americano que já conhecia Freyre, publica em 1947 um livro capital, *Slave & Citizen – The Negro in the Americas*. Debatido nas universidades americanas, o livro de Tannenbaum inaugura nos Estados Unidos e nos países anglófonos uma leitura de Freyre, e particularmente de *Casa-grande & senzala*, que traduz uma explicação benevolente das relações entre senhores e escravos no Brasil. Retomada três décadas depois pelo influente historiador americano Eugene Genovese em *Roll, Jordan, Roll: The World the Slaves Made* (1974), essa interpretação freyriana da escravidão brasileira se perpetua até hoje em muitos países.

Outra vertente interpretativa importante da obra de Gilberto Freyre ocorreu, como indica Cibele Barbosa, em Portugal. Desde 1940, e mais sistematicamente a partir dos anos 1960, quando as independências de ex-colônias europeias singularizavam a obstinação do colonialismo

---

[2] CASA DE OSWALDO CRUZ. Paulo Berrêdo Carneiro (1901-1982). Disponível em: http://basearch.coc.fiocruz.br/index.php/paulo-carneiro-e-o-diretor-geral-da-unesco. Acesso em: 21 jan. 2021.

português na África, a ditadura salazarista agregou os escritos de Freyre à sua própria propaganda diplomática. Como escreveu o historiador francês Yves Léonard, o governo salazarista promoveu nos anos 1960 a teoria luso-tropicalista de Freyre como "ideologia substitutiva" do colonialismo português. Tal justificava luso-tropicalista pareceu persuasiva para vastos setores da opinião publica europeia e até mesmo para lideranças anti-colonialistas. O líder e pensador caboverdiano Amílcar Cabral comentou com o intelectual português Alfredo Margarido que, por vezes, nos anos 1960, ouvia personalidades da África anglófona e francófona, seus companheiros nas lutas independentistas, repetirem a versão freyriana sobre a alegada ausência de racismo no colonialismo lusitano.

Escrita histórica e geopolítica da raça: a recepção de Gilberto Freyre na França estuda, como o título completo indica, o impacto da obra de Freyre na França. Mas vai além, analisando sua repercussão, em particular de *Casa-grande & senzala*, no debate sobre a herança escravista nos Estados Unidos e na atualização da doutrina colonial salazarista no pós-guerra. Num país autocentrado como o nosso, se dá pouca atenção aos desdobramentos internacionais da obra de autores e criadores brasileiros. Gilberto Freyre, um dos autores cuja influência internacional é frequentemente subestimada no Brasil, recebe neste livro de Cibele Barbosa toda a atenção que merece.

Luiz Felipe de Alencastro
Professor da Escola de Economia de São Paulo da FGV
e professor emérito da Sorbonne Université

Lista de abreviações

AGF – Arquivos Gilberto Freyre (Archives Gilberto Freyre)
AHS – Annales d'Histoire Sociale
ESC (Annales) – Annales Économies Sociétés Civilisations
FGF – Fundação Gilberto Freyre
Fundaj – Fundação Joaquim Nabuco
Ifan – Institut Français de l'Afrique Noire (depois de 1966: Institut Fondamental de l'Afrique Noire)
Iheal – Institut des Hautes Études de l'Amérique Latine
IHGB – Instituto Histórico e Geográfico Brasileiro
IJN – Instituto Joaquim Nabuco (atualmente Fundação Joaquim Nabuco)
MPLA – Mouvement Populaire de Libération de l'Angola (Movimento Popular de Libertação de Angola)
N.R.F – Nouvelle Revue Française
Unesco – Organização das Nações Unidas para a Educação, a Ciência e a Cultura

Introdução

O presente livro é a versão reformulada de uma tese de doutorado defendida no inverno natalino de 2011, em uma universidade francesa. Embora a tese forneça o eixo central do texto a ser apresentado nas próximas páginas, a presente versão do trabalho traz algumas atualizações que considerei indispensáveis para a compreensão da circulação e recepção da obra do sociólogo e escritor Gilberto Freyre em espaços atlânticos; no caso específico deste trabalho, a recepção de seus escritos na França. Alguns trechos, mais voltados para o leitor francês, foram cortados para fornecer mais fluidez à narrativa.

No título original da pesquisa, o recorte geográfico é nítido: *l'Hexagone*, o Hexágono, como intelectuais e políticos franceses gostam de chamar a França. Na época em que iniciei a pesquisa, vigorava uma interpretação clássica de que a relação de Freyre com o meio intelectual francês era, majoritariamente, mediada por historiadores pertencentes à célebre Escola dos Annales. Em seu clássico artigo "Gilberto Freyre e a Nova História", o historiador inglês Peter Burke mostrou a aderência das pesquisas desenvolvidas e escritas por Freyre, desde os anos 1920, às inovações metodológicas e epistemológicas elaboradas e trazidas pelos historiadores da *Revista dos Annales*, em especial os da terceira geração dos anos 1970, também conhecidos como historiadores da Nova História.[1]

O mérito de Burke consistiu em chamar atenção e tecer um fio transnacional que ligava as inovações metodológicas no trato das fontes

---

[1] BURKE, Peter. Gilberto Freyre e a Nova História. *Tempo Social*, São Paulo, n. 9 (2), p. 1-12, out. 1997.

históricas (desde o uso de receitas de bolo, cartões-postais e anúncios de jornal) por Freyre às preocupações compartilhadas pelos historiadores dos *Annales* desde os seus primórdios, principalmente no tocante à sua tão conhecida crítica a uma história factual (*événementielle*). Uma história mais aberta às contribuições disciplinares de antropólogos, sociólogos, psicólogos e de outras áreas do saber.

O historiador inglês foi além. Relacionou, inclusive, os trabalhos de Freyre ao manifesto elaborado por um coletivo de historiadores de Nova York, conhecido como *New History*, nos anos 1910. Em Recife, Nova York ou em Estrasburgo (lócus intelectual da primeira geração dos *Annales*), cientistas sociais e historiadores preocupavam-se em pensar uma história menos política e mais atenta às condições sociais de produção dos fatos, menos formalista e mais conectada com as questões e desafios do presente.

No ano 2000, as comemorações do centenário do nascimento do sociólogo pernambucano condensaram um conjunto de percepções sobre o seu trabalho que contribuiu para diversificar as interpretações acerca de sua multifacetada obra.[2] Muitos dos estudiosos que publicaram nesse período, informados pelo sucesso das abordagens da história cultural francesa e da antropologia histórica, buscaram observar os trabalhos do sociólogo pernambucano sob outras lentes, chamando atenção para seu viés precursor no uso de fontes e abordagens metodológicas que não difeririam daquelas tidas por "novidade" no campo historiográfico de fins do século XX. Em um artigo publicado na *Folha de S.Paulo*, Evaldo Cabral de Mello fornece um testemunho desse momento:

> Ironicamente, a obra gilbertiana vem sendo redescoberta entre nós por tabela, isto é, na esteira da moda europeia da história da vida privada e da história das mentalidades, o que equivale a dizer que o Brasil está redescobrindo Gilberto através da França, a qual, por sua vez, já o havia

---

[2] Além de Peter Burke, a pesquisa aqui apresentada foi inicialmente inspirada pela leitura de três autores que, graças aos seus trabalhos, abriram novas janelas de possibilidades e perspectivas sobre a produção de Freyre, situando-o historicamente e complexificando as interpretações sobre seus textos. São eles, por ordem cronológica: ARAÚJO, Ricardo Benzaquén. *Guerra e Paz: Casa-grande e senzala e a obra de Gilberto Freyre nos anos 30*. Rio de Janeiro: Editora 34, 1994; GUIMARÃES, Antonio Sérgio. Democracia racial: o ideal, o pacto e o mito. *Novos Estudos Cebrap*, São Paulo, XX (61), p. 147-162, 2001 e PALLARES-BURKE, Maria Lúcia. *Gilberto Freyre: um vitoriano nos trópicos*. São Paulo: Editora Unesp, 2005.

descoberto nos anos 50 graças a Febvre, a Braudel e a Barthes. Como no caso de Gilberto 40 anos antes, aquela moda resultou de uma antropologização da história, bem visível nos últimos livros de Duby, em Le Goff e no "Montaillou", de Le Roy Ladurie.[3]

A leitura da escrita histórica de Freyre alinhada aos *Annales* não era, porém, apenas um despertar dos anos 2000, ou uma inferência de Burke escrita no início dos anos 1990. Outros historiadores, ao longo da década de 1990, chamavam atenção para a antropologia histórica presente nos estudos do autor.[4] Historiadores conhecidamente críticos ao sociólogo pernambucano, como Carlos Guilherme Mota[5], reconheciam que Freyre fora um dos fundadores da história das mentalidades. Nos anos 1960 e 1970, além de historiadores brasileiros como José Honório Rodrigues e Amaro Quintas,[6] e estrangeiros como o brasilianista norte-americano Thomas Skidmore,[7] convidavam os leitores interessados em novas técnicas de escrita da história social a descobrirem "notáveis inovações e lições" na obra de Freyre, e o historiador britânico Asa Briggs, além de se declarar influenciado pela história social elaborada por Freyre, aproximava-o aos trabalhos da primeira geração de historiadores dos *Annales*.[8]

---

[3] MELLO, Evaldo Cabral de. O ovo de Colombo Gilbertiano. *Folha de S.Paulo*. 12 mar. 2000.

[4] Cf. DEL PRIORE, Mary. A Antropologia histórica e a historiografia atual: um cordial diálogo. *Ciência & Trópico*, Recife, v. 27, n. 1, p. 71-85, jan./jun. 1999; VAINFAS, Ronaldo. Colonização, miscigenação e questão racial: notas sobre equívocos e tabus da historiografia brasileira. *Tempo*. n. 8, dez. 1999.

[5] MOTA, Carlos Guilherme. A universidade brasileira e o pensamento de Gilberto Freyre. *In*: FALCÃO, J.; ARAUJO, R.M.B. (ed.). *O imperador das ideias: Gilberto Freyre em questão*. Rio de Janeiro: Fundação Roberto Marinho, 2001. p. 181.

[6] Cf. RODRIGUES, José Honório. Casa-Grande e Senzala: um caminho novo na historiografia. *In: História e Historiadores do Brasil*. São Paulo: Fulgor, 1965; QUINTAS, Amaro. Gilberto Freyre e a historiografia brasileira. *Revista de História*, São Paulo, ano 83, p. 189-194, 1970.

[7] SKIDMORE, Thomas. Gilberto Freyre e os primeiros tempos da república brasileira. *Revista Brasileira de Estudos Políticos*, Faculdade de Direito, Universidade Federal de Minas Gerais, n. 22, 1967.

[8] BRIGGS, Asa. Gilberto Freyre e o Estudo da História Social. *In: Gilberto Freyre na UnB: conferências e comentário de um simpósio internacional realizado de 14 a 17 de outubro de 1980*. Brasília: Editora UnB, 1981. p. 27-42.

Como bem assinalou Evaldo Cabral, ainda nos anos 1950, quando *Casa-grande & senzala* foi traduzida para o francês, intelectuais de destaque como Roland Barthes assinalavam que Freyre tinha a mesma sensibilidade para a "História total" de um Bloch, Febvre ou Braudel.[9]

Uma imersão em algumas resenhas publicadas na França sobre *Casa-grande & senzala* na época do seu lançamento possibilitou o aprofundamento das abordagens destacadas por esses historiadores, em especial Peter Burke. Observar, do ponto de vista historiográfico, a interlocução de Freyre com os historiadores dos *Annales* permitiria um maior conhecimento acerca do *Gilberto historiador*.[10]

Como ponto de partida desta pesquisa, no entanto, precisei despojar-me de toda tentação de relacionar Freyre à corrente da Nova História dos anos 1970 ou mesmo de rotulá-lo como um dos precursores da história das mentalidades. Pareceu-me mais atrativo e interessante iniciar o trabalho pelo estudo histórico do "universo social das relações objetivas em relação às quais o escritor teve de se definir para se constituir", ou seja, as "interações reais" com intelectuais e escritores realmente "encontrados e frequentados".[11] Em outras palavras, busquei historicizar as condições de produção da obra de Freyre traduzida na França e observar as trocas e laços que se estabeleceram entre o sociólogo e a primeira geração dos *Annales,* ou seja, no período situado entre os anos 1930, momento em que *Casa-grande & senzala* foi publicada no Brasil, e os anos 1950, época em que foi traduzida e comentada na França.

Logo nas primeiras leituras dos textos escritos sobre o sociólogo pernambucano, percebi que a recepção francesa guardava aspectos mais complexos do que as trocas historiográficas entre o intelectual brasileiro e seus colegas franceses. Quem forneceu a chave para uma nova entrada interpretativa foi o próprio historiador Lucien Febvre. Em sua introdução à *Maîtres et esclaves* (*Casa-grande & senzala* na tradução francesa), Febvre afirmava que o livro de Freyre expunha, ao seu modo, os principais

---

[9] BARTHES, Roland. Maîtres et Esclaves. *Les Lettres Nouvelles*. Paris, v. 1, p. 107-108, mar. 1953. *In*: Roland Barthes. *Œuvres Complètes*. Tome I (1942-1965). Paris: Seuil, 1993.

[10] LIMA, Mário Hélio Gomes de. *Gilberto historiador*. Dissertação (Mestrado em História) – Universidade Federal de Pernambuco, Recife, 1993.

[11] BOURDIEU, Pierre. *Meditações Pascalianas*. 2. ed. Tradução Sérgio Miceli. Rio de Janeiro: Bertrand Brasil, 2007. p. 104.

problemas que se apresentavam aos europeus, naqueles idos de 1952.[12] Entre os problemas destacados pelo historiador, estava o fato de os "povos de cor" se revoltarem contra a "velha civilização europeia".[13] Após ler repetidas vezes o prefácio de Febvre, uma pergunta pairou no ar: afinal, que problemas tanto o afligiam a ponto de despertar interesse na leitura de um livro sobre escravidão e família patriarcal no período colonial brasileiro?

Pensar em como uma obra publicada nos anos 1930 sobre o Brasil interagiu com o cenário político francês dos anos 1950 era um fato que aguçava a curiosidade. Durante a Segunda Guerra Mundial e início da Guerra Fria (anos 1940 e 1950), Freyre logrou uma posição de destaque internacional sob uma lógica na qual a valorização do autor não se exprimiu por ele ter sido um seguidor ou discípulo de correntes de pensamento europeias, mas de apresentar a esses europeus alguma contribuição original: seja na escrita, seja no modo como tratou suas fontes e temas, seja pela adequação criativa de suas teses às expectativas políticas daquele momento.

Nesse cenário, Freyre fez um caminho diverso da cartilha eurocêntrica difusionista que vigorava até então nas relações intelectuais entre França e Brasil. No caso, apresentava-se como um intelectual de um país ainda periférico, projetava-se como um embaixador intelectual cujos escritos, ao seu modo, poderiam inspirar e influenciar intelectuais europeus e norte-americanos. Nesse contexto, foi convidado a sentar com Max Horkheimer e outros professores para discutir os nacionalismos agressivos em 1948;[14] além dos vários convites para ingressar comitês de revistas importantes como a *Revista dos Annales*, até mesmo ser convidado pela Unesco para elaborar um relatório sobre a situação racial na África do

---

[12] FEBVRE, Lucien. Brésil, terre d'histoire. Préface. *In:* FREYRE, Gilberto. *Maîtres et esclaves. La formation de la société brésilienne.* Trad. Roger Bastide; Prefácio Lucien Febvre. Paris: Gallimard, 1997.

[13] *Ibidem.*

[14] Evento patrocinado pela Unesco e organizado pelo professor de psicologia Hadley Cantrill, que reuniu oito experts de áreas como sociologia e psicologia para discutir acerca dos chamados "nacionalismos agressivos". A reunião gerou uma declaração conjunta em uma publicação dos trabalhos dos participantes, dentre os quais figuraram, além de Gilberto Freyre, Georges Gurvitch, Gordon Alport, Max Horkheimer e outros. Cf. CANTRILL, Hadley (ed.). *Tensions that cause wars.* Urbana: University of Illinois Press, 1950.

Sul[15] ou receber a demanda de uma organização filantrópica para avaliar a assistência social oferecida a crianças negras alemãs.[16]

O interessante a ser observado nesses convites e conferências é que grande parte dos temas dos eventos ou trabalhos para os quais Freyre foi chamado a cooperar – diferentemente dos EUA, onde o tema da história da escravidão era recorrente – não era voltada para assuntos exclusivamente brasileiros e sim para a geopolítica internacional, em especial em assuntos ligados às relações raciais ou à questão colonial na África. Diante desse quadro, dediquei-me a pesquisar correspondências, artigos científicos, artigos na imprensa, documentos institucionais, livros, memórias, e cada vez que mergulhava no universo dessas fontes percebia que não iria apenas escrever sobre um autor e a recepção de sua obra na França, mas narrar um capítulo de uma história atlântica.

Apesar das afinidades notórias entre a escrita freyriana e os propósitos da chamada *Escola dos Annales*, pareceu-me cada vez mais evidente que o entusiasmo pela obra de Freyre da parte dos intelectuais franceses, inclusive os historiadores, teria sido tão ou mais motivado por dispositivos subjacentes ao discurso antirracista do pós-guerra ou mesmo por questões políticas relacionadas às colônias francesas, como a política assimilacionista, por exemplo.

Ciente de que não era possível estudar a recepção de Freyre por uma única via, submeti a leitura das fontes a dois modos de análise. Uma *análise interna* que tratou de alguns aspectos inerentes à escrita freyriana como suas principais influências e filiações intelectuais, alguns dos principais temas selecionados em seus trabalhos e os modos pelos quais ele tratou suas fontes. Essa análise permitiu observar pontos de convergência que me levaram a refletir sobre algumas razões pelas quais intelectuais franceses se atraíram pela obra ao ponto de inseri-la em seus próprios debates epistemológicos.

---

[15] O texto elaborado e apresentado para a Comissão das Nações Unidas para o Estudo da Situação Racial na União Sul-Africana portava o subtítulo: Métodos empregados em diversos países, principalmente aqueles cujas condições mais se aproximam da situação da União Sul-Africana. A tradução do texto, por Waldemar Valente, pode ser encontrada com o título *Eliminações de conflitos e tensões entre raças* em FREYRE, Gilberto. *Palavras repatriadas*. Organizado por Edson Nery da Fonseca. Brasília: Editora UnB; São Paulo: Imprensa Oficial do Estado, 2003. p. 113-191.

[16] FREYRE, Gilberto. Crianças de cor na Alemanha. *O Cruzeiro*, n. 28, p. 34, 19 abr. 1958.

Em um segundo momento, foi adotada uma *análise externa,* cujo escopo consistiu em estudar o campo de recepção da obra freyriana publicada na França à luz do contexto social e político no qual estavam imersos seus principais interlocutores. Nessa etapa, busquei traçar as vias percorridas pela obra de Freyre, em especial *Casa-grande & senzala,* sua tradução e difusão na França. Uma dessas vias passa pela rede de amizade e sociabilidade intelectual vivenciada pelo autor. Graças aos contatos estabelecidos com seus colegas franceses, foi possível a Freyre contar com uma rede de promoção e divulgação da sua obra.

Para entender a penetração de um livro em cenário francês ou em qualquer outro cenário, é necessário reconstituir as trajetórias do autor e a circulação de seus textos, de preferência em escala transnacional, de modo a observar os lugares sociais e políticos por ele ocupados assim como por seus interlocutores, além dos efeitos que a obra e seus temas suscitaram em diferentes nichos de leitores e comentadores.

Sob essa perspectiva, reflexões derivadas da *teoria da recepção de* Jauss e Iser,[17] assim como algumas observações de Bourdieu,[18] auxiliaram na compreensão da acolhida dos escritos de Freyre na França. Ao refletirem sobre as condições históricas e sociais que moldam e influenciam as atitudes do receptor do texto, os teóricos da Escola de Constance se propõem a pensar as possibilidades de uma autonomia do leitor diante das intenções do autor. Sob esse viés, é possível compreender como a recepção internacional de uma obra permite leituras e interpretações que escapam aos desejos do autor, além de provocar nos leitores reações completamente diferentes daquelas que prevaleceram no campo de origem. Nessa mesma lógica, Bourdieu discerne o que denominou *campo de origem* e *campo de recepção* da uma obra.[19]

---

[17] Os cursos de Hans Jauss, reunidos na obra *Pour une esthétique de la réception* e de Wolfgang Iser em *L'acte de lecture, Théorie de l'effet esthétique,* ambos realizados na universidade de Konstanz, na Alemanha, nos anos 1960 e 1970, atribuíram novos sentidos aos estudos literários, chamando atenção para a historicidade da leitura e do leitor. Cf. COGEZ, Gérard. Premier bilan d'une théorie de la réception. *Degrés,* ano 12, n. 39-40, p. d1-d16, outono-inverno 1984.

[18] BOURDIEU, Pierre. *Les conditions sociales de la circulation internationale des idées.* Conferência realizada em 30 de outubro de 1989 durante a inauguração do Frankreich-Zentrum da Universidade de Friburgo. Essa apresentação foi publicada em 1990 no *Cahiers de l'histoire des littératures romaines,* ano 14, 1-2, p. 1-10.

[19] *Ibidem.*

No caso da obra de Freyre, essa distinção é bem visível na medida em que *Casa-grande & senzala* obteve uma crítica favorável e positiva da parte da maioria dos interlocutores franceses dos anos 1950, enquanto, no mesmo período, enfrentava críticas de grupos de intelectuais de seu próprio país. Os estrangeiros, por sua vez, gozavam de uma certa independência diante das pressões sociais – e eu completaria, intelectuais – do campo de origem.[20]

Em certa medida, a distância que separa os franceses das particularidades do campo intelectual brasileiro, em um primeiro momento, permitiu-lhes tecer leituras diferenciadas à obra do brasileiro, mais atreladas ao *horizonte de expectativa* francófono, cujas preocupações políticas e sociais, naqueles idos dos anos 1950, eram distintas do caso brasileiro. Dessa forma, os autores franceses selecionaram aspectos do texto freyriano que correspondiam aos seus anseios, tanto na esfera das discussões intelectuais quanto sociais, culturais e políticas.

Desse modo, não seria viável estudar a recepção da obra de Freyre sem elaborar uma história do *horizonte de expectativa* francês do pós-Segunda Guerra, ao menos em seus pilares principais. Eram tempos geopoliticamente explosivos: franceses e europeus, de modo geral, vivenciavam os escombros de uma guerra sangrenta. O combate às teses de pureza racial estava na ordem do dia e ocupava, progressivamente, a agenda das discussões acadêmicas. Na França, os ventos da descolonização despontavam no horizonte e seus atores políticos e intelectuais se dividiam entre apoiar o fim do imperialismo ou tentar mantê-lo sobre novas bases.

No cenário cultural, a abertura à cultura latino-americana e brasileira em particular, as projeções do Brasil "mestiço", retratado nas fotografias de Verger e Gautherot, a presença do Brasil como tema no cinema e na literatura, os estudos sobre a fome no Terceiro Mundo, a imagem do Nordeste brasileiro que se projetava naquele horizonte são fatores que se somaram ao contexto no qual a obra freyriana foi traduzida. Desse modo, busquei observar a recepção de forma multifacetada, inquirindo um conjunto plural de fontes, como artigos em revistas de diferentes filiações políticas e intelectuais, correspondências, notícias na imprensa, memórias e escritos de diferentes atores que possibilitaram situar Freyre e sua obra em diálogo com diferentes grupos de interlocutores na França.

---

[20] *Ibidem*, p. 2.

Assim, foi possível observar enlaces e afinidades historiográficas com historiadores dos *Annales* (segundo capítulo), redes de sociabilidade e amizade com intelectuais das ciências sociais e seus respectivos debates epistemológicos (terceiro capítulo), assim como o engajamento de Freyre em projetos internacionais e sua relação com a Unesco (quarto capítulo).

O quarto e o quinto capítulos desenvolvem o argumento principal deste trabalho, na medida em que busquei relacionar a publicação de *Casa-grande & senzala* com as discussões sobre racismo, assimilacionismo, mestiçagem e colonialismo, temas "chauds" que ocupavam a cena francesa daquele período. Sob esse viés, foi necessário delinear as nuances e particularidades do colonialismo tardio francês para melhor perceber de que modo alguns intelectuais abordaram e incorporaram, em seus escritos, o debate acerca dos destinos do império francês, sob a égide do discurso de combate ao racismo e pró-mestiçagem, pensados como soluções para a manutenção do sistema colonial. Para esse cenário específico, cunhei a expressão *colonialismo esclarecido*.

O sexto e último capítulo aborda aspectos do cenário cultural francófono que interagiram com a obra de Freyre, principalmente em um momento em que escritos de Jorge Amado e o Nordeste figuravam como *loci* de expressões culturais e paisagens que atiçavam a imaginação e os desejos dos leitores franceses.

Devido à diversificação de abordagens no trato da recepção da obra de Freyre explorada neste trabalho, algumas das conclusões aqui presentes forneceram estímulos para outras pesquisas. Nos últimos anos, após a defesa da tese que culminou neste ensaio, alguns pesquisadores continuaram a enriquecer esse campo de estudos, uns se inspirando explicitamente em alguns pontos desta pesquisa, outros seguindo caminhos paralelos. Teses, livros e artigos mais recentes, como o trabalho de doutorado de Merckel,[21] Gomes,[22] Venancio e Furtado,[23] bem como publicações coletivas como a

---

[21] MERCKEL, Ian. *Terms of Exchange: Brazilian Intellectuals and the Remaking of the French Social Sciences*. Thesis. Institute of French Studies and Department of History, New York University, 2018. A tese foi publicada em livro pela University of Chicago Press em 2022.

[22] SILVA, Alex Gomes da. *Gilberto Freyre no pós-guerra: por um modelo alternativo de civilização*. São Paulo: Editora Unifesp, 2019.

[23] VENANCIO, Giselle; FURTADO, André. *Mestiça cientificidade: três leitores franceses de Gilberto Freyre e a sua máxima consagração no exterior*. Rio de Janeiro: Eduff, 2020.

organizada por Cancelli, Gomes e Mesquita[24] sobre intelectuais e o Brasil na Guerra Fria, ampliaram os estudos sobre circulação internacional de ideias e intelectuais em cenários transatlânticos.

Em função de sua origem como tese de doutorado em outra língua, o primeiro capítulo do presente ensaio oferece uma introdução à vida e obra de Freyre – pelo viés de sua contribuição para a historiografia – destinada a leitores estrangeiros eventualmente não familiarizados com o contexto de origem e recepção inicial de *Casa-grande & senzala*. A presença desse capítulo inicial no presente trabalho se justifica pelo fato de que ele finca alicerces importantes à discussão posterior. O leitor especializado talvez se sinta tentado a acelerar a leitura desta primeira parte para poder mergulhar na temática central desenvolvida nos outros capítulos.

Em linhas gerais, o intuito desta pesquisa consistiu no esforço para historicizar uma ideia de Brasil construída não somente por uma pessoa, mas por um coletivo que atuou direta e indiretamente em um projeto que se manifestou nas páginas de um autor. As publicações de Gilberto Freyre que conseguiram ultrapassar as barreiras da língua e atravessar o Atlântico, embora tenham estampadas o DNA do seu autor, contam-nos, também, histórias de um país que ele quis explicar e até mesmo imaginar, bem como dos países e pessoas que leram e acolheram seus livros e suas ideias.

O sucesso e a circulação de um texto contam com uma miríade de contingências e coincidências – geográficas, afetivas, sociais, econômicas, políticas, interpessoais – que merecem ser estudadas. Nesse sentido, uma história social das ideias e dos intelectuais revela-nos os impasses, disputas, expectativas e desejos de coletividades, presentes em escritos e fatos, indo além de uma narrativa centrada nos êxitos ou fracassos de um só indivíduo. O instigante dessa história social e transnacional é entender como a recepção dos escritos de um autor brasileiro pôde nos dizer tanto sobre a política, a cultura e a sociedade de outras latitudes, outras culturas.

---

[24] CANCELLI, E.; MESQUITA. G.; CHAVES. W. *Guerra Fria e o Brasil: para a agenda de integração do negro na sociedade de classes*. São Paulo: Alameda, 2019.

Capítulo 1

Gilberto Freyre e a historiografia brasileira

1.1 Gilberto Freyre antes de *Casa-grande & senzala*

> *Todo intelectual desses países jovens pode entender a si mesmo apenas se entender seu país, explicando-o para si mesmo e para os outros. A Argentina de Ezéquiel Martínez Estrada, o próprio Ezéquiel Martínez Estrada, o Brasil de Gilberto Freyre, Gilberto Freyre em pessoa.* (Fernand Braudel, La règle du jeu, *Annales*, 1948)

A trajetória intelectual de Gilberto de Mello Freyre, nascido no Recife, começa nos anos em que foi estudante do colégio americano batista Gilreath, nessa mesma cidade. Convertido ao protestantismo batista, carregava consigo a ideia de tornar-se pastor quando, em 1918, conseguiu uma bolsa para estudar nos Estados Unidos, na Universidade de Baylor, no Texas. Durante esse período, teve a oportunidade de estudar com o professor de literatura A.J. Armstrong e, por seu intermédio, conheceu poetas como William Butler Yates, Vachel Lindsay e Amy Lowell, com quem construiu uma relação de amizade.[1]

---

[1] Com relação à amizade entre Freyre e Lowell, leia-se FREYRE, Gilberto. 61. *Diario de Pernambuco*, Recife, 20 ago. 1922; Idem. *Tempo de aprendiz*. São Paulo: Ibrasa, 1979. v. 1, p. 232-234; Idem. Recordação de Amy Lowell. *Correio da Manhã*, Rio de Janeiro, 10 dez. 1940.

A poesia e a prosa polifônica de Lowell exerceram uma forte influência sobre o estilo do jovem Freyre.[2] Na mesma época, escrevia crônicas para a coluna "A outra América", no jornal *Diario de Pernambuco*. Em Baylor, aproximou-se da cultura latina por meio de seu trabalho acadêmico sobre os mexicanos marginalizados do Texas e, simultaneamente, passou a conhecer melhor a vida das populações negras de Waco. Nesse período, em que esteve profundamente interessado na cultura ibérica e católica, abandonou a ideia de tornar-se um missionário puritano.

1.1.1 Os anos americanos

Depois de seus estudos em Baylor, Freyre partiu para Nova York com a ideia de fazer um mestrado em Ciências Sociais e Jurídicas na Universidade de Columbia. Carregava consigo o desejo de estudar a história da América do Sul[3] e, por esse motivo, é atraído para as aulas de história na referida universidade, especialmente devido à presença do professor William R. Shepherd,[4] um dos pioneiros no ensino de história da América Latina nos Estados Unidos.[5] Segundo o próprio Freyre, Shepherd recomendou-o para uma bolsa de estudos, o que lhe permitiu iniciar seus estudos na mesma universidade. Os anos na universidade de Columbia se tonaram fundamentais para a gestação de temáticas que, posteriormente, seriam mobilizadas para a escritura de *Casa-grande & senzala*.

Os laços de amizade de Freyre com estudiosos como o historiador Oliveira Lima também contribuíram para sua escolha de estudar a história e a sociedade brasileiras.[6] No início, restringiu-se ao estudo da vida das

---

[2] Cf. FREYRE, Gilberto. Ainda Amy Lowell. *Correio da Manhã*, Rio de Janeiro, 17 dez. 1940.

[3] *Idem. Gilberto Freyre. The Bear Trail* [A Trilha do Urso]. Waco/Texas: Baylor University, ano 2, n. 3, p. 6, dez. 1920; LARRETA, Enrique; GIUCCI, Guillermo. *Gilberto Freyre: uma biografia intelectual*. Rio de Janeiro: Civilização Brasileira, 2007. p. 100.

[4] Sobre o interesse de Freyre pelos estudos em Columbia, há duas versões: segundo Enrique Larreta e Guillermo Giucci em *Gilberto Freyre: uma biografia intelectual*, 2007, Freyre estaria interessado, desde a época em que estudou na Universidade Baylor, pela figura emblemática de Franz Boas. Pallares-Burke, em sua análise da correspondência de Freyre, revela que foi William R. Shepherd, professor de História, quem despertou um grande interesse em Freyre. (PALLARES-BURKE, Maria Lúcia. *Gilberto Freyre: um vitoriano nos trópicos*. São Paulo: Editora Unesp, 2005. p. 299.)

[5] PALLARES-BURKE, Maria Lúcia, *op. cit*, p. 69.

[6] GOMES, Ângela de Castro. *Em família: a correspondência de Oliveira Lima e Gilberto Freyre*. Rio de Janeiro: Mercado das Letras, 2005.

famílias da região Nordeste do Brasil no século XIX, utilizando como uma das fontes primárias os arquivos de sua própria família.

O resultado desse primeiro estudo é a conquista do título de Master of Arts em 1922, com a apresentação da dissertação *Social Life in Brazil in the Middle of the 19th Century*[7] [Vida social no Brasil nos meados do século XIX]. Publicado no mesmo ano na *The Hispanic American Historical Review*, esse trabalho de 33 páginas procurou apresentar histórias do cotidiano da aristocracia açucareira. Entre os problemas destacados pelo próprio Freyre[8] residia o fato de que esse trabalho de pesquisa apresentava uma abordagem tomada de um ângulo muito pessoal, neste caso, o ponto de vista do neto e do bisneto de uma família branca, proprietária de terras e cristã.

Dessa forma, com base nas histórias e documentos de sua própria família, Freyre inspirou-se na "história íntima" dos irmãos Goncourt para observar "na vida de alguns o que era típico do estilo de vida (...) de um grande número de brasileiros".[9] Brasileiros que pertenciam à "casta" dos senhores brancos, ou seja, uma população que, conforme o autor aponta, "dificilmente poderia ser considerada como o povo. Uma população, em grande parte, formada de extremos: senhores e escravos."[10]

Com relação à pesquisa de fontes, a obra também apresentava algumas limitações,[11] entre as quais a dificuldade de obter a documentação original sobre o Brasil enquanto morou nos Estados Unidos. Apesar dessa dificuldade, Freyre recorreu a livros de viajantes, amplamente encontrados na biblioteca hispano-americana do historiador e diplomata Oliveira Lima, situada na Universidade Católica de Washington, e na Biblioteca do Congresso dos Estados Unidos.

O então estudante de Columbia também recorreu a memórias dos descendentes de famílias patriarcais como as da Mme. Richard Rundle, de Nova York, que passou a infância no Brasil imperial. Além dessas fontes, consultou fotografias, daguerreótipos, litogravuras. O recurso aos

---

[7] FREYRE, Gilberto. *Social life in Brazil in the middle of the 19th century*. Nova York: [s.n.], 1922.

[8] *Ibidem*, p. 17.

[9] *Ibidem*.

[10] *Ibidem*.

[11] Para um exame mais detalhado dessa obra, leia-se QUEIROZ, Maria Isaura Pereira de. Sur le Brésil: Le premier livre de Gilberto Freyre. *Annales ESC.*, 1964.

escritos memoriais, à documentação literária e ao uso de imagens nesse trabalho, considerado o embrião de *Casa-grande & senzala,* revela a predileção de Freyre por uma história antropológica.[12]

Durante os anos em que escreveu sua obra de juventude, Freyre vivenciou de perto o movimento de transformação dos estudos históricos, conhecido como *New History*, liderado por James Robinson[13] e seu discípulo Charles Beard, professor de Freyre na Universidade de Columbia.

De modo geral, o manifesto da *New History* publicado em 1912[14] criticava a narrativa histórica focada na simples descrição de eventos políticos, buscando aprimorar o estudo da história social e da história do cotidiano. Dessa forma, Robinson tentava tornar o estudo da história pertinente na abordagem de questões políticas e intelectuais da atualidade, em uma espécie de "história aplicada" ao presente.

Entre os historiadores que contribuíram para despertar o interesse de Freyre pela história social está seu professor Carlton Heyes. Especialista em História da Europa, Heyes, também discípulo da *New History* de Robinson e de Beard, buscou integrar ao estudo da história política a história social, observando a importância de aspectos econômicos e culturais na pesquisa histórica.

Em 1916, em sua introdução à obra *A Political and Social History of Modern Europe,*[15] Hayes criticava a tradição historiográfica cujos interesses se concentravam quase que unicamente em eventos políticos e em descrições de reis e constituições, bem como em rebeliões e batalhas.[16] Atento à renovação dos estudos históricos, o historiador chamava atenção do leitor para a importância da história do cotidiano.[17]

Em 1940, na ocasião da tradução de sua dissertação de mestrado para o português, Freyre recordou a atmosfera de renovação intelectual promovida pela *New History*:

---

[12] DEL PRIORE, Mary. A antropologia histórica e a historiografia atual: um cordial diálogo. *Ciência e Trópico*, Recife, Massangana, 27, n. 1, 1999.

[13] James Robinson, professor de História da Europa na Universidade de Columbia entre 1895 e 1919.

[14] ROBINSON, James. *The New History*. Nova York: Macmillan, 1912.

[15] HAYES, Carlton Joseph Huntley. *A Political and Social History of Modern Europe* [Uma História Política e Social da Europa Moderna]. I. 1500-1815. Nova York: Macmillan Company, 1916.

[16] *Ibidem*.

[17] *Ibidem*.

Estava-se na Universidade de Columbia, nos dias do autor de *Social Life in Brazil in the 19th Century* [Vida Social no Brasil nos meados do século XIX] (...) sob o impacto da renovação intelectual que ficaria conhecida por *New History*. Segundo a *New History* – nisto semelhante à renovação de estudos histórico-sociais que vinha sendo empreendida na França por Marc Bloch e seria continuada por vários dos seus discípulos, um deles o hoje Mestre Fernand Braudel – ao estudo do passado humano fazia-se necessário aplicar critérios diferentes dos convencionais – isto é, dos cronológicos, dos concentrados apenas no estudo dos fatos políticos e guerreiros.[18]

É interessante observar que o autor de *Vida social no Brasil nos meados do século XIX* relaciona os principais aspectos defendidos pela *New History* com o projeto dos historiadores franceses dos *Annales* que data do fim dos anos 1920. Ao correlacionar as duas correntes, retratando o dinamismo da renovação historiográfica que as caracterizava, permitiu-se também incluir-se nessa rede, uma vez que ele também aderiu às principais preocupações de "*historiadores progressistas*"[19] americanos, sendo a principal delas a abertura e interação entre a história e as outras ciências sociais como a psicologia, a sociologia e a antropologia. Foram esses anos na Universidade de Columbia que despertaram o interesse do jovem Freyre pelo que ele chamou de "o critério gestáltico de interpretação sociológica" aplicado à história brasileira.[20]

De modo geral, a *New History* de Robinson integrou a "revolta contra o formalismo" que caracterizou a *Progressive Era*[21] da atmosfera intelectual novaiorquina da qual participaram, entre outros, o sociólogo Frankling Giddings e o antropólogo Franz Boas.

1.1.2 O retorno ao Brasil

Pouco tempo após finalizar o mestrado, Freyre decidiu fazer uma viagem pela Europa. Na França, encontrou seu amigo Régis Beaulieu, que o

---

[18] FREYRE, Gilberto. *Vida social no Brasil nos meados do século XIX*. Traduzido por Waldemar Valente. Recife: Instituto Joaquim Nabuco de Pesquisas Sociais, 1977. p. 19.

[19] Expressão utilizada por Richard Hofstadter em sua obra *The Progressive Historians: Turner, Beard, Parrington*. Nova York: [s.n.], 1970.

[20] FREYRE, Gilberto. *Vida social no Brasil*, op. cit, p. 21.

[21] MATTSON, Kevin. The Challenges of Democracy: James Harvey Robinson, the New History and Adult Education for Citizenship. *The Journal of the Gilded Age and Progressive Era*, v. 2, n. 1, p. 48-79, jan. 2003.

apresentou a Charles Maurras e ao regionalismo da *Action Française*. De volta a sua terra natal em 1924, o futuro autor de *Casa-grande & senzala* realizou trabalhos como jornalista ao dirigir a redação do *Livro do Nordeste*[22] em comemoração ao centenário do jornal *Diario de Pernambuco*. O objetivo da obra coletiva consistiu em reunir especialistas de várias áreas, que se propuseram a pensar os desafios e as singularidades da região.

Em um dos ensaios da obra, "Vida social no Nordeste: aspectos de um século de transição", Freyre aproveitou uma parcela significativa da sua pesquisa sobre famílias nordestinas realizada durante a escrita de sua dissertação na Universidade de Columbia, acrescentando, porém, mais fontes relacionadas à escravidão. Entre os temas abordados, o autor destacou as insurreições de populações negras em Pernambuco, salientando os aspectos econômicos e sociais que motivaram essas revoltas.

A obra coletiva incluiu, entre outras contribuições, a de Francis Butler Simkins,[23] historiador americano que foi seu colega em Columbia, cuja área de especialização era a história da Carolina do Sul.[24] A oferta feita a Simkins para participar dessa publicação não se deu apenas devido à amizade cultivada durante os tempos de universidade, mas sobretudo pelo fato de terem compartilhado o mesmo interesse pelo estudo acerca dos regionalismos. Em suas obras, Simkins apresentava seus estudos sobre a sociedade agrária do Sul dos Estados Unidos observando as peculiaridades dessa região em termos de geografia, formação étnica, política e literatura.

Os elementos utilizados pelo norte-americano para abordar a história sulista parecem aqueles utilizados por Freyre em *Casa-grande & senzala*: o sistema escravista, a terra e os meios de alimentação.[25] Por sua vez, Simkins buscou observar o desenvolvimento dos aspectos políticos e

---

[22] FREYRE, Gilberto (org.). *Livro do Nordeste*: Comemorativo do primeiro centenário do Diario de Pernambuco [1925]. Recife: Arquivo Público Estadual, 1979.

[23] SIMKINS, Francis Butler. Um século de relações inter-americanas (1825-1925). *In*: *O Livro do Nordeste*, op. cit., p. 18-24.

[24] Francis Butler Simkins (1897-1966) foi um especialista da história da Carolina do Sul. Presidente da Southern Historical Association, suas obras contribuíram para a evolução de estudos sobre as relações étnicas no Sul dos Estados Unidos.

[25] Sobre as informações da amizade entre Simkins e Freyre, leia-se PALLARES-BURKE, Maria Lúcia, *op. cit.*

sociais que transformaram o Sul dos Estados Unidos em uma província "*conscious of its identity*".[26]

Da mesma forma, Freyre escreveu artigos que destacavam a importância de estudar a região Nordeste. Em seus escritos dos anos 1920, o sociólogo defendia a ideia de que essa era a região que melhor sintetizava o Brasil, graças à presença marcante dos três principais grupos étnicos que compunham a maior parte da população brasileira, não apenas pelo fenótipo, mas sobretudo pela cultura e pela religião. Em 1926, organizou o 1º Congresso Regionalista que reuniu artistas e intelectuais com a intenção de estudar e valorizar as tradições regionais.[27]

Entre essas tradições, Freyre destacou as contribuições africana e ameríndia à cultura, menosprezadas pela maior parte das elites locais da época. Em suas declarações sobre o Congresso, o sociólogo afirmava que não se tratava de uma "complacência de brancos para com os negros", como então se dizia, mas de uma conscientização da "participação africana no desenvolvimento da cultura brasileira".[28]

A rede de sociabilidade construída pelo sociólogo pernambucano também contribuiu para seu interesse e desenvolvimento nos estudos sobre a presença africana na história brasileira. Os contatos com os intelectuais do Rio de Janeiro e com o poeta francês Blaise Cendrars, que chegou ao Brasil em 1924,[29] são exemplos. Em um artigo publicado em 1926, Freyre destacava a influência de Cendrars no movimento de valorização do negro promovido pelos intelectuais e artistas brasileiros, movimento no qual se incluía.

Em uma passagem específica do texto, Freyre declara em tom provocador: "Está ficando pau, e bem pau, o tipo de brasileiro que se julga ariano (...) para todos os efeitos estéticos e morais (e que não é possível em caso algum). (...) Sinceramente nós temos de reconhecer em nós o

---

[26] YOUNGER, Edward. The South Old and New: A History, 1820-1947, de Francis Butler Simkins. *The Virginia Magazine of History and Biography*, v. 56, n. 3, p. 360, 1948.

[27] FREYRE, Gilberto. *Manifeste régionaliste du nordeste* [Manifesto regionalista do Nordeste], traduzido para o francês por Vincent Wierinck. *Modernidade*, Paris, 1987.

[28] Idem. Um pintor brasileiro fixado em Paris. In: *Vida, Forma e Cor*. Recife: [s.n.], 1962. p. 224.

[29] Para mais informações sobre Cendrars e o Brasil ver EULALIO, Alexandre et al. *A Aventura brasileira de Blaise Cendrars*. Brasília: INL, 1978.

africano. E é tempo de corajosamente o fazermos".[30] No mesmo texto, relata uma visita que fizera à casa de Villa-Lobos com Manuel Bandeira, em que ouviram uma "menina chamada Germana a cantar cousas sobre motivos afro-brasileiros".[31] Na noite anterior, entrara pela madrugada com amigos – identificados em outro texto como Prudente de Moraes Neto e Sergio Buarque de Holanda[32] – a ouvirem o músico Pixinguinha tocar músicas de carnaval na flauta, acompanhado por Donga no violão e por Patrício no vocal. Ao refletir sobre esses encontros, concluiu: "E ouvindo-os nós sentimos o grande Brasil que cresce meio tapado pelo Brasil oficial e postiço".[33]

As palavras de Freyre evidenciavam bem quem eram seus interlocutores/leitores: de modo geral, as provocações e reflexões do autor eram dirigidas a seus pares, a sua "bolha" – para usarmos uma expressão contemporânea. Em outras palavras, Freyre insistia em desmascarar aqueles que mimetizavam e valorizavam hábitos, modas e modos de pensar europeus negando e inferiorizando a presença africana tanto em seus genes quanto em sua cultura. Da mesma forma, Freyre atacava os que enquadravam o Brasil como destinado ao fracasso devido a sua mistura étnica e, acima de tudo, devido aos componentes não europeus de sua cultura.

Conforme destacado por Pallares-Burke,[34] o contato com Rudiger Bilden, seu colega na Universidade de Columbia, aumentou ainda mais o interesse de Freyre pelo estudo da escravidão, assunto-chave para entender a sociedade brasileira. Em sua obra, Bilden defendia a ideia de que estudar a escravidão era estudar a história do Brasil.[35] Em 1929, o pesquisador norte-americano escreveu um artigo intitulado "Brazil, Laboratory of Civilisation"[36] [Brasil, Laboratório da Civilização], cujas ideias, influenciadas por Franz Boas, forneciam subsídios históricos para

---

[30] FREYRE, Gilberto. Acerca da valorização do preto. *Diario de Pernambuco*, 19 set. 1926. p. 3.

[31] *Ibidem*.

[32] *Idem*. Sergio mestre dos mestres. *Revista do Brasil*, 6, 1987. p. 117.

[33] *Ibidem*.

[34] PALLARES-BURKE, Maria Lucia, *op. cit.*, p. 379.

[35] *Ibidem*, p. 382.

[36] BILDEN, Rüdiger. Brazil, laboratory of civilization. *The Nation*, Nova York, 128 (3315), p. 71-74, 1929.

a explicação de que os problemas que afligiam a maioria da população de origem africana no Brasil não eram de ordem biológica, mas sim de ordem econômica e social.[37]

Antes de concluir esse estudo, o colega dos tempos de Columbia fez uma visita a Freyre no Brasil, em 1926. Durante esse encontro, contou para seu amigo brasileiro acerca de seus projetos e mostrou-lhe algumas anotações bibliográficas. Freyre não só se empolgou com essas propostas, como até escreveu artigos na imprensa sobre a pesquisa de Bilden, considerado pelo historiador brasileiro Oliveira Lima como o autor de um "estudo definitivo sobre a escravidão".[38]

Nos anos seguintes, o sociólogo pernambucano dedicou-se a tarefas administrativas. Nomeado chefe de gabinete do governador de Pernambuco, Estácio Coimbra, entre 1928 e 1930, atuou como professor de sociologia na Escola Normal de Pernambuco. Suas atividades foram interrompidas pela irrupção da chamada Revolução de 30. Em Pernambuco, o governador Estácio Coimbra se viu obrigado a exilar-se em Lisboa, sendo acompanhado por Gilberto Freyre.

1.1.3 *Casa-grande & senzala*: a jornada

> *Não maldigo da angústia em que estou obrigado a viver, (...) pelo afã de escrever um livro que seja um grande livro, revivendo o mais possível, o passado, a experiência, o drama da formação brasileira. (Jornal de Gilberto Freyre. Lisboa, 1930)*[39]

Partindo para o exílio, a bordo do navio francês *Belle Isle*, Freyre, a caminho de Lisboa, durante sua escala em Dacar, teve a oportunidade de entrar em contato com culturas e paisagens que o inspiraram para o projeto de escrever uma história sobre a formação da sociedade brasileira com destaque para a contribuição africana:

---

[37] PALLARES-BURKE, Maria Lucia, *op. cit.*, p. 390. Um ano após a defesa da nossa tese, a autora Maria Lúcia Pallares-Burke publicou um livro mais detalhado sobre a relação entre Bilden e Freyre. PALLARES-BURKE, Maria Lúcia Garcia. *O triunfo do fracasso: Rüdiger Bilden, o amigo esquecido de Gilberto Freyre*. São Paulo: Editora Unesp, 2012.

[38] FREYRE, Gilberto. Sobre as ideias gerais de Rudiger Bilden. *Diario de Pernambuco*. 17 jan. 1926. Reproduzido em *Tempos de Aprendiz, op. cit.*, p. 249-252.

[39] Idem. *Tempo Morto e outros tempos*. 2. ed. São Paulo: Global. p. 338.

Em 1930, a aventura de um exílio menos político que pessoal levou-me à África francesa. (...) senti e vi vivamente visto o Brasil em algumas de suas origens africanas (...). Vagando com olhos de turista pela estrada que vai de Dakar a São Luís do Senegal, encontrei, quase escandalosamente expostas, algumas das raízes do Brasil.[40]

A permanência em Lisboa possibilitou-lhe o acesso a uma documentação abundante sobre o Brasil, porém a maior parte da bibliografia e dos textos consultados foi obtida no ano seguinte, quando foi aos Estados Unidos lecionar na Universidade de Stanford. Durante esse período, Freyre começou a escrever *Casa-grande & senzala* graças à bibliografia consultada na biblioteca do brasilianista John Casper Branner.[41]

Antes de retornar ao Brasil, o futuro autor de *Casa-grande & senzala* fez uma longa viagem ao *deep south*[42] norte-americano, "região onde o regime patriarcal de economia criou quase o mesmo tipo de aristocrata e de Casa-grande"[43] que os observados no Nordeste. De volta ao Brasil, em 1932, instalou-se no Rio de Janeiro, onde começou a organizar os materiais que reuniu em Lisboa e nos Estados Unidos para finalizar sua obra. No ano seguinte, a obra foi publicada. Graças ao impacto da publicação na mídia, o livro conquistou uma repercussão rápida nos círculos intelectuais. A prosa ensaística e provocativa associada ao recurso a fontes históricas não convencionais transformaram-no em um historiador heterodoxo, fora dos padrões da pesquisa realizada nos Institutos Históricos.

Para avaliar melhor o papel desempenhado pela escrita de Freyre no campo historiográfico, faremos um rápido percurso pela produção histórica dos anos anteriores à publicação de *Casa-grande & senzala*.

---

[40] Trecho de um artigo publicado em 1941 no *Jornal do Commercio* (Recife), intitulado "África", reproduzido por FONSECA, Edson Nery da. *Um livro completa meio século*. Recife: Massangana, Fundação Joaquim Nabuco, 1988. p. 129-131.

[41] FREYRE, Gilberto. *Oral Memoirs of Gilberto Freyre*. Baylor University: Institut for Oral History. 1987. p. 31. Citado por CHACON, Vamireh. *Gilberto Freyre: uma biografia intelectual*. Recife: Fundaj/Editora Massangana, 1993. p. 216.

[42] Louisiana, Alabama, Mississipi, Carolinas, Virgínia.

[43] FREYRE, Gilberto. *Casa-grande & senzala: formação da família brasileira sob o regime de economia patriarcal*. 48. ed. São Paulo: Global, 2003. p. 31.

1.2 A escrita da história do Brasil antes de *Casa-grande & senzala*

O ano de 1838 marcou o início do processo de institucionalização da produção historiográfica no Brasil com a criação do Instituto Histórico e Geográfico Brasileiro (IHGB). O jovem país ansiava por discursos fundadores que fornecessem cimento a uma ideia de identidade nacional que projetasse o Brasil como um país sólido no concerto internacional das nações. Em outras palavras, a construção de uma narrativa histórica oficial contribuiria para a elaboração de uma comunidade imaginada que seria apresentada aos pares internacionais.[44]

O século XIX testemunha esse processo concomitante da emergência dos nacionalismos e o surgimento dos Institutos de História. Não é à toa que o Brasil fundou seu Instituto cinco anos após a fundação do Instituto de História em Paris.

Desse modo, o IHGB se apresentava como um lócus de produção da memória nacional cuja missão consistiria em estabelecer um discurso fundador para o país. Munidos desse propósito, os historiadores que compunham a equipe do Instituto seriam os responsáveis por fornecer uma narrativa oficial, selecionar fatos, adotar linhas interpretativas de fontes focadas nos aspectos que exaltassem eventos e os heróis.

Sob esse viés, os escritos históricos do jovem instituto convergiram para o desenvolvimento de um projeto de nação bem específico. Conforme nos remete Guimarães, a construção do tipo ideal de uma nação brasileira, recentemente emancipada do domínio lusitano, não se desenvolveu, ao contrário do que se poderia supor, em oposição ao modelo português. Pelo contrário, "a nova nação brasileira se reconhecia como continuadora de uma verdadeira tarefa civilizadora iniciada pela colonização portuguesa".[45]

Consequentemente, o conhecimento histórico produzido no século XIX, a partir da representação do Brasil, nação "civilizada" dos trópicos, consolidou-se com base em um discurso excludente, por meio de

---

[44] ANDERSON, Benedict. *L'imaginaire national, réflexions sur l'origine et l'essor du nationalisme*. Paris: La Découverte, 2002.

[45] GUIMARÃES, Manoel Luís Salgado. Nação e Civilização nos Trópicos: O Instituto Histórico e Geográfico Brasileiro e o Projeto de uma História Nacional. *Estudos Históricos*, Rio de Janeiro, n. 1, p. 6, 1988.

uma história dedicada a promover o "mundo que o português criou".[46] Essa narrativa nacional foi construída às custas da história de outros grupos como os dos ameríndios e dos negros, que, naquela época, foram excluídos do componente civilizador da nação.

1.2.1 A mestiçagem na escrita histórica e o racismo científico

À primeira vista, essa conclusão poderia induzir a pensar que o tema da mestiçagem estaria fora da produção historiográfica desse período. Pelo contrário, a obra de Karl Friedrich Phillip Von Martius, *Como se deve escrever a história do Brasil*, vencedora do concurso organizado pelo IHGB em 1840, introduziu o termo "miscigenação", que induzia a necessidade de compreender a história brasileira a partir da contribuição de três "raças" (branca, ameríndia, negra) constitutivas da nacionalidade brasileira. A proposta de Martius era, em certa medida, tão inovadora "que, na verdade, ninguém a seguiu durante o século XIX nem ao longo das décadas após a Abolição e a proclamação da República".[47]

Por outro lado, se Martius inovou ao considerar o legado das populações negras como um dos fundamentos da nacionalidade brasileira, suas conclusões não se desviaram do pensamento racial predominante na época, cujo paradigma tinha como base a ideia de uma hierarquia entre as "raças".[48] É assim que o naturalista alemão, autor do texto vencedor, escreve acerca de uma superioridade do branco tido como o elemento civilizador. A mestiçagem "fundadora" da história nacional foi acompanhada pelo paradigma branqueador. Um trecho do texto de Martius nos fornece um exemplo: "O tronco negro deve desaparecer diante do amarelo e assim sucessivamente até o branco".[49]

---

[46] FREYRE, Gilberto. *O Mundo que o português criou: aspectos das relações sociais e de cultura do Brasil com Portugal e as colônias portuguesas*. Rio de Janeiro: José Olympio, 1940.

[47] Cf. VAINFAS, Ronaldo. Colonização, miscigenação e questão racial: notas sobre equívocos e tabus da historiografia brasileira. *Tempo*, ago. 1999. p. 2.

[48] Sobre a expressão "pensamento racial" leia-se ARENDT, Hannah. *L'impérialisme*. Paris: Fayard, 1982. p. 79.

[49] Cf. MARTIUS, Karl F. P. Von. Como se deve escrever a História do Brasil. *Revista do Instituto Histórico e Geográfico Brasileiro*, Rio de Janeiro, 6 (24), jan-1845, apud SCHWARCZ, Lilia Moritz. *O espetáculo das raças*. São Paulo: Companhia das Letras, 1993. p. 113.

Assim, o termo "miscigenação", apesar de integrar-se à narrativa histórica como um novo vocabulário, não rompeu com a tradição do pensamento social brasileiro da época. Além disso, a problemática da mistura biológica foi tema de diferentes estudos antropológicos e sociológicos que se intensificaram no último quarto do século XIX, com a publicação de obras como as de Gobineau,[50] Lapouge, Le Bon, Agassiz.[51]

No caso específico da produção historiográfica estimulada pelo IHGB, as considerações sobre a combinação étnica brasileira compuseram a tônica do discurso histórico, a partir do final do século XIX e principalmente no início do século XX, sob a influência de teorias raciais que se empenhavam em afirmar uma suposta superioridade racial branca.

Entre essas escolas de pensamento raciológico, então atuantes na Europa e nos Estados Unidos, cujas ideias e postulados ganharam adeptos no Brasil, destacou-se primeiramente a corrente de pensamento etnológico-biológica, pautada nas teses poligenistas, grande parte desenvolvida nos Estados Unidos em meados do século XIX. Esse bloco do pensamento racista dedicou-se a mensurar crânios e esqueletos de modo a escalonar e hierarquizar as raças de acordo com seus traços físicos, estabelecendo uma correlação entre biologia e superioridade ou inferioridade mental e moral.

Sob essa perspectiva, dados biológicos constituíam-se no elemento-chave para o estudo das diferenças culturais. Essas teses adquiriram repercussões no cenário histórico do colonialismo europeu e, no caso brasileiro, no cenário escravagista. Conforme T. Skidmore bem definiu, a escola etnológico-biológica "ofereceu uma *rationale* científica para a subjugação dos não brancos".[52] Essa proposta, bem definida em obras como a do naturalista Louis Agassiz,[53] serviram como ponto de partida para a ideia de que a mestiçagem constituía um ônus para a sociedade

---

[50] Cf. GOBINEAU, Arthur de. *Essai sur l'inégalité des races humaines* [Ensaio sobre as desigualdades das raças humanas] (1853-1855). Apresentação de Hubert Juin. Paris: Éditions Pierre Belfond, 1967.

[51] Foi em 1852 que Gobineau, diplomata e escritor, publicou *L'essai sur l'inégalité des races humaines* [O ensaio sobre as desigualdades das raças humanas], obra que incentivou discípulos como Houston Chamberlain (1855-1927) e Vacher de Lapouge (1854-1936).

[52] SKIDMORE, Thomas E. *Preto no branco: raça e nacionalidade no pensamento brasileiro*. Rio de Janeiro: Paz e Terra, 1989. p. 67.

[53] Cf. AGASSIZ, Jean Louis Rudolphe. *Voyage au Brésil* [Viagem ao Brasil]. Paris: Hachette, 1869.

brasileira na medida em que a mistura entre populações consideradas ontologicamente "diferentes" geraria uma descendência estéril.

Essa corrente não conquistou muitos seguidores no Brasil.[54] Mas, se por um lado a base biológica não apresentava consistência suficiente para incentivar uma adesão maior dos estudiosos brasileiros, por outro lado a corrente etnológico-biológica foi amplamente vulgarizada nas práticas da antropologia física para avaliar diferenças mentais e morais.

A questão da diferenciação de raças e da tese da superioridade racial também encontrou na chamada *escola histórica* suas justificativas ideológicas, especialmente na Europa. Esse movimento buscou, nos estudos históricos, justificativas para a afirmação de uma infundada defesa da "superioridade" da cultura branca. A evocação de eventos passados, tomada como dispositivo retórico da supremacia racial, foi uma das ferramentas utilizada por historiadores, a exemplo de Robert Knox[55] e Thomas Carlyle,[56] como uma tentativa de demonstrar uma suposta predominância da raça saxônica, a partir de uma hierarquia de raça combinada com a ideia de civilização.

O recurso à História investiu-se de finalidades geopolíticas e racialistas, que alimentaram, por exemplo, o culto do arianismo (Chamberlain) e a tese da degeneração latina (Gobineau). A vulgarização da premissa de que a raça saxônica ou ariana (termo genérico que resumiu definições imprecisas sobre nórdicos, brancos ou caucasianos) era superior à latina alimentou discursos imperialistas e desfechos bélicos.

No caso brasileiro, é comum observar, na narrativa histórica da época, a percepção da distinção entre "nórdicos", "arianos" como superiores, e "latinos" como povos (incluindo europeus latinos) inferiores. Para um dos principais defensores das teses arianistas, Georges Vacher de Lapouge,[57] o *Homo Mediterraneus* era moralmente e criativamente inferior aos nórdicos: covarde, sádico e católico eram apenas alguns dos rótulos conferidos a esses povos, dentre os quais se incluíam os portugueses.[58]

---

[54] SKIDMORE, Thomas, *op. cit.*, p. 71.

[55] Cf. KNOX, Robert. *The races of man*. Londres: Renshaw, 1850.

[56] Cf. CARLYLE, Thomas. Occasional Discourse on the Negro Question. *Fraser's Magazine*, 1849.

[57] Cf. LAPOUGE, Georges Vacher de. *L'Arien*. Son rôle social. Paris: A. Fontemoing, 1899.

[58] SOBRAL, José Manuel. Representações portuguesas e brasileiras da identidade nacional portuguesa no século XIX. *Revista de Ciências Sociais*, Fortaleza, v. 41, n. 2, p. 127, jul./dez. 2010.

Sob esse olhar, os portugueses que colonizaram o Brasil eram percebidos como portadores de vícios degenerados e, portanto, como um dos responsáveis pelos "males de origem" do Brasil, ao se misturarem com raças, enquadradas naquele discurso como ainda mais inferiores, no caso, ameríndia e negra. Essa fusão geraria uma cultura e um povo marcado pela indolência, corrupção etc.

As palavras do historiador brasileiro Sílvio Romero, em 1880, resumem bem o pensamento histórico e sua ligação com a questão racial, na virada do século XIX para o século XX:

> Povo que descendemos de um estragado e corrupto ramo da velha raça latina, a que juntara-se o concurso de duas das raças mais degradadas do globo, os negros da costa e os peles-vermelhas da América (...).[59]

Também é importante observar que os limites entre as escolas do "racismo científico" não são bem definidos no caso brasileiro. As ideias eram importadas aleatoriamente, sem uma crítica sistemática. O arranjo dessas ideias é mobilizado para os mais diversos propósitos da narrativa histórica, sem ser seguido de uma discussão formal sobre seus princípios básicos. É comum observar, em obras do início do século XX, expressões ou clichês extraídos de outros autores como Gobineau,[60] Agassiz ou Lapouge, apesar de suas teses já terem caído em desuso na Europa ou nos Estados Unidos.[61]

Com a abolição, em 1888, e com a proclamação da República, em 1889, populações negras livres passaram a ser, ao menos formalmente, incluídas como cidadãs. Na esteira dessas mudanças políticas e sociais, a questão racial associada aos projetos de nação adquiriu maior presença na pluma dos historiadores. Como bem aponta Guimarães, o racismo duro "entrincheirado nos estudos de medicina legal (...) evolui

---

[59] ROMERO, Silvio. A poesia popular no Brasil. *Revista Brasileira*. v. 7, p. 30, 1881, *apud* SIKIDMORE, Thomas, *op. cit.*, p. 52.

[60] GOBINEAU, Arthur de. *Essai sur l'inégalité des races humaines* [Ensaio sobre as desigualdades das raças humanas] *(1853-1855)*. Apresentação de Hubert Juin. Paris: Éditions Pierre Belfond, 1967.

[61] ORTIZ, Renato. *Cultura brasileira e identidade nacional*. 4. ed. São Paulo: Brasiliense, 2006.

para direções menos pessimistas".[62] Aos poucos, as elites intelectuais passaram a buscar outras vias interpretativas ao tema da mestiçagem, menos comprometidas com as teses de degenerescência ou inferioridade racial. Nesse período, pressupostos estritamente biológicos sobre a formação social brasileira foram cedendo lugar para explicações de cunho culturalista, materializadas e condensadas de forma mais evidente nos escritos de Gilberto Freyre nos anos 1930.

No âmbito das pesquisas históricas, conforme mencionado anteriormente, a discussão sobre as três raças, iniciada por Martius nos anos 1840, é recuperada também no início do século XX, compondo o quadro das preocupações centrais das narrativas e genealogias sócio-históricas.

Apesar dessas mudanças, a maior parte das obras produzidas no campo historiográfico, com exceções contadas nos dedos, a exemplo de Capistrano de Abreu, ainda seguiam a cartilha dos modelos dos institutos históricos europeus: uma história factual e orientada a compor narrativas épicas do passado. A *Revue Historique* de Gabriel Monod era leitura obrigatória para os historiadores da época. A historiografia produzida no IHGB, que poderíamos chamar de *historiografia heroicizante*, tinha a função de enaltecer os feitos da nação e de compor a chamada história dos "grandes homens".

Esse viés pragmático e exemplar, que seguia a cartilha da *História Magistra Vitae,* apresentava, em linhas gerais, uma postura acrítica e distanciada da sociedade contemporânea ao passo que atribuía um verniz mítico aos fatos heroicos do passado.[63] Nesse sentido, as narrativas históricas desse período posicionavam a história brasileira em meio a uma trajetória evolutiva cujo objetivo implicava na continuação da obra civilizadora dos trópicos iniciada pelos colonizadores. Esse modelo seguia as orientações da historiografia metódica francesa que adotava uma "visão progressista, cooperativa e otimista da História".[64]

Dois modelos historiográficos dividiam a cena nas primeiras décadas do século XX no Brasil: uma historiografia positivista-metódica e empirista e uma historiografia de cunho sociológico, cuja adesão dos historiadores

---

[62] GUIMARÃES, Antonio Sérgio. Racismo de cor e preconceito no Brasil. *Revista de Antropologia*, São Paulo, USP, v. 47, n. 1, p. 11, 2004.

[63] SCHWARCZ, Lilia M., *op. cit.*, p. 137.

[64] CARBONELL, Charles-Olivier. *Histoire et Historiens. Une mutation idéologique des historiens français 1865-1885*. Toulouse: Privat, 1976. p. 441.

era menor. Essa escrita histórica, embora não representasse uma escola ou modelo historiográfico definido, buscava pensar questões nacionais a partir de originalidades e especificidades da cultura e da formação social brasileiras. O historiador Capistrano de Abreu seria um exemplo dessa renovação historiográfica na medida em que buscou, em suas principais obras,[65] valorizar as singularidades brasileiras presentes nos costumes, nas lutas, na formação étnica do povo, afastando-se dos determinismos raciais que condenavam "a experiência brasileira híbrida".

Assim como Freyre, Capistrano priorizou os aspectos econômicos e sociais, colocando em plano secundário os eventos políticos, as grandes datas e os fatos históricos das personagens. Para isso, recorreu a descrições de costumes, de festas, do comércio, da vida social, aspectos até então às margens da historiografia. Apesar de substituir o conceito de cultura pelo de raça[66] e valorizar a presença ameríndia na formação histórica nacional, no que se referiu à presença africana, Capistrano não apresentou inovação interpretativa na medida em que relegou para segundo plano a participação das populações negras na história brasileira.

Desse modo, quando *Casa-grande & senzala* foi publicado em 1933, as conclusões presentes em suas páginas preenchiam, à sua maneira, uma lacuna deixada pela historiografia brasileira desde que Martius[67] sugeriu que o estudo da história brasileira deveria levar em consideração a contribuição das três "raças".

Até então, a contribuição e a importância das culturas negras para a história do país foram apresentadas de modo conjuntural e até superficial. Ao passo que Adolfo de Varnhagen,[68] um dos mais representativos historiadores do IHGB, mencionava rapidamente o africano, e Capistrano não se empolgava em mostrar a importância africana em seus escritos, Freyre dedicou à população negra dois capítulos de sua obra, ao caracterizá-la não apenas como participante fundador da história brasileira, mas como agente civilizador.

---

[65] ABREU, João Capistrano de. *Capítulos de História Colonial*, 1907; *Dois documentos sobre Caxinauás*, 1911-1912; *Os Caminhos Antigos e o Povoamento do Brasil*, 1930.

[66] REIS, José Carlos Reis. *As identidades do Brasil: de Varnhagena a FHC*. Rio de Janeiro: Editora FGV, 1999. p. 95.

[67] MARTIUS, Karl Von, *op. cit.*

[68] VARNHAGEN, F. A. de. *História Geral do Brazil*. (v. 1 e 2). 2. ed. Rio de Janeiro: E e H. Laemmert, 1887.

Para provar historicamente essa proposição, Freyre se utilizou de uma estratégia metodológica diferente daquela praticada até então, provocando uma mudança na escala de observação e de análise. Em outras palavras, se não fosse possível, naquele momento e a partir de uma *histoire événementielle*, circunscrita à análise de documentação oficial e política, demonstrar o africano como um agente civilizador, dada a natureza das fontes que invisibilizavam o negro ou o reduziam à condição de escravo, os estudos culturais poderiam revelar essa presença ativa.

Para Freyre, o estudo dirigido à esfera cotidiana da vida privada era o meio privilegiado de observação a partir do qual seria possível demonstrar o peso e a influência da cultura africana na vida social brasileira. Para tanto, Freyre não defendia ser necessário pesquisar exaustivamente os mais variados exemplos geográficos e sociais da sociedade colonial brasileira; ao invés disso, preferiu ater-se a um recorte específico, a exemplo da história íntima encerrada na intimidade da vida social de famílias aristocráticas açucareiras, de onde se poderia extrair as bases e os condicionantes para a compreensão da formação da sociedade brasileira:

> Nas casas-grandes foi até hoje onde melhor se exprimiu o caráter brasileiro; a nossa continuidade social. No estudo da história íntima despreza-se tudo o que a história política e militar nos oferece de empolgante por uma quase rotina de vida; mas dentro dessa rotina é que melhor se sente o caráter de um povo.[69]

1.3 A história do Brasil em *Casa-grande & senzala*

> *Fato é que Gilberto Freyre é criado com uma paixão furiosa, um amor da terra e dos homens de seu país. A amplitude da visão, sustentada pela precisão do detalhe, torna essa rapsódia lírica tão impressionante, que gostaríamos que ela existisse (...) em cada país para cada província.* (Dominique Aury. *Incroyables Florides*. N.R.F. 1956)

Um dos primeiros aspectos a ser destacado acerca de *Casa-grande & senzala*, no campo da historiografia, é a proposição de uma *história problema*, para utilizar a expressão do historiador Marc Bloch.[70] O método regressivo, utilizado por Freyre, procurava no passado uma resposta para

---

[69] FREYRE, Gilberto. *Casa-grande & senzala*, op. cit., 2003, p. 45.

[70] BLOCH, Marc. *Apologie pour l'histoire ou le métier d'historien*. Paris: Armand Colin, 1949.

os dilemas do presente. Ora, um dos temas que mais povoou discursos e escritos de intelectuais brasileiros nos tempos de Freyre era o papel da mestiçagem na formação nacional. Como discutido em páginas anteriores, o *melting pot* era, para uma parte da *intelligentsia* brasileira, um mal original, uma herança indigesta e perturbadora para as elites que não se consideravam pertencentes a um país povoado por descendentes de africanos. Já os que a aceitavam tinham a esperança de que, em algumas dezenas de anos, a mistura étnica iria diluir os traços africanos e indígenas em proveito da raça branca.

Em outras palavras, a mestiçagem era tolerável na medida em que garantisse o desaparecimento gradual das populações não brancas, conforme preconizava o cientista João Baptista de Lacerda no Congresso Internacional das Raças, em 1911.

Na contramão das teses do branqueamento, Freyre buscou no estudo do cotidiano da vida social brasileira elementos para destacar, de forma positiva, a fusão étnica que resultaria na formação de uma "meta-raça", que herdaria as melhores contribuições de cada grupo. Nesse ponto, procurou se alinhar às discussões iniciadas pelo antropólogo Franz Boas, ao transpor a noção biológica de raça para a de cultura.

Para viabilizar essa tese, o ex-aluno de Columbia procurou extrair os elementos-chave que poderiam revelar as condições de vida desfavoráveis às quais os grupos sociais foram submetidos nos primeiros séculos da colonização, mostrando como a falta de alimentação, higiene, habitação, flagelos ainda visíveis no seu tempo, contribuíram para a degradação social, contrariando o que, sob a lentes do darwinismo social, era considerado como resultante de inferioridades inatas de ordem racial/biológica:

> Já se tenta hoje retificar a antropogeografia dos que, esquecendo os regimes alimentares, tudo atribuem aos fatores raça e clima; nesse movimento de retificação deve ser incluída a sociedade brasileira, exemplo de que tanto se servem os alarmistas da mistura de raças ou da malignidade dos trópicos a favor da sua tese de degeneração do homem por efeito do clima ou da miscigenação. É uma sociedade, a brasileira, que a indagação histórica revela ter sido em larga fase do seu desenvolvimento, mesmo entre as classes abastadas, um dos povos modernos mais desprestigiados na sua eugenia e mais comprometidos na sua capacidade econômica pela deficiência de alimento.[71]

---

[71] FREYRE, Gilberto, *op. cit.*, 2003, p. 104. Na tradução francesa, Roger Bastide substitui o termo antropogeografia por "velha antropologia": "Déjà on s'efforce aujourd'hui de

Com essas palavras, Freyre atribuía ao sistema alimentar um lugar considerável na modelagem das condições físicas dos brasileiros. Em várias páginas, descreveu o sistema nutricional dos escravizados, dos senhores e das populações pobres, buscando observar as condições climáticas e a natureza do solo para explicar a adoção ou rejeição de alguns alimentos na dieta do período colonial. A ênfase na alimentação percorre praticamente todos os capítulos de sua obra.

A precariedade das condições materiais seriam o contraponto às teses pautadas nos determinismos climáticos e biológicos que sentenciavam "de morte o brasileiro porque é mestiço e o Brasil porque está em grande parte em zona de clima quente". Uma sociologia:

> mais alarmada com as manchas da mestiçagem do que com as da sífilis, mais preocupada com os efeitos do clima do que com os de causas sociais suscetíveis de controle ou retificação, e da influência que sobre as populações mestiças, principalmente as livres, terão exercido não só a escassez de alimentação, devida à monocultura e ao regime do trabalho escravo, como a pobreza química dos alimentos tradicionais que elas, ou antes, que todos os brasileiros com uma ou outra exceção regional, há mais de três séculos consomem (...).[72]

Os motivos da situação de precariedade física da população brasileira não encontrariam explicação no fator biológico, mas na nutrição insuficiente, auxiliada pelas doenças; dificuldades ligadas, consequentemente, às condições socioeconômicas e, portanto, passíveis de serem retificadas.

Ao fornecer um inventário das condições de saúde, do tratamento alimentar, das condições de vida em geral, Freyre desconstruía a ideia de que os problemas que afetavam as camadas pobres e mestiças da população estariam ligados a fatores genéticos ou predisposições inatas. Conforme afirma o autor, os dados da história social poderiam corrigir os excessos de explicações biológicas.

1.3.1 Uma crítica ao mito do branco

"Homens morenos de cabelo louro. Esses mestiços com duas cores de pelo é que formaram, ao nosso ver, a maioria dos portugueses colonizadores

---

rectifier la vieille anthropologie (...)". (FREYRE, Gilberto. *Maîtres et esclaves*: la formation de la société brésilienne. Paris: Gallimard, 1997. p. 78.)
[72] FREYRE, Gilberto, *op. cit.*, 2003, p. 97.

do Brasil, nos séculos XVI e XVII; e não nenhuma elite loura ou nórdica, branca pura."[73] Com essa provocação, Freyre denunciava alguns mitos que compunham o imaginário das elites brasileiras. Desde o primeiro capítulo o autor se empenhou em combater a "teoria ariana, quase mítica" que atravessava discursos negacionistas da mestiçagem ou que procuravam apagar a importância da presença africana e ameríndia. Sobre a origem das famílias aristocráticas, adiantava que havia poucas que permaneciam brancas ou quase brancas. Para isso, o sociólogo pernambucano utilizou-se de fontes históricas como inventários e testamentos do século XVI a fim de contestar ideias como as de Oliveira Vianna, que sugeria que o Brasil havia sido colonizado por dolicocefálicos loiros.[74] Para Freyre, a colonização do Brasil "se fez muito à portuguesa. Isto é: heterogeneamente quanto a procedências étnicas e sociais."[75]

Dessa forma, dois capítulos de *Casa-grande & senzala* são dedicados à empreitada portuguesa nos trópicos. A heterogeneidade étnica e cultural do povo português é considerada pelo autor como um dos principais trunfos no processo de adaptação ao contexto tropical e como justificativa para a sua polêmica tese de um equilíbrio entre os antagonismos étnicos, culturais e religiosos, entre outros.

Partindo desse pressuposto, Freyre descreve, no primeiro capítulo do livro, as condições de instalação do português no Brasil, a partir da dinâmica da família patriarcal, considerada um órgão vivo em torno do qual a sociedade brasileira orbitou. Para narrar a façanha da empreitada do português que superou os obstáculos da vida nos trópicos, não foram economizadas expressões destinadas a descrever a atmosfera hostil encontrada no Brasil durante os primeiros séculos coloniais:

> País de Cocagne coisa nenhuma: terra de alimentação incerta e vida difícil é que foi o Brasil dos três séculos coloniais. A sombra da monocultura esterilizando tudo. Os grandes senhores rurais sempre endividados. As saúvas, as enchentes, as secas dificultando ao grosso da população o suprimento de víveres.[76]

---

[73] *Ibidem*, p. 281.

[74] Cf. VIANNA, Oliveira. *Evolução do Povo Brasileiro*. 3. ed. São Paulo: Nacional, 1938; *Formation éthnique du Brésil colonial. Au Síege de la Société*, 1932. Trecho da *Revue d'Histoire des colonies*, n. 5, p. 433-50, 1932.

[75] FREYRE, Gilberto, *op. cit.*, 2003, p. 296.

[76] *Ibidem*, p. 100-101.

Esse cenário pouco convidativo, cuja descrição está presente em outras partes do livro, desconstrói algumas interpretações apressadas a propósito da ideia de um "paraíso tropical" descrito pelo autor.[77] Esse traço de sua narrativa foi bem analisado por Ricardo Benzaquén Araújo ao afirmar que, para Freyre, inferno e paraíso eram metáforas que andavam juntas.[78]

Uma análise mais detalhada do texto freyriano possibilita inferir que a expressão "harmonia das civilizações", utilizada em *Casa-grande & senzala*, é ambígua. A princípio, Freyre descreve os antagonismos presentes na sociedade colonial, ligados à economia e cultura, como aparentemente mais importantes para a compreensão daquela sociedade, mais até do que aqueles que opunham senhores e escravos, posto que, no Brasil, esses antagonismos conseguiram coexistir de forma harmoniosa. O termo "harmonia", porém, implica o equilíbrio entre esses antagonismos e não necessariamente a sua supressão. Um equilíbrio extremamente tenso, como o autor procura demonstrar.

Ao concentrar-se no estudo histórico sobre a vida privada das famílias, Freyre se absteve de trabalhar conflitos políticos, rebeliões e revoltas de escravizados, por exemplo. No entanto, não poupou palavras para descrever tensões, conflitos e resistências exercidas nas relações entre senhores e escravizados que circulavam entre os corredores e cômodos da Casa-grande.

Não são raras as páginas que detalham "os abusos e violências dos autocratas da Casa-grande",[79] desmandos e agressões dos senhores com crianças, exploração sexual de mulheres negras, punições brutais aos escravizados, fome, doença e vícios. Violência que se impunha sobre corpos humanos e animais, como é possível observar em uma das várias passagens do livro:

> o sadismo do menino e do adolescente no gosto de mandar dar surra, de mandar arrancar dente de negro ladrão de cana, de mandar brigar na sua presença capoeiras, galos e canários – tantas vezes manifestado pelo senhor de engenho quando homem feito; no gosto de mando violento ou perverso que explodia nele ou no filho bacharel quando no exercício de posição elevada, política ou de administração pública; ou no simples e

---

[77] Cf. ARAÚJO, Ricardo Benzaquén. *Guerra e Paz: Casa-grande e senzala e a obra de Gilberto Freyre nos anos 30*. Rio de Janeiro: Editora 34, 1994.

[78] *Ibidem*.

[79] FREYRE, Gilberto, *op. cit*, 2003, p. 324.

puro gosto de mando, característico de todo brasileiro nascido ou criado em Casa-grande de engenho.[80]

Em *Sobrados e mucambos,*[81] Freyre retoma esse tópico e descreve as formas de reação dos escravizados: "da mandinga ou do feitiço ou veneno, desconhecido dos brancos, convém nos recordarmos que foi um dos instrumentos de defesa ou de agressão de escravos contra senhores, de negros contra brancos, no Brasil patriarcal".[82]

De maneira geral, para Freyre, o binômio "Casa-grande e senzala" representaria uma gama ampla de antagonismos estruturantes da sociedade brasileira, corporificada nos (des)encontros, disputas e arranjos entre europeus e ameríndios, entre estes e os africanos, entre o "herege" e o católico, entre o jesuíta e o bandeirante, entre o paulista e o imigrante e outros exemplos elencados por Freyre em seus escritos. No entanto, de acordo com o autor, em meio a todos esses antagonismos que colidiam entre si, haveria condições de confraternização e mobilidade vertical para amortecer o choque entre eles ou harmonizá-los.[83]

Essas "condições de confraternização", argumento que, mais tarde, vai se consolidar como substrato da ideia de uma "democracia racial", tinham como epicentro o processo de mestiçagem no Brasil. Mistura não apenas racial, mas, acima de tudo, cultural, linguística e religiosa. Para Freyre, a mestiçagem, considerada fonte de degeneração por parte de seus contemporâneos, foi por ele considerada uma vantagem para o modelamento de uma sociedade original ancorada nas contribuições fenotípicas e culturais das "três raças".

---

[80] *Ibidem*, p. 324.

[81] *Idem. Sobrados e mucambos: decadência do patriarcado rural e desenvolvimento do urbano.* São Paulo: Companhia Editora Nacional, 1936.

[82] *Ibidem*, p. 537. Para acessar essas informações, Freyre utilizou como fontes as testemunhas de Vigneron Jousselandière em *Novo Manual Prático de Agricultura Intertropical*, Rio de Janeiro, 1860.

[83] FREYRE, Gilberto. *Sobrados e mucambos, op. cit.*, p. 93: "Entre tantos antagonismos contundentes, amortecendo-lhes o choque ou harmonizando-os, (temos) condições de confraternização e de mobilidade social peculiares ao Brasil: miscigenação, a dispersão da herança, a fácil e frequente mudança de profissão e de residência, o (...) acesso a cargos e a elevadas posições políticas e sociais de mestiços e de filhos naturais, o cristianismo lírico à portuguesa, a tolerância moral, a hospitalidade a estrangeiros".

1.3.2 Ambivalências do discurso da mestiçagem

A instabilidade da escrita freyriana,[84] assentada em afirmações contraditórias, forneceu combustível para as críticas que tinham como foco suas conclusões sobre o processo de mestiçagem no Brasil. Em algumas passagens, o autor insinua que a combinação racial ocorreu de forma quase lúdica, devido a uma predisposição à mestiçagem da parte dos atores sociais envolvidos. Valendo-se da leitura das crônicas do padre Anchieta, Freyre constrói uma imagem emblemática:

> O ambiente em que começou a vida brasileira foi de quase intoxicação sexual.
> O europeu saltava em terra escorregando em índia nua; os próprios padres da Companhia precisavam descer com cuidado, senão atolavam o pé em carne. Muitos clérigos, dos outros, deixaram-se contaminar pela devassidão. As mulheres eram as primeiras a se entregarem aos brancos, as mais ardentes indo esfregar-se nas pernas desses que supunham deuses. Davam-se ao europeu por um pente ou um caco de espelho.[85]

Nessa história, a escrita adquire um tom impressionista em que a interpretação das fontes se mescla a uma narrativa semifictícia. Esse componente literário e imaginativo é um traço que Freyre afirma ter herdado de historiadores românticos como Michelet. Em algumas páginas de *Casa-grande & senzala,* o autor praticamente reproduz o imaginário hedônico e paradisíaco, muito comum em narrativas de viajantes e crônicas jesuíticas dos séculos XVI e XVII.

Se, em um primeiro momento de sua narrativa, o autor de *Casa-grande & senzala* incorpora as impressões de viajantes e padres para compor um quadro orgiástico do Brasil, é possível observar que, nas páginas seguintes, o autor busca rebater a imagem de uma suposta licenciosidade dos povos indígenas, construída por meio de interpretações apressadas dos textos dos primeiros cronistas: "Aliás o intercurso sexual entre os indígenas desta parte da América não se processava tão à solta e sem restrições como Vespúcio dá a entender; nem era a vida entre eles a orgia

---

[84] Sobre esse tema leia-se MORELI, Silvana. Entre o Inferno e o Paraíso: o Ensaio de Gilberto Freyre. *Estudos Linguísticos* XXXIV, 2005. p. 680-685. VENTURA, Roberto. Casa-Grande e senzala: ensaio ou autobiografia? *Literatura e Sociedade*, São Paulo, n. 6, p. 212-222, 2001-2002.

[85] FREYRE, Gilberto. *Casa-grande & Senzala, op. cit.*, 2003, p. 161.

sem fim entrevista pelos primeiros viajantes e missionários".[86] E mais adiante, conclui: "O que desfigura esses costumes (dos ameríndios) é a má interpretação dos observadores superficiais".[87]

Com essas palavras, Freyre deixa entrever as contradições do que, à primeira vista, parecia ser um contato harmonioso entre o colonizador português e as populações locais. Dos problemas assinalados nesse contato, além da violência sexual, estavam a transmissão de doenças venéreas do colonizador para as mulheres indígenas, além da destruição da cultura e da economia para a qual contribuíram os missionários católicos. De acordo com Freyre, "o missionário tem sido o grande destruidor das culturas não europeias, do século XVI ao atual".[88]

Os capítulos que tratam da presença africana apresentam uma narrativa mais crua, na qual o autor não se esquiva de pormenorizar os reflexos do sistema escravocrata no comportamento dos indivíduos que habitavam o complexo *casa-grande & senzala*. É então que o "paraíso-inferno" se estabelece de forma mais explícita no texto freyriano; com o recurso a fontes como crônicas e biografias, Freyre descreve os maus-tratos sofridos pelos escravizados e as resistências: "Houve os que se suicidaram comendo terra, enforcando-se, envenenando-se com ervas e potagens dos mandingueiros."[89]

Em vários trechos, presenciamos descrições de cenas terrificantes como a crueldade das sinhás-moças que "mandavam arrancar os olhos de mucamas bonitas (...) ou baronesas que espatifavam a salto de botina dentaduras de escravas; ou mandavam-lhes cortar os seios, arrancar as unhas, queimar a cara ou as orelhas".[90] Diversos tipos de punições e suplícios são descritos ao longo das páginas, o que refuta parcialmente a ideia de que, para Freyre, as relações entre senhores e escravizados eram dóceis e desprovidas de violências. Nas palavras do autor, os senhores contaminavam as senzalas com sífilis, doença que "matava, cegava, deformava os corpos", e também no ambiente das casas-grandes, onde essas "doenças venéreas se propagavam mais à vontade, através da prostituição doméstica".[91]

---

[86] *Ibidem*, p. 170.
[87] *Ibidem*.
[88] *Ibidem*, p. 178.
[89] *Ibidem*, p. 552-553.
[90] *Ibidem*, p. 421.
[91] *Ibidem*, p. 401.

Nesse contexto, Freyre explora, principalmente no último capítulo, as relações íntimas entre senhores e escravizados. Na época em que o livro foi publicado, era comum escritores e publicistas, com base em relatos de viajantes e textos médicos racialistas, atribuírem às mulheres negras a responsabilidade pela corrupção moral das famílias. Um exemplo é Paulo Prado, um dos mais lidos nos anos 1920, que no seu *Retrato do Brasil*[92] apresentava uma visão pessimista do Brasil mestiço, que segundo o autor havia herdado os vícios transmitidos pela escravidão. O livro é dividido em quatro capítulos cujos temas ilustram as palavras escolhidas para caracterizar o país: luxúria, ganância, tristeza e romantismo. Para Prado:

> O mal, porém, roía mais fundo. Os escravos eram terríveis de corrupção no seio das famílias. As negras e mulatas viviam na prática de todos os vícios. Desde crianças – diz Vilhena – começavam a corromper os senhores moços e meninas dando-lhes as primeiras lições de libertinagem. Os mulatinhos e crias eram perniciosíssimos. Transformavam as casas, segundo a expressão consagrada e justa, em verdadeiros antros de depravação.[93]

Freyre inverte essa afirmação, opondo-se a esses escritores que, arraigados em estereótipos misóginos e raciais, debitavam na conta das mulheres negras a responsabilidade pela "depravação" dos jovens brancos. Em resposta, Freyre expõe suas considerações:

> não faltou quem, confundindo resultado e causa, responsabilizasse a negra e seus "*strong sex instincts*" e principalmente a mulata – "*the lascivious hybrid woman*" – pela depravação dos rapazes brancos. Entre nós, já vimos que Nina Rodrigues considerou a mulata um tipo anormal de superexcitada sexual; e até Jose Veríssimo de ordinário tão sóbrio, escreveu da mestiça brasileira: "um dissolvente de nossa virilidade física e moral". Nós, uns inocentinhos: elas, uns diabos dissolvendo-nos a moral e corrompendo-nos o corpo. A verdade, porém, é que nós é que fomos os sadistas; o elemento ativo na corrupção da vida de família; e moleques e mulatas o elemento passivo. Na realidade, nem o branco nem o negro agiram por si, muito menos como raça, ou sob a ação preponderante do clima, nas relações do sexo e de classe que se desenvolveram entre senhores e escravos no Brasil. Exprimiu-se nessas relações o espírito do sistema econômico que nos dividiu, como um

---

[92] PRADO, Paulo. *Retrato do Brasil: Ensaio sobre a tristeza brasileira*. São Paulo: Duprat, 1928.

[93] *Ibidem*, p. 103.

deus poderoso, em senhores e escravos. Dele se deriva toda a exagerada tendência para o sadismo característica do brasileiro, nascido e criado em Casa-grande, principalmente em engenho; e a que insistentemente temos aludido neste ensaio.[94]

É com base nessas considerações que Freyre reprovava aqueles que recorriam aos determinismos biológicos ou climáticos para justificar comportamentos. Ao criticar e até ironizar essas interpretações, as quais fundiam misoginia e racismo, tão comuns nos relatos de seus contemporâneos, Freyre procurou substituir o critério essencialista da raça por uma explicação endereçada às relações materiais e de poder moldadas pela escravidão. Na concepção do autor, eram as práticas do regime escravagista que geravam efeitos perversos nos desejos, percepções, comportamentos e atitudes tanto dos que estavam na condição de senhores quanto na condição de escravizados. Se por um lado, ao colocar na conta do sistema capitalista/escravocrata a causa dos excessos e males da Casa-grande, a versão freyriana contribuía para diluir a responsabilidade individual dos senhores no cômpito da violência por eles praticada, por outro lado essa proposição apresentava um viés válido e, em certa medida, inovador, tendo em vista que, naqueles idos dos anos 1930, ainda pululavam interpretações pautadas em critérios essencialistas sobre as raças, argumentos que estabeleciam rótulos depreciativos, morais e intelectuais sobre homens e mulheres negros e indígenas.

Desse modo, Freyre apresentava a versão de que não era a raça, mas a economia, e não era a biologia, mas a cultura, que seriam as chaves para o estudo das relações sociais durante e após a escravidão. Em outras palavras, ao imobilismo irreversível dos caracteres biológicos inatos contrapunha-se uma explicação pautada nas condições materiais da cultura. Fortemente inspirado pelo culturalismo de Boas, Freyre concebia a cultura como processo, logo, em constante transformação. Desse modo, o Brasil não estaria ontológica e invariavelmente fadado ao fracasso pois, culturalmente, poderia se transformar.

Para contrapor as teses dos essencialismos somáticos, o autor de *Casa-grande & senzala* utilizou a história econômica e social,[95] de modo a fundamentar a compreensão das relações entre senhores e escravizados,

---

[94] FREYRE, Gilberto, *op. cit.*, 2003, p. 462.
[95] *Ibidem*, p. 306.

evitando, como dito anteriormente, o uso de uma explicação essencialmente biológica, embora, como veremos mais adiante, o autor não tenha se desapegado totalmente do uso de conceitos e expressões próprios à cartilha raciológica da época.

Assim, Freyre afirmava que a escravidão, como um sistema de poder econômico, foi o grande gerador de degradação e perversidades apresentadas nas relações entre senhores e escravizados. No entanto, apesar dos excessos dos quais homens e mulheres negras eram vítimas na vida doméstica, o autor conclui de modo paradoxal que:

> Mas aceita, de modo geral, como deletéria a influência da escravidão doméstica sobre a moral e o caráter do brasileiro da Casa-grande, devemos atender às circunstâncias especialíssimas que entre nós modificaram ou atenuaram os males do sistema. (...) salientamos a doçura nas relações de senhores com escravos domésticos, talvez maior no Brasil do que em qualquer outra parte da América.[96]

Essa afirmação polêmica gerou críticas, em décadas posteriores, principalmente por ir de encontro a toda a narrativa de violência e abusos tantas vezes descritos pelo autor em seu livro. No entanto, como bem observa Munanga, para Freyre a aproximação de mulheres negras escravizadas com senhores brancos, "apesar da assimetria e das relações de poder entre senhores e escravos, não impediu a criação e uma zona de confraternização entre ambos".[97] Dessa forma, na narrativa freyriana, contradições como doçura e barbárie não eram necessariamente situações excludentes quando pensadas no contexto adoecido pela escravidão, mas como sinônimo de um Brasil cuja história não seguia uma coerência e onde as atitudes dos atores não eram, de modo algum, previsíveis. Em meio a essa complexidade, Freyre se dedica a desvelar uma história "suja", em outras palavras, uma história cuja escrita era sem censura, sem dissimulações e pudores. Na história escrita por Freyre, o impressionismo, os elementos autobiográficos e reproduções de fontes documentais se misturavam.

De modo geral, em *Casa-grande & senzala*, Freyre desenhou um quadro histórico sem censura, inclusive no nível das palavras por ele

---

[96] *Ibidem*, p. 435.

[97] MUNANGA, Kabengele. *Rediscutindo a mestiçagem no Brasil: identidade nacional versus identidade negra*. 5. ed. rev. e amp. Belo Horizonte: Autêntica, 2019. p. 77.

utilizadas, em que a elite da Casa-grande, encharcada de vícios, cometeu vários tipos de excessos para com os seus subordinados. Apesar disso, Freyre via no colonizador português e nos seus descendentes uma propensão à mestiçagem e um desapego pelas fronteiras raciais, herdeiros que eram de uma história marcada por trânsitos de povos da África, Oriente e Europa.

Esse suposto pendor amortizaria os conflitos e as assimetrias raciais permitindo que, no pós-abolição, o *melting pot* fosse sinônimo de uma sociedade harmônica no tocante às relações inter-raciais. Essa conjetura não foi uma ideia exclusiva de Freyre, pois as considerações sobre o tema já podiam ser lidas em escrito de viajantes, políticos e intelectuais, muitos dos quais, como Joaquim Nabuco, foram lidos por Freyre e incorporados às suas reflexões. De todo modo, suas reflexões serviram de base para o que, anos depois, foi condensado e definido como uma democracia racial.[98] Embora essa expressão não tenha sido nem cunhada nem criada por Freyre, a ideia de uma sociedade racialmente exitosa no trato das relações raciais, principalmente em comparação aos EUA, foi catalisada em textos e conferências do autor nos anos 1940 e 1950.

1.3.3 Contradições em *Casa-grande & senzala*

Uma narrativa intercalada por contradições dificultava análises decisivas acerca da obra e, por essa razão, ela foi objeto de controvérsia entre historiadores e sociólogos.

Por exemplo, na descrição do colonizador português, estão presentes dois aspectos contrários. O apelo ao "jogo de opostos" e "equilíbrio de antagonismos" pode ser ilustrado pela imagem do colonizador que é apresentado ora como "escravocrata terrível",[99] ora como promotor de

---

[98] Para um aprofundamento sobre a gênese e difusão do conceito de "democracia racial" leia-se GUIMARÃES, Antonio Sérgio. Democracia racial: o ideal, o pacto e o mito. *Novos Estudos Cebrap*, São Paulo, XX (61), p. 147-162, 2001; Idem. Depois da democracia racial. *Tempo Social*, 18 (2), p. 269-287, 2006; GUIMARÃES, Idem. Revisitando a democracia racial. *Afro-Asia*. n. 60, p. 9-44, 2019.

[99] Na versão em francês, não é possível encontrar o adjetivo "terrível": "*Ce Portugais qui transporta presque tout un peuple en esclavage, de l'Afrique en Amérique, dans des navires immondes.* [Esse português transportou quase um povo inteiro para a escravidão, da África para a América, em navios imundos.]" FREYRE, Gilberto. *Maîtres et Esclaves*. p. 180. No texto original: "O escravocrata terrível que só faltou transportar da África para a América. em navios imundos (...) a população inteira de negros, foi por

relações harmoniosas, que adotava, em muitos casos, posturas paternais com os escravizados domésticos, os quais, nas palavras do autor, eram "indivíduos cujo lugar na família ficava sendo não o de escravos, mas o de pessoas de casa. Espécie de parentes pobres nas famílias europeias".[100]

Frases como essa são representativas de uma das marcas da escrita freyriana: a mescla de contradições. Elas não são apenas uma aposta estilística do autor, mas o reflexo do que o sociólogo enxerga como a essência da experiência histórica brasileira. Antagonismos de origens, que marcam os costumes e comportamentos.

Naqueles distantes anos 1930, Freyre imaginava seu livro como expressão antirracista, na medida em que buscou combater as teses de cunho arianista que seduziam as reflexões de alguns de seus pares e ocupavam uma parcela da produção intelectual no período. Para Freyre, o ideal eugênico não encontraria solo fértil no Brasil, pois:

> Todo brasileiro, mesmo o alvo, de cabelo louro, traz na alma (quando não na alma e no corpo – há muita gente de jenipapo ou mancha mongólica pelo Brasil) a sombra, ou pelo menos a pinta, do indígena ou do negro. No litoral, do Maranhão ao Rio Grande do Sul, em Minas Gerais, principalmente do negro. A influência direta, ou vaga e remota, do africano.[101]

Para chocar as elites que sustentavam a tese do branqueamento, Freyre procurou expor, nas páginas de *Casa-grande & senzala,* que essa camada social, na realidade, guardava a marca de africanos e de ameríndios, seja em seu fenótipo, em seus hábitos, em sua língua ou em sua alimentação. De modo geral, os escritos de Freyre não se dirigiam necessariamente às populações negras com vistas a respaldar discursos identitários ou luta de direitos; seu livro visava prioritariamente provocar as aristocracias brancas ou pardas que negavam suas origens africanas ou, no caso dos primeiros, aqueles que eram reticentes à mestiçagem, na medida em que procurou promover um discurso de valorização da presença negra (e ameríndia em menor escala) na formação histórica e na cultura do país.

---

outro lado o colonizador europeu que melhor confraternizou com as raças chamadas inferiores". (FREYRE, Gilberto. *Casa-grande & senzala, op. cit.*, 2003, p. 265.)

[100] FREYRE, Gilberto, *op. cit.*, 2003, p. 435.

[101] *Ibidem*, p. 261.

1.4 *Casa-grande & senzala* e a crítica dos anos 1930

> *Munido dessas ideias que fazem do homem um ser essencialmente cultural, foi o autor de Casa-grande & Senzala buscar ao materialismo histórico, no que ele possui de sólido e definitivo, o complemento da sua orientação de historiógrafo. Embora não seja nenhum marxista encartado, interpreta economicamente a nossa vida social.* (Saul Borges Carneiro, "Um livro premiado", Boletim de Ariel, 1935)

O primeiro desafio que os críticos enfrentaram para fazer uma análise de *Casa-grande & senzala* pode ser resumido na seguinte pergunta: seria uma obra de história, de sociologia, de etnologia ou de literatura?[102] O próprio Freyre, em seu prefácio à primeira edição, descrevia sua obra como um ensaio de sociologia genética e de história social. Nos prefácios das edições seguintes, o autor comentou sobre certas resenhas publicadas na imprensa, que frequentemente atribuíam à *Casa-grande & senzala* o rótulo de obra literária. A crítica referia-se principalmente a detalhes de ordem metodológica ou ao rigor e tratamento das fontes históricas.

No conjunto de artigos publicados após o lançamento de *Casa-grande & senzala* no Brasil, em 1933, figuram, de uma parte, artigos que faziam análises cuidadosas sobre conteúdo, método e estilo da obra. Já outra parte, bastante significativa, reportou-se a uma crítica menos especializada, formulada por jornalistas, cujos comentários eram mais voltados para o autor que para sua obra. Os exemplos a seguir ilustram as discussões sobre a cientificidade de *Casa-grande & senzala* e os riscos inerentes a um trabalho interdisciplinar.

1.4.1 Uma obra entre história e literatura

Até o final do ano de 1934, a revista *O Boletim de Ariel* era um dos principais meios de difusão de *Casa-grande & senzala*. A repercussão do livro de Freyre se espalhou rapidamente para a imprensa do Rio de Janeiro e de São Paulo. Em 1934, apareceram resenhas no *Jornal do Brasil* no Rio de Janeiro, no *Estado de São Paulo*, na *Gazeta de Notícias* e outras.

---

[102] Quando o livro foi publicado na França, quase vinte anos após a publicação no Brasil, o historiador Lucien Febvre, em uma resenha escrita na revista dos *Annales*, lança a questão: "Livro de historiador, ou livro de sociólogo? Questão irrelevante". *"Livre d'historien, ou livre de sociologue? Problème oiseux."* FEBVRE, Lucien. Un grand livre sur le Brésil. *Annales ESC*, 1953, p. 409.

Quando Freyre recebeu o prêmio "Felipe de Oliveira" em 1934, alguns comentadores da época acharam estranha a atribuição dessa premiação a um livro de história, posto que o prêmio era de cunho literário. Como prova dessas primeiras discussões em torno de *Casa-grande & senzala*, um artigo publicado no *Boletim de Ariel* em 1935 fez referência ao prêmio concedido à obra de Gilberto Freyre lançada em 1933.[103] O autor desse artigo, o filólogo Saul Borges Carneiro, declarou nas primeiras linhas de seu texto: "Como o livro de Gilberto Freyre é principalmente um trabalho de erudição, 'um ensaio sobre sociologia genética e história social', houve quem estranhasse o fato de se conferir a obra de tal gênero um prêmio de literatura".[104]

Carneiro repete a mesma frase com a qual Gilberto Freyre qualificou seu livro: um "ensaio de sociologia genética e história social".[105] Em sua avaliação, o autor do artigo defendia a concessão de um prêmio de literatura para um *historiador*, afinal Freyre era "um historiador que tem os atributos de um escritor literário":

> Com efeito, o livro de Gilberto Freyre representa (…) a mais sensacional novidade da historiografia indígena. É a primeira vez que se tenta, aproveitando a experiência e os dados da ciência atual, escrever uma ampla e sistemática história da vida social dos brasileiros (...) até agora só observada e descrita, aos fragmentos, pelo Sr. Oliveira Vianna, em obras de ficção de novelistas e romancistas, ou por viajantes estrangeiros.[106]

Sem negar o elemento literário do texto, Carneiro citou, como exemplo, os historiadores franceses Michelet e Renan, que também escreveram textos históricos elaborados aos moldes literários.

Um outro artigo, assinado por Afonso Arinos de Melo Franco, discutia o método e o rigor histórico de *Casa-grande & senzala*. Para tanto, elaborou um título sugestivo: "Uma obra rabelaisiana", para indicar a atmosfera pantagruélica, repleta de cultura e malícia, descrita nas páginas

---

[103] CARNEIRO, Saul Borges. Um livro premiado. *Boletim de Ariel*, (6), ano 4, mar. 1935.

[104] *Ibidem*, p. 149. O texto é reproduzido com o título "A ciência nova criada por Casa-grande e senzala" *In*: FONSECA, Edson (org.). *Casa Grande e Senzala e a crítica brasileira de 1933 a 1934*. Recife: Companhia Editora de Pernambuco, 1985. p. 155.

[105] FREYRE, Gilberto. *Casa-grande e senzala. Introdução à história da sociedade patriarcal no Brasil*. 41. ed. Rio de Janeiro: Record, 2000. p. 61.

[106] CARNEIRO, Saul Borges, *op. cit.*, p. 156.

de *Casa-grande & senzala*. Para explicar por que o livro de Freyre o fez lembrar-se do escritor Rabelais, o autor especifica:

> Sim, *excusez de peu*, Rabelais. Não é senão rabelaisiana aquela prodigiosa exposição de frades caprinos, de mulatas e índias que se deitam docilmente, de receita de doces, de vestuários (até os íntimos!), de lutas, de doenças (venéreas e outras), de plantas de casas, castelos, engenhos, pomares, de atos de sodomia e bestialidade de rebanhos, amores e danças.[107]

Essa referência à obra rabelaisiana é utilizada pelo historiador principalmente para ilustrar seu posicionamento sobre a obra de Freyre, que ele resume em uma frase simples: "literatura, muita literatura".[108] Na sua opinião, a "literatura" de Gilberto Freyre manifestava-se principalmente nas conclusões históricas e sociológicas no texto.

Para Arinos, as razões que inibiam a escrita freyriana de ser considerada como um texto histórico residiam na carência de rigor dos detalhes e na falta de precisão das informações e das datas. Apesar da vasta documentação apresentada nas notas de *Casa-grande & senzala*, o argumento no qual Arinos se baseou para avaliar a obra de Freyre se dividiu em dois aspectos: o método e a "linguagem imprópria" para uma narrativa histórica.

Com relação à linguagem, Arinos, que dois anos depois se tornaria professor de História do Brasil na Universidade do Distrito Federal (1936), reprovava o caráter vulgar, o sentido anedótico de algumas palavras utilizadas por Freyre ao longo de seu texto: "É pouco técnico esse linguajar. Pouco científico. Dá ao livro um aspecto literário que o seu assunto e as suas graves proporções não comportam."[109]

Naquele período, a linguagem formal e a retórica eram consideradas selos de qualidade de uma obra histórica, principalmente nos anos 1930, quando o ofício de historiador começou a se profissionalizar na esteira da criação das faculdades de História no Rio de Janeiro e em São Paulo.[110]

---

[107] ARINOS, Afonso. Casa Grande e Senzala. *O Jornal*, 15 fev. 1934. Reproduzido em *Casa Grande e Senzala e a crítica brasileira de 1933 a 1944*, op. cit., p. 85.

[108] *Ibidem*, p. 85.

[109] *Ibidem*, p. 84.

[110] Sobre a influência francesa na formação das Faculdades de História de São Paulo e do Rio de Janeiro, leia-se MARTINIÈRE, Guy. *Aspects de la coopération franco-brésilienne*. Paris/Grenoble: Presses Universitaires de Grenoble, 1982.

Entretanto, a especificidade das obras históricas e a delimitação do corpus e das ferramentas utilizadas pelo historiador se transformaram em requisitos que, aos poucos, ganharam contornos mais definitivos no Brasil.

Em consonância com as exigências que qualificavam uma obra histórica naquele momento, Arinos, em seu artigo, concentrou sua crítica nas conclusões de *Casa-grande & senzala,* ao deslindar as generalizações precipitadas do livro:

> A rapidez da composição da *Casa Grande e Senzala* transparece de vários pequenos trechos dos quais citarei alguns mais demonstrativos (...) Gilberto Freyre diz, por três vezes, que Jean de Léry veio ao Brasil como pastor protestante (...) Ora, na própria bibliografia de Gilberto Freyre, isto é, na edição de Lery de que ele se utiliza, que é a de Paul Gaffarell, este ilustre estudioso francês das coisas do Brasil deixa bem claro no prefácio que, quando Léry esteve na expedição de Villegaignon, não era ainda pastor protestante.[111]

As primeiras resenhas lançadas na imprensa convergiam no estabelecimento de críticas sobre a rapidez da composição do texto freyriano e seus efeitos na qualidade do livro.[112] Os críticos pontuavam pequenas falhas que exemplificavam a falta de rigor na descrição das notas e outros aspectos mais gerais.[113]

Outros comentadores, por outro lado, consideravam satisfatória e até exagerada a quantidade de notas e referências às fontes históricas. Em seu artigo, o jornalista e crítico literário João Ribeiro comparou a metodologia histórica de Freyre àquela de Hyppolite Taine: "É uma congérie de documentos brevíssimos, traços e sugestões que por exaustão deixa o leitor convencido".[114]

---

[111] ARINOS, Afonso, *op. cit.*, p. 87.

[112] A quarta edição, publicada em 1943, é a edição definitiva e apresenta várias modificações.

[113] Comentário de Afonso Arinos no artigo mencionado anteriormente, publicado no *Boletim de Ariel*, em fevereiro de 1934: "Gilberto Freire acumulou conscienciosamente uma formidável bibliografia e leu-a com escrupulosa honestidade (...). Mas tenho a impressão de que escreveu sem descanso, sem fôlego, muito depressa, quase sem notas, provavelmente sem fichas, que me parecem necessárias numa obra de tal amplitude." (FONSECA, E. N. da (org.). *Casa-Grande e Senzala e a Crítica Brasileira de 1933 a 1944, op. cit.*, p. 84.)

[114] RIBEIRO, João. Poderosa poesia e profunda metafísica de uma obra metapolítica. *In: Casa Grande e Senzala e a Crítica Brasileira de 1933 a 1944, op. cit.*, p. 77.

Em reposta, Freyre escreveu, no prefácio à segunda edição, que não ignorava as falhas de construção do seu trabalho, porém propunha uma "linguagem de reação contra os pedantismos, a erudição científica, a terminologia técnica".[115] Com relação aos impasses dos críticos sobre seu ensaio ser obra literária ou histórica, esclarecia que não se tratava de um trabalho convencionalmente literário, mas de um esforço de investigação e uma nova tentativa de interpretação de determinado grupo de fatos da formação social brasileira.

1.4.2 Sociólogo ou historiador?

É comum observar os diferentes rótulos atribuídos a *Casa-grande & senzala* no momento de seu lançamento: "obra de sociologia, de antropologia, de história social, documentada por inúmeros manuscritos", como disse o antropólogo Miranda Reis.[116] A maioria dos críticos, no entanto, classificou-a como obra de historiador. A explicação não reside apenas no fato de que o objetivo de Freyre consistia no estudo da formação da família patriarcal no Brasil, nem no fato de tomar como base para suas observações um número expressivo de fontes histórico-documentais. Esse traço era comum entre muitos ensaístas que procuravam estudar o passado brasileiro. Como afirmou Antonio Candido, durante os anos 1930 a sociologia brasileira funcionava principalmente como história social, interessada na formação do país e voltada para uma teoria geral do Brasil.[117] Sobre essa questão, Freyre não fugia à regra daquele período ao adotar uma ensaística de cunho sociológico.

A inovação historiográfica que atraiu a atenção de seus comentadores pode ser resumida no tratamento ofertado à documentação histórica, em outras palavras, ao modo como Freyre fez uso desse material. Assim, uma parte significativa dos críticos preferiu deixar de lado aspectos puramente metodológicos, para destacar a fórmula diferenciada com a qual Freyre tratou o tema da formação histórica da população brasileira.

---

[115] Extraído da tradução francesa de 1952. FREYRE, Gilberto. *Maîtres et esclaves*, op. cit., p. 411.

[116] REIS, V. de Miranda. Um tratado sobre a formação e a evolução do povo brasileiro. *In*: FONSECA, E. N. da (org.). *Casa Grande e Senzala e a Crítica Brasileira de 1933 a 1944*, op. cit., p. 147.

[117] Cf. CANDIDO, Antonio. Um instaurador. Homenagem a Florestan Fernandes. *Revista Brasileira de Ciências Sociais*, n. 30, ano 11, p. 6-8, 1996.

Sylvio Rabello, em um artigo escrito um ano após a publicação de *Casa-grande & senzala,* destacou o modo como o autor interpretou os documentos:

> Não é Gilberto Freyre um simples colecionador de documentos, secos e sem alma ou um observador que fosse somente olhos para a originalidade ou o pitoresco. Do material que durante anos soube selecionar ou dos fatos que passam desapercebidos a muitos, conseguiu Gilberto Freyre apanhar o nexo misterioso.[118]

A conexão entre a documentação reunida por Freyre e as interpretações inovadoras apresentadas em sua obra talvez tenha sido o elemento que mais atraiu a atenção de Rabello, principalmente naquilo que passa despercebido à maioria dos historiadores da época: considerar fontes alternativas como passíveis de serem tratadas como documentação histórica: receitas culinárias, cantos religiosos, causos e lendas, objetos domésticos, artesanato, vestuário, entre outros. Saul Borges Carneiro, em outro texto, também chamava atenção para o olhar diferenciado que Freyre havia direcionado às suas fontes:

> Apenas por seu objetivo, o livro de Gilberto Freyre que já constitui um fato sem precedentes, a orientação histórica que adotou e o ângulo em que se apoiou para apreciar o progresso de nossa vida coletiva, representa (...) até certo ponto, uma novidade.[119]

No mesmo ano, o historiador José Antônio Gonçalves de Mello afirmava que Freyre, fugindo das tendências patriotas de certos sociólogos e historiadores, "viu o Brasil nu, como poucas pessoas conseguiram ver".[120] Mello, autor de importantes obras sobre o período holandês,[121] concebia a obra de Freyre como uma contraposição à escrita factual, moldada

---

[118] RABELO, Sylvio. Casa Grande & Senzala. *Folha de Minas*. Belo Horizonte, 14 out. 1934. Reproduzida com o título "Grande e intenso livro que nunca terá leitores independentes". *In*: FONSECA, E. N. da (org.), *op. cit.*, p. 137-142.

[119] CARNEIRO, Saul Borges, *op. cit.*, p. 149-150.

[120] MELLO, José Antônio Gonsalves de. "Casa Grande & Senzala". *Boletim de Ariel*, ano III, n. 8, p. 221, maio 1934. Reproduzido com o título "Ele viu o Brasil nu" em FONSECA, Edson Nery da (org), *op. cit.*, p. 121-123.

[121] Cf. MELLO, José Antônio Gonsalves de. *Tempo dos Flamengos*. Recife: Massangana, 1997.

pelos trabalhos dos Institutos Históricos, cuja tradição positivista estava centrada na exaltação de grandes figuras nacionais.

Contrária a essa história patriótica, composta por um emaranhado linear de eventos e fatos, Freyre propõe uma história dos costumes, das técnicas, das crenças, do vocabulário, bem como outros recortes da história social e cultural.

Com base nesses dados, alguns comentadores, já na década de 1930, posicionavam a obra de Freyre como uma referência na tradição historiográfica brasileira. As considerações de Saul Borges Carneiro seguiram nessa direção: "O livro de Gilberto Freyre representa, considerando apenas em seu plano, a mais sensacional das novidades da historiografia indígena".[122] O crítico literário conclui que Freyre "foi buscar no materialismo histórico (...) o complemento da sua noção de historiógrafo".[123]

Dez anos após a primeira edição de *Casa-grande & senzala* e após a publicação de outras obras como *Sobrados e mucambos*, em 1936, Wilson Martins, autor de *História da Inteligência Brasileira*,[124] reafirmava o caráter inovador da interpretação histórica de Freyre no aprimoramento do conceito de cultura (material e imaterial) como substituto ao critério de civilização que guiava praticamente todos os historiadores da época.[125]

---

[122] CARNEIRO, Saul Borges, *op. cit.*, p. 150. Citação original: "O livro de Gilberto Freyre representa, considerando apenas em seu plano, a mais sensacional das novidades da historiografia indígena".

[123] *Ibidem*, p. 150.

[124] MARTINS, Wilson. *História da Inteligência Brasileira*. São Paulo: Cultrix, 1976. A obra foi publicada em sete volumes.

[125] "Ao estudar o fenômeno da formação histórica do Brasil, Gilberto Freyre abandona o ponto de vista em que se colocaram todos os nossos historiadores: que essa formação não passou de uma gradativa e talvez brutal do homem branco, dono de uma civilização mais adiantada, sobre o índio e sobre o negro, vítimas de uma civilização mais atrasada. A grande virtude do método histórico-cultural, de que Gilberto Freyre é no Brasil o mais destacado participante, consiste, para mim, nisso que o autor de *Casa Grande & Senzala* deixou acentuado: ter abandonado esse critério tão incerto de civilização pelo de cultura. Cultura no sentido sociológico." (MARTINS, Wilson. Notas à margem de Casa-grande & senzala. *O Dia*, 23 e 24 dez. 1943.)

1.4.3 Uma obra sobre o Nordeste ou sobre o Brasil?

Apesar dos comentários elogiosos acima citados, a recepção de *Casa-grande & senzala* não se restringiu aos louros. Devorada das prateleiras das livrarias com grande rapidez, a obra dividiu opiniões entre os primeiros críticos, principalmente devido a algumas lacunas apontadas ao longo do texto. Uma das críticas mais recorrentes atestava o unilateralismo por meio do qual foi pensada a história dos primeiros séculos da chegada dos portugueses ao Brasil, cuja narrativa permanecia centrada na região do latifúndio açucareiro e escravocrata: Freyre era criticado por não ter levado em consideração as variantes das outras regiões do país. O historiador Afonso de Taunay afirmava que *Casa-grande & senzala* se ocupava em excesso com o Norte do país, desdenhando a paisagem social do Sul.[126]

Na introdução à terceira edição do livro, Freyre, em resposta às observações de Taunay, procurou esclarecer o objeto do seu estudo:

> Mas o autor, nesse ensaio de sociologia genética (…) decidiu estudar o patriarcado com base na monocultura, latifúndio, trabalho escravo, onde naturalmente esse patriarcado teve sua expressão mais característica e mais forte. Foi apenas no século XVII (…) que o regime patriarcal prevaleceu na região de Minas; mas já extirpado pelo maior poder do rei e pela influência das cidades de Minas, mais autônomas que aquelas do Norte. Quanto ao Rio de Janeiro, o regime foi apenas uma exceção (…) e é também por exceção que o latifúndio e a monocultura se desenvolveram em São Paulo ou em outras regiões brasileiras.[127]

Desde a primeira edição de *Casa-grande e senzala*, Freyre procurou descolar sua obra do rótulo de "história regional", ao declarar que em seu ensaio, por ser mais um estudo de sociologia genética que de "história no

---

[126] Antes da divisão regional do Brasil operada durante o Estado Novo, o termo "Norte" era normalmente utilizado para se referir também ao Nordeste, o mesmo se aplicando ao Sul e Sudeste. Cf. ALBUQUERQUE JR., Durval Muniz de. *A Invenção do Nordeste e outras artes*. 4. ed. Recife: Massangana; São Paulo: Cortez, 2009.

[127] Trata-se de uma tradução livre de um trecho escrito por Freyre em seu prefácio à terceira edição de *Casa-grande & senzala* (1943), extraída da edição francesa: FREYRE, Gilberto. *Maîtres et Esclaves*, op. cit., p. 468.

sentido convencional",[128] o seu interesse principal consistiria no estudo do patriarcalismo "baseado na monocultura latifundiária e escravocrática",[129] e, desse modo, o "Norte" (entenda-se Nordeste) era a fatia do país "onde esse patriarcalismo teve a sua expressão mais característica e mais forte".[130]

Nesse sentido, ao situar sua obra como um trabalho de sociologia, temperado com "crônicas históricas e histórias anedóticas",[131] Freyre se desobrigava de atender aos requisitos de um estudo monográfico que abrangesse a história do patriarcado em suas diversas manifestações geográficas e temporais. Ao definir seu trabalho como sendo de sociologia e não de história, Freyre, de algum modo, esquivava-se das cobranças de historiadores que seguiam a cartilha metódico-positivista, cujas diretrizes eram bem distintas daquelas da história social e cultural apreciada pelos historiadores franceses dos *Annales*. As flutuações sobre os rótulos que os críticos e o próprio Freyre atribuíram aos seus textos acompanhavam as mudanças de paradigmas vivenciadas pelas ciências humanas e sociais ao longo do século XX.

1.4.4 Uma obra boasiana

Outro aspecto que foi bastante assinalado entre as primeiras resenhas sobre *Casa-grande & senzala* consistiu em chamar atenção para a flexibilidade com a qual Freyre tratou os conceitos teóricos em sua obra. Um exemplo é encontrado na definição do conceito de *raça*, utilizado em seus textos; neste caso, Freyre apresenta uma proposta disruptiva, fortemente influenciada pelas reflexões de Franz Boas, por meio das quais buscava distinguir "raça" e "civilização" e "separar os efeitos de relações puramente genéticas e os de influências sociais, de herança cultural e de meio".[132] A leitura e o intenso contato que o autor estabeleceu com o pensamento do antropólogo Franz Boas, em Columbia,[133] levaram-no

---

[128] FREYRE, Gilberto, *op. cit*, 2003, p. 565. O texto se refere ao prefácio assinado em 1973 no qual Freyre reúne trechos de prefácios de edições anteriores.

[129] *Ibidem*, p. 33.

[130] *Ibidem*.

[131] *Ibidem*.

[132] *Ibidem*.

[133] Freyre era aluno de Franz Boas, quando frequentava os cursos de antropologia de Columbia, durante os anos 1921 e 1922.

a separar raça e cultura no trato do tema da miscigenação, marcando um contraponto às teorias eugênicas.

Boas negou as teses da degeneração racial provocada pela miscigenação. A princípio, tentou provar que, desde os primeiros momentos, as sociedades (incluindo a sociedade moderna) eram fruto de constantes interações de diferentes famílias e segmentos étnicos: "Pode-se demonstrar que a alta nobreza de todas as partes da Europa é de origem muito mista". Nessa mesma linha de pensamento, utilizando-se de um vocabulário comum à época, declarava que:

> Os descendentes de mestiços de europeus e índios norte-americanos são mais altos e mais férteis que os índios puro-sangue. São mais altos ainda que as raças de seu país (...). Os mestiços de holandeses e hotentotes do sul da África (...) não exibem qualquer traço de degeneração. As populações do Sudão, misturas de tipos negroides e mediterrâneos, têm sempre se caracterizado por grande vigor (...). As observações sobre nossos mulatos norte-americanos não nos convencem da existência de qualquer efeito deletério de mistura racial que seja evidente na forma e função anatômicas.[134]

Talvez esse seja o principal elemento utilizado por Freyre para embasar suas considerações sobre o tema da mestiçagem processada no Brasil. Em suas conclusões, o autor de *Casa-grande & senzala* radicalizou as principais reflexões de Boas, ao compor sua apologia à mestiçagem.

Contudo, o processo de adesão às teses culturalistas do professor de Columbia não aparece de modo imediato nem visível nas reflexões de Freyre. Conforme nos revela Pallares-Burke,[135] foi um longo processo de amadurecimento acompanhado de conflitos internos do autor, pois os primeiros anos de sua formação haviam sido influenciados pela atmosfera do pensamento racial norte-americano sintetizado por leituras de autores que defendiam o princípio da pureza racial e criticavam o *melting-pot*,

---

[134] BOAS, Franz. Raça e Progresso. Conferência proferida no encontro da American Association for the Advancement of Science, Pasadena, 15 jun. 1931. Reproduzido em BOAS, Franz. *Antropologia Cultural*. 3. ed. Rio de Janeiro: Zahar, 2006. p. 73. Sobre esse tema, leia-se BOAS, Franz. *The Mind of primitive man*. Nova York: Macmillan, 1939.

[135] PALLARES-BURKE, Maria Lúcia, *op. cit.*, p. 318 e p. 302.

a exemplo de Madison Grant e Charles Davenport, com cujas obras Freyre teve contato no início da década de 1920.[136]

Nesse sentido, ao defender as ideias antirracistas de Boas, Freyre não abandonou completamente o léxico dos determinismos raciais. Conforme Araújo[137] observa, em muitas passagens de *Casa-grande e senzala*, o autor deixou escapar explicações inspiradas nesses dinamismos. De fato, facilmente se percebe, em alguns trechos, o uso de expressões como "hereditariedade da inteligência", "raça atrasada" ou "raça avançada".

Essas contradições também não passaram despercebidas aos olhos dos críticos contemporâneos à primeira edição da obra, conforme se pode notar em artigo publicado em 1935. Nele, o sociólogo Miranda Reis observava as incoerências entre as conclusões de Freyre e as ideias de Boas:

> O próprio Sr. Gilberto Freyre, seguindo a lição de seu mestre Boas e de Robert Lowie, considera a diferença entre os caracteres mentais mais do ponto de vista da história cultural que da hereditariedade. Eis porque nos surpreendeu vê-lo, ao fim do livro, apresentar como herança biológica a inteligência dos filhos de padres, assim como a dos mestiços que resultaram da união dos melhores elementos das casas-grandes com os melhores elementos das senzalas.[138]

Dois anos após a publicação dessas observações, J. Fernando Carneiro compartilhava leitura semelhante àquela feita pelo autor de *Ensaio de síntese sociológica*[139] ao destacar as limitações do texto freyriano no tratamento de temas de biologia. Para Carneiro, o autor se apropriou de vulgatas científicas sem o rigor crítico necessário: "Essa confusão acerca

---

[136] Cf. GRANT, Madison. *The Passing of the Great Race, or The Racial Basis of European History*. Nova York: Scribner's Sons, 1921. DAVENPORT, Charles. *Race Crossing in Jamaica*. Washington: Carnegie Institution of Washington, 1929. Idem. *Heredity in Relation to Eugenics*. Nova York: H. Holt, 1911.

[137] ARAÚJO, Ricardo Benzaquen, *op. cit.*, p. 30.

[138] MIRANDA REIS, V. Desobriga. *Boletim de Ariel*, IV, n. 3, p. 76-78, 1934. Reproduzido por FONSECA, Edson Nery da, *op. cit.*, p. 147.

[139] MIRANDA REIS, V. *Ensaio de sinthese sociológica*. 2. ed. Rio de Janeiro: Ariel, 1935.

de assuntos de genética reponta no livro todo. E isso é muito grave."[140] Mais adiante, conclui que:

> Um dos defeitos do autor (Freyre) era justamente a mania de erudição científica, sua preocupação de mostrar que não é apenas um literato, sua facilidade em abraçar tudo quanto viu em revistas americanas, e outrossim em crendices populares (...) assim quando diz que caju é antissifilítico, que jejum católico enfraquece a raça etc.[141]

É interessante observar que Freyre, após as críticas especializadas que se empenharam em destacar as incoerências do trato de assuntos próprios das ciências biológicas, resolve, nos anos seguintes, centrar suas análises no estudo da história social.

---

[140] CARNEIRO, J. Fernando. Comentários à margem de um grande livro. *Diário Carioca*. 1937. Reproduzido por FONSECA, Edson Nery da, *op. cit.*, p. 183.
[141] *Ibidem,* p. 187.

Capítulo 2

Freyre e os historiadores dos *Annales*

> (...) os historiadores da escola de Marc Bloch e de Lucien Febvre reconheceram nele um discípulo que, sozinho, à distância, lutava o mesmo combate por uma história social e humana (...). (Charles Delane. *L'observateur politique, économique et littéraire*, 1953)

Quando *Casa-grande & senzala* foi publicada no Brasil, Freyre descreveu sua obra como um trabalho de "história social e sociologia genética". Já no prefácio da edição de 1958,[1] período em que seu trabalho gozava de reputação internacional, procurou definir-se mais como um escritor que propriamente sociólogo ou historiador. No prefácio à 13ª edição brasileira, o autor mencionou a recepção de Fernand Braudel ao pontuar que o historiador francês já considerava *Casa-grande & Senzala* uma "obra clássica".[2] A preocupação em destacar a boa recepção internacional, em especial a francesa, era, para Freyre, um argumento importante, adequado para servir como validação e fortalecer o prestígio de sua obra diante das críticas brasileiras que se

---

[1] FREYRE, Gilberto. Casa-grande e senzala. *In*: *Obras reunidas de Gilberto Freyre*, v. 1. Rio de Janeiro: José Olympio, 1958.

[2] Sobre o estudo dos prefácios de Freyre, ver SORÁ, Gustavo. A construção sociológica de uma posição regionalista: reflexões sobre a edição e recepção de Casa Grande e Senzala de Gilberto Freyre. *Revista brasileira de ciências sociais* (36), v. 13, fev. 1998.

tornavam cada vez mais assíduas, principalmente na pluma dos sociólogos da Escola Livre de Sociologia e Política de São Paulo.

2.1 Fernand Braudel e a recepção da obra de Gilberto Freyre

2.1.1 Braudel no Brasil

> *Colocando os grandes problemas do passado brasileiro em termos e em questões de história social, ninguém me parece ser mais consciente ou ter tanta preocupação com o real – parece-me que ninguém conseguiu com tanto sucesso quanto Gilberto Freyre.* Esse é o seu grande mérito. (Prefácio de Fernand Braudel à tradução italiana de *Casa-grande & senzala*)

Quando Fernand Braudel recebeu o convite do *Groupement des Universités et des Grandes Écoles de France pour les relations avec l'Amérique Latine* (Grupo de Universidades e Grandes Escolas da França para relações com a América Latina)[3] para compor o quadro de docentes da Universidade de São Paulo, o historiador francês tinha em seu currículo oito anos de experiência em ensino adquiridos em um liceu na Argélia (1923-1932). Ao chegar ao Brasil, para atuar como professor que substituiria Émile Coornaert, Braudel encontrou e descobriu uma sociedade em constante transformação, em busca da modernização e capacitação de seus quadros profissionais por meio da instalação de cursos universitários.[4]

Durante seus anos de permanência no Brasil, o futuro autor de *O Mediterrâneo* beneficiou-se de uma rede de amizades formada por outros professores, participantes da referida missão universitária, e que com ele aportaram em terras brasileiras, rede que contribuiu decisivamente para

---

[3] O objetivo da criação do *Groupement* era "manter e desenvolver as afinidades intelectuais entre os latinos da América e da França, organizar uma colaboração metódica, incluindo universidades e grandes escolas francesas e americanas, divulgar a América Latina na França". LESCA, Charles *apud* MARTINIÈRE, Guy. *Aspects de la coopération franco-brésilienne*, p. 55. Trecho reproduzido em PEIXOTO, Fernanda. Franceses e norte-americanos nas ciências sociais brasileiras. *In*: MICELI, Sérgio (org.). *História das Ciências Sociais no Brasil*, v. 1. São Paulo: Editora Sumaré, 2001. p. 482.

[4] Sobre a presença francesa na criação dos cursos de História da Universidade de São Paulo e da Universidade do Rio de Janeiro, leia-se MARTINIÈRE, Guy. *Aspects de la coopération franco-brésilienne*. Paris-Grenoble: Presses Universitaires de Grenoble, 1982.

sua posterior carreira na França. Para citar apenas alguns dos membros desta rede, Braudel foi colega de Lévi-Strauss e de Pierre Monbeig.

Durante sua permanência como professor, ao ocupar a cátedra de História das Civilizações, Braudel leu, entre outras, as obras de Caio Prado Junior,[5] Gilberto Freyre[6] e Sérgio Buarque de Holanda.[7] Esse laboratório estabelecido nos trópicos também representou, para o jovem historiador, um momento de amadurecimento metodológico e temático. Em outras palavras, os anos brasileiros representaram um período de reflexão sobre o *métier* do historiador, em momento em que velhos conceitos utilizados na pesquisa e ensino de História puderam ser reavaliados, aperfeiçoando assim os estudos em favor de uma abordagem mais voltada aos aspectos econômicos e sociais.

Em 1937, ao retornar à sua terra natal, Braudel encontrou o historiador Lucien Febvre a bordo do navio *Campana*, encontro que exerceu um papel incontornável na sua carreira.[8] A vivência no Brasil levou o professor francês a testemunhar, alguns anos depois, que:

> Tornei-me inteligente no Brasil. O espetáculo que estava diante de mim era um espetáculo da história, um espetáculo de bondade social que fez-me entender a vida de outra maneira. Os melhores anos da minha vida, passei no Brasil.[9]

Após sua chegada à França, Braudel procurou sistematizar e ordenar a documentação que reuniu para sua pesquisa sobre o Mediterrâneo,

---

[5] PRADO JÚNIOR, Caio. *Evolução política do Brasil (ensaio de interpretação materialista da história brasileira)*. 2. ed. São Paulo: Brasiliense, 1947.

[6] FREYRE, Gilberto, *op. cit.*

[7] HOLANDA, Sérgio Buarque de. *Raízes do Brasil*. Rio de Janeiro: José Olympio, 1968. (Primeira edição, 1936).

[8] O sucesso dessa amizade nascida em um porto brasileiro é um fato constantemente repetido por Braudel: "Assim que cheguei a Paris, (...) fui convocado, e nosso diálogo iniciado em Santos (o porto) durante uma noite escura de verão tropical, nunca mais se interrompeu. Entrei na vida de Lucien Febvre, fui gradualmente ganhando espaço, o de um filho da casa." (BRAUDEL, Fernand. "Introduction. *Éventail de l'histoire vivante.*" In: *Les écrits de Fernand Braudel*. III: L'Histoire au quotidien. Paris: De Fallois, 2001. p. 251.)

[9] BRAUDEL, Fernand. *Une Leçon d'histoire de Fernand Braudel – Châteauvallon / octobre 1985*. Paris: Arthaud, 1986. p. 203 *apud* LOPES, Marcos Antônio (org.). *Fernand Braudel, Tempo e História*. Rio de Janeiro: Editora FGV, 2003. p. 170.

para finalmente concluir a redação de sua tese de doutorado. No entanto, o trágico desenrolar dos eventos interrompeu seus projetos: a irrupção da Segunda Guerra Mundial resultou em sua captura e prisão por quase cinco anos[10] em um *oflag* [campo de concentração] alemão.

2.1.2 Braudel e o artigo de 1943

Curiosamente, durante o período de isolamento forçado em Lübeck, Braudel escreveu um longo artigo específico sobre o trabalho de Gilberto Freyre,[11] publicado na revista *Mélanges d'Histoire Sociale*, título provisório da revista dos *Annales d'Histoire Sociale* durante a Ocupação.[12]

Apesar desses cinco anos de reclusão forçada, esse também foi o momento de elaboração de sua tese sobre o Mediterrâneo, seguindo as orientações e conselhos de seu amigo e editor dos *Annales*, Lucien Febvre, que em carta advertia: "Não abandone o Mediterrâneo, não abandone sobretudo os estudos sul-americanos".[13]

De posse desse conselho, Braudel escreveu o referido artigo sobre o Brasil, com ênfase na produção de Freyre. A escolha de elaborar um texto sobre a obra do intelectual brasileiro é revelador do interesse que o antigo professor visitante da Universidade de São Paulo nutria pelos estudos sobre o Brasil; o que inevitavelmente o levou a ler *Casa-grande & senzala*, considerada, na época, uma referência sobre história e sociologia do Brasil colonial. O período de sua estadia brasileira (1935-37) coincidiu com a fase de grande repercussão de *Casa-grande & senzala*, publicado dois anos antes, e o lançamento de *Sobrados e mucambos* (1936), obra que Braudel considerava a melhor de Freyre. No mesmo ano em que o historiador francês retornava à França, a obra *Nordeste* chegava aos leitores brasileiros.

---

[10] Braudel foi capturado no dia 29 de junho de 1940.

[11] BRAUDEL, Fernand. À travers un continent d'histoire. Le Brésil et l'œuvre de Gilberto Freyre. Mélanges d'histoire sociale, n. 4, p. 3-20, 1943. Reproduzido em *L'histoire au quotidien*, op. cit., sob o título *A propos de l' œuvre de Gilberto Freyre*.

[12] Para mais detalhes sobre a mudança de título dos *Annales* durante a Ocupação alemã, leia-se BLOCH, Marc; FEBVRE, L. *Correspondance*. T. III. Ed. établie par Bertrand Muller, Fayard, 2003.

[13] Carta de Lucien Febvre a Fernand Braudel. 16 de maio de 1942 *apud* GEMELLI, Giuliana; PASQUET, Brigitte. *Fernand Braudel*. Paris: Odile Jacob, 1995. p. 72.

Ainda nos tempos de prisão, Braudel chegou a escrever algumas páginas de um ensaio inacabado sobre a História do Brasil no século XVI.[14] É interessante observar que, durante os tempos de docência na universidade brasileira, o futuro autor de *O Mediterrâneo* não entrou em contato com Freyre e é provável que o sociólogo de Apipucos conhecesse pouco sobre Braudel, já que, na década de 1930, o historiador francês ainda não havia publicado trabalho de relevo e não era reconhecido nos círculos intelectuais, enquanto Freyre já gozava uma reputação internacional. Em uma carta de 1945, endereçada a Freyre, Braudel revela seu interesse no trabalho do sociólogo brasileiro:

> Senhor,
> Eu certamente conheço-o muito melhor que o senhor pode me conhecer, por ter lido todos os seus livros durante a minha permanência no Brasil.[15]

Em outra carta enviada em 1946, pouco depois de tornar-se codiretor dos *Annales*, ao lado de Lucien Febvre, Braudel convida Freyre a integrar o *Comité de patronage* (espécie de conselho consultivo) da revista, o que revela seu papel como mediador entre o sociólogo brasileiro e os centros de interesse da revista:

> De fato, gostaríamos de estabelecer um relacionamento o mais próximo possível com os pesquisadores estrangeiros e, para isso, criamos um comitê de patronagem com o qual contamos para estabelecer vínculos entre a França e o restante do mundo. Para também nos ajudar a acompanhar as novas publicações, o que seria particularmente necessário para o Brasil, onde as editoras não prestamos serviços de imprensa no exterior, acreditamos que nenhum brasileiro poderia este lugar em nossa revista tão bem quanto você. Você aceitaria assumir e figurar na lista do nosso comitê de patronagem?[16]

Ao término da Segunda Guerra Mundial, Braudel tinha diante de si a árdua tarefa de restaurar suas redes intelectuais. Diante desse cenário, pôde contar com os esforços de Lucien Febvre e com a bagagem

---

[14] Os trechos do manuscrito inacabado de Braudel estão reproduzidos na obra de LIMA, Luís Corrêa. *Fernand Braudel: vivência e brasilianismo (1935-1945)*. São Paulo: Edusp, 2009.

[15] Carta de Fernand Braudel endereçada a Gilberto Freyre, 8 de novembro de 1945. Arquivos Fundação Gilberto Freyre.

[16] Carta de Fernand Braudel endereçada a Gilberto Freyre, 27 de julho de 1946. Arquivos Fundação Gilberto Freyre.

intelectual obtida durante suas viagens e as leituras realizadas quando estivera em cativeiro. Porém, o que realmente contou para sua inserção no ambiente universitário foi a sua produção intelectual. Sobre esse ponto, o artigo que escrevera sobre a obra de Freyre, mesmo que não tenha sido a única publicação que o creditava como "especialista em história da América Latina", ocupou um lugar crucial em seu currículo entre 1946 e 1949. De acordo com seu biógrafo, Pierre Daix, em 1945:

> A Universidade o queria apenas por sua experiência na América Latina, demanda provavelmente observada por seu grande artigo sobre Gilberto Freyre publicado em 1943. Obviamente, ele ainda não era o homem de *O Mediterrâneo* aos olhos do *establishment* acadêmico.[17]

Embora o artigo de 1943 não fosse o primeiro trabalho de Braudel sobre o Brasil publicado na revista dos *Annales*, ele o referenciava como um especialista em obras e autores brasileiros.

Em 1949, quando Braudel candidatou-se para assumir o lugar de Lucien Febvre na cátedra de História da Civilização Moderna no Collège de France, apresentou, na seção de suas publicações, uma lista completa de seus trabalhos sobre a América Latina. De 1938 a 1946, ou seja, entre seu retorno à França e a codireção dos *Annales*, o historiador francês escreveu oito artigos, incluindo ensaios e resenhas sobre a América Latina, publicados na *Revue Historique*, nos *Annales d'Histoire Economique et Sociale* e na *Mélanges d'Histoire Sociale* (um dos nomes provisórios da revista dos *Annales*), onde foi publicado seu artigo sobre Freyre. Nesse período, seus trabalhos sobre América Latina ocuparam um lugar especial[18] em um contexto no qual sua reputação de historiador estava melhor estabelecida fora da França do que em seu próprio país.[19]

2.1.3 Considerações braudelianas sobre a historiografia brasileira e a obra de Gilberto Freyre

O título do artigo braudeliano, "À travers un continent d'histoire, le Brésil et l'oeuvre de Gilberto Freyre"[20] [Através de um continente de história,

---

[17] DAIX, Pierre. *Fernand Braudel, uma biografia*. Rio de Janeiro; São Paulo: Record, 1999. p. 252.

[18] Cf. ROJAS, Carlos Aguirre. *Braudel, o mundo e o Brasil*. São Paulo: Cortez, 2003. p. 109.

[19] Cf. REVEL, Jacques (org.). *Braudel et l'Histoire*. Paris: Hachette, 1999.

[20] BRAUDEL, Fernand, *op. cit.*

o Brasil e a obra de Gilberto Freyre], talvez induza o leitor a crer incialmente tratar-se de um texto que aborda apenas o trabalho do sociólogo brasileiro. No entanto, as vinte páginas publicadas na *Mélanges d'Histoire Sociale* constituem uma apreciação geral da produção intelectual brasileira em que o futuro autor de *O Mediterrâneo*, ao comentar o trabalho de Freyre, comparava-o com outras produções de pensadores brasileiros.

Na primeira parte do artigo, Braudel apresenta um panorama da historiografia brasileira. Destaca autores clássicos como Southey,[21] Handelsman,[22] Rocha Pombo[23] e Varnhagen para referir-se a uma história tradicional cuja escrita ele sempre combateu. Braudel posicionou-se contra essa escrita, tida por ele como um modo "míope" de escrever a História, uma escrita que privilegiava os grandes eventos e personificava as rupturas históricas por meio da figura de seus heróis.

Diante desse tipo de narrativa, muito comum na historiografia francesa e, por extensão, na historiografia brasileira, o futuro autor de *O Mediterrâneo* contrapunha uma abordagem preocupada em identificar a longa duração, os ciclos econômicos, por meio do estudo da cultura material.

Nesse sentido, a "História do Brasil" produzida por historiadores do século XIX e brasilianistas deixava-lhe uma impressão de *déjà-vu*. Um tipo de narrativa histórica que o historiador francês estava habituado a ler e, em grande medida, discordar.

O próprio Braudel criticava a narrativa da história brasileira apresentada por esses autores por permanecerem "tão monótonos e, francamente, tão acadêmicos – [como] essa vida que eles mostram apenas limitada pelo horizonte político tradicional".[24]

---

[21] SOUTHEY, Robert (1774-1843). Poeta e historiador. Entre 1810 e 1819, ele escreveu *History of Brazil* [História do Brasil]. 2. ed. Londres: Longman, 1822.

[22] HANDELMANN, Gottfried Heinrich. *História do Brasil*. São Paulo: Edusp/Itatiaia, 1982. A edição original foi publicada em 1860 com o título *Geschichte von Brasilien* [História do Brasil].

[23] José Francisco da Rocha Pombo (1827-1933) escreveu *História do Brasil* (revista e atualizada por Hélio Viana). 14. ed. São Paulo: Melhoramentos, 1967. A primeira edição foi publicada em 1906. Outras obras publicadas: *Nossa Pátria*, que conta com mais de quarenta edições, *História do Rio Grande do Norte*, *História do Paraná*.

[24] BRAUDEL, Fernand. À travers un continent d'histoire, le Brésil et l'œuvre de Gilberto Freyre. *Mélanges d'histoire sociale. Annales d'histoire sociale*, 1943. p. 3-20. Reproduzido em *L'histoire au quotidien*, op. cit.

Uma das exceções a esse quadro estaria nos escritos de Capistrano de Abreu, igualmente citado por outro francês, o historiador Émile Coornaert em um artigo publicado alguns anos antes,[25] em que destacou o interesse inovador do historiador cearense pela história social,[26] em um tempo no qual ainda não havia um vínculo estreito entre História e Ciências Sociais.[27]

Além de Capistrano, outros nomes foram lembrados, dentre os quais o de Euclides da Cunha[28] e Sérgio Buarque de Holanda, que, três anos após a primeira edição brasileira de *Casa-grande & senzala*, publicou *Raízes do Brasil*.[29] Apesar das contribuições desses autores, Braudel revela sua preferência pela obra freyriana:

> De todos esses ensaístas, Gilberto Freyre parece-me que se não for o mais brilhante – todos eles são – pelo menos o mais lúcido e o mais rico, em todo caso, o mais documentado. Ensaísta, sim; mas, além disso, historiador; historiador privilegiado, cheio de lembranças pessoais e familiares.[30]

Em seu texto de 1943, Braudel procurou definir Freyre como "sociólogo, mas também historiador – muito mais historiador do que ele acredita, no sentido da palavra para um leitor dos Annales".[31]

A alusão do historiador francês ao "leitor" espelha o objetivo da revista, cuja característica marcante, como já foi dito, consistiu na abertura às ciências sociais e a recusa à uma história *événementielle*. Para Braudel, um dos atrativos pela obra de Freyre esteve ligado, entre outros aspectos, à relação que o autor de *Casa-grande & senzala* estabeleceu entre abordagens sociológicas e pesquisa histórica.

Se pensarmos na trajetória intelectual de Braudel, os diferentes diálogos estabelecidos com seus colegas – entre os quais Georges Gurvitch

---

[25] COORNAERT, Emile. Aperçu de la production historique récente au Brésil. *Revue d'Histoire Moderne* (21), v. 11, jan./fev. 1936.

[26] Para obter mais informações sobre Capistrano, ver o capítulo 1.

[27] DIEHL, Astor. *A cultura historiográfica brasileira: do IHGB aos anos 1930*. Passo Fundo: Ediupf, 1998. p. 141.

[28] Cf. CUNHA, Euclides da. *Os Sertões*. São Paulo: Três, 1984. (Primeira edição de 1902).

[29] Cf. HOLANDA, Sérgio Buarque de. *Raízes do Brasil, op. cit.*, 1936.

[30] BRAUDEL, Fernand. À travers un continent d'histoire, *op. cit.*, p. 64.

[31] *Ibidem*, p. 63.

(que estabeleceu contatos importantes com Freyre na década de 1950), o demógrafo Sauvy e o antropólogo Lévi-Strauss[32] – contribuíram para despertar o interesse pelas intersecções entre História e Ciências Sociais. Nas palavras de Braudel, "sociologia e história constituem uma única e exclusiva aventura da mente (...) [elas] se reúnem, [elas] se reconhecem".[33]

Sob esse viés, para o historiador francês é "impossível que o sociólogo encontre-se deslocado nas oficinas das obras da história, pois é lá que ele encontra seus materiais, suas ferramentas, seu vocabulário, seus problemas e suas próprias incertezas".[34]

Essa convicção destacada nas palavras do autor de *O Mediterrâneo* também se encontra em seu comentário à obra de Freyre quando anuncia que o grande mérito do sociólogo brasileiro "foi reconciliar a narração histórica com elementos da sociologia, assim como ele equilibrou o período dos eventos com o período parcialmente adormecido das realidades sociais".[35]

A longa duração, isto é, uma história quase imóvel das relações do homem com o meio que o cerca, é um conceito caro ao historiador francês que, em seu célebre artigo de 1958, estabeleceu a consagrada definição de *duração histórica*.[36] Em duas passagens do texto, Braudel explica a perenidade das relações humanas com o ambiente geográfico.

Tal noção de temporalidade histórica já havia sido esboçada na primeira parte de sua tese sobre o Mediterrâneo, escrita na prisão, concomitante à redação do seu artigo sobre Freyre. Uma "história a passos lentos" que Braudel observou escrupulosamente nos diversos aspectos da vida campesina do entorno do Mediterrâneo, semelhante ao mundo patriarcal da produção de açúcar na costa atlântica descrita por Freyre. Essa história, com base em aspectos estáveis ou imóveis,[37] marca da narrativa histórica de Braudel, é igualmente observada pelo autor de

---

[32] BOURDÉ, Guy. *Les écoles historiques*. Paris: Seuil, 1983. p. 234.

[33] BRAUDEL, Fernand. *História e ciências sociais*. Lisboa: Presença, 1972. p. 134.

[34] *Ibidem*, p. 135.

[35] Cf. BRAUDEL, Fernand. Introdução à tradução italiana de *Casa-grande & senzala*: In: FREYRE, Gilberto. *Padroni e schiavi: la formatione della famiglia brasiliana in regime di economia patriarcale*. Torino: Giulio Einaudi, 1965.

[36] BRAUDEL, Fernand. La longue durée. *Annales. Histoire, Sciences Sociales*, ano 13, n. 4, p. 725-753, 1958.

[37] Sobre esse tema cf. Fernand BRAUDEL. *Les Ambitions de L'Histoire*. op. cit., p. 141. "Eu diria que eu mesmo, quando estudei o Mediterrâneo, me convenci de que tinha

O Mediterrâneo na escrita freyriana: "A obra de Gilberto Freyre defende os arraigados, os estáveis".[38]

Para estudar aspectos da vida material, Braudel a distribuiu em cinco partes: alimentação, moradia e vestuário, padrões de vida, técnicas e dados biológicos. Em suas palavras: "a vida material vai assim, para mim, das coisas ao corpo".[39]

Quando a obra *Casa-grande & senzala* foi publicada no Brasil, não faltaram aqueles que consideraram Freyre um materialista,[40] em razão do seu interesse por objetos, pela casa, pela moda, alimentação e outros aspectos materiais referentes ao estudo da família brasileira. A relação entre os objetos e as condições geográficas e ambientais que os cercam são características marcantes nos textos desses dois autores.[41] Em 1940, o sociólogo Paul Arbousse-Bastide, que lecionou na Universidade de São Paulo como parte da missão universitária francesa, redigiu o prefácio de *Um engenheiro francês no Brasil*,[42] obra na qual Freyre apresentou um estudo sobre a influência dos franceses no espaço urbano das cidades brasileiras na segunda metade do século XIX. Em seu texto de apresentação, o professor francês assinalou o fato de que:

---

o direito de procurar um assunto além da história tradicional, destacando, sobretudo, a história imóvel (...) Essa história imóvel constitui a primeira parte do meu livro."

[38] BRAUDEL, Fernand. À travers un continent d'histoire, *op. cit.*, p. 71.

[39] *Idem*. Vie matérielle et comportements biologiques. *Annales ESC*, 1961. Reproduzido em BRAUDEL, Fernand. *L'histoire au quotidien*, *op. cit.*, p. 218.

[40] REALE, Miguel. Um sociólogo naturalista. *In*: *Casa Grande e Senzala e a crítica brasileira de 1933 a 1944*, *op. cit.*, p. 165. De acordo com Reale: "Se para Marx tudo é economia, para Gilberto Freyre, discípulo de Boas, tudo é sociologia, usos e costumes".

[41] Sobre o estudo da vida material de Braudel e de Freyre indico a leitura de WESTPHALEN, Cecília Maria. *Gilberto Freyre, historiador da vida material: os bichos, as cousas e as técnicas*. Fundaj/Clacso.

[42] FREYRE, Gilberto. *Um engenheiro francês no Brasil*. Prefácio de Paul Arbousse-Bastide. 2. ed. Rio de Janeiro: José Olympio, 1960. Para uma análise mais detalhada sobre essa obra publicada originalmente em 1940, leia-se PONCIONI, Claudia. Gilberto Freyre e Vauthier: visões do Brasil. *In*: ARAÚJO R.; PONCIONI, C.; PONTUAL, V. (org.). *Vauthier, um engenheiro das artes, ciências e ideias*. Olinda: Ceci, 2009. Para mais detalhes sobre a pesquisa e as notas de Freyre dedicadas à sua edição do diário pessoal de Louis-Léger Vauthier (*Diário Íntimo do engenheiro Vauthier*, 1940) leia-se PONCIONI, Claudia. *Ponts et idées. Louis-Léger Vauthier, un ingénieur fouriériste au Brésil. Pernambuco (1840-1846)*. Paris: Michel Houdriard, 2009.

Para Gilberto Freyre, os elementos materiais são apenas sinais de outras realidades, mais difíceis de entender, porém mais essenciais. Seria ridículo tentar desacreditar esse método, chamando-o de materialista; ele sequer traiu o que se poderia chamar de favoritismo material. Pelo contrário, os objetos materiais, em certa concepção, fazem sentido e são interessantes apenas na medida em que traduzem realidades imateriais, mentalidades, crenças, preconceitos de invenções.[43]

Em sua apreciação, Arbousse-Bastide procurou diferenciar a compreensão de Freyre sobre cultura material daquela produzida por Braudel. Com efeito, o sociólogo brasileiro estava mais preocupado com as representações simbólicas associadas a esses elementos materiais, preferindo uma contribuição mais próxima daquela de Lucien Febvre caracterizada pela "psicologia histórica".

Conforme afirma Pierre Jeannin, elementos da história do cotidiano, como habitação e alimentos, instrumentos e gestos de trabalho, grandes pragas e pequenas misérias são quase todas "normalmente anexadas (por Braudel) ao campo econômico da história".[44] Freyre, ao contrário, recorre a aspectos da vida material para melhor observar os hábitos culturais e comportamentos sociais.

Isso não significa que Freyre rejeitasse as estruturas econômicas. De acordo com o autor: "temos que admitir influência considerável, embora nem sempre preponderante, da técnica da produção econômica sobre a estrutura das sociedades; na caracterização da sua fisionomia moral".[45] No entanto, essa importância é relativizada em outra passagem do livro em que ele adverte o leitor que "não nos interessa, porém, senão indiretamente, neste ensaio, o aspecto econômico ou político da colonização portuguesa do Brasil. Diretamente, só nos interessa o aspecto social."[46]

Quando Braudel menciona *Sobrados e mucambos,* por ele considerado o melhor dos livros de Freyre,[47] comenta acerca de uma parte em que o sociólogo brasileiro descreve conflitos entre proprietários rurais

---

[43] ARBOUSSE-BASTIDE, Paul. Introdução. *In:* FREYRE, Gilberto. *Um engenheiro Francês no Brasil, op. cit.,* p. 11.

[44] JEANNIN, Pierre. *Une histoire planétaire de la civilisation matérielle. In:* REVEL, Jacques. *Fernand Braudel et l'histoire* [Fernand Braudel e a história], *op. cit.,* p. 111.

[45] FREYRE, Gilberto, *op. cit.,* p. 436.

[46] *Ibidem,* p. 191.

[47] BRAUDEL, Fernand. À travers un continent d'histoire, *op. cit.,* p. 77.

do Nordeste e burgueses das cidades. Ao refletir sobre esse trecho do livro, Braudel conclui: "Pena que Gilberto Freyre não direcionou, nesse aspecto, seu estudo para o terreno sólido da economia".[48]

Nesse mesmo artigo, Braudel escreveu comentários sobre a obra *Nordeste*,[49] lamentando o aspecto demasiado regional do trabalho: "Retomemos esse lindo livro: *Nordeste*. Além do triângulo colonial que ele desenha com tanta clareza, não existem outras realidades?"[50]

Essa observação da parte do autor de *O Mediterrâneo* não surpreende, posto que uma das características mais significativas de sua trajetória intelectual é pensar a História em uma escala transregional, permeada de múltiplas temporalidades e geografias.

Embora salientasse apreços e afinidades, Braudel não hesitou em destacar a distância entre a escrita histórica dos historiadores europeus, como ele, e a dos brasileiros:

> Historiadores da Europa, nós enxergamos sob um outro ângulo que, afinal, não deve ser negligenciado: o de sua história oceânica, europeia e mundial. (...) Contudo, penso que os historiadores brasileiros se esquecem com frequência – quase sempre esquecem – esse oceano portador de riquezas, com suas rotas próximas e suas grandes transversais, sua vida mais ou menos animada ao longo dos séculos.[51]

No lugar de me debruçar em listar as semelhanças e diferenças entre os escritos desses dois autores, optei por examiná-los sob a ótica de um possível diálogo. Freyre reuniu um conjunto de qualidades que impressionaram o professor francês e que convergiam, em larga escala, com suas preocupações historiográficas. Para Braudel, era interessante encontrar, longe do ambiente universitário francês, obras que apresentassem uma escrita que soubesse conciliar história com outras áreas do conhecimento, e esse era, a seu ver, o maior mérito de Freyre. Embora estabelecesse ressalvas e pontuasse algumas críticas ao autor de *Casa-grande & Senzala*, Braudel encontrou, na obra de Freyre, uma quebra na monotonia dos escritos históricos de seu tempo.

---

[48] *Ibidem*, p. 79.

[49] A tradução de *Nordeste* sob o título *Terres du Sucre* [na edição em francês], publicada em 1956, ainda não tinha sido publicada quando Braudel escreveu este artigo, em 1943.

[50] BRAUDEL, Fernand. À travers un continent d'histoire, *op. cit.*, p. 80.

[51] *Ibidem*, p. 83-84.

Ao mesmo tempo, o historiador francês admitia: "Gilberto Freyre tem suas preocupações, que não são as nossas".[52] O uso do pronome pessoal plural indica o coletivo dos historiadores europeus, cujas inclinações não convergiam com a falta de rigor metodológico adotado pelo autor de *Casa-grande & senzala*. Nesse sentido, Braudel pontuava que, apesar das generalizações, de uma cronologia mal definida ou de conclusões precipitadas de Freyre, *Casa-grande & senzala* era a obra que melhor despertava o interesse pelo passado brasileiro.

2.2 Lucien Febvre e Gilberto Freyre: alguns pontos de convergência

Se Braudel foi o primeiro historiador a mencionar o trabalho de Freyre em um artigo publicado na França, Lucien Febvre foi um dos principais promotores de *Casa-grande & senzala* naquele país.

Em artigo publicado em *O Cruzeiro*, após a morte de Lucien Febvre, Freyre destacou a acolhida de seu colega francês na década 1950 e as afinidades entre suas obras:

> A iniciativa veio dele [Febvre] de me receber de forma excepcionalmente afetuosa. Por ter descoberto em meus trabalhos – disse o Professor Febvre – afinidades histórico-sociológicas com os trabalhos que o próprio Marc Bloch destacou na França.[53]

Ainda são poucos os trabalhos[54] que se dedicaram a mostrar as afinidades entre a produção de Freyre e as dos *Annales*, particularmente a de Lucien Febvre. Em artigos e resenhas de Febvre dedicados à obra do sociólogo brasileiro, o historiador francês fez algumas alusões a essa

---

[52] *Ibidem*, p. 15.

[53] FREYRE, Gilberto. Mestre Lucien Febvre. *O Cruzeiro*, 19 out. 1957.

[54] Cf. BURKE. Peter. Gilberto Freyre e a Nova História. *Tempo Social*, USP, 1997. Ver também PALLARES-BURKE, Maria Lúcia; BURKE, Peter. *Repensando os trópicos: um retrato intelectual de Gilberto Freyre*. São Paulo: Editora Unesp, 2008. Trad. de *Gilberto Freyre: Social Theory in the Tropics*. Londres: LANG, Peter, 2008. Em tese defendida há pouco tempo, Ian Merckel se debruçou sobre os arquivos pessoais de Lucien Febvre comprovando o quanto a relação entre o francês e Gilberto Freyre foram além do apreço acadêmico. Cf. MERCKEL, Ian. *Terms of Exchange: Brazilian Intellectuals and the Remaking of the French Social Sciences*. Thesis. Institute of French Studies and Department of History, New York University, 2018.

aproximação, porém sem se aprofundar nessa relação. Como veremos no próximo capítulo, o interesse de Febvre pela obra de Freyre possivelmente estava mais atrelado à discussão acerca da questão racial, da mestiçagem e até mesmo do colonialismo do que propriamente aos aspectos historiográficos da obra freyriana. No entanto, essa abordagem não impede considerar a conexão entre os seus respectivos escritos históricos, como os próprios autores sugerem em seus textos. Eis a razão pela qual, nas páginas seguintes, optei em elencar, brevemente, alguns pontos de convergência.

2.2.1 Febvre e o espírito de síntese

> As grandes descobertas têm seu lugar nas próprias fronteiras da ciência. (Lucien Febvre, *Combats pour l'Histoire*. p. 141)

Grande parte da longa trajetória intelectual de Lucien Febvre esteve dedicada à necessidade de abertura da história às demais ciências. Desde os primórdios da sua carreira de historiador, Febvre não se satisfazia em apenas considerar as outras disciplinas como meras "ciências auxiliares", mas como ciências da erudição que contribuiriam, com suas ferramentas, para o trabalho do historiador. Sua abordagem foi além, elaborando uma crítica contundente ao que ele chamou de "espírito de especialidade". Esse pendor multidisciplinar está presente nos seus esforços como organizador da *Encyclopédie*[55] durante os anos 1930, e em suas atividades à frente da revista dos *Annales*, sempre com o intuito de estabelecer pontes investigativas e diálogos com as ferramentas analíticas e metodologias provenientes de outros campos do saber.

Para Febvre, era necessário agregar conhecimentos de outras áreas até o ponto de não poder mais decantá-los. Quando ainda era professor da Universidade de Strasbourg, herdou essa característica durante os anos em que fez parte do Centre de Synthèse de Henri Berr, contribuindo assiduamente para a *Revue de Synthèse Historique*. Sua primeira colaboração com a revista foi em 1905. A história de sua atuação no Centro

---

[55] Febvre foi encarregado da organização da *Encyclopédie*, a pedido do Ministério da Educação Nacional. A implementação começou em 1933, e o primeiro volume foi publicado em 1935.

de Síntese pode ser acessada pelas trocas epistolares estabelecidas com Henri Berr de 1911 a 1954.[56]

Além da amizade pessoal, os dois intelectuais franceses atuaram em favor de ideias em comum, sintetizadas pela proposta de interdisciplinaridade, conforme foi descrita no livro de Berr *La Synthèse en Histoire*[57] [A Síntese em História], que Febvre leu com entusiasmo. A proposta do colega, professor do Liceu Henri IV, consistia em produzir conhecimento de fronteira, constantemente capaz de se fundir em saberes múltiplos, distantes da atomização disciplinar que caracterizava a distribuição e prática do conhecimento no século XIX. Beer era avesso tanto à "história historicizante" quanto ao que considerava o "imperialismo sociológico" da revista *Année Sociologique* (1900).

No caso de Febvre, a inspiração obtida nas ideias e propostas do Centro de Síntese de seu amigo Beer dividia espaço com outras influências intelectuais que exerceram impacto na sua formação: a geografia de Paul Vidal de La Blache e a sociologia de Durkheim.

2.2.2 História e sociologia em Febvre e Freyre

Na virada do século XIX para o XX, a sociologia ainda não desfrutava de um status definido nos meios acadêmico e científico; no entanto, suas propostas inovadoras e suas inquietações não passaram despercebidas pelos historiadores.

O famoso artigo de François Simiand "Méthode historique et Science Sociale" [Método histórico e ciências sociais], publicado em 1903,[58] teceu duras críticas à história historicizante e positivista[59] que, ao preocupar-se em apenas fazer um inventário de fatos isolados, pontuais e honoríficos, e estando pouco engajada na compreensão do fenômeno social, teria, segundo o autor, poucas respostas a fornecer à sociedade e permaneceria então em uma posição subordinada em comparação com outras ciências.

---

[56] Sobre a correspondência de Lucien Febvre e Henri Berr, leia-se FEBVRE, Lucien. *Lettres à Henri Berr*, apresentadas e comentadas por Jacqueline Pluet e Gilles Candar. Paris: Fayard, 1997.

[57] BERR, Henri. *La Synthèse en histoire*. Paris: F. Alcan, 1911.

[58] Em resposta ao artigo publicado dois anos antes por Charles Seignobos.

[59] O termo positivista é, então, muito geral e vago para poder elaborar a definição de uma corrente histórica.

À história concebida com esse viés restaria apenas o papel de fornecer informações e ferramentas necessárias para a sociologia, que poderia então elaborar explicações gerais para a sociedade. Simiand compreendia que, para ser científico, o conhecimento deveria ter um certo grau de *generalidade*, não podendo se contentar em apresentar-se apenas como idiográfico, com base na descrição de casos específicos.

Para Simiand, a história tal como era praticada não construía nem formulava problemas, contentando-se em formular explicações *ad hoc*.[60] A descrição dos documentos, encarados sob essa premissa, serviam apenas de lastro e evidência para concepções pré-estabelecidas.

Assim como Simiand, Febvre questionou o papel que a história teria de desempenhar na sociedade. O futuro fundador dos *Annales* fazia coro ao grupo de historiadores que desejavam arrancar os estudos históricos de seu isolamento disciplinar. Para tanto, seria necessário redefini-los por meio de novos dispositivos conceituais propostos pelas Ciências Sociais.

De certa forma, a criação dos *Annales* foi uma resposta para questionamentos elaborados em 1903 por Simiand e, mais precisamente, pelas reflexões e provocações de Émile Durkheim. De fato, durante sua trajetória intelectual, Febvre declarou sua dívida à sociologia. As contribuições de Simiand, Halbwachs, Lévy-Bruhl e Meillet à revista *L'Année Sociologique*[61] serviram de inspiração para as reflexões de Febvre e principalmente para o processo de criação dos *Annales*.[62]

Gilberto Freyre, por sua vez, também era reticente aos excessos de especialização nas Ciências Sociais. Na década de 1940, incentivou seus alunos e leitores a estabelecer contatos com outras áreas do conhecimento, a fim de adquirir uma maior riqueza de observações e uma maior variedade de pontos de vista. Assim como Febvre, o sociólogo brasileiro defendia a interseção do conhecimento como contraponto ao que denominou de "latifúndios intelectuais".[63]

---

[60] Cf. DOSSE, François; DELACROIX, Christian; GARCIA, Patrick. *Les courants historiques en France, XIXe-XXe siècle*. Paris: A. Colin, 2005.

[61] Revista criada em 1898 pelo sociólogo Émile Durkheim.

[62] Sobre as relações entre história e sociologia, leia-se o artigo de NOIRIEL, Gérard. Pour une approche subjectiviste du social. *Annales ESC*, n. 6, p. 1435-1459, 1989.

[63] FREYRE, Gilberto. O estudo das ciências sociais nas universidades americanas. *Rumo*, Rio de Janeiro, n. 1, v. 1, p. 4-24, jan./mar. 1943.

2.2.3 A geografia sob os olhares de Febvre e Freyre

Aluno de Paul Vidal de La Blache na Escola Normal Superior, Lucien Febvre buscou nas ideias do fundador da revista *Annales de Géographie*[64] algumas importantes ferramentas para a renovação da história social.

De modo geral, a geografia de Vidal estaria na origem do desenvolvimento criativo dos *Annales*. No confronto com uma história puramente militar e diplomática, marcada por narrativas descritivas de efemérides, Febvre encontra na geografia humana vidaliana elementos que convergiram com seu programa de transformação da ciência histórica. Essa influência transparece na publicação, em 1921, de sua obra *La Terre et l'Evolution Humaine*,[65] na qual Febvre abre a perspectiva de uma colaboração mais clara entre geógrafos e historiadores.

Um dos aspectos que nos chama atenção e permite estabelecer um elo entre o pensamento de Freyre e o de Febvre está relacionado aos estudos regionais. As monografias sobre estudos regionais eram uma das marcas da produção do círculo vidaliano, aspecto, inclusive, que foi criticado pelo sociólogo François Simiand.

Em seus comentários, Simiand questionava, entre outras coisas, o status científico das monografias regionais. Em sua opinião, o estudo regional se afastava do método comparativo, único método que poderia fornecer explicações gerais, que, de acordo com o autor, comporiam os fundamentos do pensamento científico.[66] Ao contrário de Simiand, que se concentrou em uma discussão epistemológica, Febvre concebia a análise regional de La Blache como uma "condição prévia e necessária para um estudo comparativo das sociedades".[67]

Na percepção do fundador dos *Annales*, região não é apenas composta por uma delimitação politicamente construída, mas torna-se uma realidade viva, um testemunho da pluralidade e diversidade da sociedade. Para o historiador, o estudo focado em aspectos regionais consistia no primeiro passo para a elaboração de análises comparativas

---

[64] Revista criada em 1893.

[65] Cf.. FEBVRE, Lucien. *Le Terre et l'évolution humaine. Introduction géographique à l'Histoire*. Paris: A. Colin, 1922.

[66] As críticas de François Simiand no que diz respeito à geografia regional são reunidas em um relatório das teses de A. Demageon, R. Blanchard, C. Vallaux, A. Vacher e J. Sion, publicado na revista *L'Année Sociologique*, 1906-1909, p. 723-732. Citado por MÜLLER, Bertrand. *Lucien Febvre, lecteur et critique*. Paris: Albin Michel, 2003. p. 241.

[67] MÜLLER, Bertrand, *op. cit.*, p. 253.

mais amplas. Fiel a esse ponto de vista, Febvre contribuiu para esses estudos, principalmente graças a sua experiência como presidente da cátedra de história e arte da Borgonha na Universidade de Dijon.[68] Em colaboração com Demangeon, Febvre publicou *Le Rhin, problèmes d'histoire et d'économie*.[69]

Apesar de manter diferenças conceituais sobre os estudos regionais, Febvre concordava, em parte, com as críticas de Simiand no tocante aos aspectos metodológicos aplicados a esses estudos. Se Simiand criticava o modelo monográfico como parâmetro para estudos geográficos regionais, Febvre, por sua vez, estende essa crítica, inclusive, ao trabalho de outras disciplinas, como as monografias sobre antropologia ou história. Ambos concordavam em apontar a esterilidade do que Febvre chamou de "monografias monografizantes".[70] Tal crítica desvela um certo desencantamento, da parte da Febvre, em relação à institucionalização da divisão regional dos estudos geográficos nas universidades francesas.

O falecimento de La Blache, seguido da distribuição de cátedras universitárias por região, resulta em uma desaceleração e estagnação dos estudos de geografia regional na França. Nesse contexto, Febvre mostra-se menos elogioso a esse tipo de trabalho e acaba perdendo a confiança na própria eficácia desses estudos regionais. Gilberto Freyre, por sua vez, não se inspira na geografia vidaliana durante a criação de *Casa-grande & senzala*; entretanto, em 1935, utiliza o *Tableau de la Géographie de la France*[71] em um curso ministrado na Universidade Federal do Rio de Janeiro, cujo tema era a sociologia regional.[72]

As publicações posteriores de Freyre revelam, porém, que essa relação estabelecida com o trabalho de Vidal foi efêmera, dando lugar a reflexões da Escola de Chicago, corrente na qual Freyre se inspirou para compor sua obra de geografia regional, *Nordeste*.[73]

---

[68] Febvre inaugurou essa cátedra em 1912.

[69] DEMANGEON, Albert; FEBVRE, Lucien. *Le Rhin: problèmes d'histoire et d'économie [O Reno, questões de história e economia]*. Paris: A. Colin, 1935.

[70] FEBVRE, Lucien. L'homme et la montagne. *AHES*, 6, 1933, p. 407. Citado por MÜLLER, Bertrand, *op. cit.*, p. 253.

[71] Cf. DE LA BLACHE, Paul Vidal. *Tableau de la géographie de la France*. Paris: J. Tallandier, [1903]1979.

[72] CHACON, Vamireh. *Gilberto Freyre, uma biografia intelectual*. Ver também BURKE, Peter. Gilberto Freyre e a Nova História. *Tempo Social*, São Paulo, 9 (2), p. 1-12, out. 1997.

[73] FREYRE, Gilberto. *Terres du Sucre* [Terras do Açúcar]. Trad. Jean Orechionni. Paris: Gallimard, 1956.

2.2.4 Considerações sobre o folclore nas obras de Febvre e Freyre

Em uma carta destinada a Marc Bloch, datada de 1931, Lucien Febvre revelava, em algumas linhas, o interesse presente nos *Annales* pelos estudos folclóricos:

> Vou escrever para Victor De Meyer. Esclarecerei (...) que o folclore por si só não nos interessa, mas apenas o que ensina, o que pode nos ensinar na vida social e na vida econômica.[74]

As precauções de Febvre acerca do interesse que os trabalhos dedicados às manifestações folclóricas poderiam suscitar para o círculo dos *Annales* podem ser compreendidas em razão do status dessa disciplina no início do século XX: a maioria das obras dos folcloristas eram monografias, que não adquiriram os traços de cientificidade de outras "ciências auxiliares da história".[75]

Em seus esforços para estabelecer novas relações entre história e outras áreas do conhecimento, Lucien Febvre considerava os estudos sobre o folclore um campo promissor para o historiador. Para tanto, seria necessário desenvolver pesquisas coletivas sobre esse tema de forma mais sistemática, afastando-se da prática dos colecionadores, dos quais Febvre desdenhava.[76] Imbuído dessa proposta de renovação dos estudos sobre cultura popular, Febvre cria, durante o desenvolvimento da *Encyclopédie*, uma Commission des Recherches Collectives (CRC) [Comissão de Pesquisas Coletivas], cujo objetivo consistiria em realizar pesquisas etnográficas, inventariando manifestações da cultura agrária e popular por região, com um objetivo ao mesmo tempo "científico" e salvaguardista. Nos anos 1930, Febvre escreveu resenhas sobre o tema do folclore, acompanhando de perto o crescimento dessa área de estudo.[77]

---

[74] Correspondência de L. Febvre a Marc Bloch. Mamirolle, domingo, 13 de setembro de 1931. *cf.* FEBVRE L. *Correspondance* [Correspondência]. *1928-33*. ed. Estabelecida por Bertrand Müller. Paris: Fayard, 1994.

[75] Sobre a onda folclorista na França, leia-se REVEL, J.; JULIA, D.; e DE CERTEAU, M. *La beauté du mort. Le concept de culture populaire. Politique Aujourd'hui*, n. 12, p. 1-23, 1970.

[76] "Colecionadores velhos um pouco obcecados por pequenos fatos." Citação extraída do artigo de FEBVRE, Lucien. Histoire sociale et folklore [História social e folclore]. *AHES*, 10, 1938, p. 325. *Apud* MULLER, B., *op. cit.*, p. 283.

[77] FEBVRE, L. Folklore et folkloristes: notes critiques [Folclore e folcloristas: observações críticas]. *AHS*, I, 1939.

No caso de Gilberto Freyre, seu interesse pelo folclore, considerado parte de sua pesquisa histórica, evidenciou-se desde o início de sua carreira. Em 1924, ele fundou o Centro Regional do Nordeste, cujos trabalhos defendiam a promoção de aspectos tradicionais da cultura local. Na esfera política, atuando como chefe de gabinete do então governador Estácio Coimbra, Freyre procurou garantir financiamento para associações carnavalescas.

No campo da produção intelectual, a presença do folclore, vista não como um ramo específico de atividade, mas como uma fonte de estudo, é muito claramente encontrada em *Casa-grande & senzala,* que, em diversas passagens, recorre à elementos da cultura popular, considerada essencial para o entendimento do passado e presente brasileiros. O estudioso do folclore Mario Souto Maior identificou, na obra de Freyre, várias referências acerca de festivais populares, músicas tradicionais, superstições, brinquedos infantis, imaginação sexual etc.[78]

O uso de fontes folclóricas como complemento da documentação histórica empregada nos escritos inaugurais de Freyre, inclusive em passagens de *Casa-grande & senzala* e *Sobrados e mucambos*, foi alvo de críticos nos idos dos anos 1930, que reprovavam o "uso lamentável do pitoresco, da anedota e até da vulgaridade, indigna de consideração científica".[79] Apesar das críticas, em 1935, em uma conferência realizada na Faculdade de Direito de São Paulo, Freyre reafirmava a validade e a importância das fontes folclóricas para os estudos histórico-sociais:

> Em um país como o Brasil, o documento histórico ou literário, o artigo escrito, os arquivos ou bibliotecas não são suficientes para a história da sociedade e da cultura nacional. Mais do que em países com um longo passado acadêmico, como França ou Itália, por exemplo, no caso do Brasil, a reconstituição do passado social e cultural da nação e dos elementos pré-nacionais de cultura é imposta por meios, por assim dizer, extra-históricos, realmente, pelos meios de obter benefícios do material extra-histórico e, certamente, dos elementos extra-literários. Nesse conjunto, o folclore é um elemento muito precioso. E, sendo precioso para a reconstrução das origens sociais e da cultura de um grupo, também é precioso para o sociólogo em suas

---

[78] A lista das referências folclóricas em *Casa-grande & senzala* encontra-se em SOUTO MAIOR, Mário. *Gilberto Freyre e o folclore*. Fundação Joaquim Nabuco, 1982. p. 5.

[79] Citado por FREYRE, Gilberto, *Como e por que sou e não sou sociólogo, op. cit.,* p. 113.

tentativas de estabelecer vínculos e explicar o homem através de suas posições e relações no espaço e no tempo social.[80]

Freyre, tanto quanto Lucien Febvre, recusava-se a considerar o folclore como um mero objeto de curiosidade pitoresca. Nesse sentido, preferiu adotar uma abordagem voltada à relação que as sociedades contemporâneas mantinham com suas tradições, de modo a pensar no folclore não como um conjunto de manifestações fixas e petrificadas no passado, mas como elementos vivos do presente.

No caso de Lucien Febvre, o interesse pela etnografia é gerado pela abertura do horizonte documental oferecido ao historiador. Nas primeiras resenhas sobre o assunto,[81] Febvre mostra-se entusiasmado com os avanços da pesquisa etnográfica, principalmente em seus métodos de pesquisa e na vasta produção de inventários da cultura material popular.

2.2.5 Febvre, Freyre e os encontros entre história e psicologia

O legado mais significativo da obra de Lucien Febvre está contido em suas observações sobre o vínculo entre história e psicologia, aspecto que adquiriu importância gradativa em seus escritos posteriores, especialmente no trato da história das mentalidades e dos estudos de história cultural.[82]

---

[80] FREYRE, Gilberto. Sociologia & Folclore. IJNPS, Centro de Estudos Folclóricos, série Folklore, n. 1, 1976. Cf. MAIOR, Mário Souto, *op. cit.*, p. 8. Quando Freyre integra o folclore e o vê como material extra-histórico, a história a que ele se refere é uma história tradicional e positivista, fundamentada na busca de documentação escrita. Por sua vez, Freyre, que se coloca na fronteira da história com as outras ciências, e busca no folclore as respostas para a compreensão do passado, não se encaixaria em um modelo de pesquisa histórica da época e, para historiadores da época, esse material é "extra-histórico".

[81] FEBVRE, Lucien. Quelques aspects d'une ethnographie en plein travail. *AHES*, 10, 1938. p. 29.

[82] É importante notar que Febvre, em seus textos sobre história e psicologia, não utiliza a designação "história das mentalidades". Além disso, a história conhecida como de "mentalidades" que decolou no final da década de 1960 e no início da década de 1970 está mais relacionada ao modelo quantitativo-estruturalista do que ao projeto de "psicologia social" de Febvre, iniciado na década de 1930. Assim, a proximidade entre Febvre e os estudos posteriores sobre mentalidades pode ser identificada a partir de temas comuns relacionados a sentimentos, emoções, representações e não por referência ao método utilizado para abordar esses temas.

Para Febvre, o estudo de uma história das sensibilidades[83] exigia uma apreensão pelo viés social e não apenas subjetivo. Se para Maurice Halbawcs[84] existia uma memória coletiva, para Febvre o historiador teria a possibilidade de pesquisar sobre as *sensibilidades coletivas*.

Fortemente inspirado pela "psicologia coletiva" de Charles Blondel[85] e pelos estudos sobre a "vida mental" de Henri Wallon,[86] Febvre buscou observar comportamentos associados a representações coletivas, procurando, ao pensar o indivíduo, não o separar das sensibilidades e representações construídas socialmente.

Por outro lado, ao escrever sobre o lançamento de *La Société féodale* de seu amigo Marc Bloch, reprovou-o por ter obliterado o "indivíduo" em seu texto: "Por que não, de tempos em tempos, destacar da multidão um homem? Ou se é realmente pedir muito, um gesto de homem pelo menos? Gestos de homens, de homens específicos?"[87]

Estudar o indivíduo na pesquisa histórica só seria válido na medida em que esse estudo permitisse acessar e compreender o coletivo. Esse entendimento sobre a dimensão do indivíduo diferia daquela que se pautava na excepcionalidade do personagem da história *événementielle*.

As considerações sobre a história das sensibilidades abriram uma série de possibilidades de pesquisa. Queixando-se, porém, da falta desses estudos na França, Febvre observa:

---

[83] Essa noção é forjada por Febvre durante a 10ª Semana Internacional de Síntese realizada em junho de 1937 e durante o qual Febvre apresentou o texto "*La sensibilité dans l'histoire: les courants de pensée et d'action*" [A sensibilidade na história: correntes de pensamento e ação].

[84] HALBWACHS, Maurice. *Les cadres sociaux de la mémoire* [Os quadros sociais da memória]. Paris: Félix Alcan, 1925.

[85] Cf. BLONDEL, Charles. *Introduction à la psychologie collective* [Introdução à psicologia coletiva]. Paris: Armand Colin, 1927.

[86] Henri Wallon, autor de *Principes de psychologie appliquée* [Princípios da psicologia aplicada], foi colega de Febvre na École Normale e, assim como Blondel, exerceu uma influência decisiva na formação do jovem Febvre. O encontro com Blondel se deu na Universidade de Strasbourg. Já Wallon foi colega de Febvre nos tempos em que atuou como professor no Colégio de Bar-le-Duc e na Fundação Thiers. O texto "La vie mentale", escrito por Henri Wallon, foi publicado no Volume VIII da *Encyclopédie Française* dirigida por Febvre. Os dois psicólogos também foram colaboradores na revista dos *Annales*.

[87] Citado por DELACROIX, Christian *et al.* *Les courants historiques en France: 19ª-20ª siècles*. Paris: Armand Colin, 1999.

Não temos a história do Amor, pensemos nisso. Nós não temos a história da Morte. Não temos a história da Piedade, nem da Crueldade. Nós não temos a história da Alegria. Graças às *Semaines de Synthèse* [Semanas de Síntese] de Henri Berr, fizemos um esboço rápido da História do Medo. (...) Quando digo: não temos a história do Amor nem da Alegria – é preciso entender que eu não exijo um estudo sobre o Amor ou sobre a Alegria ao longo do tempo, de todas as idades e de todas as civilizações. Aponto uma direção de pesquisa. (...) Solicito o início de uma vasta pesquisa sobre os sentimentos fundamentais do homem e sobre suas modalidades.[88]

O esforço do criador dos *Annales* é dedicado à defesa do estudo do repertório mental de uma época, do universo material e imaterial do passado, incluindo as sensibilidades, as representações sociais e os comportamentos coletivos. A recuperação dessas dimensões da História seria conduzida com a ajuda de *ferramentas mentais*[89] para desenvolver o que seria um repertório de formas de pensar e de agir no âmbito de cada cultura ao longo do tempo. Esse tipo de estudo permitiria ao historiador fugir das armadilhas do anacronismo.

Em outras palavras, Febvre sugeria que o historiador devesse trabalhar sobre os "sistemas mentais" específicos de cada sociedade, em um determinado período histórico. Ao estudar, por exemplo, o pensamento e os escritos de Rabelais, o historiador deveria ter o cuidado de não lhe atribuir definições do século XX, mas buscar as palavras, os conceitos, formas de crer, sentir e pensar do século XVI, o século de Rabelais. Tratava-se, portanto, de observar a *atmosfera mental* que envolvia as ações dos indivíduos. Nesse caso, o pensamento de Febvre se aproxima bem mais da hermenêutica histórica de Dilthey[90] do que do pensamento durkheimiano. Esse mergulho empático nas sensibilidades do passado é também incorporado por Gilberto Freyre tanto na sua abordagem "proustiana" como pesquisador quanto na escolha dos seus temas de pesquisa que, assim como Febvre, versavam pelo estudo das mentalidades/sensibilidades de outrora:

---

[88] FEBVRE, Lucien. *Combats pour l'Histoire, op. cit.*, p. 182.

[89] *Outillage mental* [Ferramentas mentais] foi o título do primeiro volume da *Encyclopédie Française*, dirigida por Lucien Febvre. O volume foi coordenado por Abel Rey. Cf. DELACROIX, Christian *et al, op. cit.*, p. 145.

[90] São bastante raras as referências de Lucien Febvre a Dilthey, embora suas abordagens tenham proximidade com a metodologia da compreensão empática do pensador alemão.

Estudando a vida doméstica dos antepassados sentimo-nos aos poucos nos completar: é outro meio de procurar-se o "tempo perdido". Outro meio de nos sentirmos nos outros – nos que viveram antes de nós; e em cuja vida se antecipou a nossa. É um passado que se estuda tocando em nervos; um passado que emenda com a vida de cada um; uma aventura de sensibilidade, não apenas um esforço de pesquisa pelos arquivos.[91]

A princípio, o interesse de Freyre pelos estudos comportamentais estava vinculado ao estudo da relação entre fisiologia e psicologia, de modo a provar que disposições físicas transitórias como a fome ou a sede exerciam impacto sobre os comportamentos ao contrário das teses vigentes que atribuíam a caracteres inatos, como a raça, a explicação sobre fatores psicológicos. Para desfazer a tese racialista, Freyre incorporou análises psicofisiológicas tomadas de empréstimo de antropólogos, como Cannon e de Keith.[92]

De modo geral, o autor de *Casa-grande & senzala* anunciava em sua obra a proposta de estabelecer uma ponte entre a psicologia e os estudos históricos. A utilização de explicações psicológicas, algumas derivadas de leituras de Freud[93] adaptadas ao estudo da cultura material, embora utilizadas muitas vezes por Freyre de forma casual e até, por vezes, superficial, abriu uma via interpretativa inovadora que, naquele tempo, era amplamente desprezada por historiadores e sociólogos. Um artigo publicado em 1940 fornece um exemplo da atenção dedicada pelo autor aos estudos psicológicos:

> A importância psicológica dos estudos brasileiros sobre a Casa-grande e o sobrado, que foram as duas grandes expressões arquitetônicas do patriarcalismo escravocrata no nosso país, como sugeri em trabalhos publicados em 1933 e 1936, foi posta em relevo, em trabalho recente, por um especialista em questões de psicologia, interessado principalmente em salientar a influência daqueles tipos de casa sobre a criança brasileira.

---

[91] FREYRE, Gilberto, *op. cit.*, 2003, p. 45.

[92] CANNON, Walter. *Bodily Changes in Pain, Hunger, Fear and Rage*. Nova York–Londres: *Bodily Changes in Pain*, 1929; KEITH, Arthur. On Certain Factors Concerned in the Evolution of Human Races. *Journal of the Royal Anthropological Institute*, Londres, v. XLVI, 1916. Quanto às observações menos biológicas, pode-se dizer que a maneira pela qual Freyre adota as reflexões psicológicas em suas considerações sobre os hábitos é inspirada nos trabalhos pioneiros de Malinowski e de Radcliffe-Brown.

[93] Cf. FREUD, Sigmund. *Psychologie collectiveet analyse du moi*. Paris: [*s. n.*], 1924.

Escreveu esse ilustre especialista que nas habitações de tipo patriarcal do Brasil, as impressões da casa sobre a criança devem ter se convertido em "fatores de extraordinária importância". O que já se tentara esboçar naqueles ensaios de sociologia genética.[94]

O recurso à psicologia para estudar a história da infância se faz presente também nas obras dos anos 1930 como *Casa-grande & senzala* e *Sobrados e mucambos*. Para se ter uma ideia, somente mais de uma década depois, na França, na esteira da psicologia histórica de Lucien Febvre, Philippe Ariès tornou-se conhecido internacionalmente pela publicação, em 1948, da sua tese sobre comportamentos sociais em relação à morte[95] e, nos anos 1960, sobre a construção social da infância em *L'Enfant et la Vie Familiale sous l'Ancien Régime*.[96] Para a realização desse trabalho, Ariès recorreu a observações extraídas da psicologia e da sociologia conforme relata na introdução: "sociólogos, psicólogos e até pediatras orientaram meu livro".[97]

2.2.6 Febvre e Freyre: "confrades em História"

> *Na França, não há atualmente cientista mais eminente do que o professor Lucien Febvre.* (Gilberto Freyre, O Cruzeiro, 1949)

Nas páginas anteriores, destacamos as influências e jornadas intelectuais de Lucien Febvre e Gilberto Freyre, assim como suas permeabilidades para a abertura epistemológica, identificadas pelo viés interdisciplinar em seus estudos. Quando *Casa-grande & senzala* foi traduzida na França em 1952, Lucien Febvre encarregou-se de escrever a introdução ao livro. Para o diretor dos *Annales*, o intelectual brasileiro era "o grande historiador e sociólogo do Brasil".[98] Em uma das correspondências enviadas a

---

[94] FREYRE, Gilberto. *Sugestões para o estudo histórico-social do sobrado no Rio Grande do Sul*. Porto Alegre: [s.n.], 1940. p. 3-10.

[95] ARIÈS, Philippe. *Attitudes devant la vie et devant la mort du XVIIe au XIXe siècle, quelques aspects de leurs variations*. Paris: INED, 1949.

[96] Idem. *L'Enfant et la vie familiale sous l'Ancien Régime*. Paris: Plon, 1960.

[97] Ibidem, p. 9.

[98] FEBVRE, Lucien. Un grand livre sur le Brésil [Um grande livro sobre o Brasil]. *Annales ESC*, 1953, p. 409.

Freyre, Febvre dirigia-se ao brasileiro utilizando a expressão "confrades em História".[99]

A dificuldade de definição ou mesmo de atribuição de rótulo disciplinar para a obra de Freyre foi, tanto para Febvre quanto para Braudel, um atrativo instigante e desafiador. Não deixava de despertar interesse e curiosidade o fato de que a escrita freyriana procurava conciliar História e Ciências Sociais. Em um determinado momento de seu prefácio, Febvre lança a pergunta: "*Casa-grande e Senzala (Maîtres et Esclaves)*: um livro de historiador ou de sociólogo?" e em seguida confessa: "Se eu estava preocupado com esse problema de definição (para recusar de resto a lhe perguntar) é porque tenho o infortúnio, o grande infortúnio, de ser historiador e, ao mesmo tempo, europeu".[100]

Com a mesma linha de pensamento, Braudel declarava: "historiadores da Europa necessariamente veem o passado brasileiro de maneira diferente que Gilberto Freyre e seus compatriotas".[101] A seu turno, Lucien Febvre também não escondia a ideia subjacente de uma determinada distância entre a escrita histórica praticada na Europa e uma escrita que ele considerava relevante e específica para os "pesquisadores livres da América do Sul".[102]

Aos olhos de Lucien Febvre, Freyre representava uma geração de ensaístas que escrevia a história de seu país sem enfrentar as restrições encontradas pelos pesquisadores europeus. Nesse caso específico, o historiador francês se referia às restrições institucionais e universitárias que ditavam as práticas da pesquisa histórica: "a pavorosa selva dessas instituições, o matagal espinhoso dessa papelada administrativa e política, que, pelo menor trabalho, temos que atravessar".[103]

Quanto à questão metodológica, Febvre também opunha a "liberdade" da prática de pesquisa dos brasileiros, "sem relações processuais", quase familiar, à história elaborada pelos europeus:

---

[99] Carta de Lucien Febvre para Gilberto Freyre, 16 de setembro de 1949. Arquivos Fundação Gilberto Freyre.

[100] FEBVRE, Lucien. *Préface à Maîtres et Esclaves*, p. 21.

[101] BRAUDEL, Fernand. À travers un continent d'histoire, *op. cit.*, p. 83.

[102] FEBVRE, Lucien, *op. cit.*, p. 21.

[103] *Ibidem*.

Que eles [os brasileiros] não troquem esses benefícios pelas regras pedantes de uma história de velhos, paradoxalmente orgulhosos de suas artérias quebradiças e de sua esclerose.[104]

L'histoire des vieux, essa história escrita pelos "velhos", do Velho Mundo, para usar as palavras de Febvre, essa história diplomática e factual que ele nunca cessou de combater em seus cursos e artigos, é lembrada nessa introdução.[105] A história escrita por Freyre, por outro lado, era uma história interdisciplinar e "indisciplinada" em vários sentidos, portanto metaforicamente "jovem", mas que, por essa mesma razão, trazia algo de inovador para os *vieux*. Uma liberdade de escrita que, ao mesmo tempo, abria possibilidades de experimentação, ao permitir-se ser, simultaneamente, um trabalho de História e de Sociologia. Essa avaliação ambígua, em que a falta de rigor ou método era compensada pelo mérito de uma escrita mais livre, ousada e criativa, levou Febvre a concluir que seu confrade brasileiro conseguiu, nos anos 1930, escrever a "mais rica das histórias culturais".[106]

Embora elogiando a liberdade de escrita e de criação praticada por Freyre, o historiador francês ao mesmo tempo demarca a distância que o separa desse livre pensador do "Novo Mundo", tanto em métodos quanto em estilo. Tal recurso permite arriscar a interpretação de que, apesar dos méritos encontrados na obra de Freyre, Febvre não escapou de um olhar "exótico" sobre a escrita de seu colega brasileiro.

---

[104] *Ibidem*.
[105] FEBVRE, Lucien, *Combats pour l'histoire* [Olhares sobre a História], *op. cit.*
[106] Cf. FEBVRE, Lucien. *Brésil, terre d'histoire*. Prefácio à edição francesa de *Casa-grande & senzala* [*Maîtres et Esclaves*], *op. cit.*, p. 21.

Capítulo 3

Redes de sociabilidade e a recepção de Freyre na França

3.1 Roger Bastide e Gilberto Freyre

3.1.1 O começo de uma amizade

> *Na história das relações intelectuais do Brasil com a França, pode-se dizer que ninguém superou Roger Bastide na promoção de um intercâmbio muito vantajoso de influências e uma interpenetração frutífera de valores.* (Gilberto Freyre, *Afro-Ásia*, p. 55)

A relação do sociólogo Roger Bastide com o Brasil começou durante seu contato com terras brasileiras em 1938. Bastide chegou com um contrato debaixo do braço para ensinar sociologia no departamento de Ciências Sociais da recente Faculdade de Filosofia, Ciências e Letras de São Paulo, como substituto de Lévi-Strauss, que havia retornado para a França. Em seu currículo, figurava uma *Agregation* de filosofia e a experiência de ter lecionado em colégios de cidades como Cahors, Lorient e Versalhes. Sua primeira obra, publicada em 1931, *Les problèmes de la vie mystique*, era reveladora do seu interesse pela associação de abordagens sociológicas e psicológicas.[1]

---

[1] BASTIDE, Roger. *Les problèmes de la vie mystique*. Paris: PUF, 1931.

Estabelecendo-se no Brasil, descobriu o mosaico cultural do país. Suas primeiras impressões estão descritas em um artigo intitulado "Méditations brésiliennes sur un marché de São Paulo"[2] [Meditações brasileiras sobre um mercado de São Paulo]. Nesse trabalho, o autor manifesta sua surpresa diante da contribuição do africano para a mistura biológica e cultural brasileira. Essa combinação étnica atraiu tanto sua atenção que, muito rapidamente, ele se entrega à leitura de sociólogos brasileiros que escreveram sobre o tema.[3] Em sua chegada ao Brasil, haviam se passado apenas cinco anos desde a primeira edição de *Casa-grande & senzala* e *Sobrados e mucambos* encontrava-se há pouco tempo nas livrarias brasileiras.

Naqueles primeiros anos da sua vinda ao país, Bastide manteve-se atento à produção intelectual de Freyre, solicitando-lhe sugestões de livros e discutindo suas obras por meio de trocas epistolares com o sociólogo pernambucano. Em 1939, Bastide publicou um artigo, "État actuel des études afro-brésiliennes"[4] na *Revue Internationale de Sociologie,* no qual elaborou um balanço da produção dos estudos afro-brasileiros com um enfoque particular sobre o pensamento do autor de *Casa-grande & senzala*. Essa foi uma das primeiras referências a Freyre que figurou em um artigo de língua francesa.

Nesse artigo, Bastide, ao analisar os estudos afro-brasileiros, estabelece um repertório dos três métodos utilizados no país para chegar à compreensão da cultura africana: o método linguístico, o método etnológico e o método sociológico. Tentando incluir a obra de Freyre em uma dessas linhas metodológicas, Bastide o caracterizou como sociólogo, destacando que o autor de *Casa-grande & senzala* estudava os comportamentos sociais e, nesse caso particular, as relações de poder entre senhores e escravos. Sob esse aspecto, procurou situar o pensamento de Freyre em alguma escola ou filiação sociológica. Munido desse propósito, ilustrou para os seus leitores os estudos que Freyre realizara sobre habitação e comportamentos sociais: "reconhece-se aqui uma

---

[2] *Idem*. Méditations brésiliennes sur un marché de São Paulo [Meditações brasileiras sobre um mercado se São Paulo]. *Dom Casmurro*, 2 jun. 1938.

[3] Cf. RAVELET, Claude. Bio-bibliographie de Roger Bastide. *Bastidiana*, 1, 1993. p. 38-48.

[4] BASTIDE, Roger. État actuel des études afro-brésiliennes [Situação atual dos estudos afro-brasileiros]. *Revue Internationale de Sociologie* [Revista Internacional de Sociologia], 47 (1-2), 1939.

ideia norte-americana".[5] Mais adiante, conclui que Freyre "transportou e transpôs ao Brasil" métodos norte-americanos.

Como de praxe, Bastide enviou cópia do seu artigo em correspondência para Freyre, que, ao lê-lo, reagiu escrevendo um artigo no jornal *Correio da Manhã*. Com o título "Nota apologética", Freyre declara se sentir obrigado a fazer uma autoexaltação de seu trabalho cujo método era original e não uma importação de metodologia americana: "Não me parece que nas minhas tentativas – simples tentativas de estudar a história social do Brasil através dos tipos de habitação se deva ver o reflexo de uma ideia norte-americana".[6]

Em um tempo em que a intelectualidade brasileira, principalmente com a chegada das missões universitárias francesas nos anos 1930, costumava atestar suas filiações intelectuais, Freyre procurou se posicionar como pensador de métodos heterodoxos, plurais e, como costumava repetir, originais. De modo geral, Freyre buscou construir uma imagem não difusionista, preferindo se apresentar como um intelectual ou escritor que poderia contribuir como uma voz ativa em debates internacionais. A pecha de inovador que angariou com a publicação de *Casa-grande & senzala*, no início dos anos 1930, foi por ele alimentada na construção da sua persona pública. Como veremos mais adiante, nos anos 1940 principalmente, Freyre acionará redes intelectuais e amizades políticas para viabilizar uma carreira de observador internacional, de modo a participar de debates e fóruns, além de ofertar cursos e palestras no exterior.[7] Para isso, era importante estar sempre atento à propaganda que seus colegas faziam de seus escritos. Em um tempo em que os centros de saberes se encontravam no hemisfério norte, Freyre fazia questão de salientar a importância do Brasil não apenas no aspecto geopolítico – país exemplo das relações interraciais – como intelectual, por meio de

---

[5] Citado por Freyre em "Nota Apologética". *Correio da Manhã*, 21 jul. 1939. p. 4.

[6] *Ibidem*.

[7] Gustavo Mesquita, em seu livro *Gilberto Freyre e o Estado Novo*, publicado em 2018, ao pesquisar a correspondência trocada entre Freyre e o Ministro Capanema durante a Era Vargas, detalhou as atividades que o sociólogo pernambucano desempenhou para o Ministério que, entre 1938 e 1939, custeou-lhe viagens para eventos científicos no exterior como representante cultural. Mesquita também destaca os pedidos de Freyre ao Ministro Capanema para que lhe fossem financiadas viagens pela América Latina na qualidade de promotor e observador cultural. Cf. MESQUITA, Gustavo. *Gilberto Freyre e o Estado Novo: Região, Nação e Modernidade*. São Paulo: Global Editora, 2018.

narrativas híbridas e inovadoras que funcionariam como uma espécie de contraponto às ciências disciplinares europeias (inglesas, alemãs, francesas) e norte-americanas. Essa tônica nacionalista esteve presente em vários escritos freyrianos no período, que defendiam uma superação do estigma de "inferioridade" do brasileiro.[8]

Após a "Nota Apologética" em que Freyre advoga sua originalidade no trato dos estudos psicossociais ligados à habitação, Bastide se apressa em escrever-lhe uma justificativa por meio de carta:

> Li seu artigo do *Correio da Manhã* e peço-lhe que acredite que nunca pensei em negar a originalidade de seu método e de seu trabalho. Mas descobri que a sociologia brasileira era pouco conhecida na França e julguei que, para torná-la conhecida, eu tinha de relacionar os grandes nomes do Brasil a ideias ou correntes sociológicas já conhecidas pelo público cultivado da França; foi por isso que relacionei Ramos a Nina Rodrigues, cuja maioria dos trabalhos existem em francês, e por isso também busquei uma relação entre sua obra e a sociologia americana.[9]

Esse exemplo revela que a apreciação de Bastide sobre a produção intelectual de Freyre recebeu interferência direta do sociólogo brasileiro, que, por sua vez, se preocupou em construir uma autoimagem de pensador livre.

Esses intercâmbios e a admiração nutrida por Bastide pela obra de Freyre criaram uma dinâmica que foi implementada com a chegada do sociólogo francês às terras brasileiras e que se intensificou nos anos seguintes, inclusive após o seu retorno à França em 1951.

Entre os anos de 1939 e 1941, o sociólogo francês se dedicou a ministrar cursos na Universidade de São Paulo, em que abordou assuntos como "arte e sociedade" e "estética sociológica". Seu interesse destacou-se por sua colaboração como crítico literário em diferentes jornais e revistas brasileiros. Munido do desejo de conhecer a cultura brasileira, ele se aproximou do grupo de escritores e artistas ligados ao movimento modernista de São Paulo.

Um dos temas que mais atraiu sua curiosidade foi o da miscigenação artística efetuada pelos contatos culturais entre os elementos lusitanos e

---

[8] MESQUITA, Gustavo, *op. cit.*

[9] Carta de Bastide para Freyre, de 24 de setembro de 1939. Arquivos Gilberto Freyre. Fundação Gilberto Freyre.

africanos. Em *Psicanálise do cafuné*[10] estão reunidos ensaios em que o sociólogo francês discorre sobre a arte barroca no Brasil.

Bastide também nutria um grande interesse na região Nordeste do país, em particular nos estados da Bahia e de Pernambuco, que ele tencionava conhecer a fim de observar *in loco* a presença africana na cultura brasileira. A viagem, planejada para 1941, teve de ser adiada e só ocorreu três anos depois. Durante esse período, o estudioso francês escreveu cartas a Freyre, comentando-lhe as obras[11] e confidenciando sua expectativa por essa viagem ao Nordeste:

> É verdade que mantenho nostalgia pelo Nordeste, que gostaria de ver e estudar tudo; a guerra me impediu, no entanto, não perco a esperança de ir lá um dia, ter talvez até a felicidade de visitá-lo sob sua gentil direção e, enquanto isso, li a última página de seu livro: os sobrados, as igrejas, as ruas estreitas, as calçadas... parando por um longo tempo em cada uma dessas noites tão pesadas de poesia, nesta ladainha musical de Recife, e em cada uma dessas palavras, parei para fechar os olhos e evocar esse país encantado.[12]

Finalmente, a viagem ocorreu no início de 1944. A jornada pelas "terras do açúcar" e a experiência de contato com o candomblé na Bahia e com o Xangô em Recife orientaram sua pesquisa, direcionada ao estudo das sobrevivências africanas nas religiões brasileiras, tema que foi aprofundado em suas publicações posteriores como *O candomblé da Bahia (Rito Nagô)* e *Religiões africanas no Brasil*, publicados na década de 1960, tema alinhado à sua tese de doutorado defendida na Sorbonne.

---

[10] BASTIDE, Roger. Psychanalyse du cafuné [Psicanálise do cafuné]. Tradução de Christine Ritui, prefácio por François Raveau. *Bastidiana*, 1996. A primeira edição em português data de 1941.

[11] Freyre publicou a obra *Região e Tradição*, em 1941, dedicada a Roger Bastide, Paul-Arbousse Bastide e Pierre Monbeig.

[12] Carta de Bastide para Freyre, 10 de junho de 1941. Arquivos Gilberto Freyre. Fundação Gilberto Freyre.

3.1.2 A tradução de *Casa-grande & senzala* na França

> Se aceitei o chamado de Roger Caillois e traduzi Casa-grande & Senzala em francês (...), foi na esperança de fazer conhecer aos meus compatriotas ao mesmo tempo uma obra clássica e um grande escritor. (Roger Bastide, *Présentation de Gilberto Freyre*, 1953)

A primeira tradução de *Casa-grande & senzala* foi realizada por Roger Bastide, então diretor de estudos da VI Seção da École Pratique des Hautes Études (EPHE) – e membro da revista dos *Annales*. A obra foi publicada na coleção Croix du Sud [Cruzeiro do Sul], dirigida por seu colega Roger Caillois, e o convite para traduzir o livro veio de Lucien Febvre. Em linhas gerais, podemos inferir que Bastide foi o epicentro da teia de relações em torno da publicação e recepção da obra *Casa-grande & senzala*. De fato, daqueles que comentaram sobre a obra de Freyre na França, praticamente todos tinham relações diretas ou indiretas com o sociólogo francês: Georges Balandier era seu amigo íntimo, Georges Gurvitch; o havia conhecido no Brasil e foi seu orientador de tese. Lucien Febvre foi um dos que permitiram sua reinserção no meio acadêmico quando retornou à terra natal, convidando-o a lecionar na EPHE.

Freyre, ele próprio, atesta a importância do papel desempenhado por Bastide para a promoção da sua obra em solo francês. Em um artigo publicado em 1976, recorda que:

> Quanto a mim, não posso esquecer nunca que (Bastide) foi o tradutor – tarefa dificílima – do livro *Casa-grande & Senzala*. Essa tradução, que se seguiu à espanhola e a em língua inglesa – ambas bem realizadas – foi a que atraiu para a obra brasileira, tão diferente das convencionais, a mais aguda, a mais penetrante, mais idônea crítica literária e de ideias. [...] A todos (os comentários que se seguiram à publicação) se antecipou, em comentário deveras magistral à obra do tradutor, seu egrégio prefaciador, Mestre Lucien Febvre, que lendo os seus originais, impressionou-se. Mas não sem notar que o seu colega Roger Bastide, de tal modo se identificara com a obra traduzida, que a transpusera, não para um puro francês mas para um francês aportuguesado ou abrasileirado.[13]

Em seu modo pouco convencional de tradução, Bastide manteve muitos termos originais inalterados, o que chamou a atenção de leitores

---

[13] FREYRE, Gilberto. Roger Bastide, um francês abrasileirado. *Afro-Ásia*, Salvador, n. 12, jun. 1976. p. 54.

como Lucien Febvre. A esse respeito, Bastide declara, em uma carta endereçada a Freyre, que preferiu manter o estilo original do trabalho, *tropical, sensual, lírico*,[14] já que, segundo o tradutor, era impossível encontrar o equivalente francês da escrita freyriana.

3.1.3 A tradução de Bastide *versus* a tradução de Orecchioni

> O tradutor de Nordeste, Sr. Orecchioni, viveu por algum tempo em contato com os brasileiros dessa antiga região do açúcar: o Nordeste agrário. Ele foi um dos franceses que, a meu ver, entendeu melhor (...), a realidade que, nessa parte do Brasil, nem sempre está disponível para fotógrafos e jornalistas. (Gilberto Freyre. Terres du Sucre [Nordeste]. Prefácio. 1956)

Em entrevista à pesquisadora Ria Lemaire, Edson Nery da Fonseca, um dos principais biógrafos e amigo pessoal de Freyre, declarou que o autor de *Casa-grande & senzala* não havia gostado da tradução de Bastide mas que adorara a de Jean Orecchioni (tradutor do livro *Terres du Sucre* [Nordeste], publicado em 1956).[15]

No prefácio à edição francesa de *Nordeste*, Freyre chegou a afirmar que Orecchioni, melhor que qualquer outro francês que conhecera, foi quem conseguiu unir "sensibilidade e inteligência em sua compreensão do Brasil".[16] Embora Fonseca tenha apontado a preferência de Freyre por esta tradução, ela não impediu que Freyre tecesse afirmações elogiosas sobre a tradução realizada por Bastide.

Em outra passagem de seu artigo, Ria Lemaire estabelece uma comparação entre os dois tradutores e seus respectivos relacionamentos com Freyre. Ao analisar as cartas de Bastide endereçadas a Freyre, escritas em francês (apesar de sua familiaridade com o português) e as de Orecchioni escritas em português, a autora observa que, enquanto o primeiro afirmou querer manter o *estilo tropical* intacto de Freyre, o segundo disse que queria *penetrar no coração das coisas*. Diante das posições

---

[14] Correspondência de Bastide a Freyre. 28 dez. 1952. AGF.

[15] LEMAIRE, Ria. *Amours Intelligentes: réflexion sur le thème Gilberto Freyre et la France*. Disponível em: http://www.bresil.org/images/stories/ambassade-documents/le-bresil-nfrance/publications/gilberto-freyre.pdf. O texto está disponível também em português em DIMAS, Antônio; LEENHARDT, Jacques; PESAVENTO, Sandra (org.). *Reinventar o Brasil: Gilberto Freyre entre história e ficção*. Porto Alegre/São Paulo: Editora da UFRGS/Edusp, 2006. p. 91.

[16] LEMAIRE, Ria, *op. cit.*, p. 93.

dos tradutores em suas cartas, Ria Lemaire concluiu que, em termos de comunicação, Bastide, ao escrever em francês, adotou uma postura que, de certa forma, exotizava a escrita " tropical" freyreana, postura típica do século XIX que, convencida da incompatibilidade das culturas, manteve o pressuposto da superioridade da cultura do tradutor. Por outro lado, Orecchioni, que parecia haver transposto essa barreira, comunicava-se em pé de igualdade, ou seja, na língua do destinatário. A autora continua sua análise dos textos epistolares dos tradutores para concluir que eles se basearam em duas concepções diferentes do que era a ciência:

> Além disso, duas concepções muito diferentes sobre o que é ciência, o que deveria ser e o que poderia ser se opõem. Uma é baseada no ideal de objetividade, de racionalidade que Bastide chama de "cartesianismo" e que pressupõe uma relação fundamentalmente desigual entre o pesquisador/sujeito e seu "objeto" de pesquisa. A outra, de Orecchioni: aquela de um sujeito/pesquisador que quer conhecer outros sujeitos, aprender por meio da comunicação, adquirir conhecimentos resultantes de uma combinação de razão e coração, sensibilidade e intuição; um pesquisador que tenta cultivar uma inteligência racional e emocional.[17]

Se as interpretações de Lemaire, a partir da leitura das trocas epistolares de Bastide e Orechionni com Freyre, podem a princípio parecer plausíveis, ao contextualizarmos a trajetória e o pensamento de Bastide, a diferença entre os dois tradutores não parece tão evidente.

Primeiro, uma das ideias mais caras para o sociólogo francês é justamente a crítica ao etnocentrismo e a negação de uma escala de valores entre culturas. Assim, Bastide sugere, em seus textos, que o pesquisador deve mergulhar no objeto de estudo, até que *se transforme no que ele estuda*. O autor de *Psicanálise do cafuné* lutou contra o distanciamento provocado pelo exotismo, exortando os pesquisadores a mergulhar nesse "exotismo", a integrar-se a ele. O pesquisador adotou, assim, um modo empático e intuitivo de fazer sociologia por meio da observação participante. Razão, inclusive, pela qual contrariou as práticas etnográficas do seu tempo, tentando distanciar-se do preconceito inerente ao observador estrangeiro e viver ao máximo as experiências da imersão no objeto de estudo.

Nesse sentido, além das preferências de Freyre, podemos dizer, com relação aos dois tradutores franceses de suas obras, que os laços de amizade e os intercâmbios intelectuais com Bastide foram os elementos

---

[17] *Ibidem*, p. 18.

decisivos que aportaram visibilidade ao pensamento do sociólogo brasileiro na França.

3.2 Bastide, Balandier e o pluralismo disciplinar de Freyre

> *O sucesso dessa obra, metodologicamente tão heterodoxa, não apenas em seu país, mas no exterior, prova que o autor (Freyre) não estava errado ao recorrer a Proust, nem a Park, para promover a sociologia.* (Roger Bastide. *Annales ESC*, 1958. p. 42)

Um dos principais aspectos que despertou a atenção do tradutor de *Casa-grande & senzala* foi o hibridismo metodológico presente na obra do sociólogo brasileiro. Uma vez deixadas de lado as diferenças entre ambos – Bastide estava muito mais integrado às práticas do campo sociológico da universidade –, o estudioso francês estava, assim como Freyre, voltado para os estudos pluridisciplinares.

Conforme foi apontado nos parágrafos anteriores, Bastide buscou, em seu trabalho, elaborar reflexões com base na antropologia e no encontro da psicologia com a sociologia, influenciadas, nesse caso, pelo trabalho do antropólogo americano Melville Herskovits.

O fato é que, apesar das claras influências de alguns intelectuais em seus trabalhos, Bastide evitou cumprir um modelo teórico definitivo. Como Freyre, ele preferiu mesclar influências e métodos, porém, no seu caso, sem deixar de lado o rigor necessário e sem cair no ecletismo. Em suas palavras:

> Assim, o sociólogo que estuda o Brasil não sabe mais que sistema de conceitos utilizar. Todas as noções que aprendeu nos países europeus ou norte-americanos não valem aqui. O antigo mistura-se com o novo. As épocas históricas emaranham-se umas nas outras. Os mesmos termos como "classe social" ou "dialética histórica" não têm o mesmo significado, não recobrem as mesmas realidades concretas. Seria necessário, em lugar de conceitos rígidos, descobrir noções de certo modo líquidas, capazes de descrever fenômenos de fusão, de ebulição, de interpenetração, noções que se modelariam conforme uma realidade viva, em perpétua transformação. O sociólogo que quiser compreender o Brasil não raro precisa transformar-se em poeta.[18]

---

[18] BASTIDE, Roger. *Brésil, terre des contrastes* [Brasil, terra de contrastes]. Paris: Hachette, 1957. p. 16. Citado também por PEIXOTO, Fernanda, *op. cit.*, p. 119.

O trecho acima é revelador do quanto Bastide parecia simpático à plasticidade da obra de Freyre, cuja escrita estava comprometida com a apreensão da sociedade brasileira a partir de seus próprios métodos: "Livros de ciências, sem dúvida, e até, para escrevê-los, Gilberto Freyre teve de criar seus próprios métodos de pesquisa, inventar uma forma especial de sociologia, que ele chama de sociologia proustiana".[19]

Leitor de Proust e de Gide, Bastide valorizou a subjetividade e as histórias de vida na captura da realidade social[20]. Para o professor francês, "só a intuição poética permitiria ao sociólogo o mergulho na realidade, sua localização no interior da experiência social".[21] A poesia como método sociológico[22] definiu-se como uma tentativa de se aproximar o máximo possível do objeto estudado, de experimentá-lo com empatia "por uma espécie de naturalidade instintiva".[23]

A "sociologia proustiana" de Freyre atraiu a atenção do cientista francês, pesquisador da literatura brasileira. Sob esse aspecto, Bastide considerou a obra de Freyre uma fusão entre ensaio científico e literário: "Assim, *Casa-grande & senzala* não foi apenas uma revolução no campo da sociologia, exerceu uma profunda influência na literatura romântica".[24]

Essa observação sobre a fluidez metodológica, presente na obra de Freyre, também não passou despercebida pelo antropólogo Georges Balandier ao afirmar que: "É difícil definir o método de Gilberto Freyre;

---

[19] BASTIDE, Roger. Présentation de Gilberto Freyre. *Mercure de France*, Paris, v. 317, p. 336-338, fev. 1953.

[20] Em um artigo de 1947 sobre os estudos norte-americanos de *africologia*, Bastide destacou que: "Os estudos antigos com efeito, são criticados por não permitirem o conhecimento das mentalidades, por se aterem aos algarismos e ao que chama a atenção. Os progressos da psicologia social trouxeram o desejo de penetrar além da superfície, da crosta exterior das castas, para um mergulho nas almas. Primeiro o aparecimento de monografias de cidades do sul, como as de Dollard, de Davies e Garner; depois nelas próprias, o aparecimento de 'histórias de vida' para o contato mais concreto com as almas." BASTIDE, Roger. Os novos métodos norte-americanos de africologia. *Cadernos CERU*, n. 10, 1977. p. 36. O texto foi publicado inicialmente com o título *Pensamento da América*, em 1947.

[21] PEIXOTO, Fernanda. *Diálogos brasileiros, uma análise da obra de Roger Bastide*. São Paulo: Edusp, 2000. p. 50.

[22] BASTIDE, Roger. A propósito da poesia como método sociológico. *Diário de São Paulo*. 8 de fevereiro de 1946. Reproduzido em *Cadernos CERU*, n. 10, 1. série, nov. 1977.

[23] BASTIDE, Roger, *op. cit.*, p. 77.

[24] *Ibidem*.

sua flexibilidade e o uso das mais diversas informações (...) neutralizam qualquer tentativa dessa natureza".[25] Balandier, amigo de Bastide e de Gurvitch, conheceu o trabalho de Freyre graças aos seus colegas. Para Freyre, a compreensão da dinâmica do *melting pot* brasileiro era possível desde que os instrumentos dessa observação também fossem dinâmicos. Em outras palavras, era necessário recorrer à mistura de conhecimentos para entender a mistura cultural do país. Esse ponto específico despertou o interesse de Balandier:

> Ela (a obra de Freyre) sem dúvida revela uma preocupação de estar fora das categorias usuais – são utilizados todos os meios que ajudam a entender esse amálgama de raças e civilizações que é o Brasil atual; uma preocupação de fugir de qualquer conformismo escolar.[26]

Ao longo da década de 1950, Balandier posiciona-se como crítico da separação entre a Antropologia e a Sociologia. Em seu texto *La situation coloniale*, defende a utilização de uma análise sistêmica e interdisciplinar para abordar a questão colonial.[27] Publicadas nos *Cahiers Internationaux de Sociologie*, publicação inicialmente bastante ecumênica e multidisciplinar, suas conclusões seguiam o modelo "aberto" da Sociologia de Georges Gurvitch, na qual outras áreas do conhecimento ocupavam a mesma posição que a Sociologia.[28]

No pensamento de Balandier, a crítica ao colonialismo vai além da crítica aos marcos teóricos que legitimam a situação colonial. A refutação da ideia de pureza étnica é acompanhada, na obra do autor, por uma crítica aos purismos científicos. Para estudar o dinamismo dos contatos interculturais, fazia-se necessária uma análise holística e interdisciplinar. Em larga medida, esse perfil presente no pensamento de Balandier explica o seu apreço pela obra de Freyre.

---

[25] BALANDIER, Georges. Maîtres et esclaves de G. Freyre. *Cahiers Internationaux de Sociologie*, v. 16, p. 183, 1954. Resumido em *Bastidiana* n. 21-22, p. 21-23, jan./jun. 1998.

[26] *Ibidem*.

[27] BALANDIER, Georges. La situation coloniale: approche théorique. *Cahiers Internationaux de Sociologie*, Paris, v. 11, p. 44-79.

[28] Para obter mais detalhes, leia-se COPANS, Jean. La «situation coloniale» de Georges Balandier: notion conjoncturelle ou modèle sociologique et historique? [A "situação colonial" de Georges Balandier: conceito conjuntural ou modelo sociológico e histórico] [on-line] *Cahiers internationaux de sociologie*, 1, n. 110, p. 31-52, 2001. Disponível em: www.cairn.info/revue-cahiers-internationaux-de-sociologie-2001-1-page-31.htm.

3.3 Georges Gurvitch e Gilberto Freyre: uma amizade necessária

Professor na Sorbonne a partir de 1948, Georges Gurvitch emerge como uma figura de destaque na Sociologia francesa do pós-guerra. Diretor da coleção Biblioteca de Filosofia Contemporânea, fundou, em 1946, os *Cadernos Internacionais de Sociologia*.[29] Durante seu exílio nos Estados Unidos (1941-1945), trabalhou na New School for Social Research e participou, no mesmo período, da fundação da École Libre des Hautes Études [Escola Livre de Estudos Avançados] em Nova York. Em 1947, foi convidado para lecionar no Brasil, na Universidade de São Paulo, e retornou à França no ano seguinte. Nesse período, consolidou sua amizade com Roger Bastide, com quem já se correspondia desde o início da década de 1940.[30]

Na mesma época, Bastide havia escrito um artigo intitulado "A sociologia de Georges Gurvitch",[31] no qual elaborou um inventário da produção intelectual do sociólogo nos anos 1920 e 1930. Como resultado do estreitamento da relação entre ambos, Gurvitch orientou as duas teses de doutorado de Bastide (*As religiões africanas no Brasil* e *O candomblé da Bahia*), defendidas em 1957.

A documentação consultada indica que Gurvitch havia lido o trabalho de Gilberto Freyre enquanto ele estava nos Estados Unidos, antes mesmo de viajar para o Brasil, uma vez que, em carta de 1942, o sociólogo francês convidou o brasileiro a fazer parte do comitê da *Journal of Legal and Political Sociology* que ele coordenava nos Estados Unidos. Provavelmente, Gurvitch tomou conhecimento da obra de Freyre em conversas com Bastide que, nessa época, já conhecia bem o trabalho do sociólogo pernambucano. Contudo, o contato direto com Freyre ocorreu durante o simpósio *Tensions Affecting International Understanding*, promovido pela Unesco durante o verão de 1948, do qual ambos participaram.

---

[29] Após o falecimento de Gurvitch, a publicação foi dirigida por Georges Balandier.

[30] MORIN, Françoise. Les inédits de la correspondance de Roger Bastide. *In:* LABURTHE-TOLRA, Philippe (org.). *Roger Bastide ou Le réjouissement de l'abîme*. Paris: L'Harmattan, 1994. p. 21-42. *Apud* PEIXOTO, Fernanda, *op. cit.*, p. 98.

[31] BASTIDE, Roger. A sociologia de Georges Gurvitch. *Revista do Arquivo Municipal*, 1940. *Apud* PEIXOTO, Fernanda, *op. cit.*, p. 114.

De acordo com as memórias de Freyre,[32] Gurvitch, nesta ocasião, se opôs à participação do brasileiro no encontro organizado pelo professor de Princeton, Hadley Cantril, já que o autor de *Casa-grande & senzala* ocupava o cargo de deputado no Brasil. Para Gurvitch, um político poderia comprometer a probidade intelectual do encontro. No entanto, ao final do evento, quando Freyre terminou sua conferência, Gurvitch parabenizou-o por suas palavras e, a partir desse momento, os dois sociólogos passaram a nutrir uma admiração mútua que se transformou em amizade. Alguns anos depois, Freyre organizou a viagem de Gurvitch ao Brasil para lecionar em universidades brasileiras. Em uma carta escrita no começo de 1952, o professor da Sorbonne expressa a Freyre seu desejo de retornar ao Brasil:

> Sonho em descansar e poder ser convidado a passar um ano no Brasil. Rio de Janeiro, Bahia, São Paulo e qualquer outra Universidade ou Instituição Brasileira consideraria meu caso. Eu ficaria muito feliz em ver o Brasil novamente e ter alguma liberdade para terminar um livro em preparação: *Déterminismes Sociaux et Liberté Humaine*. Em Paris, ando muito apressado. Você poderia me ajudar a ser convidado por uma ou outra das universidades brasileiras? Nesse caso, ficaria muito grato.[33]

Como resposta, Gurvitch demonstrou sua gratidão ao colega brasileiro; enquanto, no Brasil, Freyre organizava sua permanência, Gurvitch acompanhava a publicação de *Casa-grande & senzala*.[34] A troca de favores foi um sucesso: Gurvitch embarcou para o Brasil no segundo semestre de 1952[35] e *Maîtres et esclaves* foi publicada na França no final do mesmo ano. Nos anos seguintes, é notório o compromisso do sociólogo francês e os esforços empreendidos para promover as conferências de seu colega brasileiro e indicar seu nome para títulos honoríficos. Em 1952, Gurvitch tentou organizar, juntamente com Braudel, uma série de conferências de Freyre na École Pratique des Hautes Études e no

---

[32] FREYRE, Gilberto. *Meu amigo Gurvitch*. Conferência proferida na Faculdade de Direito de Caruaru, 11 ago. 1971. Arquivos Fundação Gilberto Freyre.

[33] Carta de Gurvitch a Gilberto Freyre, 19 de janeiro de 1952. Arquivos Gilberto Freyre.

[34] Embora não conhecesse Roger Caillois pessoalmente, Gurvitch tentou comunicar-se com a editora e com o próprio Caillois por cartas.

[35] Gurvitch foi convidado a dar palestras de Sociologia do Direito na Faculdade de Ciências Jurídicas e Sociais da Universidade do Recife; de Sociologia Científica e de Sociologia Filosófica no Instituto Joaquim Nabuco de Pesquisas Sociais, dirigido por Gilberto Freyre, bem como de Sociologia do Direito na Casa Rui Barbosa, no Rio de Janeiro.

Centro de Estudos Sociológicos, mas, devido a questões burocráticas nas embaixadas, a viagem de Freyre realizou-se apenas em 1956, quando foi escolhido como um dos quatro oradores principais do Encontro Mundial de Sociólogos, em Amsterdam.[36]

No meio acadêmico francês, Gurvitch inicia uma disputa com o reitor da Faculdade de Letras sobre indicação de Freyre para o título de doutor *honoris causa* da Sorbonne, candidatura que recebeu o apoio de Lucien Febvre. Divergências internas adiaram essa nomeação, que só foi efetivada em 1963. Durante todo o ano de 1955, Gurvitch também tentou costurar um lobby para indicação do nome de Freyre à presidência da Associação Internacional de Sociologia, porém sem retorno positivo.

Três anos após a publicação da versão francesa de *Casa-grande & senzala*, Gurvitch descrevia a repercussão da obra para seu autor:

> Não preciso lhe dizer que seu primeiro livro em francês, *Maîtres et Esclaves*, continua tendo muito sucesso e se destacando em todas as discussões. Será que ainda não está totalmente esgotado? Isso seria uma explicação para o fato de os editores franceses estarem tão interessados em traduzir seus outros livros.[37]

Aproveitando o sucesso da obra e o interesse dos editores, Gurvitch planejou publicar dois volumes de trechos das principais obras de seu amigo brasileiro sob o título *Études de Sociologie Brésilienne* [Estudos de Sociologia Brasileira]. Braudel, no entanto, não concordou. O historiador dos *Annales* pensou que seria mais razoável publicar um a um todos os livros importantes de Freyre para apresentá-los ao público francês.[38]

3.3.1 Gurvitch e o colóquio de Cerisy

> *Parecia um Faulkner – rosto moreno, bigode ralo, elegância da força da idade. Em Cerisy, nos anos 1950, fora convidado pelos "velhos do Brasil" (Braudel, Gurvitch, Bastide) e acabávamos de publicar em francês* Maîtres et esclaves. *Uma geração mais jovem estava descobrindo o mar aberto...* (Jean Duvignaud. Prefácio à segunda edição de *Terres du Sucre*, 1992)

---

[36] Os outros três oradores foram Leopold von Wiese (da Universidade de Colônia, Alemanha), Morris Ginsberg (da Universidade de Londres) e Georges Davy (da Sorbonne).

[37] Carta de Gurvitch a Freyre, 25 jan. 1955. Arquivos Gilberto Freyre.

[38] *Ibidem*.

Em 1956, Gurvitch foi, juntamente com Febvre, Bastide e Braudel, um dos organizadores do encontro "*Gilberto Freyre, un maître de la sociologie brésilienne*" [Gilberto Freyre, um mestre da sociologia brasileira], realizado no castelo de Cerisy-la-Salle por iniciativa de Henri Gouthier, de 24 a 29 de julho daquele mesmo ano.

O evento, que contou com três edições anteriores, nenhuma das quais dedicada a um único pensador, se propôs a discutir os diferentes aspectos da produção de Freyre, por meio de contribuições de diversos especialistas em ciências humanas. O encontro também contou com a participação de Léon Bourdon, Roger Bastide, Jean Duvignaud, Clara Malraux, Miguel Simões e o angolano Mário Pinto de Andrade, editor da revista *Présence Africaine*.

À mesma época, Gurvitch, em parceria com Braudel, ficou responsável pela organização de uma conferência do sociólogo brasileiro na VI Seção da EPHE cujo tema era a "*Sociologie au Brésil*" [Sociologia no Brasil]. A presença de Freyre em Cerisy coincidiu com a publicação, na França, de *Terres du Sucre*,[39] tradução de sua obra *Nordeste*, com um prefácio de Jean Duvignaud.

Em termos gerais, Gurvitch foi um dos principais agentes de divulgação e promoção de Freyre em território francês. Conforme afirma Jacques Leenhardt, a publicação *Cahiers Internationaux de Sociologie*, criada e dirigida pelo sociólogo francês, foi o principal suporte para Freyre na França, acolhendo várias resenhas e artigos sobre o autor de *Casa-grande & senzala*.[40]

3.3.2 A heterodoxia metodológica nas obras de Gurvitch e Freyre

A amizade entre Freyre e Gurvitch incluía, além do apreço mútuo, afinidades intelectuais. Em seus livros, *La vocation actuelle de la sociologie*, de 1950, e *Déterminismes Sociaux et liberté humaine*, escrito durante sua permanência no Brasil em 1952 e publicado em 1955, Gurvitch identifica alguns princípios metodológicos dos quais podemos identificar semelhanças com as ideias de Freyre. Para Gurvitch, a realidade apenas pode ser entendida em suas múltiplas dimensões. A esse entendimento multidimensional é adicionado um pluralismo metodológico que não se apegava aos dogmatismos. Fiel a esse direcionamento, o sociólogo francês

---

[39] FREYRE, Gilberto. *Terres du Sucre*. Paris: Gallimard, 1956.

[40] LEENHARDT, Jacques. A consagração na França de um pensamento heterodoxo. *In*: Reinventar o Brasil., op. cit., p. 37.

substituiu o esquema durkheimiano de leis sociais por uma análise que abrangia as particularidades de cada experiência social.

De acordo com Gurvitch, essa realidade multidimensional é composta de planos estratificados e interpenetrados. Caberia à sociologia detectar os vínculos existentes entre os diferentes níveis da vida social. É na vontade de apreender os movimentos, os arranjos e as tensões da realidade borbulhante, para usar as palavras do autor, que se encontra uma proximidade com a sociologia "anfíbia e mista"[41] de Gilberto Freyre. Certamente, o sociólogo brasileiro não estabeleceu um diálogo específico com a obra de Gurvitch nem desenvolveu análises tipológicas da realidade social, assim como seu amigo francês. Exceto pelos elogios a Gurvitch, Freyre limitou-se a citar a importância da "sociologia em profundidade", descrita por seu colega, e a mostrar algumas semelhanças entre seus trabalhos e a abordagem microssociológica de Gurvitch.[42]

O que uniu os dois sociólogos foi o fato de ambos concordarem com uma abordagem que correlaciona diferentes nuances e escalas da realidade social, valorizando o papel da história, tida, no caso de Freyre, como aliada de suas observações sociológicas.[43] Outro ponto que é importante destacar é o fato de essas abordagens se inserirem no contexto da disputa entre dois modelos e duas maneiras de pensar as ciências sociais do período pós-guerra, uma disputa na qual os dois intelectuais participaram como aliados.

---

[41] No prefácio de sua obra *Sociologia*, de 1945, Freyre declara: "Desde já confessamos que nos inclinamos a considerar a sociologia uma ciência mista, híbrida ou anfíbia, em parte natural, em parte cultural; e não simples e definidamente a ciência natural que alguns ousados pretendem já estabelecida". (FREYRE, Gilberto. *Sociologia: introdução ao estudo dos seus princípios*. Rio de Janeiro: José Olympio, 1945. p. 13). Observamos aqui uma crítica aos dogmatismos sociológicos, entre os quais a ortodoxia durkheimiana que defendia a independência da sociologia perante outras ciências. Freyre, por sua vez, proclamou que a sociologia era a mais independente de todas as ciências.

[42] Cf. FREYRE, Gilberto. *L'Histoire microscopique: un exemple de carrefour d'influences* [A história microscópica: um exemplo do cruzamento de influências]. Traduzido por Jean-Louis Marfaing. *Diogène*, Paris, 1957, p. 28.

[43] No segundo prefácio a *Sobrados e mucambos* (1949), Freyre destaca o papel da história e sua importância para a sociologia: "A Sociologia que se faça sem História e sem Psicologia, esta sim, é uma Sociologia vã, ou, pelo menos, precária; não há 'eloquência de números' que lhe dê solidez ou autenticidade. (...) Pois, considerados no vácuo, instituições ou grupos humanos podem ter extraordinário interesse como curiosidades etnográficas ou aparências estéticas mas não como realidades sociológicas." (FREYRE, Gilberto. *Sobrados e mucambos*. 13. ed. 2002. p. 742.)

3.3.2.1 A crítica ao empirismo da sociologia norte-americana

Essa luta travada na arena intelectual, que esteve estampada, direta ou indiretamente, nas páginas de artigos, prefácios e obras, principalmente naquelas de Gurvitch, ganhou força em um momento em que a "sociologia aplicada" norte-americana[44] agregava um bom número de discípulos nos dois países e, no caso da França, depois de 1945, o entusiasmo e a receptividade apenas aumentaram.[45] Logo nos primeiros anos pós-guerra, era possível testemunhar, por exemplo, o ardor com que o sociólogo Georges Friedman se empenhara em divulgar o trabalho empírico da Escola de Chicago no Centre d'Études Sociologiques, fundado na França em 1947. Gurvitch, por sua vez, esforçou-se em conciliar as tradições dos estudos norte-americanos e franceses. Sua permanência nos Estados Unidos permitiu-lhe conhecer os trabalhos de estudiosos como Jacob Moreno e Pitrim Sorokin e estabelecer uma rede intelectual que permitiu a produção de *La Sociologie au XXème siècle*, obra que ele dirigiu juntamente com Wilbert Moore.

Publicada originalmente nos Estados Unidos em 1945, a obra recebeu contribuições de pesquisadores como Florian Znaniecki, Robert Merton, Talcott Parsons, Ernest Burgess, entre outros. Alguns desses pesquisadores também participaram dos *Cahiers Internationaux de Sociologie*. Gurvitch, como editor dos *Cahiers*, apesar de sua proximidade inicial com a comunidade acadêmica norte-americana, tornou-se gradualmente crítico de algumas abordagens quantitativas utilizadas nas pesquisas dos colegas, principalmente as de Parsons e de Merton. De acordo com o próprio Gurvitch, o excesso de empirismo dos representantes da sociologia norte-americana (seguido pela geração de jovens pesquisadores franceses, como Stoetzel) era fruto de uma ausência de reflexão sociológica de cunho teórico. Por essa razão, o sociólogo francês alertava seus leitores contra o perigo representado por estudos que renunciavam a explicação em favor de uma abordagem unilateralmente sociográfica.

Além disso, Gurvitch havia sido alvo de críticas alguns anos antes. Em *Où va la sociologie française?*[46] [Para onde vai a sociologia francesa?],

---

[44] Para obter mais detalhes sobre o tema leia-se MARCEL, Jean-Christophe. Une réception de la sociologie américaine en France (1945-1960). *Revue d'Histoire des Sciences Humaines* [Revista da História das Ciências Humanas], 11, p. 45-68, 2004.

[45] CUVILLIER, Armand. *Où va la sociologie française?* Paris: Marcel Rivière, 1953.

[46] *Ibidem.*

publicado em 1953, o sociólogo Armand Cuvillier direcionou reprovações severas a Gurvitch em razão de sua orientação fenomenológica. Cuvillier criticava o autor de *Vocation Actuelle de la Sociologie* [Vocação atual da Sociologia] por ter absorvido a sociologia na filosofia, ao contrário de Durkheim, que tendia a absorver a filosofia na sociologia. À sociologia abrangente de inspiração germânica representada por Gurvitch, Cuvillier opunha o método "positivista" de Durkheim, que apelava para os requisitos científicos do método objetivo.

A defesa do método de Durkheim feita por Cuvillier é compartilhada pelo sociólogo Georges Davy, professor na Sorbonne, então decano da Faculté des Lettres. Apoiador de Durkheim, que ele havia conhecido pessoalmente, presta homenagem a seu mestre na primeira edição da *Revue Française de Sociologie*. Essas querelas intelectuais que animaram o período são exemplos da divisão do campo sociológico na França, divisão acompanhada pela disputa institucional entre alguns de seus representantes. Um exemplo é a contenda que opôs Davy e Gurvitch acerca do nome de Freyre, previsto para obter o título *doutor honoris causa* da Faculté de Lettres da Sorbonne. Em uma carta, Gurvitch contava sobre o ocorrido para seu amigo brasileiro:

> O Decano de nossa Faculdade opôs à sua candidatura a do (...) Decano Leôn, da Faculdade de Letras do Rio. Eu fiz uma campanha violenta contra ele. Como resultado dessa luta, não houve eleição de candidatos brasileiros. Fui forçado a retirar sua inscrição com a condição de que o Sr. Davy retirasse a de Leôn... O que foi feito. Então ninguém saiu ganhando! Questão adiada para o próximo ano! Braudel notará que eu fiz tudo o que pude, e isso é do interesse das relações franco-brasileiras. Enquanto isso, eu fracassei, fazendo igualmente fracassar o candidato do Decano.[47]

O candidato de Georges Davy, cujo nome na carta escrita em francês em 1953 aparece como Leôn, na verdade é Antônio Carneiro Leão, diretor da Universidade Federal do Rio de Janeiro, que havia publicado na França naquele mesmo ano *Panorama sociologique du Brésil* [Panorama sociológico do Brasil],[48] com prefácio de Georges Davy. Consequentemente,

---

[47] Carta de Georges Gurvitch para Gilberto Freyre, 11 de julho de 1953. Arquivos Gilberto Freyre.

[48] LEÃO, A. Carneiro. *Panorama Sociologique du Brésil*. Prefácio de Georges Davy. Paris: Presses Universitaires de France, 1953. A obra reproduz seis conferências realizadas na Sorbonne em 1952.

a indicação de Leão por G. Davy era algo esperado, pois, além de serem amigos, nutriam afinidades intelectuais.[49]

Esse desentendimento sobre as candidaturas também é reflexo das dissenções intelectuais no campo da sociologia. No caso da França, Gurvitch foi um dos protagonistas desses debates. Por um lado, em razão das suas reservas em relação à sociologia durkheimiana, que provocaram discussões com Cuvillier e Davy, e, por outro lado, em virtude do distanciamento e das críticas que fizera à sociologia aplicada norte-americana e à "geração jovem" francesa que seguia seus métodos.[50]

3.3.3 Freyre e a sociologia brasileira do pós-guerra

A seu turno, Freyre apresentou uma concepção sobre o fazer e o pensar sociológicos solidária à de Gurvitch, ao menos em seus aspectos mais gerais. Do mesmo modo que seu colega francês, Freyre não poupou suas críticas ao que chamou de "tecnocratização" da sociologia, como era praticada nos Estados Unidos, preferindo se juntar às correntes sociológicas alemãs,[51] como atestam suas palavras na introdução da segunda edição de *Sociologia*:

> Cremos que com relação a sociólogos propriamente ditos, nossas maiores afinidades são com os alemães e com aqueles russos que nos tem sido possível ler através de traduções completas ou de simples resumos. Dos norte-americanos, a sociologia propriamente dita nos parece empobrecida pela endogamia técnica e nacional em que vive a maioria dos sociólogos dos EUA.[52]

Assim como Gurvitch, Freyre destacou no texto o que ele considerava um empobrecimento dos estudos sociológicos praticados nos Estados Unidos, principalmente a sociometria, devido a sua técnica exclusiva ou, como dissera, à sua "endogamia técnica" que se afirmava em detrimento de um diálogo mais aberto com outras ciências. A data em que Freyre redigiu esse prefácio, 1955, corresponde ao momento em que sua produção sociológica foi alvo de críticas de alguns sociólogos

---

[49] A obra de Carneiro Leão foi prefaciada por G. Davy.
[50] FREYRE, Gilberto. *Sociologia*, op. cit., p. 84.
[51] Segundo Freyre: Weber, Tönnies, Sombart e Von Wiese. Cf. *Ibidem*, p. 84.
[52] *Ibidem*, p. 84.

brasileiros, principalmente aqueles que compuseram a Escola Livre de Sociologia e Política da Universidade de São Paulo.

Conforme observado anteriormente, essas discussões ocorriam sob um cenário, iniciado na década de 1940, no qual metodologias e práticas da pesquisa sociológica estavam sendo redefinidas com o propósito de garantir uma maior profissionalização das ciências sociais e consolidação da disciplina nos quadros universitários.

Para tanto, era necessário romper com a prática experimental e autônoma dos trabalhos produzidos nas décadas de 1920 e 1930, de modo a consolidar um novo tipo de produção posta sob supervisão dos novos critérios de cientificidade. Esse novo modo de produção científica foi relativamente inspirado no modelo norte-americano. Chamada, no Brasil, de *sociologia científica*, teve como base o tripé "pesquisa empírica, objetividade e neutralidade".[53] Além disso, esse requisito passou a compor o modelo de escrita sociológica, que, preocupada com a manutenção de uma linguagem científica, descreditava atributos literários e ensaísticos. Com a padronização do vocabulário acadêmico, muitos sociólogos procuraram, por meio da linguagem, distanciarem-se das gerações anteriores, percebidas como possuidoras de um estilo experimental e pouco científico.

Com as novas gerações de sociólogos da Universidade de São Paulo, por exemplo, é possível notar, como bem pontua Simone Meucci, uma maior vigilância epistemológica e linguística.[54] Vigilância que passou a exercer influência nas avaliações críticas à sociologia de Freyre, ganhando fôlego na segunda metade dos anos 1950. As críticas à escrita freyriana não passaram despercebidas a Bastide, que escreveu, em defesa de Freyre, um artigo publicado nos *Annales*: "É fato que o estilo de Gilberto Freyre é, apesar do conteúdo científico de suas obras, muito poético e, às vezes, ele mesmo foi censurado, como se o sociólogo estivesse proibido de escrever bem".[55]

---

[53] Cf. MEUCCI, Simone. *Gilberto Freyre e a sociologia no Brasil: da sistematização à constituição do campo científico*. Tese (Doutorado em Sociologia) – Universidade de Campinas, Campinas, 2006. Com base nesse trabalho de tese a autora publicou, em 2014, a obra *Artesania da Sociologia no Brasil: contribuições e interpretações de Gilberto Freyre*. Curitiba: Appris, 2015.

[54] Para obter mais detalhes, leia-se MEUCCI, 2006 e MEUCCI, 2014.

[55] BASTIDE, Roger. Sous la "Croix du Sud": L'Amérique Latine dans le miroir de sa littérature. *Annales ESC*, v. 13, n. 1, p. 41, 1958.

Um exemplo dessa crítica se desdobra sob a influência de Donald Pierson, discípulo da Escola de Chicago, professor da USP, que em 1949 afirmou que as análises sociológicas de Freyre eram mais literárias que científicas.[56] A reação de Freyre não tardou. Em uma passagem da segunda edição de *Sobrados e mucambos*, Freyre solicitava aos "devotos da sociologia apenas quantitativa ou matemática, ou da história apenas cronológica e descritiva" que deixassem aos outros, no caso, a ele próprio, o "direito de seguir critério diferente de Ciência Social ou de História Humana".[57]

Nessa passagem, é possível observar que os embates de Freyre se assemelhavam aos de Gurvitch em relação à sociologia científica de inspiração norte-americana. Ao criticar os seguidores da sociologia "apenas" quantitativa, ele se envolvia em críticas semelhantes introduzidas por Gurvitch no campo intelectual francês. Da mesma forma, ao se referir criticamente à história "unicamente cronológica e descritiva", Freyre também se aproximava dos combates epistêmicos capitaneados pelos historiadores dos *Annales*.

3.3.3.1 *A sociologia "freyriana" em xeque*

Com os avanços das pesquisas empíricas realizadas nas universidades brasileiras, e em particular na Universidade de São Paulo, impulsionadas pelas atividades do Projeto Unesco de Relações Raciais, do qual Roger Bastide fez parte, as Ciências Sociais haviam angariado no Brasil, no início dos anos de 1950, uma maior solidez institucional.[58]

Ao mesmo tempo, Freyre foi gradualmente se distanciando dos núcleos universitários. Prova disso são as recusas aos convites de sociólogos da Universidade de São Paulo (USP), como Florestan Fernandes, que o convidara para participar de júris de doutoramento.[59]

Outro exemplo pode ser observado no modo como Freyre evitou uma participação mais direta no Projeto Unesco, preferindo sugerir o nome de René Ribeiro para a realização das pesquisas em Pernambuco. De modo geral, Freyre procurou um caminho independente, tanto na

---

[56] MEUCCI, Simone, 2006, *op. cit.*, p. 256.

[57] FREYRE, Gilberto. FREYRE, Gilberto. Sobrados & Mucambos: decadência do patriarcado rural e desenvolvimento urbano. *In: Intérpretes do Brasil*. 2. ed. v. 2. Rio de Janeiro: Nova Aguilar, 2002 *apud* MEUCCI, 2006, p. 256.

[58] Para mais detalhes sobre Gilberto Freyre e o Projeto Unesco, ver o quarto capítulo.

[59] Cf. FALCÃO, Joaquim; ARAUJO, Rosa Maria Barboza de (org.). *O imperador das idéias: Gilberto Freyre em questão*. Rio de Janeiro: Fundação Roberto Marinho, 2001. p. 131-167.

esfera das atividades do Instituto de Pesquisas Sociais, que criara em 1949,[60] quanto por meio da escrita de suas obras, que adquiriam, cada vez mais, tons ensaísticos. Essas dissenções, de modo geral, foram observadas por Bastide:

> Não temos ilusões sobre as dificuldades do trabalho em equipe, sobretudo na América Latina. Primeiro, porque a ciência latina (se me permitem usar essa expressão, que se aplica de fato apenas a pesquisadores) é mais individualista do que cooperativa. Em segundo lugar, porque a antiga luta de famílias ou clãs, que caracterizou a história colonial, ainda perdura, de forma disfarçada, na luta dos especialistas: cada ramo da ciência tem seu proprietário (*dono*), que a considera como um domínio exclusivo; e a preocupação com seu "dogma" traz o risco de fazê-lo perder a preocupação superior com a realidade. Mas essas tendências, desfavoráveis a um bom trabalho de cooperação, estão em vias de desaparecer nas novas gerações, aquelas das faculdades de Filosofia, de Ciências e de Letras ou das escolas de Ciências Sociais. A unidade das Ciências Humanas é reconhecida, assim como a obrigação de especialização, caso se deseje realizar um trabalho aprofundado.[61]

Essas palavras foram publicadas ao término das pesquisas sobre relações raciais realizadas para o Projeto Unesco. Ainda que tenha empregado o termo genérico de América Latina, Bastide não se eximiu de defender a necessidade do trabalho coletivo e a especialização do trabalho sociológico. Na época, surgiam fortes críticas em relação às altercações entre pesquisadores, e é possível pensar, nesse caso, que Bastide referia-se às discussões entre Freyre e os sociólogos da Universidade de São Paulo e, mais precisamente, às contendas entre Freyre e o sociólogo Florestan Fernandes, ex-aluno e colega de Bastide.[62]

Diante do aumento das críticas dirigidas à sociologia de Freyre, o autor procurou cada vez mais escapar do rótulo de sociólogo. Por

---

[60] O Instituto Joaquim Nabuco (IJN) foi criado em 1949. Atualmente é a Fundação Joaquim Nabuco, autarquia federal ligada ao Ministério de Educação.

[61] BASTIDE, Roger. Le problème noir en Amérique latine [O problema negro na América Latina]. *Boletim Internacional de Ciências Sociais*, Unesco, v. 4, n. 3, p. 459-467, 1952.

[62] Para mais detalhes sobre este tópico, *ver*: ROCHA, João Cézar de Castro. Notas para uma futura pesquisa: Gilberto Freyre e a Escola Paulista. *In*: FALCÃO, Joaquim; ARAUJO, Rosa Maria Barboza de (org.). *O imperador das idéias*, op. cit., p. 183-203.

exemplo, na introdução da segunda edição do livro *Sociologia*,[63] Freyre declara que os estudos apresentados nesse livro não são obra de um sociólogo profissional, caracterizado por uma "prática especializada", mas de um escritor. Dessa forma, o autor procurava se blindar das críticas que emanavam dos adeptos do ramo da sociologia "científica", uma vez que a denominação de "escritor" permitiria um passaporte para sua independência intelectual.

No mesmo texto, Freyre se coloca na posição de *marginal* ou *semissociólogo*, trabalhando à margem do professorado e das universidades. Reconhecia, no entanto, a importância desses últimos ao se referir à Escola Livre de Sociologia e Política da USP como o "principal centro brasileiro de estudos sociológicos e antropológicos de caráter universitário".[64]

À medida que era descrito pelos leitores brasileiros como um pesquisador *outsider*, à margem da sociologia científica, Freyre buscou entre seus colegas estrangeiros a consagração de suas ideias.

A pluralidade das abordagens presentes na sua obra guardava a vantagem de integrá-la a diferentes campos disciplinares. A França foi o melhor exemplo dessa recepção da obra *Casa-grande & senzala*. Em seus artigos e especialmente em seus prefácios escritos no Brasil na década de 1950, Freyre recorria à recepção francesa de suas obras, para servir de selo de "autoridade intelectual", capaz de legitimar sua produção e de validá-la diante dos seus críticos brasileiros:

> Publicado em língua francesa (*Casa-grande & Senzala*) (...) vem obtendo a melhor compreensão e a crítica mais penetrante a que poderia aspirar um ensaio do seu tipo em qualquer língua.[65]

Outro exemplo pode ser encontrado no prefácio de *Casa-grande & senzala*, escrito por Freyre em 1955, no qual o autor fez referência a diversas passagens dos comentários de Jean Pouillon, em resenha publicada na revista *Les Temps Modernes*, sobre a tradução da obra em francês.

---

[63] A primeira edição foi publicada em 1945.
[64] FREYRE, Gilberto, *Sociologia, op. cit.*, p. 12.
[65] FREYRE, Gilberto, prefácio da segunda edição de *Sociologia, op. cit.*, p. 13.

3.2 A recepção de Freyre por Jean Pouillon e Roland Barthes

O artigo escrito pelo antropólogo Jean Pouillon[66] é citado por Freyre como testemunho do caráter positivo da recepção francesa em relação à "pluralidade de seus métodos", também ressaltada por Roger Bastide, Georges Balandier, Lucien Febvre e Roland Barthes.

De modo geral, Freyre procurou destacar algumas afinidades com o existencialismo de Pouillon, salientando que o intelectual francês, em seus escritos, buscava apreender "o vivido, o regional, o ecológico (...) o circunstancial".[67] Além disso, continua Freyre, Pouillon se preocupava com o indivíduo situado, o que lhe possibilitava construir análises cujos métodos seriam elaborados e adaptados de acordo com cada circunstância específica.

No entanto, em um de seus textos, o autor de *Casa-grande & senzala* admitia que, além de sua postura de defensor de uma maleabilidade e pluralidade de métodos, concedia igualmente uma importância especial ao método histórico-biográfico, opção que, para os sociólogos mais convencionalmente anglo-americanos em seu fazer sociológico, não consistia em uma metodologia pertinente para as ciências sociais.

Assim, uma das razões pelas quais Freyre apegou-se à recepção francesa em geral provém da importância e centralidade que os leitores e interlocutores franceses atribuíam à sua escrita de cunho histórico. Pouillon afirma, por exemplo, que Freyre "dá a ideia do que pode ser uma história total, isto é, uma história que não negligencia nenhum dos aspectos da evolução considerada".[68]

Nessa mesma abordagem, Roland Barthes, em um artigo publicado em *Lettres Nouvelles*, incluía Freyre na tradição dos historiadores dos *Annales*:

> A obra é um produto brilhante dessa sensibilidade para História total, desenvolvida na França por historiadores como Bloch, Febvre ou Braudel. [...] Tão amplamente inteligente quanto Marc Bloch ou Lucien Febvre, ele dispõe de mais além desta qualidade involuntária [...] que reside em ter tido que sistematizar uma matéria histórica apenas liberta do corpo humano, da saúde, do regime, dos fenômenos de mistura sanguínea e humoral; é a

---

[66] Cf. POUILLON, Jean. Maîtres et Esclaves. *Les temps modernes* [*Os Tempos Modernos*], Paris, n. 90, p. 1836-1838, maio 1953.

[67] FREYRE, Gilberto. *Sociologia*, op. cit.

[68] POUILLON, Jean, *op. cit.*

quadratura do círculo dos historiadores, quase alcançada aqui, o ponto final da pesquisa histórica, segundo o testemunho de homens como Michelet ou Marc Bloch.[69]

É inegável, e as fontes bem revelam, que a recepção francesa subsequente à publicação de *Casa-grande & senzala,* em 1952, tinha como particularidade marcante a ênfase dada aos aspectos historiográficos da obra de Freyre. No entanto, seria simplista concluir que, para os comentadores franceses, o autor de *Casa-grande & senzala* era mais um historiador do que um sociólogo. Os autores que nutriram interesse pela leitura e elaboraram resenhas sobre o trabalho de Freyre em grande parte estabeleceram seus projetos intelectuais em zonas fronteiriças do pensamento, em áreas de aberturas epistemológicas, lugares de encontro das ciências humanas com as ciências sociais.

3.3 Jean Duvignaud e Freyre

> *Eu revi Freyre no Recife, neste Instituto que ele fundou para o estudo do mundo tropical – centro de confrontações, de pesquisas, museu vivo. Ele habitava Apipucos, nos confins da cidade e da terra do açúcar, em meio aos cactos e acácias.* (Jean Duvignaud. Prefácio à segunda edição de *Terres du Sucre,* 1992)

O sociólogo Jean Duvignaud, convidado por Gurvitch para participar do evento de Cerisy-la-Salle, ofereceu um testemunho do que, para ele, representava a obra de Freyre nos anos de 1950:

> No meio de um positivismo abstrato e de um cientificismo ideológico, que dominava, na época, a antropologia ou a sociologia, os livros de Gilberto Freyre pareciam realizar esse "modelo de ressureição da vida integral" do qual só havia raros exemplos – em Febvre para o século XVI, Huizinga para a Idade Média, Jacques Berque para o Islã contemporâneo.[70]

Assim como Gurvitch, Duvignaud manifestava certo desconforto diante das ciências sociais e da antropologia daqueles anos de 1950,

---

[69] BARTHES, Roland. Maîtres et Esclaves [Casa-grande & senzala]. *Les Lettres Nouvelles* [*Novas Letras*], Paris, v. 1, p. 107-108, mar. 1953. *In*: BARTHES, Roland. *Œuvres complètes I (1942-1965)* [*Obras completas I*]. Paris: Seuil, 1993. p. 210.

[70] DUVIGNAUD, Jean. Gilberto Freyre, sociólogo humanista. *In: Gilberto Freyre na UnB, op. cit.*, p. 67.

que, em sua opinião, não haviam conseguido unir o lado conceitual e empírico. Gurvitch, por sua vez, propunha um modelo alternativo, que levava em conta os diferentes níveis da realidade social (os patamares profundos) como um todo. Para Duvignaud, a obra de Freyre correspondia à noção de "fenômeno social total", desenvolvida por Gurvitch, que, por sua vez, afirmara, na ocasião do Colóquio de Cerisy, que a obra de Freyre soube captar o "fenômeno psíquico total".[71]

Nesse sentido, os escritos de Freyre apareciam para Duvignaud,[72] amigo e leitor de Gurvitch, como um "sopro de ar fresco no superaquecimento ideológico da época".[73] Para compreender melhor o significado do termo "atmosfera ideológica" ao qual o sociólogo francês se refere, citemos o exemplo da revista *Arguments*, por ele fundada em 1956, em colaboração com Roland Barthes e Edgar Morin. O primeiro número contou com o artigo "À propos de Gilberto Freyre" [A propósito de Gilberto Freyre], do sociólogo Guerreiro Ramos, que havia ministrado uma série de conferências na Universidade de Paris no ano anterior.

3.4 Uma voz dissonante: Alberto Guerreiro Ramos

Em seu artigo[74] na revista *Arguments*, Guerreiro Ramos inicia tecendo um esboço da produção intelectual de Freyre de modo a melhor situar o leitor francês acerca da trajetória do autor de *Casa-grande & senzala*. Em poucas páginas, Ramos optou por destacar e reforçar as principais críticas dirigidas a Freyre por pesquisadores brasileiros[75] ou, como o autor

---

[71] CHACON, Vamireh. Uma fenomenologia de Gilberto Freyre. *In*: *Gilberto Freyre na UnB*, op. cit., p. 81.

[72] Em um artigo publicado no início dos anos 1960 nos *Cahiers Internationaux de Sociologie*, Duvignaud interpreta a obra de Freyre em função de conceitos da sociologia de Gurvitch: patamares profundos, hiperempirismo dialético etc. Cf. LEENHARDT, Jacques. A consagração na França de um pensamento heterodoxo. *In*: *Reinventar o Brasil*, op. cit., p. 38.

[73] DUVIGNAUD, Jean. A-t-on découvert le Brésil? La sociologie française et l'école de São Paulo dans les années 50. *Cahiers des Amériques Latines*, Paris, IHEAL, Éditions CNRS, 34, p. 74, 2000.

[74] RAMOS, Guerreiro. À propos de Gilberto Freyre. *Arguments,* ano 1, n. 1, dez. 1956 – jan. 1957.

[75] Ramos faz uma crítica incisiva ao conceito de lusotropicalismo desenvolvido por Freyre. Trataremos dessa crítica mais adiante.

preferiu denominar, o "meio científico de vanguarda". Nas palavras de Ramos, esses representantes das "ciências sociais emergentes" reprovavam o impressionismo e o estetismo da escrita freyriana.

De acordo com Ramos, o impressionismo de Freyre poderia ser resumido como um conjunto de conclusões arbitrárias, "farsas" ["*fumisterias*"] desprovidas de rigor científico. O autor prossegue sua análise sustentando que uma das falhas do sociólogo pernambucano consistia em considerar a sociedade brasileira de forma estática, em termos de cultura e de ação. Freyre seria um esteta e, na melhor das hipóteses, observava o negro como "um tema etnográfico curioso". Ramos era avesso aos arroubos entusiastas de intelectuais que se dedicavam ao estudo das "sobrevivências africanas". Considerava que tal postura exotizava o negro, criando uma distância que, no limite, criaria empecilhos à sua integração na sociedade.[76]

Metodologicamente, o principal problema com as interpretações freyrianas consistia em não reconhecer os "determinismos capitalistas globais" que condicionavam, segundo Ramos, a sociedade colonial do Brasil.

Em outro trecho, Ramos declara que:

> Gilberto Freyre se diz mais antropólogo do que sociólogo, e sua incapacidade de entender a realidade histórico-social decorre em grande parte dos esquemas de compreensão de caráter antropológico.[77]

Em um contexto em que as ciências sociais se afirmavam e se especializavam, particularmente no Brasil, onde as orientações eram centradas em uma explicação do país atravessada pelo estudo das estruturas capitalistas e do paradigma da luta de classes,[78] o "culturalismo" de Freyre acrescentado a seus discursos fazia figura, para os críticos brasileiros

---

[76] FILGUEIRAS, Fernando de Barros. Guerreiro Ramos, a redução sociológica e o imaginário pós-colonial. *Cad. CRH*, Salvador, v. 25, n. 65, p. 347-363, ago. 2012.

[77] RAMOS, Guerreiro, *op. cit.*, p. 7.

[78] O artigo de Ramos é representativo do momento em que Freyre sofreu, no Brasil, uma forte rejeição por parte dos representantes da sociologia crítica, baseada no materialismo histórico. Embora reconheça a importância de *Casa-grande & senzala*, seu ataque frontal incide sobre a produção freyriana dos anos de 1950. Para mais informações sobre esse tema: Cf. FALCÃO, Joaquim. A luta pelo trono: Gilberto Freyre versus USP. *In: O imperador das ideias, op. cit.*, p. 131.

advindos da sociologia universitária e científica, de um projeto ultrapassado, até mesmo conservador, tanto no trato científico quanto em seu papel político, que valorizava a tradição ao invés da modernização.

De modo geral, Ramos desacreditava Freyre enquanto sociólogo, atribuindo-lhe o rótulo de "literato". Essa afirmação, adicionada ao selo "escritor impressionista", foi um dos recursos utilizados pelo autor para desqualificar as conclusões sociológicas de Freyre. Como discutido anteriormente no capítulo sobre Roger Bastide, Freyre procurou se afirmar internacionalmente como um intelectual/escritor original, de certa forma marginal. Reagia veementemente aos que queriam enquadrá-lo em alguma escola de pensamento, principalmente nos anos 1940 e 1950, período em que seus trabalhos estavam longe de seguirem a cartilha ou apresentarem o rigor científico das Ciências Sociais. Esse era um dos pontos, inclusive de maior divergência com os sociólogos paulistas, em especial Florestan Fernandes, que defendia uma prática sociológica com métodos padronizados e universais.

Na segunda edição em língua portuguesa de *Sociologia*, Freyre responde aos críticos que rotularam sua sociologia como literária:

> Os sectários do Marxismo estático, que não perdoam ao autor de *Sociologia* a sua posição de independente do ismo por eles consagrado [...] acusam-no atualmente de fazer "sociologia literária" [...] O que se explica. Tais sectários são, quase todos, literatos ou beletristas fracassados. Ao se refugiarem no ismo [...] o fazem sob um ressentimento antiliterário que não conseguem disfarçar; e esquecidos do que críticos literários da profundidade de Mr. Edmund Wilson consideram haver de "poético" – logo de "literário", na própria Sociologia de Karl Marx".[79]

Freyre se via como uma espécie de escritor influente, cujo acúmulo de publicações e erudição, além dos prêmios e prestígio que colecionava, seriam suficientes para que fosse chamado a participar de fóruns internacionais e opinar sobre temas da agenda geopolítica daquelas décadas de guerra e de pós-guerra, temas que iam desde a segregação racial nos EUA ao fascismo, ao apartheid e até mesmo à atuação do governo português nas colônias. Apresentava-se, assim, como observador que escrevia conferências com prosa bem escrita e original, um intelectual à moda antiga, cuja "autoridade" de *expert* e o estilo narrativo consagrado

---

[79] FREYRE, Gilberto. *Sociologia, op. cit.*, p. 25.

blindavam-lhe, de certa maneira, de ter que submeter suas conclusões ao escrutínio dos pares e às exigências metodológicas do campo sociológico da época.

Já Guerreiro Ramos, intelectual negro, ativista ligado ao Teatro Experimental do Negro, defendia, inclusive de modo diverso a Florestan Fernandes, uma sociologia mais pragmática, buscando adaptar as teorias sociológicas cêntricas ao contexto brasileiro, interpretadas a partir das perspectivas brasileiras.[80] Chegou, inclusive, a tensionar e provocar a Unesco e os integrantes do Projeto de Relações Raciais, no início dos anos 1950, a adotarem intervenções práticas ao invés dos estudos meramente acadêmicos sobre o tema.[81] Embora guardasse diferenças com seus colegas sociólogos, como o debate com Florestan Fernandes sobre o conceito de *reducionismo sociológico*,[82] Ramos convergia com os demais na aplicação do rigor científico nos estudos das estruturas que sustentavam as relações raciais no país. Sob essa orientação, atacava as "insuficiências metodológicas" de Freyre.

3.4.1 A resposta de Duvignaud e o comentário de Edgard Morin

Os comentários de Guerreiro Ramos e a crítica aos aspectos literários da obra de Freyre não agradou a Jean Duvignaud, que teve um percurso heterodoxo nas ciências sociais, ligando-se tanto à literatura quanto à sociologia do teatro. Outra razão para esse desconforto pode ser explicada pelo perfil da revista que acolheu o texto. Na época de sua criação, a *Arguments* apresentou-se como uma espécie de tribuna para ex-membros do Partido Comunista Francês (PCF) ou para marxistas heterodoxos, contrários ao marxismo partidário e institucionalizado. Seu objetivo era relativizar o marxismo, recusando o dogmatismo, "impulsionando essa recusa para a rejeição de todos os *-ismos*".

---

[80] CF. LYNCH, Christian Edward Cyril. Teoria pós-colonial e pensamento brasileiro na obra de Guerreiro Ramos: o pensamento sociológico (1953-1955). *Cad. CRH*, Salvador, 28 (73), 2015.

[81] Cf. MAIO, Marcos Chor. Uma Polêmica Esquecida: Costa Pinto, Guerreiro Ramos e o Tema das Relações Raciais. *Dados*, Rio de Janeiro, 40 (1), 1997.

[82] Cf. SOARES, Luiz Antonio. *A sociologia crítica de Guerreiro Ramos: um estudo sobre um sociólogo polêmico*. Rio de Janeiro: Conselho Regional de Administração do Rio de Janeiro, 2006.

Para Edgar Morin, um dos seus fundadores e diretor da revista, o marxismo devia ser ao mesmo tempo assimilado e integrado como o gérmen de uma teoria mais ampla e multidimensional. Essa orientação do conselho editorial da revista explica, em parte, a defesa de Duvignaud a Freyre, em resposta às críticas de Ramos. Em um texto publicado anos depois, o sociólogo francês relembra o debate:

> Quando, com Edgar Morin e Roland Barthes, começamos a publicar *Arguments*, desde o primeiro número dessa revista, Alberto Guerreiro Ramos deu-nos um artigo bastante veemente contra *Casa-grande & senzala*. A revista era consagrada a uma revisão, quando não ao pensamento de Marx, ao menos à crítica à redução ideológica que víamos na URSS e, frequentemente, na França: Ramos dava o exemplo do contrário, aplicando ao Brasil os padrões de uma teoria mecânica de classes – um conceito ocidental, se for.[83]

Logo no segundo número da revista, Duvignaud escreve uma resposta ao artigo de Ramos, declarando que o modo ensaístico e criativo no qual Freyre descreveu a mestiçagem afetiva ou sexual no Brasil tinha paralelos com o modo intuitivo de um Michelet ou de um Lucien Febvre, quando este escreveu sobre Rabelais.[84] Sua compreensão consistia em pensar a realidade psíquica composta por uma trama de sociabilidades que ignorava códigos e prescrições estabelecidas. Nas palavras de Duvignaud, embora Freyre não tivesse construído uma teoria social nas páginas de *Casa-grande & senzala*, o "empirismo sistemático" de Freyre, somado a uma escrita poética, "valem mais que bons quadros abstratos que mascaram a realidade".[85]

Nesse sentido, se Ramos censurava Freyre por se apegar à ideia de uma singularidade ou mesmo excepcionalidade na formação da sociedade brasileira em vez de pensá-la pelo viés dos "determinismos exógenos", Duvignaud repreendia Ramos, militante negro, por adotar, de forma mecânica e determinista, modelos europeus e, supostamente, "brancos".

---

[83] DUVIGNAUD, Jean. Aton découvert le Brésil? [Descobrimos o Brasil?], *op. cit.*, p. 76.

[84] FEBVRE, Lucien. *Le problème de l'incroyance au XVIe siècle. La réligion de Rabelais*. Paris: Albin Michel, 1942.

[85] DUVIGNAUD, Jean. Encore Gilberto Freyre. *Arguments*, 1 (2), 1957, p. 32.

Os negros se encontram em uma situação "marxista" porque tomaram consciência de si mesmos através dos quadros do capitalismo branco, mas isso não autoriza o pensamento europeu (do qual Marx é um dos maiores representantes) de impor suas categorias aos povos explorados.[86]

Duvignaud talvez estivesse querendo provocar Ramos naquilo que ele mais prezava, no caso, a não adoção de teorias estrangeiras sem uma crítica brasileira. Em outras palavras, em seu conceito de *redução sociológica* Ramos defendia uma assimilação crítica das teorias estrangeiras e não uma aplicação mecânica.

Logo abaixo do texto de Duvignaud, Edgar Morin escreve uma breve nota na qual elabora algumas ressalvas sobre a discussão. Primeiramente, questiona o colega da revista se ele não estaria sendo muito severo com Ramos. Afinal, por mais "sectária que ela seja, a reação de Ramos é saudável".[87] E embora reconhecesse que "na França a obra de Freyre aporta um sangue novo", considerava que a crítica de Ramos era válida, não porque contrapunha modelos teóricos unicamente europeus, como enfatizava Duvignaud, mas porque eram modelos contrapostos por "um sociólogo brasileiro negro" ao "pensamento 'branco' de Freyre".[88] E conclui em tom conciliador: "Podemos, e devemos integrar as ideias de Freyre aos quadros (teóricos) de Ramos".[89]

Ramos se preocupava com a integração do país à modernidade ocidental com uma proposta pragmática de inserção do negro na sociedade brasileira. Freyre, por sua vez, evidenciava um Brasil apresentado como uma sociedade culturalmente diferenciada, um novo tipo de "civilização nos trópicos", com dinâmicas de interações inter-raciais específicas. De certa forma, para Duvignaud, a imagem de uma alteridade brasileira, até mesmo exótica, colocada em contraponto à Europa, parecia-lhe um discurso mais atraente. Na introdução escrita para *Terres du Sucre* [*Nordeste*], Duvignaud relembra a discussão em torno do artigo de Ramos:

> Uma controvérsia surgiu no primeiro número da revista *Arguments*: G. Ramos, escritor brasileiro negro, contestava a representação de um Nordeste colonial

---

[86] Ibidem.
[87] MORIN, Edgar. Encore Gilberto Freyre (Note). *Arguments*, 1 (2). p. 32.
[88] Ibidem.
[89] Ibidem.

idílico em nome da negritude. Como não lhe responder que a mestiçagem física e intelectual tem mais força do que a segregação?[90]

As observações de Duvignaud revelam a força política que o termo *mestiçagem* havia adquirido na Europa naquele momento, como contrabalanço à *segregação*, tema que abordaremos no próximo capítulo. Para um observador francês como Duvignaud, o exemplo brasileiro, situado em uma escala global, representava um contraponto ao apartheid e ao segregacionismo norte-americano. Da mesma forma quando Guerreiro Ramos questionou o "lusotropicalismo" de Freyre como apologia ao colonialismo em seu texto, Duvignaud também saiu em defesa do sociólogo pernambucano, ao considerar que as questões trabalhadas por Freyre em suas obras dos anos 1930 não eram as mesmas do lusotropicalismo, doutrina que considerava mais " fútil que perigosa".[91] Em outras palavras, o lusotropicalismo, na percepção do intelectual francês, era contingencial diante das inovações e exemplos ofertados pelas principais obras de Freyre, escritas décadas antes.

Em linhas gerais, Duvignaud considerava as ideias de Freyre tão promissoras que, mesmo que não representassem um quadro fiel da sociedade brasileira, ou que apresentasse contradições como aquelas observadas por Guerreiro Ramos, ela não perdia seu invólucro "antirracista", tão bem-vindo para os intelectuais que compartilhavam o cenário político e social da Europa de meados dos pós-Segunda Guerra.

---

[90] DUVIGNAUD, Jean. Prefácio. *In*: FREYRE, Gilberto. *Terres du Sucre*. Trad. Jean Orechionni. Paris: Quai Voltaire, 1992.

[91] DUVIGNAUD, Jean. Encore Gilberto Freyre. *Arguments, op. cit.,* p. 31.

Capítulo 4

Gilberto Freyre e o antirracismo

É um livro que o doutor Goebells mandaria, certamente, queimar no meio da rua, de cambulhada com as obras de Ludwig, de Thomas Mann, de Remarque e de todos os grandes heresiarcas de nacional--socialismo. A tese de Gilberto é o extremo oposto da de Gobineau e a de Chamberlain, que formam o substratum da doutrina racista. (...) Gilberto não acredita na superioridade dos dólicos louros e nesse sentido Casa-grande & Senzala *é um libelo contra os teóricos e os doutrinários do racismo.* (Aníbal Fernandes. *O Estado*, 1934)

Em meio aos escombros da Segunda Guerra Mundial, em uma Europa que contava seus mortos e se deparava com o espólio do Holocausto, intelectuais e atores políticos, muitos dos quais exilados nos Estados Unidos, outros tantos em países da América Latina, retornavam ao velho continente com o projeto de contribuírem de forma prática e efetiva na prevenção de mais outro(s) conflito(s) genocida(s). O desafio não era pequeno: o fim da Segunda Guerra não representou o fim das hostilidades étnicas nem nacionais. Por toda a Europa despontavam focos de extermínios e crimes de guerra. Em meio a esse contexto, o discurso da mestiçagem ocupava a cena do imediato pós-guerra como bandeira contrária à segregação e às políticas eugênicas. Como bem aponta Alencastro, "as uniões inter-raciais e a mistura das populações foram convocadas a revestir a função de motores da transformação dos indivíduos e das sociedades".[1]

Entre as várias negociações políticas do imediato pós-guerra, a criação das Nações Unidas é a materialização normativa de uma mobilização global para promoção de uma cultura de paz. Os 51 países-membros que assinaram a Carta comprometeram-se com a missão de "preservar as gerações vindouras do flagelo da Guerra". Na esteira da criação da ONU, foi criada a Organização das Nações Unidas para a Educação, a Ciência e a Cultura (Unesco), cujas ações estavam mais diretamente ligadas ao teor preventivo e, de certa forma, redentor, da educação na formação das gerações futuras. A ideia seria atuar em três vias: educação, ciência e cultura para a promoção, entre os povos, do civismo e da compreensão internacional.[2]

A fundação da Seção de Ciências Sociais da Unesco, em 1947, seguida da criação do Departamento de Ciências Sociais, em 1948, encabeçou projetos ambiciosos destinados a reunir cientistas para produzir diagnósticos e promover associações, publicações e eventos destinados a atuar no combate à intolerância, à violência e ao etnocentrismo por meio de ações positivas. Entre os principais projetos de pesquisa capitaneados pelo referido departamento, e que tiveram participação de Freyre, estão o Projeto Tensões e a Pesquisa de Relações Raciais no Brasil.[3]

O Projeto Tensões (*Project Tensions*) nasceu de uma resolução tomada durante a segunda Assembleia Geral da ONU, em 1947, que autorizou o estudo das "Tensões que Afetam a Compreensão Internacional". Otto Klineberg, que ocupou a cátedra de psicologia social na Universidade de São Paulo entre 1945 e 1947, afirmava, na ocasião, que o conceito de

---

[1] ALENCASTRO, Luiz Felipe de. Geopolítica da mestiçagem. *Novos Estudos*, São Paulo, (11), p. 43-63, jan. 1985, p. 49.

[2] Cf. MAUREL, Chloé. *Histoire de l'Unesco. Les trente premières années. 1945-1974*. Paris: L'Harmattan, 2010. p. 217.

[3] Em uma obra lançada recentemente, Elizabeth Cancelli pormenoriza o estudo da agenda de pesquisa em Ciências Sociais nos tempos da Guerra Fria e as motivações geopolíticas que conduziram a Unesco a escolher os temas dos seus projetos na área de Ciências Sociais. Cf. CANCELLI, Elizabeth. Racismo, totalitarismo, modernidade e agendas intelectuais. *In*: CANCELLI, E.; MESQUITA, G.; CHAVES, W. *Guerra Fria e o Brasil: para a agenda de integração do negro na sociedade de classes*. São Paulo: Alameda, 2019.

"compreensão" deveria ser entendido não apenas no sentido intelectual, mas entendido no âmbito das emoções e dos afetos.[4]

Coube a Hadley Cantril reunir oito cientistas durante duas semanas em pleno verão parisiense para discutirem o tema do projeto com base em suas pesquisas e realizarem conferências.[5] Ao final, elaborariam um documento com recomendações de caminhos e meios para a promoção de atitudes que concorressem para o entendimento internacional.[6]

4.1 Freyre e Horkheimer em Paris

> *A discussão de Freyre sobre a influência liberadora da teoria social crítica exemplifica o antídoto que a Unesco deve prover contra o pessimismo social e a demagogia.*
> (Max Horkheimer, *Tensions that cause wars*, 1950, p. 162)

Entre os cientistas escolhidos para o evento da Unesco em Paris figuraram nomes como Gilberto Freyre ao lado de Max Horkheimer, Gordon Allport, Georges Gurvitch, Arne Naess, John Rickman, Harry Stack Sullivan e Alexander Szalai. Em sua intervenção, Freyre destacou os perigos da apropriação da Sociologia, da História e de outras áreas das Ciências Humanas e Sociais por governos autoritários que instrumentalizavam intelectuais para elaborar estudos com fins apologéticos e nutrir efemérides nacionalistas.

Na ocasião, Max Horkheimer e Gordon Allport elaboraram alguns comentários e notas à apresentação de Freyre. Um dos pontos que despertou a atenção do pesquisador da Escola de Frankfurt foi a analogia que Freyre estabeleceu entre paternalismo e autoritarismo: "Compartilho da opinião de Freyre segundo a qual 'sobrevivências paternalistas'

---

[4] Cf. GIL-RIAÑO, Sebastian. *Historicizing Anti-Racism: UNESCO's campaigns race prejudice*. Tese (doutorado) – Institut for the History and Philosohy of Science and Technology, University of Toronto, Toronto, 2014.

[5] Antônio Dimas escreveu um ótimo artigo no qual detalhou os bastidores do evento e a participação de Freyre. DIMAS, Antônio. Nas ruínas, o otimismo. *In*: DIMAS, A.; LEENHARDT. J.; PESAVENTO, Sandra. J., *op. cit.*, p. 99-144.

[6] CANTRIL, Hadley (org.). *Tensions that cause wars. Common statements and individual papers by a group of social scientists brought together by UNESCO*. Urbana: University of Illinois Press, 1956.

contribuem fortemente para atitudes agressivas".[7] A América Latina, para Freyre, tinha sido, ao longo de sua história, vítima de lideranças autoritárias, patriarcais ou paternalísticas. Em algumas exceções, esses líderes paternalistas contribuíam para proteger "nações francas e semicoloniais" do "imperialismo capitalista da Europa e dos Estados Unidos", no entanto, a maioria usava os imperialismos como pretexto para "longos anos de paternalístico domínio de seus povos".[8]

Freyre também chamava atenção para os perigos dos fatalismos biológicos e determinismos geográficos que geravam fantasias sobre povos latino-americanos e grupos mestiços africanos e asiáticos, acerca da suposta inferioridade que era atribuída à mistura racial:

> Tais grupos têm sofrido, há longo tempo, de uma instabilidade psicológica e social, em larga medida causada pelo fato de se sentirem inferiores ou rejeitados. É como se esses povos fossem destinados (...) a serem colônias de "povos superiores", ou, quando independentes, simples subnações.[9]

O mesmo ocorria com as Ciências Sociais e a História, em muitos casos usadas para finalidades apologéticas e patrióticas. Para melhor libertar a sociologia dessas amarras, Freyre sugeria o incremento de "pesquisas científicas sobre problemas sociais e culturais"[10] desenvolvidos em escala transnacional ou regional.

A conferência se alinhava e convergia com o espírito do grupo dos oito: ao combater o nacionalismo, pormenorizado no exemplo dos caudilhos latino-americanos, Freyre defendia o incremento ao estudo científico de problemas regionais *panlatino-americanos*, de modo a combater personalismos e isolacionismos tanto na esfera do conhecimento como na esfera política. Outra analogia, que também era muito eficaz naquele momento, consistia na defesa da mestiçagem tanto na esfera das relações inter-raciais quanto no domínio das ciências sociais:

---

[7] Comentários de Horkheimer ao texto "Internationalizing Social Science" de Gilberto Freyre, *In*: CANTRIL, *op. cit.*, p. 164.

[8] FREYRE, Gilberto. Internacionalizando a ciência social. Tradução de Carlos Humberto Carneiro da Cunha. *In*: FREYRE, Gilberto. *Palavras repatriadas*. Organização de Edson Nery da Fonseca. Brasília: Editora UnB; São Paulo: Imprensa Oficial do Estado, 2003. p. 67.

[9] *Ibidem*, p. 62.

[10] *Ibidem*, p. 73.

em vez de conhecimentos estanques, metodologias híbridas e mais intercambiáveis com outras ciências também contribuiriam para soluções mais compreensivas para os problemas sociais estudados.

4.2 A Unesco e a questão racial

Após a Segunda Guerra Mundial, as reflexões de uma grande parcela da comunidade científica estavam voltadas para o combate ao racismo. Em um cenário no qual se desenrolavam os julgamentos de Nuremberg, uma das prioridades dos cientistas era invalidar a ideologia da propaganda nazista sobre a desigualdade racial. A esse respeito, a criação da Unesco manifesta claramente sua missão, de lutar contra os preconceitos raciais, conforme consta no preâmbulo de seu ato constitutivo:

> a grande e terrível guerra que acaba de terminar foi possível devido à negação do ideal democrático de dignidade, de igualdade e de respeito à pessoa humana e à vontade de substituí-lo, servindo-se da ignorância e do preconceito, o dogma da desigualdade racial e dos homens.[11]

Embora a preocupação com as questões raciais estivesse presente nas propostas de paz desde a criação da Unesco, a correlação entre "raça" e guerra integrou as discussões das Nações Unidas apenas na ocasião de sua 3ª Conferência Geral, realizada em 1948.[12] Até então, a Unesco havia previsto trabalhos nos seguintes domínios: nacionalismo agressivo, movimentos de populações e o impacto da tecnologia e da industrialização nas relações entre os povos.

A inclusão das relações raciais na lista desses estudos foi acrescentada apenas um ano depois. Esse fato é revelador das controvérsias em torno do tema "raça" na agenda dos estudos da Unesco. A necessidade de incluir os estudos raciais para torná-los um dos principais objetivos da instituição está interligada, entre outros aspectos, ao desafio imposto pela persistência do racismo no pós-guerra: perseguições de imigrantes, ataques a refugiados, segregacionismo racial nos Estados Unidos e a política do

---

[11] ORGANIZAÇÃO DAS NAÇÕES UNIDAS PELA EDUCAÇÃO, A CIÊNCIA E A CULTURA. Convention créant une Organisation des Nations Unies pour l'éducation, la science et la culture. [Convenção criando uma Organização das Nações Unidas pela Educação, a Ciência e a Cultura]. *Textes Fondamentaux*. Paris: Unesco, 2004. p. 7.

[12] Freyre participou dessa Conferência. Essa participação será abordada nas últimas páginas.

apartheid, instaurada no que era, até então, a União Sul-Africana (África do Sul) quando, em 1948, o Partido Nacional chegou ao poder.

Longe de diminuir, a manutenção dos processos de *racialização* nas relações sociais se impôs como um desafio aos intelectuais, educadores e dirigentes da Unesco, cujos pressupostos se afirmavam igualitários e universalistas, visando a promoção da paz e a condenação moral das diferenças raciais. No entanto, fora dos holofotes da retórica humanista, a discussão dos problemas sobre a questão racial deixava à mostra contradições dos principais países-membros da prestigiada instituição. Países como a França ou a Grã-Bretanha exerciam sua dominação colonial em territórios africanos e asiáticos e os Estados Unidos adotavam políticas segregacionistas em alguns de seus estados. Apesar do desconforto político que essas situações poderiam provocar, a necessidade de desenvolver estudos e ações relativas a temas como o racismo e o etnocentrismo investiam-se de um imperativo de urgência diante do cenário de recrudescimento de violências racistas em várias partes do mundo.

Nesse contexto, a primeira declaração da Unesco a respeito da questão racial, coordenada por Ashley Montagu[13], deve-se majoritariamente à participação de antropólogos e de sociólogos, uma vez que ela é o resumo de uma reunião realizada entre 12 e 14 de dezembro de 1949, em Paris.

Entre os redatores desse documento[14] estavam Franklin Frazier[15] e Luis

---

[13] Antropólogo inglês autor de uma obra importante, publicada em 1942, sobre o mito da raça: *Man's most Dangerous Myth: The Fallacy of Race* [*O mito mais perigoso do homem: a falácia da raça*].

[14] Ernest Beaglehole (Nova Zelândia), Juan Comas (México), Morris Ginsberg (Reino Unido), Humayun Kabir (Índia), Claude Lévi-Strauss (França), Ashley Montagu (Estados Unidos).

[15] E. Franklin Frazier, sociólogo americano, destacou-se por seus estudos sobre relações étnicas e luta contra o preconceito racial, a exemplo da publicação de seu artigo "The Pathology of Race Prejudice" ["A patologia do preconceito racial"], de 1927, que provocou reações violentas na cidade de Atlanta, a ponto de Frazier precisar deixar o local, perdendo seu posto de diretor na Atlanta School of Social Work. Nos anos seguintes, ele deu continuidade a seus trabalhos na Universidade de Chicago, onde defendeu a tese intitulada *The Negro Family in Chicago* [*A família negra em Chicago*] (1932). Em 1939, recebeu o prêmio Anisfield-Wolf por seu trabalho *The Negro Family in the United States* [*A família negra nos Estados Unidos*]. Foi o primeiro afro-americano a presidir a Sociedade Americana de Sociologia, em 1948.

de Aguiar Costa Pinto,[16] que dedicaram estudos à questão racial no Brasil.[17] A Declaração foi publicada em 1950 no *Courrier de l'Unesco*, durante a 5ª Conferência Geral, realizada em Florença. A publicação buscou responder às resoluções da Conferência anterior (1949), que atribuiu ao diretor geral dessa instituição a tarefa de reunir e difundir o conhecimento científico sobre a questão racial, com o objetivo de preparar uma campanha educativa visando diminuir o preconceito e a discriminação.

O texto da *Primeira Declaração sobre Raça* denunciava os preconceitos presentes na utilização do conceito de raça, ao mesmo tempo que sugere que o termo, aplicado a grupos humanos, seja substituído pela expressão "grupos étnicos".[18] Os principais aspectos do texto desconstruíram a ideia de que as diferenças genéticas justificavam as diferenças

---

[16] Sociólogo nascido na Bahia, estudou no Rio de Janeiro, onde foi membro da Juventude Comunista. No fim dos anos de 1930, foi encarcerado durante oito meses em razão de sua oposição ao regime ditatorial de Vargas. Encerrou seu percurso universitário em 1942, tornando-se assistente de sociologia do professor francês Jacques Lambert. Em 1944, os dois publicam, em língua francesa, *Problèmes Démographiques Contemporains* [Problemas demográficos contemporâneos]. Quando seu amigo e ex-professor Arthur Ramos assume a direção do Departamento de Ciências Sociais, este o convida a participar do encontro de intelectuais organizado em 1949 pela Unesco, a partir do qual será elaborada a *Déclaration sur la Race* [Declaração sobre Raça] de 1950. Em sua obra *O Negro no Rio de Janeiro: Relações de raça numa sociedade em mudança*, publicada em 1953, Costa Pinto procurou estudar as relações raciais no meio urbano de metrópoles como Rio de Janeiro e São Paulo. Em seus trabalhos, criticou também os estudos que destacavam a espetacularização ou a folclorização do negro e, por essa razão, ao invés de estudar as permanências africanas e o processo de assimilação que se operou na cultura brasileira, preferiu observar as tensões e os conflitos dissimulados no disfarce de uma acomodação. Seus estudos distanciaram-se igualmente das abordagens biológicas associadas à raça ao escolher, como chave explicativa para o entendimento da condição dos negros e dos "mestiços", o viés da divisão de classes e das condições socioeconômicas.

[17] Em 1941, Frazier recebeu uma bolsa Guggenheim com duração de um ano para uma viagem de estudos no Brasil, onde pesquisou acerca da organização social dos negros na Bahia. Em seus trabalhos comparativos sobre as relações raciais entre o Brasil e os Estados Unidos, Frazier defendeu a dicotomia estabelecida entre os conceitos de cor e de raça, considerando que, no Brasil, o preconceito é um preconceito de cor e não de raça. É em função desse ponto de vista que ele escreveu o artigo "Brazil Has No Race Problem" ["O Brasil não tem problemas raciais"], na revista *Common Sense*, em novembro de 1942.

[18] ORGANIZAÇÃO DAS NAÇÕES UNIDAS PELA EDUCAÇÃO, A CIÊNCIA E A CULTURA. *Déclaration sur la race* [Declaração sobre Raça]. Paris: Unesco, jul. 1950. p. 24.

culturais, de modo que a chave para compreender as diferenças culturais deveria ser procurada nos elementos provenientes da história e cultura de cada povo, e não em seus caracteres biológicos. Os ecos das teses de Franz Boas podem ser encontrados em diversas passagens do texto: "Nem a personalidade nem o caráter dependem da raça".[19]

Essa frase adquire uma importância particular para a compreensão das ideias que circulavam na época da publicação da obra de Freyre na França. Desde os anos de 1930, Freyre utilizava, em suas interpretações, as teses de Boas para separar as características culturais e psicológicas daquelas de cunho racial.

Na esteira das ideias de Boas, Freyre opunha-se à tese da degenerescência decorrente do contato inter-racial. Vinte anos mais tarde, no item 13 da declaração de 1950, o tema da mestiçagem emergia de modo semelhante: "Não há evidências de que o cruzamento de raças, por si só, produza resultados biológicos nefastos. No plano social, os resultados aos quais ela leva, sejam eles positivos ou negativos, devem-se a fatores de ordem social".[20]

A concordância entre as ideias de Freyre e alguns dos aspectos defendidos no documento da Unesco mostram como o Brasil mestiço, sob a inspiração do pensamento de Boas, e tal como é exposto na obra de Freyre, converge com o horizonte de expectativa antirracista observado nos documentos da Unesco dos anos do pós-guerra.

4.2.1 Debates em torno da *Declaração sobre a Raça*

Lévi-Strauss foi um dos principais autores da *Declaração sobre a Raça*, de 1950.[21] O texto procurou desenvolver uma crítica ao preconceito racial, afirmando que "a raça é menos um fenômeno biológico do que um mito social".[22] Esse documento estava, no entanto, longe de ser consensual. Muitos críticos, geneticistas em sua maioria, redigiram, a pedido da própria Unesco, comentários sobre o texto.

---

[19] *Ibidem*, p. 26.

[20] *Ibidem*, p. 28.

[21] ORGANIZAÇÃO DAS NAÇÕES UNIDAS PELA EDUCAÇÃO, A CIÊNCIA E A CULTURA. *Déclaration des experts sur les questions de race* [Declaração dos experts sobre as questões raciais]. Paris: Unesco, 1950.

[22] *Ibidem*.

Esses comentários deram origem a uma segunda declaração, intitulada *Declaração sobre a Raça e as Diferenças Raciais*. Doze pesquisadores assinaram o documento, do qual, desta vez, Lévi-Strauss não participou.

Os estudiosos que escreveram esse último documento propunham uma reintrodução do conceito de raça, pois, para eles, o critério racial é tido como válido à medida que permite "classificar os diferentes grupos humanos" apesar do fato de que "a complexidade humana é tamanha que muitos outros [grupos] dificilmente se prestam a uma classificação racial".[23]

A revalidação da variável racial, defendida por esse grupo de biólogos e geneticistas, não significava, porém, a atribuição de um sentido hierárquico a esse conceito. O texto insiste bastante nesse ponto, afirmando que nenhum dado científico geraria prova de que a raça teria uma influência decisiva na determinação de aspectos de ordem mental ou cultural nas populações. Para os sociólogos, a manutenção do termo raça, pensado como construção social, era aceitável na medida em que o termo, esvaziado dos essencialismos biologizantes, era compreendido como meio de indivíduos imaginarem a si mesmos e a sociedade em que viviam. Em alguns países, a exemplo do Brasil, o termo raça funcionava como ferramenta política de combate ao racismo.

No que diz respeito à mistura racial, o texto estava de acordo com o documento precedente, ao afirmar que não havia raças puras e que a ideia de degenerescência biológica ligada à miscigenação não apresentava prova ou suporte científico.

Em resumo, o texto reinseriu o termo *raça* para referir-se às diferenciações de caracteres biológicos, mas insistiu em separar esses dados genéticos dos aspectos comportamentais e culturais. A separação entre "raça" e "cultura", cara, principalmente aos sociólogos que escreveram o primeiro texto, foi, então, validada na segunda Declaração.

Todavia, o texto não encerrou as discussões acerca do tema. Pelo contrário, suscitou até mesmo controvérsias que levaram a Unesco a intensificar suas ações de divulgação de textos científicos para melhor responder às inquietudes geradas pelo debate racial. É assim que a organização internacional adotou uma série de medidas para difundir, no grande público, diferentes perspectivas sobre raça. Três ensaios foram

---

[23] ORGANIZAÇÃO DAS NAÇÕES UNIDAS PELA EDUCAÇÃO, A CIÊNCIA E A CULTURA. *Déclaration sur la race et les différences raciales* [*Declaração sobre Raça e Diferenças Raciais*]. Paris, jun. 1951. p. 31.

publicados em 1951: *Raça e psicologia,* de Otto Klineberg, ideólogo da Primeira Declaração; *Raça e biologia,* de Leslie Dunn,[24] e *Raça e civilização,* de Michel Leiris.[25] Esses trabalhos compuseram parte da coleção *O racismo diante da ciência,* cujo objetivo consistiu em chamar a atenção de um grande público para textos produzidos por diferentes especialistas, a fim de fornecer respostas científicas que pudessem desconstruir os discursos racistas. Para a Unesco, nesse combate, as melhores armas eram a informação e a educação.

No ano seguinte, Lévi-Strauss foi convidado a elaborar um estudo sobre a mesma proposição, intitulado *Raça e História*.[26] De modo geral, tratou-se de uma tentativa de interpretação sobre a diversidade de culturas, na qual o antropólogo desconstrói mais uma vez a relação causal entre os aspectos biológicos e culturais que, durante anos, alimentou as teorias racistas. O racismo, muito pelo contrário, como afirma Lévi-Strauss, manifestava-se devido à observação hierarquizada da diversidade de culturas. Esse racismo velado é um dos fatores que construíram terminologias que atribuíram a uma cultura específica (neste caso, a cultura europeia) certo grau de superioridade em relação às outras. Tal fato explica-se por um desconhecimento ou uma negação das diferenças. As ideias de progresso e de civilização, tais como são apresentadas por

---

[24] Geneticista, professor da Universidade Columbia, destacou-se pela associação entre genética e antropologia. Contrário ao determinismo biológico e defensor do combate ao racismo, conduziu estudos notáveis, tais como as obras *Principles of Genetics* [*Princípios de Genética*] (1925) e *Heredity, Race and Society* [*Hereditariedade, Raça e Sociedade*] (1946). Foi um dos relatores da *Déclaration sur la Race* [*Declaração sobre Raça*] de 1950. Em suas observações, sugeriu que fosse inserida no texto a distinção entre raça enquanto fenômeno biológico e raça como mito, distinção essa que foi acatada, passando a compor o item 14 da referida declaração. (Cf. MAIO, Marcos Chor. O Brasil no concerto das nações: a luta contra o racismo nos primórdios da Unesco. *História, Ciências, Saúde – Manguinhos,* Rio de Janeiro, v. 2, p. 375-413, jul./ago. 1998).

[25] Poeta e etnógrafo, Michel Leiris (1901-1990) foi o célebre autor de *L'Afrique Fantôme,* escrito depois de sua participação, ao lado de Marcel Griaule, na missão Dakar-Djibouti (maio de 1931-fevereiro de 1933). Em 1938, foi nomeado diretor do Laboratório do Museu Nacional de História Natural da França. Para citar apenas alguns exemplos de suas atividades, depois da Segunda Guerra, ele compôs o grupo fundador da revista *Les Temps Modernes,* dirigida por Sartre. Também participou, com Aimé Césaire e Georges Balandier, da criação da revista *Présence Africaine.*

[26] LÉVI-STRAUSS, Claude. *Race et Histoire* [*Raça e História*]. Paris: Unesco, 1952.

Lévi-Strauss, assemelham-se a um *falso evolucionismo*, o qual ele descreve da seguinte forma:

> tentativa de suprimir a diversidade de culturas fingindo reconhecê-la plenamente. Pois, se tratarmos os diferentes estados nos quais se encontram as sociedades humanas como *fases* ou *etapas* de um desenvolvimento único que, partindo do mesmo ponto, devem fazê-las convergir em direção ao mesmo objetivo, vê-se claramente que a diversidade é apenas aparente.[27]

Lévi-Strauss recusa a transposição das hipóteses geradas pelas pesquisas no campo da biologia (sob a tutela do evolucionismo darwinista) para colocar-se no terreno impreciso dos traços culturais: "Dizer, no último caso, que um machado evoluiu a partir de outro constitui, portanto, uma fórmula metafórica e aproximativa, desprovida do rigor científico que se vincula à expressão similar aplicada aos fenômenos biológicos".[28]

Essa questão remete a uma revisão da ideia de progresso, a qual tende a conceber as formas da civilização como *escalonadas no tempo*.[29] Nesse sentido, Lévi-Strauss também questionou o conceito de uma história cumulativa *versus* uma história estacionária. Segundo o autor, essa concepção linear da história não fazia sentido quando todas as culturas traziam contribuições ao patrimônio comum. Razão pela qual ele considerava que a ideia de história e de progresso, elaborada no Ocidente, conservava o gérmen do etnocentrismo cujos pressupostos ele buscava combater. Nesse sentido, a melhor forma de considerar o progresso da humanidade seria fazê-lo por meio de uma coalizão e não de uma sobreposição de culturas.

Do mesmo modo, o relativismo metodológico, na esteira do pensamento de Boas, consistiu em uma recusa a todo tipo de hierarquia cultural na observação antropológica, sob pena de recorrer a um saber deteriorado pelos preconceitos. Ao final do livro, Lévi-Strauss advertia as instituições internacionais para a necessidade de preservar a diversidade de culturas: "É necessário, igualmente, estar pronto para considerar sem surpresa, sem repugnância e sem revolta, aquilo de inusitado que todas essas novas formas sociais de expressão não poderão deixar de oferecer".

---

[27] *Ibidem*, p. 18.

[28] *Ibidem*, p. 19.

[29] *Ibidem*, p. 29.

A fórmula geral concebida por Lévi-Strauss consistia em conciliar a ideia de progresso com as diferenças culturais. Apesar da contradição que essa fórmula poderia suscitar, observada pelo próprio autor em seu texto e em seus escritos posteriores,[30] essa ideia muito inspirou as ações e a missão da Unesco na época:

> Para progredir, é preciso que os homens colaborem; e, no decorrer dessa colaboração, que eles vejam gradualmente se identificarem as contribuições,

---

[30] Na ocasião de uma conferência inaugural do "Ano Internacional da Luta contra o Racismo", promovida pela Unesco, Lévi-Strauss gera certo embaraço entre os dirigentes da instituição. Esse "belo escândalo", como o autor dirá alguns anos mais tarde, foi provocado por suas declarações críticas em relação à doutrina da Unesco, sem contar que ele contrariaria suas próprias ideias respaldadas em 1952 (*Race et Histoire* [*Raça e História*]). "Não há evidências de que os preconceitos raciais estejam diminuindo, e tudo leva a crer que depois de breves tréguas locais, eles ressurgem em outros lugares com maior intensidade. Daí a necessidade sentida pela Unesco de retomar periodicamente um combate cujo resultado parece no mínimo incerto. Mas estaremos tão certos de que a forma racial assumida pela intolerância resulta, em primeiro lugar, das falsas ideias que uma ou outra população mantém sobre a dependência da evolução cultural relativamente à evolução orgânica?" (LÉVI-STRAUSS, Claude. *Race et Culture* [*Raça e Cultura*], 1971. Cf. *Le Courrier de L'Unesco* [*O Correio da Unesco*]. mar. 1996). No texto de 1971 ("*Race et Culture*"), Lévi-Strauss observa que os esforços da Unesco em seu combate aos preconceitos raciais não eram muito eficazes, pois um ponto negativo que atingia os princípios da instituição residia no fato de que, segundo o autor, a Unesco desejava ajustar duas tendências inconciliáveis, o progresso e a diversidade cultural: "Sem dúvidas, embalamo-nos no sonho de que a igualdade e a fraternidade reinarão um dia entre os homens, sem que a diversidade deles seja comprometida. Mas se a humanidade não se resignar a tornar-se a consumidora estéril dos únicos valores que ela soube criar no passado [...], ela deverá reaprender que toda verdadeira criação implica certa surdez ao apelo de outros valores, podendo ir até a sua recusa, senão mesmo até sua negação. Porque não se pode, ao mesmo tempo, fundir-se com prazer do outro, identificar-se com ele, e manter-se diferente. Plenamente alcançada, a comunicação integral com o outro condena, mais cedo ou mais tarde, a originalidade da sua e da minha criação." (LÉVI-STRAUSS, Claude. *Race et Culture* [*Raça e Cultura*]. Cf. *Le Courrier de L'Unesco* [*O Correio da Unesco*], mar. 1996). Por meio dessas palavras, Lévi-Strauss substitui a ideia de uma coalizão de diferenças por aquela de que a diversidade cultural pode resultar apenas "do desejo de cada cultura de opor-se àquelas que a entornam, de distinguir-se delas, em uma palavra, de ser ela mesma". Cf. LÉVI-STRAUSS, Claude. *Le Regard éloigné* [*O lugar distanciado*]. Apud SHERRER, Jean-Baptiste. *Dossier Race et Histoire*. Paris: Gallimard, 2007. p. 119).

cuja diversidade inicial era precisamente aquilo que tornava sua colaboração fecunda e necessária.[31]

As últimas palavras de *Raça e História*, reproduzidas no parágrafo anterior, ilustram bem o curso das ideias naquele ano de 1952, ano em que a obra de Freyre foi traduzida para o francês. A abertura à colaboração de outras culturas era condição *sine qua non* para que o futuro "progresso" da humanidade pudesse ser concebido. Tanto assim que, para além das críticas, as palavras de Lévi-Strauss se tornariam não apenas bandeira da Unesco, como também serviriam à formação de toda uma geração de intelectuais no pós-guerra.

4.3 O "Projeto Unesco" no Brasil

Durante a Conferência Geral da Unesco em 1950, a resolução nº 3.222 foi aprovada, adotando o Brasil como local privilegiado pela realização de uma pesquisa sobre as relações raciais. A resolução propôs-se a organizar:

> no Brasil uma investigação piloto sobre contatos entre raças ou grupos étnicos, com o objetivo de determinar os fatores econômicos, sociais, políticos, culturais e psicológicos favoráveis ou desfavoráveis à existência de relações harmoniosas entre raças e grupos étnicos.[32]

A escolha do Brasil para o estudo das relações raciais esteve ligada, de modo geral, à construção da imagem do país, tanto por intelectuais como pela diplomacia, baseada na ideia de uma sociedade fortemente mestiça que se encontrava imersa em um contexto de relativa harmonia racial.

Para evitar generalizações quanto à possibilidade de aplicar o termo "harmonia racial", devemos observar a existência, nessa época, de uma circulação internacional de obras e de artigos escritos sobre esse tema a respeito do Brasil. No seu conjunto, esses últimos, ao menos a maioria

---

[31] LÉVI-STRAUSS, Claude, *op. cit.*, p. 65.

[32] *Conférence Générale de l'Unesco* [Conferência Geral da Unesco]. Paris: Unesco, 1950. *Apud* GUIMARÃES, Antônio. O Projeto Unesco na Bahia. *In*: COLÓQUIO INTERNACIONAL "O PROJETO UNESCO NO BRASIL: UMA VOLTA CRÍTICA AO CAMPO 50 ANOS DEPOIS", entre 12 e 14 jul. 2004, Centro de Estudos Afro-Orientais da Universidade Federal da Bahia, Salvador, Bahia, *Comunicação*.

deles, mantiveram certo consenso estabelecendo que, apesar da existência de preconceitos, o ódio racial não fazia parte das relações sociais no país. Observadores como Rudinger Bilden, na década de 1920, ou como Franklin Frazier, nos anos de 1940, alegavam que, para compreender o racismo tal como ele se aplicava no Brasil, categorias como cor ou classe social eram mais úteis do que a categorização biológica de raça. Por conseguinte, a construção da imagem do Brasil em oposição àquela dos Estados Unidos despertava a curiosidade internacional.[33]

Outra via de divulgação desse ideário é apresentada por pesquisadores brasileiros que insistiam, em seus trabalhos, na defesa da mestiçagem enquanto marca positiva da formação de um *ethos* brasileiro, servindo, portanto, de contraponto às doutrinas eugênicas. Incluía-se, nessa perspectiva, o *Manifesto contra o Racismo*, de 1942, redigido pela Sociedade Brasileira de Antropologia e Etnologia, cuja conclusão é redigida nas seguintes palavras:

> Queremos oferecer a todo o mundo civilizado a nossa magnífica filosofia no tratamento das raças como o maior protesto científico e humano e a maior arma espiritual contra as ameaças sombrias da concepção nazista da vida, este estado patológico de espírito que pretende envolver a humanidade numa espessa e irreparável atmosfera de luto.[34]

4.3.1 Pesquisadores brasileiros na Unesco

Conforme apresentado anteriormente, a adoção do Brasil como espaço privilegiado para o estudo das relações raciais respondia, a princípio, à agenda da Unesco em sua luta contra o racismo. No entanto, a escolha do Brasil é também resultado da presença marcante de cientistas sociais brasileiros nas esferas de decisão da organização. A criação de uma rede de contatos intelectuais e a colaboração entre brasileiros e

---

[33] Cf. BARBOSA, Cibele. O racismo velado no Brasil: a interdição da imigração de negros nos anos 20. *Insight Inteligência*, Rio de Janeiro, n. 90, 2020; ANDREWS, George Reid. Visões afro-americanas sobre o Brasil 1900-2000. *Revista de Ciências Sociais*, Fortaleza, v. 48, n. 2, p. 20-52, jul./dez. 2017; Antonio Sérgio Guimarães, em artigo recente, analisou e historicizou a formulação da democracia racial como ideologia racial, cunhada entre os anos 1930 e 1940. Cf. GUIMARÃES, Antonio Sérgio. A democracia racial revisitada. *Afro-Asia*, n. 60, p. 9-14, 2019.

[34] *Apud* MOURA, Clóvis. A dinâmica político-ideológica do racismo no novo contexto internacional. *São Paulo em Perspectiva*, n. 8 (3), p. 70, 1994.

norte-americanos contribuiu para a indicação de nomes para o estabelecimento de uma rede que tornou possível a inserção do Brasil no projeto de estudos das relações raciais.

Durante esse período de preparação, grande parte dos colaboradores da Unesco tinha estabelecido vínculos diretos e indiretos com o Brasil. Dois fatos contribuíram nesse cenário: o primeiro é a intensa circulação de professores e de pesquisadores europeus na década de 1930,[35] que resultou na formação de redes com pesquisadores brasileiros. O segundo é o eixo estabelecido com o lado norte-americano. O estudo comparativo entre o Brasil e os Estados Unidos a respeito da questão "racial" mobilizou diversos intelectuais da América do Norte que se sentiram atraídos e curiosos sobre uma suposta "harmonia" racial difundida pela propaganda brasileira.

Nos anos de 1930 e 1940, há um não negligenciável fluxo de especialistas norte-americanos para o Brasil, dedicados ao tema das relações raciais, financiados, em parte, por bolsas da fundação Rockfeller, que visava estimular aproximações e maior acúmulo de conhecimento sobre a América Latina. As aproximações entre EUA e o Brasil possibilitaram a indicação de nomes brasileiros para o quadro da Unesco, visto que os pesquisadores das instituições estadunidenses se serviam de prestígio e de influência nos âmbitos da instituição.

O Departamento de Ciências Sociais da Unesco teve, em 1948, dois diretores interinos no espaço de um ano: Arvid Brodersen e Otto Klineberg. O segundo foi professor de psicologia na Universidade Columbia entre 1929 e 1962. Suas pesquisas sobre o negro nos Estados Unidos tornaram-no conhecido por combater o racismo com base na sua famosa refutação da tese das "ideias inatas" atribuídas à raça.[36] Seus contatos com Franz Boas fizeram dele um dos defensores, no domínio da psicologia social, da diferenciação entre raça e cultura.

Desde os anos de 1930, Klineberg demonstrava, por meio de testes empíricos, que as diferenças de comportamento eram determinadas pelo meio social e pelos aspectos culturais, e não pela raça. Entre 1945

---

[35] Sobre as missões universitárias francesas no Brasil na década de 1930, ver LEFEBVRE, Jean-Paul. Les professeurs français des missions universitaires au Brésil (1934-1944) [Os professores franceses nas missões universitárias no Brasil (1934-1944)]. *Cahiers du Brésil Contemporain* [*Cadernos do Brasil Contemporâneo*], n. 2, 1990; e MARTINIÈRE, Guy, *op. cit.*

[36] KLINBERG, Otto. *Race et psychologie* [*Raça e psicologia*]. Paris: Unesco, 1951.

e 1947, ele é convidado para ocupar a cadeira de professor visitante na Universidade de São Paulo. Na introdução de sua obra em português, publicada em 1946, Otto Klineberg revela suas afinidades com o pensamento de Freyre no que diz respeito à tese da exceção brasileira nas relações raciais.[37] Seus contatos com o Brasil impulsionam-no a exercer uma forte pressão para que o Brasil fosse escolhido como cenário para os estudos das relações raciais, patrocinados pela Unesco no início da década de 1950.

No percurso de seu combate contra o racismo, Klineberg afirmou-se também como aquele que coordenou as pesquisas do projeto *Tensions Affecting International Understanding*, que incluiu o encontro *Tensions that Cause Wars*, organizado por Hadley Cantril. Some-se o fato de que o ex-professor de Columbia é um dos que organizaram no ano seguinte, em 1949, o encontro que resultou na *Déclaration sur la Race* [*Declaração sobre Raça*]. A assinatura de Klineberg figura no documento no qual ele é apresentado como um dos revisores.

A presença ativa de Klineberg na Unesco, pouco depois de sua estadia no Brasil, favoreceu igualmente a escolha de brasileiros para compor seus quadros profissionais, como aquele da "opção Brasil" para o projeto de estudos raciais com o intuito de melhor conhecer "exemplos históricos e contemporâneos dos modos como vários grupos raciais podem viver e têm vivido juntos com sucesso dentro da mesma comunidade".[38] A ideia era repertoriar exemplos positivos no trato das relações interpessoais ligadas à questão racial.

Freyre, inclusive, havia sido convidado por Hardley Cantrill para ocupar o cargo de diretor das pesquisas sociais da Unesco logo após sua participação no encontro de Paris, em 1948. No entanto, o sociólogo brasileiro recusou o convite, utilizando como justificativa seu engajamento nos trabalhos da Câmara dos Deputados e, sobretudo, no projeto de criação do Instituto Joaquim Nabuco, no Recife.[39]

No ano seguinte, o representante da delegação brasileira da Unesco, Estevão Berredo, propõe o nome de Arthur Ramos (1903-1949)[40] para

---

[37] Idem. *Introdução à Psicologia Social*. São Paulo: Boletim LXXV, 1946.

[38] MAIO, Marcos Chor. O Brasil no concerto das nações: a luta contra o racismo nos primórdios da Unesco. *História, Ciências, Saúde – Manguinhos*, v. 2, p. 375-413, jul/out. 1998.

[39] Cf. *Ibidem*.

[40] Ramos foi uma das principais referências citadas nos estudos sobre a questão racial no Brasil. Seus últimos trabalhos visavam auxiliar a compreensão do processo de

ocupar o cargo, sob a proposta de Klineberg, que havia conhecido o pesquisador brasileiro nos anos em que estivera no Brasil. O apoio de Klineberg é decisivo para que Ramos ocupasse a função em 1949.

As estreitas ligações mantidas por Arthur Ramos com pesquisadores norte-americanos eminentes, bem como sua participação em publicações e conferências nos Estados Unidos, têm igualmente um peso importante na aceitação do seu nome para o cargo.

Professor de antropologia e graduado em Medicina, o novo diretor do setor de Pesquisas Sociais da Unesco apresentava um percurso engajado na luta contra o racismo, que o levou a idealizar a proposta dos estudos sobre as relações raciais no Brasil. Ramos defendia a ideia de que as relações sociais eram fruto de arranjos sociais construídos historicamente e que, por essa razão, esses comportamentos também poderiam ser modificados por meio de ações educativas e de intervenções sociais.[41]

Seguindo esse impulso inicial, Ramos participou, com Otto Klineberg, da organização do Encontro sobre o Conceito de Raça, promovido pela Unesco em 1949, o mesmo que resultou na *Declaração sobre Raça*, de 1950. Ao mesmo tempo, Ramos promoveu a entrada de pesquisadores brasileiros, como mostra a indicação de seu ex-aluno Luiz Costa Pinto, convidado a fazer parte da equipe de pesquisadores do debate de 1949. Costa Pinto também foi um dos que desempenharam um papel preponderante na articulação do projeto das relações raciais no Brasil, pois insistiu, durante o encontro de 1949, na necessidade de um estudo inscrito no campo das "fronteiras raciais".

4.3.2 Alfred Métraux no Brasil

Quando a "opção Brasil" foi aprovada na Conferência de Florença em 1950, o antropólogo suíço Alfred Métraux (1902-1963) assumiu, no mesmo ano, a direção do setor das Relações Raciais do Departamento de Ciências Sociais da Unesco. Nessa época, Métraux conhecia o Brasil e conservava

---

aculturação no Brasil, adotando a linha interpretativa de Melville Herskovits, com quem ele tinha uma relação pessoal. Nesta época, ele já havia abandonado as teses de Lévi-Bruhl sobre a mentalidade "pré-lógica" dos negros. Dentre as principais obras do antropólogo brasileiro, destacam-se: *O Negro Brasileiro* (1934), *As Culturas Negras no Novo Mundo* (1938), *Guerra e Relações de Raça* (1943), *Le métissage au Brésil* [*A mestiçagem no Brasil*] (1952).

[41] Cf. FRY, Peter. Prefácio. *In:* MAGGIE, Yvonne; RESENDE, Cláudia Barcellos (org.). *Raça como retórica: a construção da diferença*. Rio de Janeiro: Civilização Brasileira, 2002.

uma rede de contatos na América do Sul, sobretudo na Argentina, onde estava localizado o Instituto de Etnologia da Universidade Nacional de Tucumán. Especialista no estudo das culturas ameríndias, Métraux também se interessava pelos rituais afro-americanos. Seu conhecimento sobre a produção intelectual a respeito do Brasil e seu contato com o meio universitário norte-americano durante sua permanência enquanto professor de Berkeley e de Yale permitiram que ele desenhasse os contornos das atividades do projeto.

Os contatos com Charles Wagley, da Universidade Columbia, consistiram no gatilho inicial que orientou a escolha da Bahia como palco das futuras atividades. Wagley havia informado a Métraux que o projeto da Universidade Columbia/Universidade Federal da Bahia já estava em andamento e havia apresentado objetivos que manifestavam um interesse em comum com a Unesco.

Alguns intelectuais que trabalhavam na referida instituição, como Otto Klineberg, que havia lecionado na Universidade de São Paulo, e Luiz Costa Pinto, que havia dirigido pesquisas sobre as relações raciais na capital do Rio de Janeiro, consideravam que, mesmo que o estudo das relações raciais fosse importante, seria necessário ampliar o campo dessas pesquisas para que outras variantes (regionais e econômicas) pudessem fornecer um perfil mais completo.

Para melhor responder às demandas de distribuição do recorte geográfico da pesquisa e para melhor planejar a natureza dos problemas que o projeto propunha abordar, Métraux fez uma viagem ao Brasil no início da década de 1950, com o propósito de estabelecer um contato com as universidades brasileiras e de escolher os pesquisadores que deveriam definitivamente participar do projeto.

É assim que ele entra em contato com Roger Bastide, o qual já conhecia de pesquisas anteriores, para convidá-lo a participar do estudo e a constituir a equipe de São Paulo. Durante essa viagem, Métraux reconheceu a importância de perceber as variações dos comportamentos interétnicos no Brasil, sobretudo em outros estados que pudessem fazer contraponto à Bahia.

O processo de industrialização que ocorria nas metrópoles como Rio de Janeiro e, especialmente, São Paulo, era de grande interesse para a Unesco, que se preocupava com os possíveis impactos do processo de industrialização nas relações inter-raciais. No caso de São Paulo,

Métraux chegara a afirmar que a "situação racial" estava "em vias de se deteriorar rapidamente".[42]

Nesta carta, o diretor da Unesco fez referência à deterioração de uma situação que ele supunha ser "harmoniosa". Todavia, no caso de São Paulo, a existência do racismo e da desigualdade de oportunidades entre negros e brancos era particularmente evidente. Diante desse contexto, a preocupação da Unesco se ampliaria, então, para o estudo das estruturas sociais propulsoras dessa desigualdade.

4.3.3 O Instituto Joaquim Nabuco no quadro do "Projeto Unesco"

Enquanto Métraux procurava, juntamente com Ruy Coelho, seu assistente na direção do setor de relações raciais, definir os locais que poderiam abrigar o Projeto e o grupo de pesquisadores encarregados desses estudos, Freyre se empenhava na fundação do novo Instituto Joaquim Nabuco de Pesquisas Sociais,[43] inaugurado por ele no quadro de suas atividades. Usufruindo de seu prestígio em escala internacional, Freyre convenceu Métraux da importância de uma integração do Instituto à pesquisa da Unesco. Em um artigo publicado na imprensa anos depois, o autor de *Casa-grande & senzala* descrevia sua insatisfação diante da exclusão do Instituto Joaquim Nabuco:

> Quando em 1951 verifiquei entre antropólogos e sociólogos, alguns talvez tendenciosos, encarregados pela Unesco de realizar no Brasil um inquérito sobre as relações entre as raças, o propósito de excluir-se de participação ativa no mesmo inquérito o Recife, onde já florescia um instituto de pesquisas sociais especializado no estudo da região – o Instituto Joaquim Nabuco – protestei em Paris, com a maior veemência, junto ao sábio professor Alfred Métraux, contra o absurdo.[44]

Assim, a inclusão do Instituto Joaquim Nabuco no projeto da Unesco representava um elemento de prestígio para o autor de *Casa-grande & senzala*, visto que, sobretudo, essa era uma maneira de garantir a

---

[42] Carta de Alfred Métraux a Melville Herskovits de 29 de janeiro de 1951. p. 1 *apud* MAIO, Marcos Chor. O Projeto Unesco e a agenda das ciências sociais no Brasil dos anos 40 e 50. *Rev. bras. Ci. Soc.*, São Paulo, v. 14, n. 41, p. 150, 1999.

[43] Instituto Joaquim Nabuco de Ciências Sociais (IJN), criado em 1949. Hoje é uma Fundação ligada ao Ministério da Educação do Brasil (Fundação Joaquim Nabuco).

[44] FREYRE, Gilberto. O Recife e os Modernos Estudos Sociais. *Jornal do Commercio*, 6 jan. 1957.

introdução e a sobrevivência de sua herança no meio "científico" das ciências sociais.

Essa sobrevivência foi necessária para Freyre em um contexto em que sua produção estava exposta a duras críticas e reinava uma atmosfera de discórdia tanto metodológica quando política, grande parte relacionada aos sociólogos da Escola Livre de Sociologia e Política de São Paulo.

Sob esse cenário, Freyre encarrega ao médico e antropólogo René Ribeiro a condução das pesquisas do projeto em Pernambuco.[45] Sua intenção era fazer de Ribeiro o mediador que conciliaria uma prática de pesquisas empíricas integrada, então, às novas exigências do campo sociológico, com a linha de pensamento de Gilberto Freyre.

Em pouco tempo, o caminho percorrido por Ribeiro, por meio das obras de Donald Pierson e, sobretudo, de Melville Herskovits, orientador de sua dissertação de mestrado em Illinois, no ano de 1949, conferiu-lhe o domínio de conceitos e metodologias compatíveis com as exigências científicas válidas nos anos de 1950.

Embora mantendo as principais teses de Freyre quanto à interpretação histórica do papel da cultura ibérica e da Igreja Católica no tratamento da questão religiosa no Brasil, Ribeiro, por outro lado, distanciava-se do seu *mestre de Apipucos*, escolhendo temas menos gerais, mais voltados para os "problemas concretos de aculturação e ajustamentos sociais, situados nas fronteiras da psiquiatria, da psicologia e da antropologia".[46]

Após as últimas verificações realizadas por Métraux, o projeto Unesco, em sua versão definitiva, é dividido da seguinte maneira: Thales de Azevedo e Charles Wagley desenvolveram o estudo sobre a Bahia, o primeiro analisando a capital Salvador e o segundo coordenando um grupo consagrado aos estudos sobre a região rural baiana, incluindo uma aldeia da região amazônica.[47] Em São Paulo, Roger Bastide e Florestan Fernandes coordenaram os trabalhos e presidiram um comitê formado por Oracy Nogueira, da Escola Livre de Sociologia (designado por Pierson para fazer parte da equipe), Mario Wagner Vieira da Cunha e Octavio

---

[45] Cf. MOTTA, Roberto. Gilberto Freyre, René Ribeiro e o Projeto Unesco. *In: Colóquio Internacional "O Projeto Unesco no Brasil: Uma volta crítica ao campo 50 anos depois"*, entre 12 e 14 jul. 2004, Centro de Estudos Afro-Orientais da Universidade Federal da Bahia, Salvador, Bahia, *Comunicação*.

[46] Cf. *Ibidem*, p. 40.

[47] O grupo foi formado pelos norte-americanos W. Hutchinson, Marvin Harris e Ben Zimmerman.

da Costa. Os estudos sociológicos foram completados pelas psicólogas Aniela Meyer Ginsberg e Virginia Bicudo.

No Rio de Janeiro, a pesquisa foi conduzida por Luiz Costa Pinto, professor da Universidade Federal, e, no Recife, René Ribeiro, do Instituto Joaquim Nabuco, coordenou o trabalho sobre a religião e relações raciais.

4.3.4 Por que Freyre?

No período de elaboração das pesquisas da Unesco sobre o Brasil, Gilberto Freyre foi designado pelos membros da organização internacional como o "cientista social brasileiro mais conhecido".[48] Além da bagagem intelectual criada pela repercussão internacional de suas obras, em particular *Casa-grande & senzala*, Freyre correspondia bem ao perfil requisitado pelas Nações Unidas. Em seu currículo, figurava o fato de que o sociólogo havia organizado o Primeiro Congresso Afro-Brasileiro em 1934,[49] congresso cujas colaborações buscavam rejeitar o mito da inferioridade biológica atribuída aos afrodescendentes e destacar a influência negra na cultura brasileira. Em 1942, mesmo ano em que ocorrera o Primeiro Congresso Afro-Americanista em Porto Príncipe, Freyre escrevia um artigo pontuando para seus leitores que, uma década antes, no Nordeste do Brasil, o Congresso Afro-Brasileiro por ele organizado tinha sido uma iniciativa pioneira nesse campo:

> A ideia do próprio Congresso de Port-au-Prince [...] não foi senão a repetição, em ponto grande, da ideia do Congresso afro-brasileiro que se reuniu em 1935 no Recife. [...]. É que o Congresso Afro-Brasileiro do Recife, tendo sido uma reunião de estudiosos animados de espírito científico nas suas pesquisas e indagações, foi também uma expressão de humanismo – humanismo científico – pela sua preocupação de reagir contra a desvalorização do negro e do mestiço em nome de uma ciência – a biologia de raça – que nunca dera autoridade a ninguém para atitudes categoricamente arianistas e contrárias ao negro ou ao mulato.[50]

---

[48] MÉTRAUX, Alfred; COELHO, Ruy. *Suggestions for research on race relations in Brazil* [Sugestões para a pesquisa em relações raciais no Brasil]. p. 10. *Apud* MAIO, Marcos Chor. *Tempo controverso, op. cit.*, p. 113.

[49] Para mais informações sobre a biografia de Freyre, ver o Capítulo 1.

[50] FREYRE, Gilberto. Estudos Afro-Americanos. *Correio da Manhã*, Rio de Janeiro, 21 mar. 1942.

Em 1935, Freyre assinava o *Manifesto dos intelectuais brasileiros contra o preconceito racial*,[51] que atestou, entre outras afirmações, o caráter anticientífico do racismo. Ao longo da década de 1940, o sociólogo brasileiro produziu artigos sobre a questão racial, construindo uma rede internacional que o investiu do rótulo de antirracista. Após a ditadura do Estado Novo, foi eleito deputado constituinte pela União Democrática Nacional (UDN). Durante seu mandato, pronunciou discursos de combate ao preconceito racial.[52]

4.3.4.1 Lewis Hanke e a recepção de Freyre nos EUA

Uma melhor compreensão dos elementos que explicam o prestígio do qual Freyre desfrutou nos primeiros anos da Unesco está diretamente ligada à recepção de sua obra nos Estados Unidos. Conforme salientado nas páginas anteriores, Freyre fez-se ouvir na década de 1930 por sua crítica às teorias da superioridade racial, crítica fortemente inspirada pelas reflexões de Franz Boas e Rüdiger Bilden, entre outros. No mesmo período, tornou-se professor visitante de Stanford e Columbia. No final dos anos 1930, estabeleceu uma sólida rede com intelectuais norte-americanos dos quais se destacou Frank Tannenbaum, professor de História da América Latina da Universidade de Columbia. Em uma de suas cartas, enviada para Freyre em 1938, Tannenbaum informava ao brasileiro que conseguira verba no Departamento de História para que ele ministrasse um curso sobre escravidão no mundo ocidental durante o outono daquele ano.[53]

O ano de 1938 foi particularmente importante para a autopromoção de Freyre em espaços acadêmicos norte-americanos. O autor de *Casa-grande & senzala* – obra que, naquele período ainda não tinha sido traduzida para o inglês –, além de ofertar esse curso em Columbia, também ministrou conferências e cursos como professor visitante na Universidade de Michigan sobre o tema de relações raciais, sendo o único latino-americano a constar no programa de cursos daquele ano.

---

[51] Cf. RAMOS, Arthur. Manifesto dos Intelectuais Brasileiros contra o preconceito racial. *In*: RAMOS, Arthur. *Guerra e relações de raça*. Rio de Janeiro: Perfecta, 1943.

[52] Cf. FREYRE, Gilberto. *Contra o preconceito de raça no Brasil*. Discurso pronunciado na Câmara dos Deputados, Rio de Janeiro, 17 jul. 1950.

[53] Carta de Frank Tannenbaum para Gilberto Freyre, 28 de maio 1938. Arquivos Fundação Gilberto Freyre.

No mesmo período, foi agraciado com uma pequena biografia sobre sua vida e obra, redigida por Lewis Hanke, professor de História da América Latina da Universidade de Harvard e que se tornaria diretor da Fundação Internacional Hispânica da Livraria do Congresso.

Escrita em espanhol, a biografia sobre Freyre foi a primeira publicada nos EUA.[54] Em seu texto, Hanke espelha de que modo os escritos de Freyre convergiam com o horizonte de expectativas em tempos entre guerras, tempos em que as teorias de superioridade racial nazifascistas incendiavam o horizonte europeu às vésperas da Segunda Guerra Mundial. Com as portas da Europa fechadas, instituições como a Fundação Rockefeller, universidades e o próprio governo norte-americano buscaram estreitar os laços com a América Latina, de modo a melhor obter conhecimentos e se apropriar dos debates que ocorriam nesses países.

Essas ações possuíam um viés estratégico na medida em que procuravam avaliar a penetração de ideias nazifascistas nas Américas. Freyre, em seu combate às teorias racialistas nos seus artigos e conferências antinazistas, era um intelectual latino-americano que poderia fornecer algumas respostas a essas expectativas geopolíticas. Além do mais, ao hipervalorizar a mestiçagem e defender a imagem do Brasil como país provido de relações raciais harmônicas, tornou-se um nome também atrativo para os estudiosos que se interessavam pelas abordagens comparativas no trato do tema das relações raciais. As palavras de Hanke, em sua biografia sobre Freyre, ilustram melhor nossas palavras:

> A verdade é que a doutrina de Freyre é carregada de dinamite política e tem uma relação definitiva com alguns dos mais graves problemas políticos do Brasil no momento. O perigo de que os brasileiros se deixem ganhar pelas ideologias fascista ou nazi tem recebido, não faz muito tempo, atenção importante da imprensa norte-americana e, se levarmos em conta a facilidade com que os movimentos intelectuais estrangeiros se inflamam no Brasil, esse perigo não é uma possibilidade puramente teórica.[55]

Ainda no mesmo ano em que Hanke publicava a vida e obra de Freyre, James W. Ivy, colaborador e futuro editor da *The Crisis*, revista

---

[54] HANKE, Lewis. Gilberto Freyre: Historiador Social Brasileño. *In: Gilberto Freyre: Vida y Obra. Bibliografia Antología.* Nova York: Instituto de las Españas en los Estados Unidos, 1939. p. 7.

[55] *Ibidem*, p. 26.

da militância negra fundada por W.E.B. Dubois, escrevia uma resenha de *Casa-grande & senzala*, na qual apresentava Freyre aos leitores da revista, grande parte proveniente da comunidade afro-americana, destacando as principais teses do sociólogo brasileiro. No mesmo texto, Ivy relativiza as críticas que o autor brasileiro recebia no Brasil devido a uma escrita considerada pouco científica, preferindo se ater ao sucesso internacional da obra: "Freyre, tem sido, claro, severamente criticado por seus colegas brasileiros por sua anedótica e 'falta de seriedade', mas juntamente com as críticas vieram os elogios generalizados de intelectuais de outras partes do mundo".[56]

Para melhor justificar sua aposta em Freyre a despeito dos críticos brasileiros, Ivy cita Richard Pattee, um conhecido especialista acerca da temática do negro na América Latina, diretor do Instituto Ibero-americano da Universidade de Porto-Rico e um colaborador assíduo da *The Crisis*, que considerava *Casa-grande & senzala* "um dos mais extraordinários estudos sobre o negro nos tempos modernos".[57]

No ano seguinte à publicação do texto na revista *Crisis*, Freyre recebeu convites para ocupar o cargo de professor em Yale e Harvard.[58] Embora tendo-lhes recusado, aceitou a oferta para participar da American Sociological Society, da American Anthropological Association e da American Philosophical Society.

Em 1944, ainda no contexto da guerra, Freyre é convidado a dar conferências na Universidade de Indiana para introduzir a apresentação de um estudo histórico-social das relações raciais no Brasil. No ano seguinte, essas conferências transformam-se em uma publicação intitulada *Brazil: an interpretation* [*Interpretação do Brasil*].[59]

A obra é um resumo das principais teses presentes em *Casa-grande & senzala*. As conferências na Universidade de Indiana, como afirma o próprio Freyre, descreviam a experiência histórica brasileira adotando o ponto de vista do "fusionismo" étnico e racial herdado da presença

---

[56] IVY, JAMES W. The negro influence in Brazil. *The Crisis*, maio 1941. p. 160.

[57] *Ibidem*.

[58] Cf. FRESTON, Paul. Um império na província: o Instituto Joaquim Nabuco em Recife. *In*: MICELI, Sergio (org.). *História das ciências sociais no Brasil*. São Paulo: Edusp, 1989. p. 337.

[59] FREYRE, Gilberto. *Brazil: an interpretation* [*Interpretação do Brasil*]. Nova York: Knopf, 1945.

ibérica. De modo geral, essas conferências exerceram uma forte influência nos estudos de Tannenbaum, cuja obra S*lave and citizen: The Negro in the Americas*[60] chegou às livrarias americanas em 1946.

No mesmo ano, a publicação de *Master and Slaves* (tradução de *Casa-grande & senzala*) e a segunda edição de *Brazil: an interpretation* se consolidaram como a coroação das ideias de Freyre e do prestígio do qual ele desfrutava em um momento político singular caracterizado pelo antirracismo. O primeiro parágrafo da obra, encarregado de enfatizar a adesão do autor às principais ideias de Boas, colocava-o em uma posição favorável, dado que ela lhe conferia a credibilidade necessária para ser uma das referências dos estudos raciais.

4.3.5 A participação de Freyre no Projeto Unesco

De modo geral, as interpretações de Freyre deram crédito à ideia de uma experiência inter-racial bem-sucedida no Brasil, interpretações compartilhadas, na maioria das vezes, tanto por sociólogos já citados nesse trabalho quanto por viajantes, escritores e artistas que passaram pelo Brasil. As declarações de Alfred Métraux são um bom testemunho:

> A impressão geralmente favorável produzida pelas relações raciais no Brasil tem sido comentada, durante muitos anos, por viajantes e sociólogos que ficaram bastante surpresos ao encontrar ali atitudes tão diferentes daquelas observadas em outras partes do mundo. O Brasil, de fato, tem sido aclamado como um dos raros países que alcançaram a "democracia racial".[61]

Diante dessa afirmação, poderia parecer estranho que a Unesco, em sua luta para denunciar o preconceito racial, tenha dirigido seus esforços justamente para uma sociedade na qual a questão racial estaria supostamente resolvida ou, ao menos, na qual ela não prometia conflitos. A ausência de uma segregação racial impressa na lei brasileira, assim como a aparente e dissimulada ausência de conflitos raciais extremos, contribuíam para a imagem de superação racial operada do Brasil, ideia

---

[60] Cf. TANNENBAUM, Frank. *Slave and Citizen: The Negro in the Americas* [*Escravo e cidadão: o Negro nas* Américas]. Nova York: Alfred Knopf, 1946.

[61] MÉTRAUX, Alfred. *Report on Race Relations in Brazil* [Relatório sobre Relações Raciais no Brasil]. *Courrier de l'UNESCO* [*Correio da Unesco*], v. V, 8/9, p. 6, 1952.

nutrida e reafirmada por Gilberto Freyre, que, como já foi demonstrado, gozava de prestígio nos círculos internacionais.

Desse modo poder-se-ia concluir, na época, que, no tocante à questão dos "conflitos e preconceitos raciais", o Brasil não era o país mais indicado para uma pesquisa. Entretanto, como bem estava definido no preâmbulo do *Boletim Internacional de Ciências Sociais*, para a Unesco era o momento de "empreender um exame geral e crítico das medidas positivas que foram tomadas ou que estão em processo de serem empregadas em diferentes países, a fim de garantir a todas as minorias raciais o pleno gozo de seus direitos".[62]

De posse desse pressuposto, a Organização das Nações Unidas procurou inventariar exemplos concretos de casos bem-sucedidos. Em um mundo dividido pela Guerra Fria, onde o racismo estava instaurado institucionalmente nos Estados Unidos e na África do Sul, aparentemente não havia opções que pudessem servir como exemplo prático, com exceção do Brasil. Dessa maneira, as "medidas positivas" tomadas no campo das relações raciais, e que se supunha terem sido implantadas no Brasil, deveriam ser observadas e difundidas em outros países:

> A rara experiência da harmoniosa relação inter-racial não recebeu, entretanto, a mesma atenção dos cientistas ou do público em geral. Ainda assim, a existência de países em que diferentes raças vivem em harmonia é por si só um fato importante, capaz de exercer forte influência nas questões raciais de modo geral.[63]

No entanto, o desejo político de uma assimilação bem-sucedida das culturas e raças entre as nações deveria passar pelo crivo da ciência. Nesse sentido, o Brasil apresentava-se como um "laboratório" a ser explorado, visto que, diante de um cenário em que a sociologia e a antropologia sistemáticas refinavam seus métodos de pesquisa, os estudos até então ensaísticos sobre o tema das relações raciais no Brasil mostraram-se insuficientes.

Existiam estudos de caráter experimental baseados em uma sociologia especulativa. Todavia, esses "estudos impressionistas", como declarou

---

[62] UNESCO. Préface [Prefácio] *In*: UNESCO. *Bulletin International des Sciences Sociales* [Boletim Internacional de Ciências Sociais], v. 2, n. 4, p. 475, 1950. *Apud* SANTOS, Ely Evangelista dos. *A Unesco e o mundo da cultura*. Goiânia: Editora UFG, 2004. p. 174.

[63] MÉTRAUX, Alfred, *op. cit.*, p. 6.

Arthur Ramos, na época diretor do Departamento de Ciências Sociais da Unesco, "podem ser muito interessantes, mas conduzem a generalizações apressadas e perigosas".[64]

Métraux é ainda mais direto quando evoca a tradição dos estudos sobre as relações raciais no Brasil, referindo-se diretamente aos trabalhos de Gilberto Freyre e de Donald Pierson:

> a ciência exige mais do que observações gerais. Ela deseja saber se essa harmonia é real ou apenas aparente e se ela ocorre da mesma forma em todos os níveis sociais e em todas as regiões do Brasil. [...] Investigações anteriores, particularmente os trabalhos históricos de Gilberto Freyre e a pesquisa sociológica realizada por Donald Pierson na Bahia, já haviam confirmado as opiniões favoráveis amplamente formadas na situação social do Brasil, mas nem todas as dúvidas haviam sido sanadas. Diversos incidentes e algumas declarações coléricas feitas por organizações negras sugerem que as relações sociais não eram tão harmônicas quanto muitos dos brasileiros e estrangeiros gostavam de acreditar.[65]

É possível observar, nos comentários acima, que o trabalho de Freyre é considerado um trabalho histórico, o que denota implicitamente a necessidade de diferenciá-lo dos outros trabalhos sociológicos sobre o mesmo tema. A sociologia histórica ou a análise sociogenética, como a praticada por Freyre e que atravessava boa parte da produção brasileira sobre o assunto, não despertou tanto interesse no planejamento das pesquisas da Unesco.

O próprio Métraux acreditava que o Projeto Unesco desenvolvido no Brasil relegava os estudos históricos a um "lugar menor", oferecendo prioridade às pesquisas que possuíssem "um caráter puramente sociológico e psicológico, isto é, que lidassem com realidades sociais atuais".[66]

O fato de Métraux ter destacado esse aspecto pode ser explicado de diferentes maneiras. A primeira delas é que essa afirmação corresponde a um momento de reformulação no campo das ciências sociais. Como dito em capítulos anteriores, no Brasil a obra de Freyre era alvo

---

[64] RAMOS, Arthur. Os grandes problemas da antropologia brasileira. *Sociologia*, v. X, n. 4, p. 224, 1948. *Apud* MAIO, Marcos Chor. O Projeto Unesco e a agenda das ciências sociais no Brasil dos anos 40 e 50. *Rev. Bras. Ci. Soc.*, São Paulo, v. 14, n. 41, p. 143, 1999.

[65] MÉTRAUX, Alfred, *op. cit.*, p. 6.

[66] *Ibidem*, p. 6.

de polêmicas com outros sociólogos, sobretudo com aqueles da Escola Livre de Sociologia e Política da Universidade de São Paulo (1933), que defendiam a necessidade da formação de quadros técnicos para o desenvolvimento de pesquisas empíricas aplicadas aos problemas nacionais.

Esse ponto é claramente demonstrado pela criação da Divisão de Estudos Pós-graduados em 1941, cujas pesquisas eram significativamente herdeiras de inspiração norte-americana. A colaboração do professor americano Donald Pierson, principal divulgador das teorias da Escola de Chicago no Brasil, integrado à instituição desde sua fundação e responsável pela escola doutoral, é um perfeito exemplo disso.

Ainda que geralmente compartilhasse da interpretação de Freyre relativa às relações sociais, a Escola Paulista dirigiu-lhe diversas críticas de cunho metodológico.[67]

O campo sociológico adotou, entre os anos de 1940 e 1950, um novo modelo discursivo e metodológico baseado na objetividade e na cientificidade, que se distanciava do modelo histórico e culturalista defendido por Freyre. Essa separação das abordagens excluía o trabalho de Freyre, agora privado de qualquer definição sociológica e obrigado ao rótulo de produção histórica ou literária. Um exemplo dessa demarcação de fronteiras no campo intelectual pode ser encontrado, de modo sutil, nas palavras de Métraux ao atribuir o trabalho "sociológico" a Pierson e o trabalho "histórico" a Freyre.

A luta simbólica estabelecida no Brasil sobre a definição do campo de trabalho da sociologia é um dado importante que conduz a pensar que à medida que as críticas acerca da validade e da cientificidade sociológica dos trabalhos de Freyre se intensificavam, a aproximação do autor de *Casa-grande & senzala* com a França se estreitava, particularmente em virtude do acolhimento reservado a sua obra pelos principais historiadores dos *Annales* e pelo sociológico Georges Gurvitch, que compartilhava com Freyre impressões semelhantes acerca do trabalho sociológico.[68]

Outro aspecto que levou Métraux a oferecer um lugar de menor importância aos estudos históricos no Projeto Unesco pode ser explicado em razão de certo cansaço com esse tipo de estudo, muito comum na tradição intelectual brasileira: a dos grandes ensaios sobre o passado

---

[67] PIERSON, Donald. Masters and slaves [Casa-grande & senzala]. *American Sociological Review*, n. 12, n. 5, 1947.

[68] Para mais informações sobre o tema, ver a tese de MEUCCI, Simone, *op. cit.*, 2014.

nacional. Para Métraux, naquele momento em especial, os estudos antropológicos e sociológicos baseados em metodologias quantitativas pareciam mostrar-se mais capazes de atender demandas atuais sobre a temática.

Por exemplo, Thales de Azevedo, um dos participantes do Projeto Unesco, havia declarado em entrevista que, quando Métraux leu as primeiras páginas de seu relatório, teria questionado, surpreso: "Mas será que brasileiro só sabe escrever história?". Essa observação levou Azevedo a afastar-se do "método genético, forçando-o a manter-se no terreno da etnografia".[69]

Ainda que os trabalhos de Freyre não se enquadrassem metodologicamente no tipo de pesquisa sobre relações raciais concebido para o Brasil no Projeto Unesco, sua interpretação histórica permanecia como referência e ponto de partida ideológico para a realização do projeto. Os posicionamentos de Métraux e de Ramos não são contrários àquele de Freyre no que concerne a sua interpretação histórica do *melting pot* brasileiro.[70] A princípio, eles simplesmente garantiriam a expansão das pesquisas para adequá-las aos métodos mais recentes da pesquisa social e assegurariam a abertura de uma nova plataforma de estudos sistemáticos, que forneceriam dados empíricos sobre as variáveis das relações raciais brasileiras.

Assim, mesmo Freyre não tendo participado nem diretamente nem no interior do projeto, ele é convidado a escrever a apresentação do número especial do *Correio da Unesco*, consagrado às relações raciais no Brasil e composto por artigos escritos pelos principais responsáveis pelos estudos sobre esse tema no país.

Em uma carta endereçada a Freyre, Métraux destacou a importância do nome do autor de *Casa-grande & senzala* para o projeto, já que ele era internacionalmente reconhecido como uma referência nesse campo. No entanto, apesar da insistência de Métraux para a participação de Freyre nessa publicação, o diretor de relações raciais da Unesco precisou explicar ao sociólogo brasileiro que seu texto não consistiria em uma discussão sobre as pesquisas do projeto, mas uma introdução histórica sobre o tema.

---

[69] GUIMARÃES, Antônio, *op. cit.*, p. 9-10.

[70] Métraux se refere igualmente à herança da colonização espanhola que ele considera mais doce e mais "humana" para os escravos. Sobre esse tema, ver MÉTRAUX, Alfred, *op. cit.*, p. 6.

René Ribeiro me disse que você está esperando, antes de escrever sua introdução, para ler os manuscritos preparados por diferentes equipes. No entanto, creio que, neste ponto, haja um mal entendido. Se você se lembra da nossa conversa, se recordará que eu havia lhe pedido uma introdução de caráter histórico, isto é, um panorama da história do negro no Brasil desde o século XVI até a época atual. Sua introdução devia promover uma profundeza temporal a um estudo sociológico contemporâneo. Em outras palavras, eu lhe pedia para resumir, para o uso de um público europeu, as obras-primas que o tornaram célebre.[71]

A situação é delicada, visto que Freyre solicita a leitura dos textos dos colegas antes de escrever a introdução. Métraux responde que não se tratava de comentar os trabalhos dos outros colegas, mas de escrever uma introdução histórica sobre o tema. Essa posição evita o desconforto que Freyre teria sentido ao comentar resultados do projeto, alguns dos quais claramente refutavam algumas das principais ideias do autor de *Casa-grande & senzala*.

Por outro lado, ao requisitar um trabalho histórico, Métraux preenchia uma lacuna provocada pela ausência dessa disciplina no projeto, garantindo uma introdução proveniente de um pesquisador já conhecido internacionalmente. Além disso, é interessante lembrar que o texto da Unesco foi publicado no mesmo ano em que a tradução francesa de *Casa-grande & senzala* chegou às livrarias e em que as traduções para as línguas inglesa, francesa e espanhola já alcançavam um vasto público. Diante da recusa de Freyre para escrever a introdução, Métraux insiste, alegando o prestígio do autor de *Casa-grande & senzala*:

> Sua carta foi uma grande decepção para mim. Não esconderei que contamos muito com sua contribuição para a pesquisa no Brasil e que corremos o risco de sermos fortemente criticados caso seu nome não apareça no topo da lista dos pesquisadores que contribuíram para esse projeto. [...] Peço, portanto, que não nos prive da autoridade do seu nome. Trata-se de algo além de sua personalidade, é um pouco o prestígio da ciência brasileira que está em questão. Não posso conceber uma obra sobre as relações raciais no Brasil sem a participação de Gilberto Freyre, o pioneiro desses estudos.[72]

---

[71] Carta de Alfred Métraux a Gilberto Freyre, 31 de março de 1952. Arquivos Gilberto Freyre.
[72] Carta de Alfred Métraux a Freyre, 11 de abril de 1952. Arquivos Gilberto Freyre.

Tendo obtido um prazo maior, Freyre aceita escrever o texto. O dossiê do Projeto Unesco foi publicado em setembro de 1952 com a introdução de Freyre, intitulada "The negro's role in brazilian history" ["O papel do negro na história brasileira"].[73] O texto resume, em algumas linhas, as principais teses presentes em *Casa-grande & senzala*.

4.3.6 O balanço das pesquisas da Unesco no Brasil

Durante os anos de sua realização (1951 e 1952), o Projeto Unesco produziu uma grande quantidade de dados sistemáticos que atestaram a existência de relações raciais desiguais, marcadas por indicadores de racismo nas diversas cidades estudadas.[74]

Assim, os dados apresentados forneceram elementos que desconstruíam a ideia generalizante de uma suposta democratização das relações raciais. No entanto, muitos dos especialistas nas pesquisas não invalidaram a ideia de que no Brasil, ainda que houvesse preconceitos, o comportamento inter-racial diferenciava-se do essencialismo racial norte-americano, posto que ele se traduzia, no caso brasileiro, em uma categorização social, variável de acordo com as regiões e intimamente ligada a outros tipos de discriminação, como a de classe social, por exemplo.

Além disso, pesquisadores como Charles Wagley e Marvin Harris não consideravam que estudos de caso pudessem justificar uma compreensão sistêmica do preconceito racial no Brasil. Ou seja, a refutação de uma tese generalizante (aquela da democracia racial) não levaria a outra teoria generalizante. Pelo contrário; as pesquisas findariam por reafirmar, em certa medida, as particularidades do "caso brasileiro" em relação a outras formas de racismo no mundo. Em um artigo publicado em 1952 no *Correio da Unesco*, Wagley, ao apresentar os resultados da pesquisa realizada no Brasil, afirmou:

---

[73] FREYRE, Gilberto. The negro's role in brazilian history [O papel do negro na história brasileira]. *Courrier de l'Unesco*, v. V, 8/9, p. 7-8, 1952.

[74] Entre as publicações resultantes das pesquisas do Projeto Unesco, destacamos as de AZEVEDO, Thales. *As elites de cor em uma cidade brasileira: um estudo de ascensão social & classes sociais e grupos de prestígio* (1953); WAGLEY, Charles (org.). *Races et classes dans le Brésil Rural* [Raças e classes no Brasil Rural], [s.d.]; COSTA-PINTO, Luiz de Aguiar. *O Negro no Rio de Janeiro:* Relações de Raça numa Sociedade em Mudança (1953); RIBEIRO, René. *Religião e Relações Raciais* (1956).

O Brasil é um exemplo vivo de como uma nação composta por pessoas de diversas linhagens raciais não precisa ser dividida por tensões, segregação ou discriminação entre grupos sociais.[75]

4.3.7 Bastide e a "democracia racial" em Freyre

Durante os anos de 1950, a pesquisa da Unesco realizada em São Paulo com o auxílio financeiro da revista *Anhembi* teve como objetivo criar um ensaio sociológico sobre as origens, as manifestações e os efeitos sociais do preconceito de cor na cidade.

Roger Bastide foi o responsável pela coordenação da parte sociológica da pesquisa e, para tal, convidou para participar do estudo Florestan Fernandes, seu ex-aluno, que, desde os anos de 1940, havia colaborado em seus estudos sobre afrodescendentes e sobre o folclore. O hábito de trabalhar em conjunto, adquirido muito antes da realização do Projeto Unesco, não eliminou algumas diferenças de pontos de vista entre ambos acerca do preconceito racial no Brasil. A esse respeito, Fernandes confessara: "logo de cara, tive um grande problema com o professor Bastide. Ele não tinha uma posição firme com relação a se havia ou não preconceito, se havia ou não democracia racial".[76]

Por princípio, Bastide acreditava que a democracia, do ponto de vista social, era inseparável de uma abertura à coexistência racial. Ao visitar o Recife em 1944, na companhia de Freyre, Bastide utilizou a expressão "democracia social e racial" para descrever as relações sociais entre negros e brancos nessa cidade:

> Regressei para a cidade de bonde. O veículo estava cheio de trabalhadores que voltavam da fábrica, que misturavam seus corpos fatigados aos dos transeuntes que voltavam do parque Dois Irmãos. População de mestiços, de brancos e negros aglomerados, apertados, amontoados uns sobre os outros, numa enorme e amistosa confusão de braços e pernas. Perto de mim, um negro exausto pelo esforço do dia deixava cair sua cabeça pesada, coberta de suor e adormecida, sobre o ombro de um empregado

---

[75] WAGLEY, Charles. Race Relations in Brazil: Attitudes in the Backlands [Relações de Raça no Brasil: comportamentos nos Sertões]. *Correio da Unesco*, v. V. ago./set., p. 12-13, 1952.

[76] Citado por VERAS, Eliane; BRAGA, Maria Lúcia de Santana; COSTA, Diogo Valença de A. O dilema racial brasileiro: de Roger Bastide a Florestan Fernandes ou da explicação teórica à proposição política. *Sociedade e Cultura*, v. 5, n. 1, p. 37, jan./jun. 2002.

de escritório, um branco que ajeitava cuidadosamente suas espáduas para receber esta cabeça como a de um filho, como em uma carícia. Isto constituía uma bela imagem da democracia social e racial que Recife me oferecia no meu caminho de regresso, na passagem crepuscular dos arrabaldes de Pernambuco.[77]

Portanto, na década de 1950, a parte da pesquisa da Unesco efetuada em São Paulo permitiu compreender de uma maneira nova como se organizava a coexistência racial em uma cidade em que o processo de industrialização e de modernização se acelerava. Os resultados revelaram divergências com relação aos casos da Bahia e de Pernambuco. Se observarmos mais atentamente, quando Bastide menciona o termo "democracia racial e social" na década de 1940, ele se referia à cidade do Recife e que o próprio Freyre, quando utilizou pela primeira vez a expressão "democracia étnica" (já rejeitando tecnicamente o termo *raça*), fez referência ao exemplo da Bahia. A pesquisa realizada em São Paulo nos anos 1950 revelou modalidades de discriminação e de preconceito racial que tornavam a compreensão do problema mais complexa, invalidando qualquer teoria generalizante sobre a democracia racial no país. E mesmo nos casos da Bahia e de Recife, a despeito das "impressões" de Bastide e de Freyre, não se poderia afirmar que nessas cidades existia uma "democracia racial".

Sob esse viés, Bastide reconsidera suas observações escritas nos anos 1940, afirmando que o clima afetivo (que ele havia observado) entre negros e brancos,[78] criado pela tradição, geralmente camuflava o preconceito racial: "O preconceito pode tomar formas relativamente atenuadas e benignas, aparecer como latente e oculto atrás de todo um ritual afetivo de cortesia".[79] E é isso que se observava de forma conclusiva no mundo do trabalho, no qual os negros eram rejeitados de certas funções.

Bastide estava convencido de que as pesquisas sociológicas conduzidas pela Universidade de São Paulo sobre as relações étnicas serviriam

---

[77] BASTIDE, Roger. Itinerário da democracia III – Em Recife, com Gilberto Freyre. *Diário de São Paulo*, 31 ago. 1944. Apud GUIMARÃES, Antônio. Democracia racial: el ideal, el pacto y el mito. *Estudios Sociológicos*, v. XX, n. 2, p. 310, maio-ago. 2002.

[78] Bastide utiliza o termo *"affection"* [afeição].

[79] BASTIDE, Roger. Le Problème Noir en Amérique Latine [O problema do negro na América Latina]. *Bulletin International des Sciences Sociales* [*Boletim Internacional de Ciências Sociais*], Unesco, v. 4, n. 3, p. 459, 1952.

para desinibir as ciências sociais brasileiras e libertá-las do tabu da questão racial à medida que se desmistificava a ideia de uma suposta democracia racial.[80]

As conclusões obtidas por Bastide para o Projeto Unesco poderiam supor que o sociólogo francês estava comprometido com uma refutação sistemática das ideias de Freyre, como o havia feito seu colega Florestan Fernandes.[81] Bastide, entretanto, buscou um equilíbrio entre as duas interpretações, preocupado em evitar adesões unilaterais. Para o sociólogo francês, se a "democracia racial" defendida por Freyre não contribuía para explicar a sociedade brasileira no início da década de 1950, essa crítica não invalidava as conclusões apresentadas em *Casa-grande & senzala*.

Dessa forma, a obra de Freyre era reabilitada por Bastide, não por suas conclusões sociológicas, mas em razão do viés histórico que ela apresentava. Pois, como afirmava o sociólogo francês, o livro vai até o século XVIII, e suas conclusões sobre a sociedade patriarcal não entrariam necessariamente em conflito com a explicação acerca da história de São Paulo, onde, segundo Bastide

---

[80] Cf. BASTIDE, Roger. Les relations raciales au Brésil [As relações raciais no Brasil]. *Bulletin International des Sciences Sociales,* Unesco, v. 9, n. 4, p. 525-543, 1957.

[81] De fato, a crítica à ideia de democracia racial, direta ou indiretamente, foi intensificada nas décadas de 1960 e 1970, cujos protagonistas eram intelectuais ligados à Escola de Sociologia e Política de São Paulo. Para melhor conhecer esses estudos, leia-se Cf. HASENBALG, Carlos. *Discriminação e desigualdades raciais no Brasil*. Minas Gerais: Editora UFMG, 2005. Outros autores, alguns anos antes, também haviam trabalhado nessa temática: FERNANDES, Florestan. *A integração do negro na sociedade de classes*. São Paulo: Dominus, 1965; HARRIS, Marvin. *Patterns of Race in the Americas,* Nova York: Walker, 1964; DEGLER, Carl. *Neither Black Nor White: Slavery and Race Relations in Brazil and the United States,* Nova York: Macmillan, 1971; AZEVEDO, Thales de. *Cultura e situação racial no Brasil*. Rio de Janeiro: Civilização Brasileira, 1966; Idem. *Democracia racial: ideologia e realidade*. Petrópolis: Vozes, 1975; FERNANDES, Florestan. *O negro no mundo dos brancos*. São Paulo: Difel, 1972; Idem. *O significado do protesto negro*. São Paulo: Cortez, 1989. CARDOSO, Fernando Henrique. *Capitalismo e escravidão no Brasil meridional: o negro na sociedade escravocrata no Rio Grande do Sul*. São Paulo: Difel, 1962; IANNI, Octavio. *As metamorfoses do escravo: apogeu e crise da escravatura no Brasil meridional*. São Paulo: Difel, 1962; Idem. *Raças e classes sociais no Brasil*. Rio de Janeiro: Civilização Brasileira, 1970; IANNI, Octávio. *Escravidão e racismo*. São Paulo: Hucitec, 1978; CARDOSO, Fernando Henrique; IANNI, Octavio. *Cor e mobilidade social em Florianópolis*. São Paulo: Companhia Editora Nacional, 1960.

a agricultura [...] permaneceu durante dois séculos como uma simples agricultura de subsistência; a grande plantação não aparece antes do século XIX, quando os ideais coletivos já eram diferentes daqueles dos antigos senhores de engenho, e desenvolve-se em pleno período de propaganda abolicionista.[82]

Assim, para Bastide, o estudo de caso, focado em São Paulo, demandaria uma análise histórica específica que não corresponderia aos estudos históricos realizados por Freyre. Afinal, o fato de *Casa-grande & senzala* abordar uma situação histórica que não correspondesse à história de São Paulo não significava que as conclusões do livro não fossem válidas. Com efeito, a trilogia de Freyre, como o título indica claramente, interessa-se pela "história da sociedade patriarcal no Brasil" e não pela "história do Brasil" ou pelas "relações raciais" no Brasil. Isso posto, o livro de Freyre, ainda que tratasse da história do Brasil sob o regime patriarcal, concedia um lugar mais central às regiões onde essa cultura patriarcal se fez mais presente.

A prova de que Bastide não rejeitava as informações históricas presentes na obra de Freyre encontra-se no primeiro capítulo de *Brésil, terre des Contrastes*,[83] intitulado "Formation historique du Brésil". Nesse trabalho, é curioso constatar que Bastide não se baseou em fontes históricas primárias, pois suas referências à documentação histórica são poucas, quase inexistentes.

De modo geral, Bastide transpõe e sintetiza grande parte das conclusões dos historiadores brasileiros e, especialmente, as de Gilberto Freyre. Elas incluem a ideia de uma colonização portuguesa "harmoniosa". Essa retomada das ideias de Freyre aparece em uma das passagens do texto em que o sociólogo francês compara as colonizações portuguesa e espanhola na América. No âmbito dessa comparação, Bastide afirma que a sociedade colonial portuguesa foi mais democrática do que feudal. Para explicar o uso do adjetivo democrático, Bastide declara:

---

[82] BASTIDE, Roger. Les relations raciales au Brésil [As relações raciais no Brasil]. *Boletim Internacional de Ciências Sociais*, Unesco, v. 9, n. 4, p. 525-543, 1957. Reproduzido pela revista *Bastidiana*, n. 29-30, p. 7.

[83] BASTIDE, Roger. *Brésil, terre des contrastes* [*Brasil: Terra de Contrastes*]. Paris: Hachette, 1957.

O termo "democracia" pode surpreender, pois aquela democracia não tem nada a ver com a que os ingleses da América do Norte tentaram na mesma época. É uma questão de fraternização das raças ou das civilizações, não de democracia política.[84]

Para caracterizar os antagonismos presentes na sociedade brasileira em formação, Bastide cita uma passagem da obra de Freyre na qual ele afirma que ocorre no Brasil uma harmonização de contrários, uma atenuação do choque de civilizações. Aplicando as palavras de Freyre, Bastide, em sua introdução, atesta que "às forças de cisão, de separação sempre se opõem, para contrabalançá-las, as forças de união democrática, de mistura de sangues, de interpenetração das civilizações mais heterogêneas".[85]

Na página seguinte, o autor francês transparece mais uma vez sua adesão à leitura freyriana ao afirmar que a "sexualidade destrói o preconceito de cor". Todavia, enquanto destaca a abolição da barreira entre raças que une "em um mesmo abraço apaixonado o branco e a negra", Bastide destaca o racismo ao mostrar o sadismo dessa união. Com exceção do termo "preconceito", as palavras do sociólogo francês são praticamente uma paráfrase da obra de Freyre.

Esses comentários permitem que observemos como o autor opera a fusão de duas influências; por um lado, ele mantém os traços de suas leituras de Freyre, conservando a ideia de uma assimilação supostamente bem-sucedida entre a cultura africana e europeia e, por outro lado, ele inclui em seu estudo a discussão na qual a questão negra está ligada aos problemas de classe, tema mais próximo dos trabalhos de Fernandes.

Florestan Fernandes, com efeito, em obra escrita com Roger Bastide,[86] observa a transição que se opera entre uma ordem senhorial escravocrata e uma ordem capitalista em formação no Brasil. Entre as preocupações desses estudiosos está a análise dos processos de mudança social que inaugurariam uma nova era no Brasil, na qual a modernização garantiria a consolidação de uma ordem democrática e a assimilação do negro no interior da sociedade de classes. Contudo, era necessário ir além

---

[84] *Ibidem*, p. 27.

[85] *Ibidem*, p. 12.

[86] BASTIDE, Roger; FERNANDES, Florestan. *Brancos e negros em São Paulo: ensaio sociológico sobre aspectos da formação, manifestações atuais e preconceito de cor na sociedade paulistana*. São Paulo: Companhia Editora Nacional, 1959.

dos vestígios da tradição. Nessa perspectiva, as análises de Freyre são tomadas como conservadoras e tradicionalistas, posto que, segundo os autores, elas valorizavam a sociedade patriarcal.

Em relação às reflexões sobre as relações raciais, Bastide não compartilha de todo das conclusões de Florestan Fernandes, sobretudo suas considerações sobre o "antigo" e o "novo" na sociedade brasileira.[87] Como afirma Fernanda Peixoto, o que permeia a análise de Bastide é uma particularidade que se deve à persistência de elementos da sociedade tradicional no mundo moderno, e não necessariamente à mudança ou à negação dessa herança.

De modo geral, no tocante às considerações sobre a questão racial na América Latina, Bastide critica a ideia de uma democracia racial, mas concorda com a manutenção dos aspectos "positivos" da herança paternalista, sobretudo na "amizade" entre brancos e negros (aqui fortemente inspirado por suas leituras de Freyre). Sob o olhar de Bastide, esse legado afetivo poderia coexistir com as mudanças sociais que ofereceriam oportunidades de inclusão da população negra na sociedade:

> Vê-se que o problema das relações raciais na América Latina não se apresenta sempre sob uma luz tão favorável como sugere a expressão consagrada "terra da democracia racial". Expressão inventada pelos brancos ou pelos mestiços assimilados aos brancos e formando com eles o grupo dos "latinos". Mas tem-se direito de esperar que esses países saberão encontrar uma solução para o dilema que estão enfrentando: conservar os sentimentos de amizade entre brancos e pessoas de cor, característica da época paternalista, e desenvolver as massas indígenas e negras exploradas, de modo que o mundo, que está criando seu desenvolvimento, aquele da concorrência, não faça desaparecer os elementos positivos do antigo paternalismo, destruindo apenas os elementos negativos, que impediam a ascensão daqueles em situação de miséria a mais justiça e bem estar.[88]

Essas palavras ilustram a maneira como Bastide hesitou entre posturas críticas e uma adesão às ideias de Freyre, o que é revelador do quanto os ecos do pensamento freyriano ainda se faziam presentes a despeito das refutações mais gerais advindas com o Projeto Unesco.

---

[87] Cf. PEIXOTO, Fernanda, *op. cit.*, p. 194.

[88] BASTIDE, Roger. Les relations raciales en Amérique Latine. *Droit et Liberté* [*Direito e Liberdade*], Paris, n. 236, p. 10-11, 1964.

4.4 Freyre e a "democracia racial": real ou ideal?

Nos anos seguintes, diante dos resultados do Projeto Unesco e da exacerbação da crítica brasileira à "democracia racial", Freyre buscou consolidar seu discurso, mantendo e reafirmando a existência harmoniosa dos comportamentos inter-raciais no Brasil e negando a existência do racismo estrutural. Para o sociólogo brasileiro, o racismo estaria mais ligado a um preconceito de classe do que discriminação de cor ou raça. Na compreensão do autor, as relações raciais norte-americanas não poderiam ser um parâmetro de análise das particularidades e da complexidade do caso brasileiro:

> Não que inexista preconceito de cor ou de raça juntamente com preconceitos contra a mistura de classes no Brasil. Existe. Mas ninguém pensaria em ter igrejas somente para brancos, assim como não pensaria em leis contra os casamentos inter-raciais; ou em banir os negros dos teatros e dos bairros residenciais de uma cidade. O espírito generalizado de fraternidade humana é mais forte entre os brasileiros do que os preconceitos de raça ou de cor, de classe ou de religião. É verdade que a igualdade racial nem é perfeita no Brasil nem se tornou absoluta com a abolição da escravidão, em 1888. [...] Evidentemente, não existe paraíso na terra. Mas, quanto às relações raciais, a situação brasileira é provavelmente a que mais se aproxima daquilo que se imagina como um paraíso nesse setor. A felicidade brasileira, contudo, é relativa, pois para a maior parte da população persistem, senão a miséria, a pobreza, e uma série de doenças.[89]

Embora reconheça a existência dos preconceitos, Freyre não os concebia como um problema estrutural ou sistêmico. Por essa razão, ao situar o Brasil como antípoda do extremismo segregacionista norte-americano, descrevia-o como próximo do "paraíso" no contexto das relações raciais. Para compreender as colocações de Freyre, é importante levar em consideração o fato de que o autor apresentava a ideia de uma harmonia entre raças não como um fato consolidado, mas um processo em constante construção em direção a um horizonte do qual o Brasil estaria supostamente mais próximo que os demais países.

---

[89] FREYRE, Gilberto. *Novo mundo nos trópicos*. São Paulo: Editora Nacional; Edusp (Brasiliana, v. 348), 1971. p. 5. A obra é uma tradução de FREYRE, Gilberto. *New World in the tropics. The Culture of Modern Brazil*. [*Novo mundo nos trópicos:* A cultura do Brasil moderno]. Nova York: Knopf, 1959.

A título de exemplo, citemos um excerto de um discurso proferido em 1950, em que Freyre, então deputado, convida os demais deputados a reagir a um caso notável de racismo que aconteceu na cidade de São Paulo. A artista norte-americana Katherine Dunham foi impedida de entrar em um hotel nessa cidade por ser negra:

> Este é um momento [...] em que o silêncio cômodo seria uma traição aos nossos deveres de representantes de uma nação que faz do ideal, se não sempre da prática, da democracia social, inclusive a étnica, um dos seus motivos de vida, uma das suas condições de desenvolvimento. [...] No momento em que homens de ciência de quase todo o mundo, certos de que não há raças superiores ou inferiores e despertados por estudos brasileiros, voltam-se para o Brasil, para a cultura brasileira, para a arte brasileira como exemplo de solução pacífica das lutas entre grupos humanos provocadas pelos preconceitos de raça, seria na verdade triste e até vergonhoso para todos nós, brasileiros, que justamente uma artista, uma antropologista, uma mulher da inteligência e da sensibilidade de Katherine Dunham, [...] fosse grosseiramente impedida de hospedar-se num hotel de São Paulo.[90]

Freyre considerava a democracia racial como um ideal pelo qual se deveria aspirar, embora na prática essa democracia não fosse necessariamente um fato consumado. Os comportamentos declaradamente racistas eram, na compreensão de Freyre, desvirtuamentos da vocação nacional, importação de modelos que privariam o Brasil das características de uma nação.

Em algumas passagens, Freyre condenava qualquer tentativa de "imitar" o comportamento racial nos Estados Unidos. Munido dessa preocupação, o recurso exaustivo, em palestras e textos, ao termo "democracia étnica"[91] serviria para situar e selar o futuro Brasil como um contraponto ao modelo americano e ao modelo do apartheid sul-africano em suas "formas cruas de racismo".[92]

Outro ponto importante a ser observado em seu discurso no Parlamento é o fato de que Freyre apresentava como inseparáveis os ideais de democracia social e os de democracia racial. Segundo o autor,

---

[90] *Idem*. Contra o preconceito de raça no Brasil, *op. cit.*

[91] Sobre o uso do termo "democracia racial" em Freyre, Cf. GUIMARÃES, Antônio. *Democracia Racial, op. cit.*

[92] MAIO, Marcos Chor. *Tempo controverso, op. cit.*, p. 129.

para que existisse uma democracia social era preciso que houvesse uma democracia racial, mas, inversamente, a equação não era necessariamente válida no caso da democracia política. Como bem aponta Elide Rugai Bastos, a democracia política poderia ser "facilmente substituída pela democracia social, produto do encontro racial e cultural".[93]

Mais uma vez, a sombra do contraexemplo americano pairava sobre as observações de Freyre. Para o sociólogo formado em Columbia, os Estados Unidos, país em que ele passara uma parte de sua juventude, apesar de se apresentar como uma democracia política, não garantia, na prática, os mesmos direitos políticos a todos os cidadãos. No limite, poderíamos afirmar que, para Freyre, era mais aceitável um governo politicamente não democrático, que promovesse a democracia nas esferas cultural e racial – a exemplo de Portugal –, que um governo democrático que promovesse regimes de apartheid ou outras formas de discriminação social e racial, a exemplo das leis Jim Crown nos Estados Unidos.

A fórmula "democracia e segregacionismo racial" leva Freyre a descreditar o modelo americano. Tendência encontrada nas conferências ministradas por ele em Portugal no início dos anos de 1950, nas quais o autor procurava evidenciar "injustas democracias políticas":

> As áreas de formação portuguesa – formação por meio da mestiçagem – constituem hoje uma antecipação ou, mais do que isso, uma aproximação daquela democracia social de que se acham mais distantes os povos atualmente mais avançados na prática de tantas vezes ineficiente e injusta democracia política, simplesmente política.[94]

Tais afirmações, elaboradas durante conferências proferidas em instituições portuguesas, foram amplamente criticadas no Brasil, principalmente em razão de seu caráter ideológico, visto que Portugal vivia então sob um regime ditatorial.

Assim, dado que as relações raciais eram o farol que iluminava as preocupações de Freyre, segundo seu ponto de vista Portugal se aproximava mais de uma democracia social pela via da mestiçagem que os Estados Unidos e até mesmo outros países europeus, cujas democracias,

---

[93] BASTOS, Elide Rugai. *Gilberto Freyre e o pensamento hispânico: entre Dom Quixote e Alonso El Bueno*. Bauru/SP: Edusc, 2003. p. 101.

[94] FREYRE, Gilberto. *Um brasileiro em terras portuguesas*. Rio de Janeiro: José Olympio, 1953. p. 50-51.

a seu ver, impunham um tratamento desigual às populações de cor. Como veremos mais adiante, no âmbito das nações colonialistas, Freyre também defenderá as relações portuguesas na África como mais brandas em relação a países democráticos como França, Bélgica ou Inglaterra.

Sob a ótica freyriana, o Brasil seria, portanto, o melhor resultado dessa "ação portuguesa nos trópicos" e um contraponto perfeito ao modelo norte-americano:

> Este fato de os ameríndios e africanos, assim como os europeus e seus descendentes mestiços, terem contribuído ativamente para o desenvolvimento do Brasil parece explicar por que a América portuguesa tem agora uma civilização com características próprias tão vívidas; e por que uma dessas características é o que tem sido descrito por alguns autores como democracia étnica brasileira. Muitas características da civilização moderna brasileira originam-se do fato de que o negro, através do tratamento comparativamente liberal dado a ele no Brasil, tem sido capaz de se expressar como um brasileiro, e não forçado a se comportar como um intruso étnico e cultural. Ele se comporta com um brasileiro de origem africana e não como um "brasileiro negro", não como o faz o "negro americano" dos Estados Unidos.[95]

É possível observar, nesses comentários, que Freyre não adotou para si o uso do termo democracia étnica, preferindo se referir a "alguns autores". A redação desse texto data do fim da década de 1950, época em que Freyre é apresentado por seus críticos como o "pai" do conceito de "democracia racial" no Brasil. Entretanto, como observa Antônio Guimarães,[96] Freyre recorrerá ao uso intensivo da expressão "democracia racial" com mais ênfase apenas em suas conferências e seus discursos da década de 1960, momento em que as críticas sobre seus trabalhos se tornarão mais cáusticas. Até então, o que se observa nas obras da década de 1940 é o uso mais comedido dessa expressão.

4.4.1 Braudel e a "democracia étnica" no Brasil

Ao observarmos as declarações de Fernand Braudel em uma resenha publicada nos *Annales* em 1959, distinguimos bem a impressão que a

---

[95] *Idem*. Modern Brazil: a new type of civilisation [Brasil Moderno: um novo tipo de civilização]. *The Listener*, Londres, v. 1427, n. 56, p. 149-150, 2 ago. 1956.

[96] GUIMARÃES, Antônio, *op. cit.*

história escrita por Freyre deixou na imagem do passado brasileiro construída pelo célebre historiador francês. Em seu artigo, Braudel faz uma análise do livro *Town and Country in Brazil*,[97] do antropólogo americano Marvin Harris. Esse estudo é um dos resultados de uma pesquisa realizada em uma pequena cidade do interior do Brasil chamada Minas Velhas sob demanda do Projeto Unesco.[98]

Enquanto em seu livro Harris demonstrava a existência do preconceito racial em Minas Velhas, Braudel, por sua vez, expressava sua discordância com as observações do autor norte-americano:

> Sinto-me perturbado, entretanto, pela maneira como Marvin Harris apresenta a questão negra. [...] É preciso atribuir a Minas Velhas, devido a sua vida contraída e fechada, um racismo particular, muito anormal no quadro da civilização brasileira? Ao nível nacional, a bonomia reina entre peles de cor diferente e já faz muito tempo que Gilberto Freyre assinalou a fraternização sexual delas. Seguramente, esse racismo, bastante benigno, de pequena cidade, se existe, não parece entrar na linha histórica do passado brasileiro.[99]

Apesar de os estudos desenvolvidos sob os auspícios do Projeto Unesco terem desconstruído a visão harmoniosa do contato inter-racial no Brasil ou a ideia de que o país era um oásis desprovido de racismo, parece que Braudel preferiu manter-se fiel às explicações e teses de Freyre para discutir a questão negra no Brasil. O que nos leva a supor que, nesse tema, a principal leitura de Braudel continuava sendo a obra de Freyre, cuja escrita estava mais próxima dos historiadores e mais alinhada à idealização da sociedade brasileira difundida nos anos que se seguiram à Segunda Guerra. Em 1959, esse imaginário mantinha-se

---

[97] HARRIS, Marvin. *Town and Country in Brazil* [*Cidade e País no Brasil*]. Nova York: The Norton Library, 1956.

[98] A pesquisa que deu origem à monografia "*Town and Country in Brazil*" foi realizada entre julho de 1950 e junho de 1951, enquanto parte do Projeto: "*Une recherche sur la vie sociale de l'État de Bahia*" ["Uma pesquisa sobre a vida social no estado da Bahia"], coordenado por Charles Wagley, a partir de um convênio, mencionado acima, entre a Universidade Columbia e o estado da Bahia. Na época, Marvin Harris fazia doutorado na Universidade Columbia, onde viveu e lecionou depois de ter obtido o título de doutor.

[99] BRAUDEL, Fernand. Dans le Brésil bahianais: Le Témoignage de Minas Velhas [No Brasil baiano: o testemunho de Minas Velhas]. *Annales*, 1959, p. 325-336. Reproduzido em BRAUDEL, Fernand. *L'histoire au quotidien* [A história no cotidiano], *op. cit.*, p. 114.

persistente, sobretudo entre aqueles que não eram especialistas no domínio das relações raciais.

A adesão de Braudel à ideia de uma "democracia étnica" no Brasil e sua menção ao discurso de Freyre como recurso de autoridade (ainda que Freyre não utilizasse literalmente esse termo em seus textos nessa época[100]) não devem ser simplesmente consideradas como uma provável falta de atualização da leitura de Braudel sobre as relações raciais no Brasil. Se observarmos essa adesão por um viés metodológico, Braudel não está convencido de que o estudo de caso conduzido por Harris seja suficientemente satisfatório para desconstruir a ideia de uma suposta harmonia racial na escala da nação brasileira. É por isso que o autor de *La Méditerranée* solicita "mais luz" para extrair conclusões mais seguras:[101] "O que pensar do fato de que não nos referimos a nenhum ponto de comparação? Como explicar por que esses mesmos problemas não surgem nas cidades vizinhas, Gruta, Formiga e Vila Nova?"[102]

Consequentemente, o estudo de Harris, visto que se trata de um *community study project* [projeto de estudo comunitário], um tipo de estudo bastante comum nas ciências sociais americanas nos anos de 1940 e 1950, não parecia, para Braudel – entusiasta da macro-história e dos estudos comparativos – o modelo mais conveniente. Para o *historiador*

---

[100] Cf. FREYRE, Gilberto. *New World in the Tropics* [*Novo Mundo nos Trópicos*], *op. cit.*

[101] Se Marvin Harris opunha-se à ideia de um tipo de "bonomia entre peles de cor diferente" no Brasil, como queria Braudel, ele também não defende a ideia da existência de uma discriminação racial sistêmica no Brasil, como o historiador francês supõe em sua crítica. Se observarmos as declarações de Harris, constatamos que suas ideias não eram radicalmente contrárias às de Freyre: "o preconceito racial no Brasil não tem como resultado uma segregação racial e uma discriminação sistemática [...] é a classe social da pessoa e não a raça que determina a adoção de atitudes de subordinação e de dominação entre pessoas dadas na relação direta." (*Patterns of race in the Americas* [*Padrões de raça nas Américas*]. p. 60). E ele conclui: "Talvez o Brasil não esteja mais próximo da democracia racial do que outros países, mas a maneira como estabelece identidades raciais possui muitas características com as quais o resto do mundo teria muito a aprender". (HARRIS, Marvin *et al*. Who are the whites? Imposed census categories and the racial demography of Brazil [Quem são os brancos? Categorias censitárias impostas e a demografia racial no Brasil]. *Social Forces*, v. 2, n. 72, p. 459, 1993). Textos citados por MOTTA, Roberto. Paradigmas de interpretação das relações raciais no Brasil. *Estudos Afro-Asiáticos,* n. 38, p. 117 e 119, 2000.

[102] BRAUDEL, Fernand, *op. cit.*, p. 114.

dos Annales, um estudo de caso não deveria figurar na "linha histórica do passado brasileiro".

Em relação aos estudos brasilianistas realizados, na época, sobre a questão racial no Brasil, os debates sobre o tema ocuparam espaços frequentes entre pesquisadores norte-americanos.[103] Por outro lado, os franceses não contribuíram muito (em termos quantitativos) para esse debate, com exceção de Roger Bastide, que participou da pesquisa do Projeto Unesco.

Até certo ponto, isso pode explicar por que motivo, na França, onde o debate relacionado ao Brasil não ganhou muita profundidade, a obra de Freyre ocupou um lugar influente na construção da ideia de que o racismo no país não era sistêmico mas pontual, ou que o Brasil seria o lócus onde imperava a cordialidade das relações inter-raciais. Esse imaginário não foi apenas reproduzido por historiadores como Braudel, mas se espalhou entre escritores e intelectuais de diferentes áreas, como veremos no capítulo a seguir.

---

[103] Sobre esse tópico Cf. MOTTA, Roberto, *op. cit.*

Capítulo 5

A recepção de Freyre e o cenário político da França no pós-guerra

5.1 Ode à mestiçagem e "*colonialismo esclarecido*"

> *Sua obra é de interpretação sociológica, e igualmente de antropólogo e de historiador, sem esquecer que ela é também de um escritor, de um humanista e de um pensador. Conhecemos, na França, seus trabalhos e nós os admiramos. Meditamos sobre suas conclusões e sugestões. Vemos em você um renovador energético das ciências do Homem, que são fecundadas e enriquecidas por seus pensamentos, suas interpretações e suas pesquisas.* (Saudações de Paul Rivet ao autor de *Casa-grande & senzala* durante a refeição em honra de Freyre, 1956)[1]

Para que se compreenda a recepção favorável reservada à obra de Freyre por uma parte dos intelectuais franceses, é interessante observar que, quando *Casa-grande & senzala* foi publicada em 1952, no mesmo ano que *Race e Histoire* de Lévi-Strauss, uma parte não negligenciável das

---

[1] Gilberto Freyre: renovador vigoroso das ciências do Homem. Saudação do professor Paul Rivet ao autor de *Casa-grande & senzala* durante almoço oferecido a Freyre. *Diario de Pernambuco*, 11 set. 1956. O artigo traz a transcrição do discurso de Paul Rivet.

ideias que circulavam no cenário intelectual francês coadunavam-se, por um lado, com o projeto antirracista e universalista da Unesco e, por outro, com a proposta reformista e assimilacionista do colonialismo tardio.

Entre o final dos anos de 1940 e início de 1950, a atenção de parte dos atores políticos e da comunidade científica voltava-se para a busca de soluções que estancassem a sangria dos movimentos autonomistas nas colônias e protetorados, tentando eleger medidas que dissolvessem os impasses coloniais de maneira pacífica, sem rupturas radicais. Neste capítulo, busquei juntar algumas peças do tabuleiro político e intelectual do cenário pós-guerra/Guerra Fria para ilustrar o que chamei de *colonialismo esclarecido*. O termo parafraseia uma expressão bastante conhecida na historiografia, *despotismo esclarecido*, título do livro de François Bluche,[2] que a utilizou para entender o paradoxo pragmático entre regime absolutista e pensamento iluminista.

Para o tema deste trabalho, quis abordar o paradoxo existente no pensamento humanista e antirracista defendido por intelectuais no pós-guerra. Pensamento que, ao invés de induzi-los a criticar frontalmente o colonialismo ou de levá-los a apoiar o processo libertário de descolonização de países africanos e asiáticos, serviu, ao contrário, de base para pensar soluções reformistas que, no limite, mantinham a esperança de manutenção dos impérios coloniais. Esse comportamento não foi apenas notado entre franceses, mas serviu de inspiração para ações e debates sobre o imperialismo inglês e português. Neste último, a fórmula se materializou e adquiriu fôlego com o conceito de lusotropicalismo, desenvolvido por Freyre, que foi instrumentalizado pelo governo português para amparar a ideia de um colonialismo *soft*.[3]

Um dos componentes principais da retórica humanista, que impulsionou práticas reformistas metropolitanas no tocante à relação com as colônias e protetorados nos continentes asiático e africano, consistiu na valorização da mestiçagem como contraponto à discriminação baseada em pressupostos de pureza racial.

Se o discurso da mestiçagem foi tomado como um antídoto contra as teorias da pureza racial e cultural, isso não denotava que o uso dessa palavra tenha sido sempre hostil ao colonialismo. O que explica por que intelectuais como Lucien Febvre, que aplaudiram a sociedade mestiça

---

[2] Cf. BLUCHE, François. *Le despotisme éclairé*. Paris: Fayard, 1968.

[3] Sobre o tema, ver CASTELO, Cláudia. Uma incursão no lusotropicalismo de Gilberto Freyre. *Blogue de História Lusófona*, v. VI, 2011.

descrita por Freyre em *Casa-grande & senzala,* não eram partidários da descolonização na África e na Ásia. Pelo contrário, eles buscavam na apologia da mestiçagem uma forma de sustentar, até certo ponto, o edifício colonial, desta vez sob um verniz "humanitário".

O autor de *Casa-grande & senzala,* por sua vez, era um entusiasta da obra da empresa colonial portuguesa no ultramar na medida em que considerava que a colonização portuguesa favorecera o processo de mestiçagem. Essas ambiguidades revelavam, ao mesmo tempo, a complexidade da recepção da obra de Freyre e os diferentes usos da palavra *mestiçagem* na promoção de um "projeto colonialista fusional na França".[4]

Na primeira parte deste capítulo será abordado o cenário crítico do etnocentrismo no pós-guerra e o horizonte propício à adoção dos discursos da mestiçagem no meio intelectual francês, de modo a compreender a acolhida à obra de Freyre. Na esteira do contexto de descolonização que solapava as bases do domínio europeu, buscarei associar esse discurso ao desejo de alguns intelectuais de elaborarem uma autocrítica da sociedade europeia e de seus pressupostos epistêmicos, de modo a promover relações mais horizontais com não europeus. No entanto, esse desejo era um último sopro, uma última tentativa de conservação do projeto colonial, revestido de "orientações" humanistas. Durante esse curto espaço de tempo, mais precisamente durante os anos 1950, esses intelectuais viram, na obra de Freyre, um modelo no qual se podia obter inspiração para manutenção desse projeto.

5.1.1 "Áreas culturais" e crítica ao etnocentrismo

Os anos 1940 presenciaram um espetáculo de ruínas. Ruínas materiais e ruínas de ideias. Durante os anos de conflito e após a Segunda Guerra Mundial, uma parcela significativa da intelectualidade europeia se empenhou em reavaliar e contestar seus próprios escritos. Uma série de iniciativas pessoais e institucionais procurou analisar os impactos daqueles terríveis anos de guerra por meio de estudos e diagnósticos. Intelectuais passaram a recuperar seus escritos ou, em outros casos, a rejeitá-los. Não faltaram financiamentos, palestras e pesquisas devotadas a desmistificar

---

[4] Cf. DUBREIL, Laurent. L'impossible généalogie du métissage. [A impossível genealogia da mestiçagem]. *In*: BERGER, Anne; VARIKAS, Eleni (ed.). *Genre et postcolonialismes: Dialogues transcontinentaux* [*Gênero e pós-colonialismos: Diálogos transcontinentais*]. Éditions Archives Continentaux, 2011.

a teoria da desigualdade racial. Havia um sentimento de urgência para reelaborar vocabulários, métodos de pesquisa e conceitos.

Na França, em 1947, Lucien Lévy-Bruhl renunciou à sua tese sobre a mentalidade primitiva. Dois anos depois, Lévi-Strauss publicou *As estruturas elementares do parentesco*. Nos anos de 1950, o termo *pluralidade cultural* ganhou ressonância no vocabulário científico. O projeto de estudos de *áreas culturais*, implementado nos anos 1940 nos Estados Unidos, com financiamento da Fundação Rockfeller, foi incorporado na França, em especial pela VI Seção da Escola Prática de Altos Estudos. Essa iniciativa, que também contou com o apoio da Fundação Rockfeller, foi abraçada por Fernand Braudel, que destacou a importância dessa inovação ao mesmo tempo epistemológica e institucional em seu célebre artigo "A longa duração", de 1958.[5] Em 1959, o estudo das civilizações passou a integrar o programa de ensino francês.

No campo da antropologia, o projeto do Museu do Homem[6] dirigido por antropólogos, dentre os quais figuraram Claude Lévi-Strauss, Paul Rivet e Alfred Métraux[7] (os dois últimos mantinham contato com Freyre), é exemplo de um momento em que a antropologia universalista e o humanismo adotaram como pressuposto evidenciar a unidade da espécie humana valorizando a sua diversidade cultural.

O antropólogo Paul Rivet, discípulo do culturalismo de Boas[8], atribuía ao Musée de l'Homme o papel de símbolo da luta contra o racismo e o fascismo, à medida que se constituía como instrumento pedagógico responsável por demonstrar o caráter mestiço da humanidade, contribuindo assim para a obsolescência da noção de pureza étnica.

Paul Rivet entendia que os "museus humanos" deveriam demonstrar com clareza que todos os povos, independentemente de suas origens,

---

[5] BRAUDEL, Fernand, *op. cit.*, 1958.

[6] A criação do Musée de l'Homme [Museu do Homem] (1938) inspira Freyre a elaborar o projeto do Museu do Homem do Nordeste, nas dependências da Fundação Joaquim Nabuco em Recife, Brasil.

[7] Alfred Métraux, Paul Rivet e Lévi-Strauss trabalham em conjunto no Museu Nacional do Brasil em 1937. É Rivet que incentiva Lévi-Strauss a realizar a expedição à "Serra do Norte", que deu origem a *Tristes Tropiques* [Tristes Trópicos] e às observações que fundaram a antropologia estrutural.

[8] Boas e Rivet mantêm estreitos laços de amizade durante vinte anos por meio de correspondências. Durante a ocupação nazista na França, Rivet vai aos Estados Unidos, onde é recebido por Boas.

contribuíam para o progresso da civilização e que a cultura europeia era, em grande parte, "a resultante de contribuições provenientes de todos os continentes, de todas as latitudes, de todas as longitudes".[9] Georges Balandier testemunhou que, nas décadas de 1940 e 1950, foi possível observar no pensamento ocidental:

> Um reconhecimento mais amplo da diversidade de culturas, uma circulação no número de pessoas, uma difusão de formas e modelos culturais estrangeiros (exóticos). A cultura em formação torna-se mais sincrética, e as antigas sociedades europeias tornam-se mais heterogêneas, mais multiculturais. Com todas as contrarreações que resultam em uma nova acuidade dada à questão das identidades coletivas.[10]

5.1.2 Lucien Febvre e o discurso sobre a mestiçagem

Sob esse cenário, Lucien Febvre propôs a reformulação do ensino de História nas escolas francesas, produzindo um material destinado aos jovens, em resposta a uma demanda da Unesco.[11] Na introdução, intitulada "A um jovem francês", Febvre destacou a pluralidade étnica e cultural constituinte da população francesa.[12]

> Observemos nas ruas de uma de nossas grandes cidades, quando soa o meio-dia e todos os trabalhadores saem do escritório, da oficina, da loja para fazerem sua refeição em casa. Sujeitos baixos e morenos, atarracados, de cabeças redondas. Loiros altos de olhos azuis. Outros morenos, ainda, maiores, com a parte de trás da cabeça alongada. Sujeitos de lábios

---

[9] ABREU, Regina. Tal Antropologia, qual museu? *In*: ABREU, Regina; CHAGAS, Mário; SANTOS, Myrian Sepúlveda dos (org.). *Museus, coleções e patrimônios: narrativas polifônicas*. Rio de Janeiro MinC; Iphan; Demu, 2007. p. 153.

[10] BALANDIER, Georges. Culture plurielle, culture en mouvement [Suivi d'un commentaire de Guy Rocher.] [Cultura plural, cultura em movimento – seguido por um comentário de Guy Rocher.]. *In:* MERCURE, Daniel (ed.). *La culture en mouvement. Nouvelles valeurs et organisations*. Quebec: Les Presses de l'Université Laval, 1992. p. 35-50.

[11] FEBVRE, Lucien; CROUZET, François. *Origines Internationales d'une civilisation. Éléments d'une histoire de France* [Origens internacionais de uma civilização. Elementos de uma história da França]. Paris: Unesco, 28, dez. 1951. Disponível em: http://unesdoc.Unesco.org/images/0014/001423/142305fb.pdf.

[12] Em seu curso oferecido no Collège de France [Colégio de França] entre 1944 e 1945, Febvre procurava demonstrar o caráter mestiço da formação europeia.

grossos com cabelos frisados, que fazem pensar nos negros da África. Outros, magros, de estatura elegante, com um grande nariz adunco e uma tez escura: dizemos que possuem o tipo árabe. E as mulheres? Elas também, que surpreendente variedade de tipos físicos! Uma só "raça", esses franceses tão pouco semelhantes entre si? Ora, vamos! Identifica-se isto à primeira vista: um povo como o nosso faz-se lentamente, de empréstimos de todos os povos; e os elementos emprestados são rapidamente fundidos na massa. Não banquemos os puros. Os outros não o são, certamente; mas nós também não![13]

Após a guerra, Lucien Febvre envolveu-se ativamente nas atividades da Unesco e, em particular, na luta da instituição contra os preconceitos raciais e a crítica ao etnocentrismo. Em 1946, o historiador dos *Annales* dirigiu o Comitê de História da Segunda Guerra Mundial e compôs a delegação da França na Conferência Geral da Unesco, sucessivamente em Paris, Cidade do México e Beirute. Presidente da VI Seção da École Pratique des Hautes Études, contribuiu igualmente para a criação do Centro Nacional de Pesquisa Científica (CNRS), assim como para a reorganização do ensino superior e para a reforma do ensino de História.

Alguns anos antes, em 1949, durante uma estadia no Rio de Janeiro, Febvre escreveu o artigo "Vers une autre histoire" ["Para uma outra história"] para um dossiê organizado pela *Revue de Métaphysique et de Morale,* que apresentava, no mesmo número, um artigo de Lévi-Strauss.[14] Em seu texto, Febvre destacava o desconhecimento dos europeus sobre a historicidade de outros povos.

O sentimento que transparece nesse artigo e outros escritos do historiador francês é o do desejo por uma abertura temática para outras culturas e de uma crítica ao humanismo confinado da cultura europeia. Esse apelo é compreensível se pensarmos em um país como a França, cujo discurso sobre o "universalismo civilizatório" foi basilar em seus projetos políticos no mundo.

---

[13] FEBVRE, Lucien; CROUZET, François. À un jeune Français. *In*: *Origines Internationales d'une civilisation. Éléments d'une histoire de France* [Origens internacionais de uma civilização. Elementos de uma história da França], *op. cit.*, p. 4.

[14] Nesse dossiê, encontramos o célebre artigo de Lévi-Strauss, "Histoire et Ethnologie", que será retomado na introdução de *Anthropologie structurale* [*Antropologia estrutural*] do mesmo autor. Cf. LÉVI-STRAUSS, Claude. Histoire et Ethnologie. *Revue de Métaphysique et de Morale*, n. 54, p. 363-391, 1949.

Em 1949, durante a reunião do Conselho Internacional de Filosofia e Ciências Humanas da Unesco, Febvre fez uma exposição sobre o plano geral da histórica científica e cultural. Na ocasião o historiador pediu com insistência que uma atenção particular fosse dada às questões relacionadas às ciências como a antropologia, a etnografia, a psicologia e a biologia humana, cujas preocupações incidiam sobre temas ligados à unidade humana, à mestiçagem e a sua importância histórica.[15]

Nessa mesma ocasião, o diretor dos *Annales* ficou encarregado de elaborar com François Crouzet, então professor assistente da Sorbonne, o projeto de criação de um manual destinado a alunos franceses com cerca de quatorze anos. O texto foi distribuído em 1951 às comissões dos outros Estados membros no intuito de fornecer algumas diretrizes para a revisão desses materiais didáticos:

> Em resumo, trata-se de desenvolver um tipo de material didático experimental que, respeitando as exigências do historiador e do educador, marque um progresso do ponto de vista da compreensão internacional se comparada às obras do tipo tradicional. Pois, se o ensino de História nem sempre ajudou a aproximar os povos até agora, é porque em muitos casos ensinamos uma história mutilada, reduzida a uma sucessão de conflitos políticos definidos pelo uso de armas. Tudo o que, entre os grandes eventos nacionais, constitui a própria questão da existência dos povos e da história da humanidade, passa frequentemente despercebido: a vida cotidiana, os modos e costumes, o vaivém das ideias, o progresso das ciências, o patrimônio comum das letras e das artes. Sem desejar, de modo algum, abolir ou reduzir o ensino dos fatos políticos e militares, a Unesco procura, por meio de sua ação, reestabelecer o equilíbrio entre os diversos elementos da explicação histórica e assim enriquecer a contribuição da história ao desenvolvimento da compreensão internacional.[16]

Segundo Febvre, uma abordagem centrada em uma história diplomática, linear, focada na descrição da supremacia militar, das batalhas e dos acordos políticos, negligenciaria outras camadas de observação que poderiam contribuir para um melhor entendimento dos intercâmbios com

---

[15] Relatório sobre a história científica e cultural da humanidade. Apresentado por ALMEIDA, Miguel Ozorio de. Unesco, Paris, 23 ago. 1949. *Historia, Ciências, Saúde Manguinhos*, Rio de Janeiro, v. 11, n. 2, maio-ago. 2004.

[16] FEBVRE, Lucien; CROUZET, François, *op. cit.*, p. 1.

outras culturas e modos de pensar, tornando possível uma compreensão do processo histórico que não atrelada apenas à ideia das rivalidades entre Estados nacionais. Era raro nessa época conceber um trabalho atento à valorização das trocas ocorridas em aspectos do cotidiano, nas manifestações culturais etc.[17]

Gilberto Freyre também compartilhava dessa luta contra a história "estritamente política". Em 1948, durante sua participação como conferencista no Colóquio *"Tensions Affecting International Understanding"* organizado pela Unesco, o sociólogo brasileiro sugeriu que se revisasse os manuais de história e geografia tão marcados pela biografia de heróis nacionais "tantas vezes fonte ou combustível de que fartamente se alimentam os ódios entre as nações, os preconceitos entre as raças".[18] Assim, o autor de *Casa-grande & senzala* propunha que fossem publicados livros que concorressem para:

> o conhecimento, por outros povos, menos das glórias excepcionais de que se envaideçam as nações retratadas que do passado e do caráter da sua gente considerados em seus aspectos mais expressivamente cotidianos: suas tradições populares, sua alimentação, sua organização de família, suas danças, seus divertimentos que concorram para o conhecimento, por outros povos, menos das glórias excepcionais, seus animais domésticos, sua arte popular, sua música, seus cultos, seus ritos, suas superstições, os brinquedos dos seus meninos, todo o conjunto de pequenos hábitos e pequenos fatos que formam o lastro da cultura e do caráter de um povo.[19]

A história factual, amarrada em narrativas diplomáticas e de eventos, também constituía uma das principais *frentes* do ataque epistemológico dos *Annales*, sob a direção de Lucien Febvre. Em suas avaliações, a história "estritamente política" estava intimamente relacionada com as animosidades que haviam gerado conflitos bélicos.

Desde o final da Primeira Guerra, Febvre denunciava a instrumentalização do saber histórico colocado a serviço dos nacionalismos pela

---

[17] O fato é que essas observações de Lucien Febvre correspondem a um aspecto da obra de Freyre que, ainda que completamente heterodoxa em relação ao modelo de trabalho histórico, faz corresponder uma abertura disciplinar e uma observação dos elementos relacionados a um intercâmbio cultural e étnico.

[18] FREYRE, Gilberto. Guerra, paz e ciência. *O Cruzeiro*, Rio de Janeiro, 28 jul. 1948.

[19] *Ibidem*.

corrente da história metódica.[20] Depois da Segunda Guerra, esse modelo foi avaliado mais uma vez com desconfiança passando a ser considerado, de modo mais amplo, como uma maneira de estimular os "nacionalismos agressivos". Para a Unesco, cujo princípio fundador residia no caráter preventivo da educação, a revisão e reformulação dos materiais didáticos sob novos paradigmas eram essenciais para a missão à qual a organização internacional se propunha.

Nesse contexto, o pensamento de Freyre e o de Febvre se aproximavam, principalmente no tocante à abertura da História às outras ciências e ao deslocamento de uma história centrada em fatos políticos em direção a uma história mais preocupada em observar os comportamentos sociais, ou, como Freyre afirma:

> Nada como a história social para aproximar um povo do outro – tal a maneira humana por que as semelhanças e as diferenças entre os dois emergem do fundo das configurações nacionais, neutralizando a ação da história estreitamente política que é, quase sempre, no sentido apologético ou messiânico de exaltar uma nação, diminuindo e até detractando ou humilhando as demais. Pelo que permiti-me insistir na conveniência da Unesco procurar estimular o estudo científico da história e das ciências sociais onde quer que ele se encontre pouco desenvolvido ou deformado por aquelas caricaturas de ciências sociais que são a história apologética, ou ufanista, segundo a qual a nação exaltada jamais perdeu guerra ou batalha para nação vizinha ou desavinda.[21]

Outro ponto de convergência aproximou os dois pesquisadores durante os debates na Unesco. A ideia de uma síntese de conhecimentos, que tanto acompanhou a produção intelectual de Lucien Febvre [*Revue de Synthèse, Encyclopédie*], por exemplo, uniu-se à ideia de síntese de civilizações. Em outras palavras, a colaboração dos diversos campos do conhecimento era tida por Febvre como uma maneira de conceber a colaboração de diferentes povos. Em tempos em que prevalecia a crítica ao etnocentrismo político, a crítica ao centralismo temático e epistemológico deixava de ser apenas uma discussão acadêmica para se tornar uma plataforma de ação educativa.

---

[20] Cf. DOSSE, François, *op. cit.*, p. 107.
[21] FREYRE, Gilberto. Guerra, paz e ciência, *op. cit.*, p. 8.

Durante uma conferência na Unesco, Freyre correlacionou a interdependência dos saberes científicos e a interdependência pacífica entre as nações, afirmando que: "à tendência para a síntese ou integração entre as ciências do homem corresponde a tendência para a síntese ou a integração entre os grupos em que se apresenta fragmentada a sociedade humana".[22]

As observações de Freyre são encontradas em duas situações particulares que dão um sentido mais forte às palavras do texto. Primeiramente, elas atendem à expectativa de boa parte da *intelligentsia* que compunha a linha de frente da Unesco, preocupada em promover o entendimento entre as culturas. As questões históricas, descritas pelo sociólogo brasileiro em sua obra, seriam então lições de ordem universal no tocante, por exemplo, ao desafio imposto pelo encontro de culturas, pelas relações inter-raciais etc.

Esta *atmosfera mental*, para retomar as palavras de Lucien Febvre, permitia a acolhida de uma imagem do Brasil pensado como "país do futuro" ou de "laboratório de assimilação de raças", incluindo obras e autores que difundiam essa concepção do Brasil.

5.1.3 O Brasil mestiço de Freyre

Em uma carta de Roger Bastide a Freyre, o tradutor de *Casa-grande & senzala* informava seu amigo brasileiro que os franceses apreciaram muito o seu livro. Segundo Bastide, "eles compreenderam o significado 'humano' além de seu valor científico".[23] Muito rapidamente, várias resenhas apareceram em revistas como *Le Christianisme Social*,[24] *Critique, Combat, Les Lettres Nouvelles, Les Temps Modernes*, entre outras.

---

[22] *Ibidem*.

[23] Carta de Bastide a Freyre, 7 de setembro de 1953. Arquivos Gilberto Freyre.

[24] A revista *Le Christianisme social* (1897-1971) pertencia à Fédération française du Christianisme social [Federação francesa do Cristianismo social], movimento protestante de ação social orientado para um socialismo cristão. De 1954 a 1962, essa revista toma veementemente partido contra a perseguição da guerra da Argélia e pelo restabelecimento da paz por meio de uma negociação com a FLN. A revista desempenhou o papel de uma vanguarda em relação à opinião pública protestante, mas sem ousar transformar-se em partido da esquerda protestante, a fim de salvaguardar sua unidade. Seu compromisso combinava motivações fundamentalmente morais e espirituais (recusa da tortura praticada pela polícia e pelo exército franceses) e uma análise política que atribui ao colonialismo francês a responsabilidade do conflito. Rejeitando

Esse caráter "humano" descrito por Bastide não se resumia à imagem culturalista de Freyre como crítico dos purismos raciais e apologeta da mestiçagem. Mais do que isso, a recepção francesa de *Casa-grande & senzala* atribuiu ao autor a capacidade de revelar o passado colonial brasileiro sem hesitar em denunciar a violência e opressão sofridas por populações indígenas e africanas pelos escravos sob o jugo dos senhores. A resenha do antropólogo Jean Pouillon ilustra bem essa interpretação:

> Nesse sentido, um dos méritos menores do livro não é fazer justiça às teorias que procuram explicar a escravidão por meio da inferioridade racial do negro ou do índio: o que o negro ou o índio pôde se tornar no Brasil deve-se não a sua suposta natureza étnica, mas à opressão da qual ele foi vítima e às condições nas quais se deu a miscigenação. Ao longo de *Casa-grande & senzala,* Freyre luta contra os mitos racistas: superioridade intrínseca do branco, inferioridade *natural* do indígena e do africano. Os três são igualmente produtos da estrutura social e econômica gerada pela colonização portuguesa.[25]

Ao contrário de uma boa parte da crítica brasileira, Pouillon e outros comentadores franceses não resumiam a obra de Freyre a uma narrativa idílica do período patriarcal.[26] Pelo contrário, enxergavam um texto que mostrava as dificuldades econômicas e sociais dos primeiros anos da colonização brasileira, tidos como responsáveis pelos problemas encontrados

---

o princípio revolucionário de "os fins justificam os meios", seus redatores pertenciam às categorias de oponentes da guerra, caracterizados por Pierre Vidal-Naquet como "dreyfusards" e "terceiro-mundistas". No entanto, um estudo histórico retrospectivo deve constatar que a objetividade de sua visão da guerra da Argélia foi parcialmente influenciada por seu viés. Sobre esse tema, ver o artigo de PERVILLÉ, Guy. Remarques sur la revue Le Christianisme social face à la guerre d'Algérie [Observações acerca da revista *Le Christianisme social* face à guerra da Argélia] (1954-1962). *Bulletin – Société de l'histoire du protestantisme français* [Boletim – Sociedade da história do protestantismo francês], v. 150, out./dez. 2004.

[25] POUILLON, Jean, *op. cit.*, p. 1897.

[26] No prefácio de *Casa-grande & senzala*, Febvre evita considerar de modo simplista a visão de um paraíso tropical. Pelo contrário, ele apresenta que o texto de Freyre fornece diversos relatos "de atos abomináveis" perpetuados pelos colonizadores contra os escravos. Apesar desses atos, o historiador francês afirma que "ao lado dessas cenas, há outras, muitas outras, mais consoladoras para a humanidade. E eu direi, enquanto historiador, mais consequências para o futuro". FEBVRE, Lucien. Préface [Prefácio], *op. cit.*, p. 16-17.

pelos povos mestiços e recusando, portanto, os determinismos raciais. Quando Freyre afirmava que as doenças contraídas pelos mestiços no Brasil não se deviam a uma fragilidade biológica, mas à precariedade da vida por eles levada, seu texto fazia coro aos trabalhos que refutavam as teorias das desigualdades raciais inatas.

Inspirado nesse propósito, Roland Barthes via *Casa-grande & senzala* como um livro de coragem e de combate.[27] O Brasil, um *creuset* [cadinho], expressão de Lucien Febvre,[28] é apresentado ao público francês e apreendido pelos leitores como uma "fusão de raças provavelmente única na história moderna".[29] Jean Piel, no artigo publicado na revista *Critique*, entusiasmado com a leitura de *Casa-grande & senzala,* referiu-se ao Brasil como "uma das raras civilizações mistas, da qual a gênese recente podemos observar, e que de forma alguma se desenvolveu – como é o caso da maioria das experiências modernas de colonização – no sentido de uma pura europeização".[30]

Aos poucos, a sociedade descrita por Freyre em seu livro ganhava o rótulo de exemplo a ser seguido. J. Séguy em 1953 afirmou que a miscigenação e seus mecanismos descritos por Freyre "nos explicam (a nós, os franceses) como esse país escapou da segregação e de seus problemas".[31]

Sob esse viés, o retrato do Brasil apresentado por Freyre em sua publicação no começo dos anos de 1930 tornava-se mais "palatável" à medida que "o modelo europeu se desfazia no curso da Segunda Guerra Mundial". Fernand Braudel chegou a afirmar que essa imagem da sociedade brasileira desenhada por Freyre era mais "*sincera*", visto que o Brasil, segundo o historiador, foi o "primeiro país do Novo Mundo capaz de dominar o complexo das raças ditas inferiores e do ódio dos sangues

---

[27] BARTHES, Roland. Maîtres et Esclaves [Casa-grande & senzala]. *Les Lettres Nouvelles,* Paris, v.1, p. 107-108, mar. 1953.

[28] FEBVRE, Lucien. Préface à Maîtres et Esclaves [Prefácio de Casa-grande & senzala], *op. cit.*, p. 20.

[29] PIEL, Jean. Genèse et Contrastes du Brésil [Gênese e contrastes do Brasil]. *Critique,* n. 71, p. 359, abr. 1953.

[30] *Ibidem.*

[31] SÉGUY, Jean. Gilberto Freyre – Maîtres et Esclaves. [Gilberto Freyre – Casa-grande & senzala]. *Population*, v. 8, n. 4, p. 806, 1953.

mistos, conseguindo assim tomar posse de seu verdadeiro passado".[32]
Nesse mesmo sentido, André Rousseaux escrevia no *Figaro Littéraire*:

> Este livro não é somente importante porque nos faz aprender e compreender. Não se deve considerá-lo uma revelação de um mundo distante, próprio a excitar a curiosidade dos belos espíritos pelas coisas de outro hemisfério e de outro continente. Essa gênese prodigiosa de um povo nos remete a algumas pretensões doutorais da mãe Europa, primeiro porque a mistura de sangues engendrou a mistura das civilizações, e não somente seus corpos, mas suas almas [...]. Se constituíssemos a biblioteca de um humanismo novo, o livro do Sr. Gilberto Freyre teria seu lugar emblemático, com uma juventude triunfal.[33]

As primeiras resenhas são a prova de que os críticos de *Casa-grande & senzala* procuraram situar a obra em um debate de ordem universal. É importante salientar que muitos desses comentadores provinham de diferentes disciplinas e alguns entre eles se dedicavam a temas de pesquisa, no mais das vezes, distantes da história e da cultura do Brasil. Lucien Febvre, de sua parte, atribuiu um sentido universal à obra de Freyre, afirmando que o objeto do livro "não se trata da *história do Brasil*, do perigoso desembarque de Cabral ao fim da preponderância açucareira –, mas do estudo das relações, tão complexas, de três grandes massas humanas".[34]

Superar a rejeição aos "sangues mistos", desfazer-se da mística da raça, parecia ser uma das principais lições que o Brasil descrito por Freyre oferecia aos europeus em meados do século XX. Consumir textos positivos sobre a mestiçagem estava na ordem do dia, principalmente porque, supostamente, promover a mestiçagem tinha o efeito de antídoto aos males provocados pelos purismos eugênicos que nortearam a destruição de tantas vidas durante a Segunda Guerra.

---

[32] BRAUDEL, Fernand. Prefácio. *In:* FREYRE, Gilberto. *Padroni e schiavi* [Casa-grande & senzala]. Turim: Einaudi, 1965. Reproduzido em *Novos Estudos Cebrap*, n. 56, p. 13-15, mar. 2000.

[33] ROUSSEAUX, André. Maîtres et Esclaves [Casa-grande & senzala]. *Le Figaro Littéraire*, fev. 1953.

[34] FEBVRE, Lucien, *op. cit.*, p. 16.

Um exemplo desse entusiasmo pelo tema da mestiçagem é a publicação da obra póstuma de Arthur Ramos, intitulada *Le Métissage au Brésil*.[35] O livro é lançado na França no mesmo ano que *Casa-grande & senzala* e compõe o primeiro volume da coleção *Problèmes d'Écologie Tropicale* [*Problemas de Ecologia Tropical*], dirigida pelo pesquisador brasileiro Josué de Castro, então presidente do Conselho Executivo da Organização das Nações Unidas para a Alimentação e a Agricultura (FAO). A coleção tinha como objetivo informar os leitores europeus sobre a importância do mundo tropical, não apenas em razão da riqueza de seus elementos naturais (florestas, água potável), mas igualmente da riqueza de sua população mestiça.

Freyre, inclusive, apoia sua tese em outros colegas que também avaliavam a experiência brasileira como positiva. Em um de seus textos voltados para o público estrangeiro, lançado dois anos depois da publicação francesa de *Casa-grande & senzala,* Freyre lembrava que "homens da categoria do Professor Hooton, ou de Roy Nash, de Ruediger Bilden e do Professor Donald Pierson, que (...) na qualidade de especialistas em Ciências Sociais, aprovaram o processo de mestiçagem".[36] Em nota de rodapé, procurou citar as contribuições de Arthur Ramos na já citada publicação póstuma *Le Métissage au Brésil*.

5.1.4 Fanon: uma outra voz sobre a mestiçagem

No mesmo ano da publicação dos textos de Arthur Ramos e de Freyre, uma voz dissonante manifestou-se contra o discurso da mestiçagem. A publicação de *Pele negra, máscaras brancas*, de Frantz Fanon,[37] perturbava a retórica humanista e antirracista proclamada pela *intelligentsia* francesa. Como afirma Claude Liauzu,[38] a adesão dos franceses aos

---

[35] RAMOS, Arthur. *Le Métissage au Brésil* [A Mestiçagem no Brasil]. Trad. de M. L. Modiano. Paris: Hermann, 1952. IV-142 p.

[36] FREYRE, Gilberto. Eliminação de conflitos e tensões entre raças. *In:* FONSECA, Edson Nery da (org.). *Gilberto Freyre: palavras repatriadas*. Brasília: Editora UnB; São Paulo: Editora Oficial do Estado, 2003. p. 137.

[37] FANON, Frantz. *Peau Noire Masques Blancs* [*Pele negra, máscaras brancas*]. Paris: Seuil, 1952.

[38] Cf. LIAUZU, Claude. *Histoire de l'anticolonialisme en France. Du XVIe siècle à nos jours* [*História do anticolonialismo da França. Do século XVI século aos dias atuais*]. Paris: Armand Colin, 2007.

discursos humanistas promotores da igualdade e da mistura transmitia a falsa impressão de que a França não era um país racista. Fanon, em sua crítica a esses discursos, procurou evidenciar que o racismo colonial não era diferente do racismo nazista ou de outras formas de racismo, como defendiam alguns pesquisadores da época.[39]

Fanon observou que o discurso colonial da mestiçagem mascarava preconceitos, assim como mitos e folclore racistas europeus, que representavam o negro como um ser inferiorizado: "Na Europa, o Mal é representado pelo negro. [...] O carrasco é o homem negro, Satã é negro, fala-se de trevas, quando se é sujo, se é negro – tanto faz que isso se refira à sujeira física ou à sujeira moral." Para Fanon, a condição de mestiçagem é um critério de desigualdade, uma condição perigosa e custosa para o negro e especialmente para o antilhano. Como o autor afirmava em seu livro, nas Antilhas, "a visão de mundo é branca porque não há nenhuma expressão negra".[40] Em suas reflexões sobre o romance *Nini*,[41] que retrata a relação de uma mulher senegalesa "mestiça" com um colonizador branco, Fanon afirma que essa relação é uma forma de injunção cultural e de dominação, uma vez que é desigual: "Acima de tudo, temos a negra e a mulata. A primeira tem apenas uma perspectiva, embranquecer. A segunda não somente deseja embranquecer, mas evitar a regressão."[42] Fanon observa esse fato como alienação do homem e da mulher negra face à sua própria identidade, comportamento provocado pelas relações de dominação desenvolvidas sob a condição colonial.

As obras opostas[43] de Freyre e de Fanon, publicadas em 1952, nas quais Freyre trata do passado colonial brasileiro enquanto Fanon se refere às Antilhas e ao colonialismo de sua época, são representativas,

---

[39] Fanon refuta os argumentos de Octave Mannoni quando afirma que "a exploração colonial não se confunde com as outras formas de exploração, o racismo colonial difere dos outros racismos". (MANONNI, Octave. *Psychologie de la colonisation* [Psicologia da colonização], p. 19. Apud FANON, Frantz, *op. cit.*, p. 87.)

[40] FANON, Frantz. *Peau Noire Masques Blancs, op. cit.*, p. 135.

[41] SADJI, Abdoulaye. *Nini, mulâtresse du Sénégal* [*Nini, mulata do Senegal*]. 3. ed. Présence Africaine, 1988.

[42] FANON, Frantz, *op. cit.*, p. 63.

[43] Não temos como objetivo fazer uma comparação entre a obra de Freyre e a de Fanon, pois as diferenças entre os dois livros são de várias ordens: temporais, geográficas, metodológicas etc. Nossa finalidade é mostrar como esses trabalhos interagiram na época em que foram publicados.

simultaneamente, de dois polos em torno dos quais se organizou a análise social da mestiçagem e da etnicidade: um polo de assimilação e um polo de autenticidade.[44] Fanon, que seguiu essa última via, ao reivindicar a identidade negra, proclama uma alteridade radical, um antagonismo irredutível entre a Europa e os "outros".[45]

Em outras palavras, Fanon instigava a pensar na impossibilidade e no paradoxo de uma "mestiçagem" em uma sociedade que não é livre. Seu texto, em sua denúncia da exclusão e dos preconceitos do mundo colonial, era um prato indigesto para uma parte dos franceses, especialmente para aqueles que apoiavam políticas assimilacionistas. A defesa das especificidades culturais e identitárias que flertavam com o essencialismo negro certamente não entusiasmou os intelectuais do alto escalão da Unesco, que estavam mais sintonizados com discursos universalistas e assimilatórios. Com efeito, o entusiasmo de uma parte não negligenciável de especialistas estava reservado preferencialmente, naqueles idos de 1952, para autores com uma retórica antirracista, porém contrária ao anticolonialismo "pungente" de Fanon.[46]

5.2 A questão colonial na França

No decorrer da Segunda Guerra Mundial, durante a Ocupação da França em 1940, a questão da natureza da "França ultramarina" (conjunto de colônias, protetorados e mandatos na Ásia e na África) gerou um problema de definição: afinal, esses territórios, sob domínio ou tutela imperial francesa, após a retirada das tropas da metrópole, continuariam a guerra

---

[44] Cf. DAVIS, Natalie Zemon. Métissage culturel et méditation historique [Mestiçagem cultural e meditação histórica]. *Conférences Marc Bloch* [Conferências Marc Bloch] [online], 1995, publicado em meio eletrônico em: 11 jul. 2006. Disponível em: http://cmb.ehess.fr/document114.html.

[45] Cf. TURGEON, Laurier; KERBIRIOU, Anne-Hélene. Métissages, de glissements en transferts de sens [Mestiçagens, deslizamentos nas transferências de sentido]. *In*: TURGEON, Laurier (dir.). *Regards croisés sur le métissage* [*Olhares cruzados sobre a mestiçagem*]. Laval (Quebec): Presses Université Laval, 2002. p. 3.

[46] Como atesta Margarido Alfredo, "A perturbação introduzida por Fanon em certos modelos analíticos parece tão grande que é em vão que buscamos nas duas obras de Roger Bastide, concernentes total ou parcialmente às Américas, qualquer referência a seus trabalhos ou às suas teorias". (ALFREDO, Margarido. Frantz Fanon. Peau Noire Masques Blancs [Frantz Fanon. Pele negra, máscaras brancas]. *Annales, Économies, Sociétés, Civilisations* [*Anais. Economias, Sociedades, Civilizações*], v. 29. n. 2, p. 302, 1974.)

contra o Eixo em seus territórios ou ficariam na dependência da França e recolheriam suas tropas?[47] Questão espinhosa se pensarmos no papel das colônias nos diversos desdobramentos da guerra: participação no combate entre Vichy e os gaullistas, desembarque no sul da França e na Campanha da Itália pela Libertação.

Nesse contexto, o império colonial francês é igualmente alvo de críticas vindas dos Estados Unidos, em particular do presidente Roosevelt. Para fazer frente à propaganda anticolonialista dos Estados Unidos,[48] a Conferência de Brazzaville, realizada no começo do ano de 1944, organizada pela ação reformadora da France Libre [França Livre], reuniu administradores coloniais e representantes do governo da Argélia com o objetivo de garantir a sobrevivência do edifício colonial francês face às aspirações autonomistas.[49] Os objetivos evocados nessa conferência se resumiram ao combate aos abusos da exploração colonial (trabalho forçado, estatuto de indigenato, corveia), com vistas a conferir um novo estatuto jurídico aos representantes das colônias (por meio da associação das elites africanas) e estabelecer uma política de crescimento econômico e de melhoria dos serviços sociais.[50]

Por outro lado, essas ações reformistas mostram a reação do governo francês aos apelos nacionalistas que surgiam nas colônias. A Conferência de Brazzaville foi apenas uma medida paliativa destinada a reduzir os excessos da administração das colônias, na esperança de que elas esvaziassem seus discursos de qualquer ideia de autonomia, de qualquer possibilidade de evolução fora do bloco do império francês, e se afastassem "da eventual constituição, mesmo distante, dos *self-governments* nas colônias".[51] As palavras do general De Gaulle, na abertura da Conferência de Brazzaville, são sintomas dessa preocupação:

---

[47] GROSSER, Alfred. *Affaires extérieures. La politique de la France depuis 1944*. Paris: Flammarion, 1984. reed., col. "Champs", 1989. p. 40.

[48] BOKOLO, Elikia. *L'Afrique au XXe Siècle* [A África no século XX]. Paris: Seuil, 1985. p. 145.

[49] Para citar apenas um exemplo, em 1943 a Argélia formulava formalmente sua reivindicação de mais autonomia com o *Manifeste du peuple algérien* [Manifesto do povo argelino], de Ferhat Abbas.

[50] A abolição do trabalho forçado, recomendada em Brazzaville, foi implementada pela lei de 5 de maio de 1946.

[51] GROSSER, Alfred, *op. cit.*, p. 41.

No momento em que começava a presente guerra, já aparecia a necessidade de estabelecer sobre novas bases as condições da valorização da nossa África, do progresso de seus habitantes e o exercício da soberania francesa.[52]

Nesse sentido, é sob a forma de um "Conselho de Defesa do Império" que De Gaulle começa a organizar seu futuro governo provisório. Em 1945, ao término da Segunda Guerra Mundial, o império francês enfrentou as revoltas de Setif e Constantinois, na Argélia. No mesmo ano, a Việt Minh[53] proclamou a independência do Vietnã. Simultaneamente, na metrópole, as disputas políticas em torno da formulação de uma nova Constituição levaram De Gaulle à renúncia no começo de janeiro de 1946.

A Constituição da Quarta República nasceu em meio a uma crise política, econômica e diplomática. O termo *Império colonial* foi formalmente substituído pelo termo *União Francesa*, assim definido no preâmbulo do documento: "A França forma, com os povos ultramarinos, uma União fundada na igualdade de direitos e deveres, sem distinção de raça ou religião".[54] A conjuntura internacional, marcada pelo recrudescimento das críticas à exploração colonial, à subjugação de culturas, às hierarquias raciais, exerceu um forte impacto nesse tipo de discurso.

A resposta francesa a essas pressões internas e externas transpareceu de forma seletiva: o texto da Constituição inseriu, com o pressuposto de manter as possessões francesas, o propósito assimilacionista à medida que se apropriou dos termos do combate ao racismo.

O texto constitucional conservou incoerências. Com efeito, há nele uma confusão conceitual entre igualdade aplicada aos indivíduos e igualdade entre os povos. Tomando de empréstimo as palavras de Liauzu, a Constituição resultou de uma indefinição sobre "a escolha entre uma concepção jacobina assimilatória ou uma concepção federativa que resultasse em um compromisso".[55] Não se trata, porém, de aplicar o federalismo, pois o princípio da União Francesa foi fundado com base

---

[52] DE GAULLE, Charles *apud* GROSSER, Alfred, *op. cit.*, p. 40.
[53] Liga pela Independência do Vietnã.
[54] GROSSER, Alfred, *op. cit.*, p. 44.
[55] LIAUZU, Claude. *Histoire de l'anticolonialisme en France* [História do anticolonialismo na França], *op. cit.*, p. 194.

em um critério centralista e unitário.[56] A política colonial francesa do pós-guerra manteve, então, uma contradição fulcral: como conciliar valores liberais de igualdade com uma lógica administrativa e governamental herdeira de um esquema centralista?

Na realidade, o discurso moral de igualdade, inscrito na esteira das discussões sobre o etnocentrismo e os preconceitos raciais, não é o mesmo no terreno da política. Para citar apenas um exemplo, o princípio de um colégio eleitoral único reunindo colonizadores e colonizados não funcionou no contexto da elaboração da Constituição.[57] Jules Moch, deputado socialista, opôs-se à ideia de ofertar aos líderes africanos os mesmos direitos que aos representantes franceses. Ele declara: "Não quero que a rainha Makolo possa derrubar o governo francês".[58] Essa afirmação não representou uma tomada de posição isolada durante os debates constitucionais. Édouard Herriot, presidente da Assembleia, compartilhava das ideias de Moch, ao declarar:

> Quantos cidadãos haverá nos territórios ultramarinos? Segundo muitos, haverá mais do que no território metropolitano. [...] Como dizia um de meus amigos, de maneira ao mesmo tempo agradável e profunda, a França tornar-se-ia assim a colônia de suas antigas colônias.[59]

As reações não tardaram a surgir. Os deputados africanos que lutaram pela supressão do indigenato e pela assimilação jurídica dos habitantes das colônias[60] redigiram uma carta de demissão em protesto contra essas afirmações e, sobretudo, contra a decisão de manter o duplo colégio eleitoral. Entre os signatários estavam, a despeito de suas diferenças

---

[56] Além dos protestos jurídicos, nascem tensões entre os grupos nacionalistas e o governo francês. Em 1945, após o fim da Segunda Guerra Mundial, conflitos eclodem em Setif e Guelma, devido à promessa, quebrada por De Gaulle, de libertar a Argélia após a guerra.

[57] Com efeito, o colégio único e o sufrágio universal serão aplicados somente em 1956 pela lei-cadre Deferre.

[58] Cf. LIAUZU, Claude, *op. cit.*, p. 194.

[59] Cf. GROSSER, Alfred, *op. cit.*, p. 46.

[60] Félix Houphouët-Boigny foi o autor da lei que extinguiu o trabalho forçado nas colônias.

no trato da questão,[61] Lamine-Gueye,[62] Félix Houphouët-Boigny, Aimé Césaire, Gaston Monnerville, Ferhat Abbas, entre outros.

Apesar das contestações, a definição constitucional da União Francesa não deixava pairar qualquer dúvida quanto à desigualdade política e a parcialidade do projeto de assimilação, como atestam os artigos 66 e 67 da Constituição de outubro de 1946.[63] Foi então que a frágil arquitetura da União Francesa, a qual tentava arduamente equilibrar fórmulas assimilacionistas com aspirações autonomistas, viu-se abalada por uma série de crises, como as de Madagascar e, sobretudo, a Guerra da Indochina, que desestabilizou definitivamente o alicerce colonial francês.

As reações do mundo das letras em face desse cenário não tardam a surgir. Em 1950, a prisão do marinheiro e membro do partido comunista Henri Martin, símbolo da luta contra a Guerra da Indochina, despertou o protesto de diversas personalidades do mundo político e intelectual: Jean-Marie Domenach e a revista *Esprit,* Jean Cocteau e Jean-Paul Sartre, que publica o livro *L'affaire Henri Martin* [*O caso Henri Martin*], lançado em 1953, no mesmo ano em que Henri Martin é libertado. Em 1952, durante a crise do Marrocos, um importante congresso da Liga dos Direitos Humanos (LDH) passa em revista o conjunto do império, repudiando o regime colonial imperialista.[64]

---

[61] Entre os signatários da carta de demissão, citamos como exemplo Lamine Gueye e Gaston Monnerville, que foram defensores do assimilacionismo, enquanto Abbas, antigo assimilacionista, apoiava então a independência da Argélia.

[62] O deputado senegalês foi um dos defensores de uma política assimilatória da França. Em 1946, na ocasião do Congresso de Bamako, onde foi criada a RDA [Reunião Democrática Africana], Lamine e Segnhor não desejaram participar desse congresso que se opunha à soberania francesa.

[63] Artigo 66. A Assembleia da União Francesa é composta por uma metade de membros representando a França metropolitana e outra metade constituída por membros representando os departamentos e territórios ultramarinos e os Estados associados. Uma lei orgânica determinará em quais condições poderão ser representadas as diversas partes da população. Artigo 67. Os membros da Assembleia da União são eleitos pelas assembleias territoriais no que concerne aos departamentos e territórios ultramarinos; são eleitos, no que diz respeito à França metropolitana, à razão de dois terços pelos membros da Assembleia Nacional, que representa a metrópole, e de um terço pelos membros do Conselho da República, representando a metrópole. Cf. *Constitution de la IV e République* [Constituição da IV República]. *Titre VIII* [Título VIII], *articles 66 e 67* [artigos 66 e 67]. *Digithèque MJP* [Biblioteca MJP]. Disponível em: http://mjp.univ-perp.fr/france/co1946-0.htm#pr.

[64] LIAUZU, Claude, *op. cit.*, p. 208.

Paul Rivet, vice-presidente da liga, foi encarregado do relatório geral, e Charles-André Julien, professor da Sorbonne, apresentou o dossiê da África do Norte. No final do ano, Julien publicou *L'Afrique du Nord en Marche* [África do Norte em marcha].[65]

Além do fato de que as contestações aos abusos coloniais se amplificavam progressivamente, sobretudo nos territórios ultramarinos, essas mobilizações não representavam um consenso na época. Nos anos subsequentes ao pós-guerra, não há, de fato, uma harmonia entre a opinião francesa e as reivindicações expressadas pelas colônias. A mobilização na metrópole é ainda fraca e pouco concreta aos olhos da opinião pública. Como afirma Raoul Girardet, a crítica sistemática ao colonialismo penetrou o espaço da opinião pública de modo fragmentário e a partir de casos particulares, primeiramente a Indochina, depois o Marrocos e, finalmente, a Argélia. Conforme atesta:

> Trata-se de uma massa impositiva que constitui a soma das obras publicadas na França entre 1947 e 1960, e consagradas aos diversos problemas levantados. Em contrapartida, as obras escritas em nossa língua, e de onde emerge uma visão geral do fenômeno da descolonização mencionado como um todo, quase podem ser contadas nos dedos de uma mão.[66]

Dessa forma, na primeira década subsequente à Segunda Guerra, a recusa ao princípio colonial ainda não estava totalmente na ordem do dia nos debates. Para uma parte importante da opinião pública das potências europeias, a possibilidade de novos conflitos não era bem acolhida. Os primeiros anos da criação da Unesco são testemunhas desse projeto. Como afirma Claude Liauzu, "o movimento anticolonialista tomou corpo apenas lentamente e encontrou na cultura republicana reticências profundas".[67] Assim, enquanto ainda se respirava a atmosfera dos julgamentos de Nuremberg e as propostas de paz da Unesco estavam a pleno vapor, uma boa parte das preocupações dos pesquisadores se resumiu a pensar soluções pacíficas e imaginar uma política assimilacionista em relação às colônias e protetorados.

---

[65] JULIEN, Charles-André. *L'Afrique du Nord en marche. Nationalismes musulmans et souveraineté française* [África do Norte em marcha. Nacionalismos muçulmanos e soberania francesa]. Paris: Julliard, 1952.

[66] GIRARDET, Raoul. *L'idée coloniale en France*. Paris: Hachette, 1986. p. 289.

[67] LIAUZU, Claude. *La Société Française face au racisme*. Paris: Colin, 2007. p. 135.

5.3 Mestiçagem como solução: Freyre e os exemplos de Cuba, Venezuela e Brasil

É nesse contexto que a imagem do Brasil, "país do futuro" ou "laboratório de assimilação de raças", foi acolhida por uma parcela considerável dos leitores franceses e, consequentemente, as obras e os autores que faziam referência a essa concepção do Brasil. Quando *Casa-grande & senzala* foi publicada na França, na esteira da crítica ao euro/etnocentrismo, os olhares de uma parte dos pesquisadores franceses estava voltada para as culturas do *Tiers Monde* [Terceiro Mundo], expressão criada por Alfred Sauvy nesse mesmo ano de 1952. Logo, a obra de Freyre era apresentada para o público francês como uma *voz* do hemisfério austral que se insurgia contra o preconceito racial, sem, no entanto, ser anticolonial.

A obra se encaixava nas aspirações de diferentes nichos de leitores franceses: correspondia aos críticos do etnocentrismo, por considerar o africano e o ameríndio como cocolonizadores do Brasil; acenava para os antirracistas, ao se contrapor aos determinismos biológicos e discursos de pureza racial; fazia coro aos que defendiam a assimilação das culturas e povos *indigènes* e acendia esperanças dos que defendiam a permanência dos domínios coloniais na medida em que exemplificava uma forma de colonização atenuada pela mestiçagem. De alguma forma, seus escritos abriam brechas na imaginação colonialista acenando com uma promessa de futuros em que seria possível se implantar "democracias raciais" mesmo em situações coloniais ou sob a tutela governos não democráticos.

Em seus textos, Freyre se dirige aos europeus metropolitanos e coloniais, inquietos e preocupados com os destinos dos "interesses europeus" e da "civilização europeia" diante de uma África que se insurgia. Essa interlocução de Freyre é clara em um texto escrito em 1954, a pedido da ONU, para avaliar a situação sul-africana:

> Grupo importante de residentes europeus na África – e aqui me refiro à gente comum e não a estudantes das relações raciais – parece pronto a aceitar sugestões de origem-latino-americana (...). Um aumento da população negra africana em relação à minoria branca atual em diferentes regiões do continente africano significa necessariamente desaparecimento dos valores culturais da Europa nesta parte do mundo, como certos brancos africanos pretendem de maneira tão patética?[68]

---

[68] FREYRE, Gilberto. Eliminação de conflitos e tensões entre raças. *In*: FREYRE, Gilberto. *Palavras repatriadas*. Organizado por Edson Nery da Fonseca. Brasília: Editora UnB;

O texto segue com Freyre tecendo uma crítica aos "europeus do norte", fechados em suas crenças acerca da inseparabilidade entre civilização e raça. Para o sociólogo brasileiro, a recusa à mestiçagem ou mesmo às trocas e contribuições dos africanos era uma preocupação "patética". Para solucionar o impasse e o conflito, a solução consistiria na promoção da "interpenetração cultural" e da "mistura das raças" entre europeus e africanos.

Para sustentar seu argumento, Freyre guardava o exemplo do Brasil e de alguns países da América Latina na manga, como soluções bem-sucedidas de hibridismos culturais e étnicos. Afinal, como bem resume D'Avila, Freyre "imaginava que o que via na África do século XX era idêntico ao que acreditava ter ocorrido no Brasil do século XVII".[69] Sob esse princípio, propagandeava aos seus leitores da ONU a experiência bem-sucedida em Cuba, na Venezuela e no Brasil, onde a "interpenetração cultural se desenvolvia "paralelamente à mistura de raças":[70]

> Não se trata de utopia, pois é o que a experiência vem mostrando há séculos em países como o Brasil, a Venezuela e Cuba, nos quais a cultura europeia se misturou não somente aos valores culturais ameríndios, mas particularmente aos valores culturais africanos.[71]

Freyre ancora sua tese da singularidade exemplar latino-americana[72] em exemplos fornecidos por pensadores como Fernando Ortiz. Intelectual cubano, Ortiz elaborou o conceito de transculturação. Foi fundador da

---

São Paulo: Imprensa Oficial do Estado, 2003. p. 143. O texto é um relatório encomendado a Gilberto Freyre pela Comissão das Nações Unidas para o Estudo da Situação Racial na União Sul-Africana. O texto foi apresentado por Freyre à Comissão em 25 de agosto de 1954. Com o título original *Métodos empregados em diversos países, principalmente aqueles cujas condições mais se aproximam da situação da União Sul-Africana*, o documento, segundo Edson Nery da Fonseca, foi arquivado provavelmente a pedido da "representação do então governo racista da União Sul-Africana", p. 193.

[69] D'ÁVILA, Jerry. *Hotel Trópico: O Brasil e o desafio da descolonização africana*, 1950-1980. São Paulo: Paz e Terra, 2011. p. 33.

[70] FREYRE, Gilberto. Eliminação de conflitos e tensões entre raças, *op. cit.*, p. 140.

[71] *Ibidem*, p. 138.

[72] Sobre a articulação do iberismo em Gilberto Freyre com os debates políticos que marcaram a sociedade brasileira no período da Guerra Fria, destaco a leitura de uma recente obra publicada por Alex Gomes, resultante de sua tese. Cf. SILVA, Alex Gomes da. *Gilberto Freyre no pós-guerra: por um modelo alternativo de civilização*. São Paulo: Editora Unifesp, 2019.

sociedade de estudos afro-cubanos nos anos 1930, engajado no discurso antifascista e promoveu, assim como Freyre, a valorização da mestiçagem acompanhada da crítica ao conceito biológico e estático de raça.

Sua obra clássica, *Contrapunteo cubano del tabaco y el azucar*, foi traduzida para o inglês, com prefácio de Malinowski, um ano depois de *Casa-grande & senzala* (*Masters and Slaves*) ter sido traduzida e publicada nos EUA, ambas pela editora Alfred Knopf. Em seu relatório para a ONU, Freyre citou a obra de Ortiz, além do texto do poeta e intelectual venezuelano Juan Liscano, que escrevera, em 1946, o artigo Apontamentos para a investigação do negro na Venezuela.[73] Liscano, assim como Ortiz, compartilhava conclusões semelhantes às de Freyre em relação à mestiçagem e outros tópicos mais gerais do culturalismo afro-latino. O intelectual uruguaio participou, inclusive, do colóquio dedicado à obra de Freyre realizado em Cerisy-la-Salle em 1956.

Para uma melhor compreensão da recepção francesa, é importante ressaltar que o exemplo brasileiro estampado nas páginas de *Casa-grande & senzala* apresentava o Brasil como produto de uma sociedade colonial, anterior ao século XX, que, na visão do autor, soube *equilibrar* seus antagonismos raciais e culturais, modulando as tensões e as barreiras decorrentes desses mesmos antagonismos, aspecto que chamou a atenção de alguns pesquisadores franceses no contexto em que a França vivia esses conflitos por meio das manifestações de suas colônias. Certamente, essas considerações não esgotavam as expectativas francesas no momento da publicação da obra de Freyre, mas ocupavam um lugar de destaque na recepção do livro para o público francófono. A interpretação da obra, vista como um libelo antirracista, foi um dos elementos citados pela maioria de seus comentadores, como veremos nas páginas seguintes.

5.4 A recepção de *Casa-grande & senzala* por Lucien Febvre

> *Uma civilização única, onde todos os homens possam encontrar sua pátria cultural, é possível?*
> (Lucien Febvre. Prefácio à *Maîtres et Esclaves*. p. 18)

---

[73] LISCANO, Juan. Apuntes para la investigación del negro en Venezuela. *Acta Venezolana*. Tomo I. 4. Abr./jun.: Caracas: Tip. Garrido, 1946.

No prefácio da versão francesa de *Casa-grande & senzala,* reproduzido em um artigo publicado nos *Annales,*[74] Lucien Febvre convidava o leitor a observar na obra de Freyre uma esperança para aqueles que "temerosos pelo futuro do mundo, dirigem seus olhos em uma busca angustiada em direção a essas imensas terras sul-americanas".[75] Mais do que nunca, a América do Sul se tornaria um campo privilegiado de estudos,[76] resgatado pelo olhar edênico europeu. Em face de uma Europa que ainda contabilizava os mortos e seus erros, o outro lado do oceano aparentava conservar um exemplo ou uma esperança. Como dito anteriormente, o quadro desenhado por Freyre em sua obra, aquele de uma história bem-sucedida da mistura racial, apontava elementos que, no calor da crise colonial, serviram como inspiração às questões internas vivenciadas pela França naquele período.

É possível então observar, nos discursos de parte da *intelligentsia* francesa, o desejo de encontrar soluções psicossociais para questões políticas. Com efeito, para alguns antropólogos e cientistas sociais, era necessário se munirem de instrumentos teóricos para estabelecer, como afirma J. Chaix-Ruy, "uma intervenção inteligente nos pontos nevrálgicos" de maneira a "modificar a situação colonial e, a despeito de fusão, conduzir a uma melhor compreensão recíproca, criar um outro clima".[77] De fato, o pensamento humanista foi apropriado como uma forma de eliminar as tensões coloniais e de manter a estabilidade e os territórios da União Francesa.

Frantz Fanon, em sua obra *Os condenados da Terra*, oferece-nos uma interpretação acerca do tratamento dado à questão colonial pelos intelectuais franceses nos anos de 1950: "para o etnólogo, estabelecer uma série de textos e de jogos projetivos capazes de canalizar os instintos globais do *indigène* poderia ter, em 1955 e 1956, parado a revolução no Aurès".[78]

---

[74] FEBVRE, Lucien. Un grand livre sur le Brésil [Um grande livro sobre o Brasil]. *Annales, ESC,* v. 8, n. 3, p. 409-410, 1953.

[75] FEBVRE, Lucien. *Préface, Maîtres et Esclaves, op. cit.,* p. 18.

[76] *Idem.* Un champ privilegie d'études: l'Amérique du Sud [Um campo privilegiado de estudos: a América do Sul]. *Annales d'Histoire Sociale,* 2, p. 258-279, 1929.

[77] CHAIX-RUY, Jules. *Psychologie Sociale et Sociométrie* [*Psicologia Social e Sociometria*]. Paris: Armand Colin, 1960. p. 162-163. *Apud* ALFREDO, Margarido, *op. cit.,* p. 298.

[78] FANON, Frantz. *Les Damnés de la Terre* [*Os Condenados da Terra*], p. 229, nota 29. *Apud* ALFREDO, Margarido, *op. cit.,* p. 298.

Como observador dos impasses europeus, Freyre chegou, inclusive, a mencionar um texto de um observador britânico que sugeria que "concessões fossem feitas a tempo" para evitar a eclosão de um campo de batalha entre brancos e negros na África do Norte.[79]

Se levarmos em consideração as observações de Fanon, podemos deduzir que, entre esses textos "humanistas" que poderiam oferecer subsídios aos dirigentes europeus para retardarem a "revolução", a tradução de *Casa-grande & senzala* tornava-se, naquele momento, uma das escolhas editoriais "apropriadas" para compor essa biblioteca do reformismo colonial. Entre as resenhas e os prefácios escritos sobre a obra, está o de Lucien Febvre, cujo texto procura, de modo mais explícito, integrar a obra de Freyre a um contexto de expectativas políticas, destacando sua importância em face dos cortejos de questões que recaíam sobre a Europa e, mais especialmente, sobre a França em 1952.[80]

> O livro de Gilberto Freyre [...] é nobre de inspiração e corajoso em tudo o que concerne ao racismo, à sexualidade, à escravidão – o que não é exclusivamente por essas razões, por mais excelentes que sejam, que é bom de colocá-lo à mão dos franceses [...]. É porque ele põe à sua maneira, em seu setor, o grosso dos problemas que se dirigem, em 1952, aos portadores da velha civilização europeia. [...] Em toda parte [os portadores da velha civilização europeia], veem se revoltar contra eles estes povos de cor – quem eles não desejavam destruir física ou moralmente, mas quem, com uma leveza pueril, acreditavam poder, em seu tempo, a seu bel-prazer, e na medida em que lhes conviesse, assimilar e, para falar sua língua, elevar ao nível do branco civilizado.[81]

As palavras do fundador dos *Annales* revelam sua inquietude diante das revoltas anticoloniais e da "sorte da civilização branca"[82] na África. Suas preocupações carregavam reminiscências de um passado não muito distante, em que ele era um dos partidários entusiastas da empresa

---

[79] FREYRE, Gilberto. Eliminação de conflitos e tensões entre raças. *In*: FREYRE, Gilberto. *Palavras repatriadas*. Organizado por Edson Nery da Fonseca. Brasília: Editora UnB; São Paulo: Imprensa Oficial do Estado, 2003. p. 144.

[80] Nenhum prefácio da obra de Freyre, escrito em outros países, em períodos e contextos diferentes, é tão revelador do interesse político despertado por esse texto.

[81] FEBVRE, Lucien. *Préface, Maîtres et Esclaves, op. cit.*, p. 18.

[82] *Ibidem*.

colonial europeia. Em um de seus artigos, Carole Paligot[83] revela que os colaboradores dos *Annales* não eram indiferentes à ideologia colonial. Nos artigos e nas resenhas publicadas na década de 1930,[84] Febvre exaltava "o esforço colonial das potências modernas", a grandeza da colonização argelina,[85] a superioridade material dos ocidentais diante dos não ocidentais.[86]

Rapidamente, os *Annales* se cercaram de colaboradores oriundos da administração do império colonial, compartilhando ideias em comum sobre a alteridade racial. Nesse sentido, os estudos sobre a África do geógrafo Émile-Félix Gautier suscitaram a admiração de Febvre; em uma resenha, o historiador francês elogiou a análise bastante aguda proposta pelo autor sobre os inconvenientes da miscigenação em uma sociedade colonial. O editor dos *Annales* havia igualmente aderido tanto às leituras da psicologia étnica de Georges Hardy,[87] quanto à psicologia dos povos de André Siegfried, que foi colaborador da revista. Sobre as obras desse último, Febvre redigiu resenhas repletas de admiração. Em um de seus trabalhos, Siegfried exprimiu sua inquietude diante da "maré crescente dos povos de cor" que ameaçaria a liderança mundial da Europa branca.[88]

Contudo, no pós-guerra, Febvre passa a ficar atento às viradas epistemológicas e à vigilância "humanista" da Unesco. Sob esse novo cenário, o historiador dos *Annales* não é indiferente às mudanças conceituais, à necessidade de abertura ao diálogo com temas e representações de mundo de outros povos e à luta contra o racismo. Apesar dessas mudanças, o historiador francês ainda se mantinha apegado à sua preocupação com o futuro do império colonial, com o lugar da civilização europeia no mundo. Atingido pelos ventos da descolonização vindos de Setif, de Madagascar e da Indochina, e apesar do seu silêncio a respeito desse tema, Febvre vê-se dividido entre o anterior

---

[83] PALIGOT, Carole. Les Annales de Lucien Febvre À Fernand Braudel: Entre épopée coloniale et opposition Orient/Occident. *French Historical Studies*, v. 32, n. 1, 2009.

[84] FEBVRE, Lucien. Mr. Julien Franc, la colonisation de la Mitidja, *Annales d'histoire économique et sociale*, v. 2, n. 5, p. 156-157, 1930.

[85] Citado por PALIGOT, Carole, *op. cit.*, p. 123-124.

[86] Cf. FEBVRE, Lucien. André Siegfried, Autour de la route de Suez, *Annales d'histoire sociale*, v. 2, n. 2, p. 173, 1940.

[87] Hardy foi participante da enciclopédia francesa e diretor da Escola colonial.

[88] SIEGFRIED, André. *Afrique du Sud. Notes de voyages*. Paris: Armand Colin, 1949. *Apud* PALIGOT, Carole, *op. cit.*, p. 130.

entusiasmo pela empresa colonial europeia – expresso em diversos de seus artigos e resenhas sobre esse assunto, publicados entre os anos de 1920 e 1940 – e as pressões provenientes do novo contexto em que essa empresa colonial foi questionada por meio de contestações políticas e manifestações intelectuais.

Para Febvre, estava fora de cogitação apoiar a descolonização – ao contrário de certos colaboradores dos *Annales* como Madeleine Ribérioux e Pierre Vidal-Naquet –, nem mesmo, ao menos, denunciar os excessos do colonialismo – como o fez seu colega Louis Massignon. Apesar dessa postura conservadora, o historiador dos *Annales* não é indiferente aos problemas e às contradições do projeto imperial europeu:

> E eis que esses povos livram-se de seu jugo. Não que eles detenham a força. Provisoriamente, ela permanece nas mãos destes Ocidentais que estão por tantas outras regiões dos Orientais. [...] Quanto à força, os não europeus têm suficiente para reivindicar contra os brancos da Europa seu direito humano de serem livres. [...]. Então, o branco aflige-se. Tateia. Hesita. E, prisioneiro de sua admiração por tudo aquilo que pensou, construiu e inventou – para aqueles homens em revolta contra uma civilização que lhes parece estrangeira – não encontra nada além de invenções de branco, criações de branco para oferecer, as quais insiste em batizar de "progresso".[89]

Na maior parte de seu texto, Febvre ainda mantém sua admiração pela "missão civilizadora" da empresa colonial, embora faça algumas observações críticas sobre o vocabulário "branco civilizado" e sobre a imposição da cultura do "branco" aos povos da África, provavelmente influenciado, nesse aspecto, pelas leituras de Leiris e Lévi-Strauss. Essa revisão do léxico em Febvre já é evidente em outros artigos publicados nesse período. Por exemplo, ao comentar a obra de André Siegfried, ele relembra que os termos utilizados em 1949 pelo autor para caracterizar as "colônias" já haviam perdido seu sentido nos anos de 1950.

Todavia, esse esforço de crítica ao etnocentrismo não eliminou a herança do pensamento colonialista cultivado nos anos entreguerras. Nos comentários escritos no prefácio de *Casa-grande & senzala* em francês, Febvre procurou destacar os benefícios deixados pelos europeus em suas colônias: "Panem et Circenses? Percorremos um longo caminho; a cédula eleitoral, digamos, e o cinema. Com cautela, é claro, quanto à

---

[89] FEBVRE, Lucien. *Préface, Maîtres et Esclaves [Casa-grande & senzala]*, op. cit., p. 19.

cédula eleitoral. Se com presentes (ou, ao menos, com essas ofertas), eles não ficam satisfeitos..."[90]

Em diversas partes do texto, Febvre deixa transparecer a ideia de uma dívida dos colonizados para com a cultura europeia. Mesmo quando os povos colonizados quiseram "reatar o fio rompido com suas civilizações antigas", esse fato tornou-se possível unicamente, segundo Febvre, em razão dos esforços dos intelectuais europeus que "salvaram" essas civilizações do esquecimento.

Em geral, o autor de *La Terre et l'évolution humaine* reconhece que os não europeus "têm razões suficientes" para reivindicar sua liberdade, porém não deixa de mencionar e fazer o leitor se lembrar das obras e contribuições dos colonizadores. A postura de Febvre segue a ambivalência da linha reformista da época, cuja autocrítica é a vizinha paradoxal da autoexaltação. Sob essa orientação, se o modelo colonial aplicado ao Ultramar estava em crise, era chegado o momento de avaliar os procedimentos, de aprender a partir dos fracassos e de lançar novas bases para a manutenção pacífica dessas relações. Diante da inevitabilidade do processo de ruptura, o historiador dos *Annales* parece manter a preocupação com a manutenção do antigo projeto civilizatório da França, em seu viés universalista: "É necessário imaginar que a um custo muito baixo, a civilização europeia da qual somos tão orgulhosos poderá se tornar o bem comum de todos os povos?".[91]

Sob um cenário em que as tensões coloniais polarizavam-se, o trabalho de Gilberto Freyre – cuja narrativa se esforça em mostrar uma sociedade definida como um caldeirão de culturas gerado em uma situação colonial – representa, para Lucien Febvre, uma experiência que une dois aspectos fundamentais de seu pensamento: por um lado, a obra inclui uma valorização da mestiçagem cultural e biológica e, por outro, sugere que sociedades que promovessem e estimulassem relações inter-raciais e misturas culturais poderiam ser vislumbradas como sociedades-antídoto contra tensões e conflitos sociais.

Se Febvre foi, por um lado, um entusiasta da empresa colonial, por outro, não era pessimista em relação à mestiçagem cultural e étnica, tal como o era seu colega Siegfried. Além disso, a conclusão à qual chegou após a leitura de *Casa-grande & senzala* destacava o infortúnio causado

---

[90] *Ibidem*, p. 19.

[91] *Ibidem*.

por uma colonização que impôs o peso de sua "cultura" a outras sociedades, sem pensar em intercambiar sangues e saberes com elas.

De modo geral, Febvre considerava o livro de Gilberto Freyre uma "lição" diante da crise colonial. Para o historiador francês, o princípio de uma hierarquia de civilizações somado a uma política pouco atenta ao diálogo e ao intercâmbio fez fracassar o antigo projeto colonial, tal como ocorreu no Brasil no século XVI, quando o projeto dos missionários de "inculcar nos homens de cor [...] o respeito escrupuloso das virtudes essenciais e das instituições fundamentais"[92] fracassou.

O lamento acerca da rejeição de parte dos "homens de cor" das supostas "virtudes" levadas pelos colonos europeus é uma ideia que sustenta a percepção de Febvre sobre a relação entre a Europa e os espaços coloniais. Da mesma forma, essa ideia explica sua exasperação diante da descolonização. Suas palavras revelam o temor do fracasso inevitável do projeto colonial anunciado pelos primeiros sinais de rupturas políticas e sociais nas colônias. Embora remeta escritos dedicados a avaliar a ineficácia da fórmula etnocêntrica, criticando o desprezo dos ocidentais por outras formas de cultura, Febvre espelhava a visão reformista do imperialismo europeu que nutria essas mesmas críticas para tentar "fazer concessões a tempo"[93] de modo a dirimir impasses na relação com as colônias.

5.5 Lusotropicalismo e colonialismo europeu

Se por um lado Gilberto Freyre não se dedicou, especificamente, a pensar o colonialismo francês, por outro arriscou diversos trabalhos sobre o tema da colonização portuguesa nos séculos XVII e XVIII, assim como conferências e ensaios sobre o os domínios coloniais lusos no século XX. Nesses seus escritos, ele retoma aspectos de suas principais obras, *Casa-grande & senzala* e *Sobrados e mucambos,* aplicando-as em situações contemporâneas.

Assim, em suas conferências, Freyre tenta apresentar "lições de história" brasileira aos públicos dos Estados Unidos e da Europa, em meio ao contexto da Segunda Guerra e do pós-guerra. Defensor da cultura mestiça, exaltava o modelo precursor adotado pelos portugueses na

---

[92] *Ibidem*, p. 20.

[93] FREYRE, Gilberto. Eliminação de conflitos e tensões entre as raças, *op. cit.*, p. 144.

América tropical nos séculos anteriores, cuja forma de colonização, comparada aos outros modelos europeus, foi mais propensa, na visão do autor, ao intercâmbio cultural e inter-racial. Essa experiência propagada como exitosa permitiria conciliar aspectos tidos como ideais pelas potências coloniais da época, na medida em que exprimia um experimento assimilacionista nos trópicos.

Em uma palestra realizada no Institut Français d'Afrique Noire [Instituto Francês da África Negra] (Ifan),[94] Freyre recordava o exemplo da "fusão de raças bem-sucedida" do Brasil e o papel da colonização portuguesa nesse processo.

> Agora que a Unesco volta-se para o Brasil, visto como um país digno de interesse não somente científico, mas igualmente político, em virtude das relações inter-raciais – relações que asseguraram que a população e a cultura brasileiras se desenvolvessem numa rara convivência – é oportuno assinalar que essa cordialidade se estende para o Brasil desde Portugal. É uma herança do português e não uma pura invenção do brasileiro que, no entanto, ampliou-a, estendeu-a e desenvolveu-a.[95]

Segundo Freyre, a presença dos árabes, em grande número e durante um período muito longo em Portugal, amenizou a segregação ou discriminação entre os portugueses, tornando-os menos intransigentes do que os outros europeus. Freyre afirmava que "nunca nenhum desses esforços (dos portugueses) foi a expressão ou a vitória de uma mística de raça".[96]

Assim, o autor considerava que a natureza historicamente híbrida do português predispunha-no a valorizar e a assimilar outras culturas. Segundo o autor de *Casa-grande & senzala,* essa característica estender-se-ia a todos os territórios ultramarinos que estiveram ou teriam estado historicamente sob sua tutela.

A tese *lusotropical* de Freyre começa a ser difundida por meio de palestras publicadas na forma de opúsculos no Rio de Janeiro e em Portugal a partir dos anos de 1940. Em seus escritos, Freyre elogia "o mundo que o português criou", termo que se tornou, aliás, o título de um

---

[94] Organização criada em 1938 para o estudo da cultura africana dentro do projeto colonial francês.

[95] Cf. FREYRE, Gilberto. *A propósito de relações entre raças e culturas no Brasil*. Dacar: Ifan, 1953. p. 127-128.

[96] FREYRE, Gilberto. *Uma cultura ameaçada: a luso-brasileira, op. cit.*, p. 40.

de seus textos. Dessa forma, o lusotropicalismo, delineado na forma de um esboço durante esse período, servirá de suporte ideológico às ações do governo português durante os anos de 1950.

Em um contexto de pressões internacionais, o governo de Salazar buscava a aprovação em fóruns internacionais, a exemplo da Organização das Nações Unidas, divulgando a ideia paradoxal de um Portugal detentor de colônias, porém não "colonialista".

Essa tese, no entanto, necessitava de uma legitimação científica para afirmar a ideia de uma singularidade das relações portuguesas com os territórios portugueses do Ultramar. Naquela época, essa suposta legitimação foi encontrada nas obras de Gilberto Freyre, que, usando sua fama internacional, pregava a ideia de um sucesso histórico da colonização portuguesa no Brasil.

No mesmo ano em que o governo português extinguia o *Ato Colonial*,[97] Freyre foi convidado pelo ministro das Relações Exteriores, Sarmiento Rodrigues, a fazer uma viagem de sete meses (de agosto de 1951 a fevereiro de 1952) nos territórios africanos sob tutela lusitana. A proposta de Freyre consistia em verificar *in loco* a tese de uma identidade comum a partir de práticas de sociabilidade similares que se encontravam em todos os territórios nos quais o português era colonizador.

Freyre buscou conferir com seus próprios olhos a prova de suas teses lusotropicais. Em termos gerais, o sociólogo brasileiro concebia "assimilação e a mestiçagem" como atributos essenciais dos portugueses, ou, como mostramos no primeiro capítulo, Freyre defendia a ideia de um "essencialismo português", estabelecendo um elo de continuidade anacrônico entre o que foi a colonização mercantil dos séculos XVI, XVII e o colonialismo industrial/imperial do século XX.

Para Freyre, o método assimilacionista é uma "maneira de ser", praticamente atemporal, inerente ao *ethos* português:

> Seguindo métodos assimilativos que eles parecem ter aprendido com os mouros, os portugueses obtiveram sucesso, como nenhum outro europeu parece ter obtido, em assimilar às instituições de formas sociais de Portugal, ou da Europa cristã ou latina, populações locais que até hoje, embora predominantemente amarelas, como em Macau, ou predominantemente

---

[97] O *Acto Colonial* foi criado pelo decreto n.º 18.570 em 8 de julho de 1830. Ele formalizou a dominação portuguesa nos territórios ultramarinos.

pardas, como no leste da Índia portuguesa, ou pretas, como entre os negros assimilados da África portuguesa, consideram-se portuguesas.[98]

Desta forma, o sociólogo brasileiro cria um tipo português ideal, um modelo que, segundo o autor, estava em perigo no novo cenário colonialista. Durante suas viagens a territórios ultramarinos no início dos anos 1950, Freyre citou, como exemplo, o tratamento infligido pelos portugueses às populações locais de Angola enquanto trabalhavam em uma empresa de extração de diamantes. Segundo as observações do observador brasileiro, a administração da empresa buscava "reduzir as culturas indígenas a puro material de museu".[99]

Nas observações do autor de *Casa-grande & senzala*, nesse caso, os operários africanos eram separados de suas culturas e reduzidos à sua condição de proletários, em uma lógica birracial. Segundo as palavras de Freyre, as grandes empresas capitalistas que se instalaram na África

> utilizam-se de africanos arrancados às suas tribos sem lhes darem oportunidade de participação em novos sistemas de convivência e cultura. São eles mantidos num ambiente socialmente artificial – e não só artificial: humilhante – do qual só pode resultar sua degradação.[100]

Aos olhos de Freyre, o neocolonialismo distanciava-se do modelo de *integração aos trópicos* adotado pelo colonizador português quatro séculos antes. Em sua opinião, Portugal precisaria perder suas características europeias. Em outras palavras, afastar-se do modelo de colonização praticado por outros países europeus para alcançar o êxito nos trópicos. Assim, o cenário africano que se mostrava aos seus olhos levou-o a declarar:

> sinto a ausência da África; e este sentimento de ausência da África na África, em vez de me regalar, aflige-me. Sinto uma saudade da África que está sendo esmagada, abafada, sacrificada para que a Europa e os Estados Unidos estendam por terras africanas não só suas maravilhas de técnicas adaptadas

---

[98] FREYRE, Gilberto. *Plural and mixed societies in the tropics: the case of Brazil considered from a sociological point of view*. Lisboa: International Institute of Differing Civilizations, 1957. 13 p.

[99] Idem. *Aventura e rotina: sugestões de uma viagem à procura das constantes portuguesas de caráter e ação*. Rio de Janeiro: José Olympio, 1953. p. 349.

[100] *Ibidem*, p. 349.

ao gosto e às conveniências de povos tropicais como as suas banalidades, as suas futilidades, os seus excessos profiláticos de antitropicalismo.[101]

Em seus escritos sobre a questão colonial, Freyre procurou realizar uma distinção entre um suposto modelo de colonização português e os modelos inglês e belga que resultaram em segregação e apartheid. Afirmava que os europeus e os anglo-americanos "que estudam povos e culturas não europeus geralmente se mostram a favor da política pioneira adotada pelos portugueses no Oriente e na América tropical no que concernem os contatos étnicos e culturais dos europeus com os não europeus".[102]

Similarmente, o autor afirmava que todas as modificações realizadas nas administrações coloniais, que tinham por objetivo melhorar o tratamento das colônias ou até mesmo conceder a seus habitantes um equilíbrio de direitos, tinham como fonte de inspiração a ação dos portugueses nos trópicos.

Ainda condenando o fato de a política colonial belga ser reticente à miscigenação, Freyre assinalou os avanços das medidas em favor da promoção dos direitos dos povos dos territórios ultramarinos.[103] No caso da política francesa na Argélia, Freyre parece considerar que, se por um lado os franceses proporcionaram o pluralismo étnico em sua colônia, por outro essa "diversidade" comprometia a unidade, ou em outras palavras, a tão defendida assimilação:

> Uma política similar foi adotada pelos franceses na Argélia; as populações muçulmanas aí conservaram a maior parte de seus valores culturais e, em uma larga medida, sua pureza étnica, ao passo que as melhorias

---

[101] *Ibidem*, p. 352.

[102] Idem. *Annexe au rapport général sur le pluralisme culturel* [Anexo ao relatório geral sobre o pluralismo cultural]. Lisboa: Instituto Internacional de Civilizações Diferentes, 1957. 3 p.

[103] A opinião de Freyre sobre as colonizações belga e francesa na África baseia-se na leitura dos textos de G.E.J.B. Brausch, em seu relatório sobre "O pluralismo étnico e cultural no Congo belga" e de Louis Milliot em seu relatório no que concerne "O pluralismo étnico e cultural na Argélia". Cf. BRAUSCH, G.E.J.B. Pluralisme ethnique et culturel au Congo Belge [Pluralismo étnico e cultural no Congo belga]. Institut International des Civilisations Différentes (INCIDI), *Pluralisme ethnique et culturel dans les sociétés intertropicales* [Pluralismo étnico e cultural nas sociedades intertropicais]. *Resenha da XX sessão realizada em Lisboa em 15, 16, 17 e 18 de abril de 1957*, Bruxelas, 1957, p. 243-267.

técnicas trazidas pela administração francesa beneficiaram tanto os grupos muçulmanos quanto os grupos cristãos. Talvez a situação atual da Argélia nos ofereça em matéria de pluralismo étnico e cultural o exemplo de uma experiência sociológica mais favorável à diversidade e pouco à unidade. Certos aspectos objetivos dessa situação são descritos pelo professor Louis Millot em seu relatório sobre "O pluralismo étnico e cultural na Argélia".[104]

De acordo com Freyre, esses países europeus deveriam ter se voltado ao exemplo lusitano no contato entre raças e culturas. É por isso que as palavras do autor de *Casa-grande & senzala* encontram um acolhimento institucional da parte do governo português, visto que sua tese luso-tropical embasaria a manutenção de colonialismo "esclarecido". Assim, Freyre insistia em defender que o lusotropicalismo constituía um estudo sistemático de "todo complexo de adaptação dos portugueses aos trópicos e não dos trópicos ao jugo imperial, mas à vocação transeuropeia muito particular do povo português".[105]

A elaboração do conceito de lusotropicalismo e sua recepção em Portugal é um tema que merece um estudo aprofundado que não caberia nessa tese.[106] Para o presente estudo, interessa observar os ecos do lusotropicalismo em espaços francófonos de modo a inserir essa discussão em um escopo mais amplo sobre a questão colonial no pós-guerra.

---

[104] Cf. FREYRE, Gilberto. *Annexe au rapport général sur le pluralisme culturel [Anexo ao relatório geral sobre o pluralismo cultural], op. cit.*

[105] Cf. *Idem. Um brasileiro em terras portuguesas.* p. 13. Este excerto é igualmente citado por Guerreiro Ramos em seu artigo: "À propos de Gilberto Freyre", *Arguments*, 1955.

[106] Para mais informações, *ver* o número especial da revista *Lusotopie*, "Lusotropicalisme. Idéologies coloniales et identités nationales dans les mondes lusophones" (*Lusotopie*, Paris, Karthala, 1997) [*Lusotopia, "Lusotropicalismo. Ideologias coloniais e identidades nacionais nos mundos lusófonos"*]. Ver também: PINTO, João Alberto da Costa. Gilberto Freyre e o Lusotropicalismo como ideologia do Colonialismo português (1951–1974). *Revista UFG*, ano XI, n. 6, p. 145-160, jun. 2009; ALENCASTRO, Luiz Felipe de. A continuidade histórica do luso-tropicalismo. *Novos Estudos Cebrap*, São Paulo, n. 32, p. 77-84, mar. 1992; RAMPINELLI, Waldir José. *As duas faces da moeda – as contribuições de JK e Gilberto Freyre ao colonialismo português*. Florianópolis: Editora da UFSC, 2004.

5.5.1 A centralidade do Brasil na comunidade lusotropical

> O Brasil, que ainda não sabe bem o que fazer com seu papel de jovem potência, cuja importância é crescente no concerto das Nações, poderia assumir no futuro o papel de grande nação mediadora entre a América, a África e a Europa? É possível e, quanto a mim, acredito que essa seja sua grande missão do futuro.
> (Roger Bastide, *Brésil, terre de contrastes*, p. 251)

Não só de elogios foram os escritos de Freyre em sua viagem aos territórios ultramarinos lusitanos. O observador, viajante e visitante brasileiro teceu críticas a certos aspectos da política colonial portuguesa. Para o autor de *Aventura e rotina*, alguns administradores portugueses na África estavam se desviando de sua "vocação" deixando-se influenciar por empresas estrangeiras, que adotavam medidas segregacionistas, as quais deveriam ser corrigidas. No entanto, eram inciativas particulares, pontuais. Freyre esquivava-se de uma crítica estrutural ou sistêmica da empresa colonial portuguesa. Por essa e outras razões, as teses lusotropicais elaboradas pelo brasileiro foram acolhidas pelo governo português como um apanágio de sua colonização, transformando-se em ideologia oficial do governo no início dos anos 1950.

No entanto, um aspecto poderia escapar ao leitor menos atento: se observarmos a narrativa de Freyre em diferentes etapas de sua viagem, descritas em *Aventura e rotina*, veremos que elas revelam que o pesquisador brasileiro elogiava as "virtudes" da ação portuguesa nos trópicos, considerando-as, sobretudo, como atributos estendidos aos brasileiros. Como afirma Armelle Enders,[107] durante sua viagem à África Freyre interessava-se mais pela ligação entre o Brasil e a África do que pelas realizações da administração portuguesa: "Constato que a presença brasileira na África e até mesmo na Índia é bem mais importante do que imaginamos no Brasil".[108]

Com efeito, Freyre considerava os brasileiros como *colaboradores e continuadores* dos portugueses, herdeiros do *ethos lusitano* e de sua propensão a pôr em prática a interpenetração de culturas e promover a mestiçagem. Em resumo, seríamos os herdeiros da capacidade portuguesa

---

[107] Cf. FREYRE, Gilberto, *Aventura e Rotina*, *op. cit.*, p. 388. *Apud* ENDERS, Armelle. Le lusotropicalisme, théorie d'exportation [O lusotropicalismo, teoria de exportação]. *Lusotopie*, 1997. p. 206.

[108] *Apud* ENDERS, Armelle, *op. cit.*, p. 206.

de adaptação aos trópicos. Nas palavras do autor, essa filiação entre Brasil e Portugal possuía, no entanto, caráter sociológico e não político:

> A solidariedade que prende os brasileiros aos portugueses, fazendo com que grande parte dos problemas portugueses sejam preocupações brasileiras, não é política no sentido restrito da palavra; é de outra espécie [...] projeta-se apoliticamente para o futuro; decorre do fato de constituirmos um conjunto sócio-cultural que se caracteriza por tradições, tendências e desígnios comuns a Portugal e aos outros descendentes e continuadores portugueses, mais ou menos profundamente integrados em ambientes tropicais, o Brasil sendo hoje o maior, o mais expressivo desses grupos de origem e de formação lusitanas.[109]

Freyre recorre a essa restrição para se livrar, no Brasil, das críticas a seus textos e palestras que pareciam legitimar um governo não democrático em um cenário em que o Brasil, há não muito tempo, havia derrubado a ditadura de Getúlio Vargas em 1945. Para se blindar dessas críticas, Freyre insistia em defender que Brasil e Portugal compartilhavam traços em comum que estavam além dos regimes políticos. Ao glorificar "sociologicamente" a colonização portuguesa, estaria fazendo, igualmente, uma propaganda a serviço do Brasil, herdeiro dessa singularidade do contato entre etnias e culturas nos trópicos.

Com efeito, entre todos os membros do complexo lusotropical, Freyre descrevia o Brasil como "o mais avançado de todos, econômica e culturalmente, e igualmente o mais politicamente maduro".[110] Em sua conferência no Ifan,[111] o sociólogo brasileiro destacava as predisposições do português à miscigenação e atribuía ao Brasil o papel de herdeiro desse comportamento que o habilitava a ser uma nação exemplar no

---

[109] FREYRE, Gilberto. *O Brasil em face das Áfricas negras e mestiças*. Rio de Janeiro: Federação das Associações Portuguesas, 1962. É importante observar que, no início dos anos 1960, Freyre, sofrendo o impacto das críticas sobre os efeitos políticos desencadeados por sua apologia lusotropical, insiste fortemente no fato de que o lusotropicalismo não é uma teoria que se interessa pelos aspectos políticos.

[110] Idem. *Plural and mixed societies in the tropics: the case of Brazil considered from a sociological point of view* [*Sociedades plurais e mistas nos trópicos: o caso do Brasil considerado a partir de um ponto de vista sociológico*]. Lisboa: International Institute of Differing Civilizations, 1957. 13 p.

[111] Idem. *A propósito de relações entre raças e culturas no Brasil*, op. cit.

tocante ao encontro entre raças.[112] Em 1956, o cientista social brasileiro escrevia aos leitores ingleses:

> Os brasileiros estão seguindo na América tropical um antigo método português para lidar com povos e culturas não europeus em áreas tropicais da Ásia e da África – uma política com frequência inteiramente diferente daquela seguida por outras potências europeias nos trópicos.[113]

É por essa razão que seria desenvolvido no Brasil, segundo Freyre, um novo tipo de civilização "que já torna os brasileiros pioneiros consideráveis em sua história, pioneiros de um novo e ainda mais empolgante futuro".[114] Assim, o Brasil, apesar de compartilhar desse *ethos lusitano*, ultrapassaria Portugal porque representava um "novo tipo de civilização", extra europeia, posto que tinha um DNA cultural marcado pela confluência de culturas e raças diversificadas. Como bem observa A. Enders,[115] Portugal era "o antigo" ao qual Freyre devia deferência. Ao "Brasil moderno", entretanto, ele atribuía um futuro de liderança em uma federação lusotropical.

A participação de Freyre na reunião do Instituto Internacional de Civilizações Diferentes em Bruxelas, no ano de 1957, para a qual Léopold Sedar Senghor foi igualmente convidado, ilustra bem essa ideia. O objetivo da reunião consistiu em discutir a necessidade de estender os direitos políticos e cívicos aos não europeus das colônias, de modo a enfrentar

---

[112] Em uma passagem, Freyre afirma: "Nesse contexto e com as predisposições do português para ver nos povos de cor, portadores de uma cultura por vezes superior à sua – como, no próprio Portugal, durante a fase ainda plástica de sua formação, ele observava os mouros – desenvolvem-se no Brasil, de forma característica, uma sociedade e uma cultura mestiça. Sociedade e cultura cujos descendentes de africanos e não apenas de indígenas – esses últimos sendo talvez idealizados como os 'verdadeiros brasileiros' – tornam-se muito cedo partes interessadas, com uma oportunidade de exprimir-se e de agir talvez muito maior do que em qualquer outra sociedade e cultura predominantemente europeia". (Cf. FREYRE, Gilberto. *A propósito de relações entre raças e culturas no Brasil, op. cit.*, p. 127-128.).

[113] FREYRE, Gilberto. Modern Brazil: a new type of civilisation [Brasil Moderno: um novo tipo de civilização]. *The Listener*, Londres, v. 1427, n. 56, p. 149-150, 2 ago. 1956.

[114] *Ibidem*.

[115] Armelle Enders afirma que "no lusotropicalismo de Gilberto Freyre, no entanto, Portugal recebe apenas a porção côngrua. O futuro pertence aos trópicos, Portugal é de interesse apenas arqueológico". (ENDERS, Armelle, *op. cit.*, p. 206.)

o que Freyre denominou "movimentos antieuropeus na África".[116] Para o autor, a solução consistiria em um sistema federalista que abrisse aos povos africanos a possibilidade de se ligar aos povos europeus. Pensando nesse encontro, ele cita mais uma vez o exemplo português. Julgava, porém, inadequada a terminologia "comunidade lusitana" ou "lusobrasileira", preferindo o conceito de "comunidade lusotropical", que incluiria a presença de Angola, de Moçambique e da Índia portuguesa.

5.5.2 Roger Bastide e o lusotropicalismo

Esta interpretação do lusotropicalismo destinado à glorificação do papel do Brasil *leader* de uma integração nos trópicos é abordada por Roger Bastide em seu livro *Brésil, terre des constrastes* [Brasil, terra de contrastes], publicado em 1957. Nele, Bastide retoma a proposta esboçada por Freyre de apoiar a criação de uma *"luso-tropical community"* na qual o Brasil ocuparia papel central:[117]

> Nesta federação, o Brasil, sem nenhuma dúvida, ocuparia uma posição inteiramente privilegiada: em primeiro lugar, devido à sua população de cor, que formaria a transição necessária entre o Portugal branco e o Portugal africano; e também, devido à proximidade relativa entre o Brasil e a colônia portuguesa de Angola. [...] Talvez, podemos considerar o último livro de Gilberto Freyre, *Aventura e Rotina*, como o primeiro manifesto desse sonho.[118]

Para Bastide, os diários de viagem de Freyre [*Aventura e rotina*] buscavam bem mais afirmar o papel de liderança do Brasil no complexo lusotropical do que se configurarem em uma apologia do governo português. Em sua leitura do lusotropicalismo, o Brasil ocupava o centro de sua atenção. Entre outros aspectos, em *Brésil, terre des constrastes*, o sociólogo francês apresentava o país como o estandarte do humanismo latino, um fôlego novo entre o "mundo anglo-saxão de um lado e o mundo eslavo do outro".[119]

---

[116] FREYRE, Gilberto. A solução Federalista. *O Cruzeiro*, 25 jan. 1958.

[117] *Idem*. Modern Brazil: a new type of civilization [Brasil Moderno: um novo tipo de civilização], *op. cit.*

[118] BASTIDE, Roger, *op. cit.*, p. 249.

[119] *Ibidem*.

Em outras palavras, o Brasil representaria uma terceira via em um mundo bipolar, uma esperança conciliadora em tempos de Guerra Fria. Segundo as palavras do sociólogo francês, o Brasil havia conseguido unir, em um *"sincretismo tão feliz* [grifo meu], civilizações tão diversas quanto as civilizações indígenas, africanas e portuguesa".[120] Nesse sentido, Bastide reabilita, nas últimas páginas de sua obra, a tese da latinidade, similar àquela construída no fim do século XIX, que recomendava uma cultura latina mestiça, como contraponto à cultura germânica.

Os comentários de Bastide sobre o Brasil descrito por Freyre correspondem a uma ansiedade largamente sentida na França, em particular nos anos de 1950. Na visão oficial das metrópoles europeias, a manutenção das províncias ultramarinas era estratégica para, entre outras razões, conservar os blocos geopolíticos em um mundo dividido entre as hegemonias norte-americana e soviética.

Como notamos nas páginas anteriores, para guardar os territórios ultramarinos, em um contexto em que a colonização foi exposta a críticas severas, as metrópoles adotaram medidas compensatórias como a revogação das leis coloniais e autorizaram propostas federativas como a criação da União Francesa e da União Nacional Portuguesa.

Ao contrário, no entanto, daquilo que propunham, essas medidas mantinham na realidade a mesma ideologia colonialista do passado. A postura colonial subjacente a essas políticas metropolitanas provocou o recrudescimento das lutas de emancipação na África. O movimento da descolonização, além de reivindicar independência política, é acompanhado por uma reação às imposições da cultura europeia. Esse contexto incitava conflitos xenófobos, que preocupavam o sociólogo francês. Bastide via no Brasil um projeto de futuro para as relações entre a Europa e a África e uma fonte de inspiração para os intelectuais africanos:

> De sua parte, a Europa parece chamada a se prolongar em Euráfrica. E a África só tem a ganhar, se vier a unir seus destinos cultural, social e econômico aos destinos do continente europeu. Mas essa Euráfrica não poderá se realizar por meio de um respeito mútuo entre os homens e os povos. Nesse momento presente, os intelectuais africanos sentem que a África precisa modernizar-se, industrializar-se, equipar-se, compreendendo também que, para tal, não é necessário destruir as culturas nativas. O Brasil oferece-lhes, como modelo, o êxito mais retumbante neste domínio; aquele dos grupos de

---

[120] *Ibidem*, p. 250.

negros que conseguirão unir harmoniosamente o novo e o antigo, a África e a Europa [...]. Os intelectuais africanos devem, creio eu, meditar antes de mais nada sobre o exemplo de seus irmãos americanos, muito mais do que sobre o exemplo asiático, que engloba culturas radicalmente diferentes e cujos problemas de modernização não se formulam absolutamente, quer eles queiram, quer não, nos mesmos termos que os dos africanos.[121]

É importante ressaltar que a Euráfrica apresentada por Bastide é pensada operando nos domínios cultural, social e econômico, mas não político. O sociólogo francês apostava na manutenção de um acordo entre a África e a Europa no futuro cenário da reconstrução das nações africanas. Para tanto, convidava os leitores a refletir sobre o exemplo do Brasil, que conseguiu uma justaposição de elementos tradicionais e modernos.

5.5.3 O lusotropicalismo e a crítica angolana de Mario Pinto de Andrade

Apesar de um aparente entusiasmo de Bastide por alguns pontos do lusotropicalismo, seus trabalhos, no fim da década de 1940, já eram reticentes à tese de uma suposta tolerância inata dos portugueses com relação ao contato com populações não europeias, concepção defendida por Freyre.[122]

Para Bastide, a miscigenação contribuiria para a diluição da raça negra. Apoiando-se nas estatísticas, o autor de *Brésil, terre des contrastes* apontava para o baixo nível econômico das populações negras somado às doenças e às condições de vida precárias que acentuavam a "hecatombe" que se abateu sobre essa população. Quase dez anos mais tarde, Bastide reafirma essa ideia com mais veemência:

> Assim, a miscigenação, se ela tivesse seus lados bons, criando laços afetivos entre indivíduos de raças diferentes, desenvolveria nas raças de cor um complexo de inferioridade, a vontade de se embranquecer [...] atualmente, por trás da miscigenação, subsiste e intensifica-se um racismo branco.[123]

---

[121] Cf. *Ibidem*, p. 251.

[122] Na década de 1940, Freyre já afirmava que "Nunca o ideal de pureza de raça animou ou limitou os esforços portugueses". (FREYRE, Gilberto. *Uma cultura ameaçada: a luso-brasileira, op. cit.*, p. 40). Na época, Freyre apresentava o comportamento dos portugueses como uma oposição ao racismo.

[123] BASTIDE, Roger. *Les relations raciales en Amérique Latine, op. cit.*, p. 2.

Nessa perspectiva, o sociólogo francês redigiu o argumento de apresentação do Colóquio de Cerisy-la-Salle, evento que, em 1956, foi dedicado a homenagear Freyre, com a seguinte questão:

> Que pensar da solução "luso-tropical" ao problema de raças da qual Gilberto Freyre é defensor? A interpenetração de civilizações é uma prova de uma ausência de preconceitos? O paternalismo afetivo dos portugueses não poderia se tornar uma solução racista ao problema da exploração de uma raça por outra no lugar de ser uma solução de amor?[124]

O evento que celebrou a obra de Freyre não eximiu o autor de questionamentos sobre suas conclusões que, na segunda metade dos anos 1950, assumiam um verniz político em razão de sua apologia à colonização portuguesa nos trópicos.

O colóquio contou com a participação de Mário Pinto de Andrade,[125] intelectual angolano, editor da revista *Présence Africaine*,[126] estudante da Sorbonne e um dos organizadores do I Congresso de Escritores e Artistas Negros (1956), em Paris. Aluno de Roger Bastide, o futuro presidente do Movimento de Libertação de Angola (MPLA) escreveu, em 1955, um texto considerado a primeira crítica de um africano ao lusotropicalismo. Com o título "Qu'est-ce que le Luso-Tropicalisme?" ["O que é o lusotropicalismo?"], o artigo é uma crítica aos pressupostos assimilacionistas apresentados na tese "lusotropical" de Freyre. Como afirma o autor do artigo:

> Segregação e assimilação são formas políticas através das quais a colonização garante os seus privilégios contra a legítima vitalidade dos povos

---

[124] Anúncio do Colóquio de Cerisy. Cópia do documento pode ser encontrada em LEMAIRE, Ria, *op. cit.*, p. 85.

[125] Em muitos aspectos, a viagem de Mário de Andrade a Paris é decisiva. Suas grandes referências literárias em Lisboa são Nicolas Guillén, Alan Patton, Léopold Sedar Senghor, Aimé Césaire, Roy Albridge, Countee Cullem, Langston Hughes e os brasileiros José Lins do Rego, Jorge Amado, Graciliano Ramos (observa-se que esses autores são aqueles que foram publicados em francês nessa mesma época). Andrade ampliará seus horizontes a partir de Paris, onde ele conhece Albert Camus, Jean-Paul Sartre, René Depestre e, entre seus professores, Georges Gurvitch, Georges Balandier e Roger Bastide.

[126] Criada em 1947 por Alioune Diop, a revista beneficiou-se da colaboração de intelectuais e escritores como Albert Camus, Aimé Césaire, Jean Paul-Sartre, Georges Balandier, entre outros. Mario Pinto de Andrade foi chefe de redação do periódico entre 1955 e 1958.

colonizados. Trata-se de manter uma barreira entre os níveis de vida das duas populações e de evitar que a direção político-econômica seja disputada contra o europeu.[127]

A ideia de que a colonização lusitana na África favoreceu uma mestiçagem semelhante àquela que ocorreu no Brasil em séculos anteriores é igualmente refutada por Mário Pinto de Andrade, ao afirmar que "essa mestiçagem teve certa força no passado, mas se perdeu com o colonialismo praticado, sobretudo, após 1920". E conclui da seguinte forma: "O lusotropicalismo não é válido para explicar a formação do Brasil e é inteiramente falso para as circunstâncias do colonialismo português na África".[128]

Com essas palavras, o futuro presidente do MPLA procurava refutar a ideia de uma propensão natural do português à mistura racial, defendida por Freyre.[129] Em seu texto, o intelectual angolano aponta as circunstâncias históricas do *melting pot* no Brasil, considerando que "a mestiçagem foi largamente praticada no Brasil não em virtude de considerações morais ou visão política, mas por uma simples circunstância – o número extremamente reduzido de mulheres".[130] Nesse sentido, Andrade destaca a fragilidade da sociologia lusotropical de Freyre ao apontar que o sociólogo brasileiro não levou em consideração os aspectos econômicos que moldaram o quadro da miscigenação histórica no Brasil.[131]

---

[127] FELE, Buanga (pseudônimo de Mário Pinto de Andrade). Qu'est-ce que le Luso-tropicalisme? [O que é o lusotropicalismo?] *Présence Africaine*, v. 9, n. 5, p. 24, out.-nov. 1955 *apud* PEREIRA, José Maria Nunes. *Mário de Andrade e o Lusotropicalismo* [online]. Disponível em: http://bibliotecavirtual.clacso.org.ar/ar/libros/aladaa/nunes.rtf.

[128] FELE, Buanga, *op. cit.*, p. 12.

[129] Alguns anos mais tarde, em um artigo publicado em 1966, Freyre abandona a ideia de um êxito da mistura biológica nas colônias portuguesas na África. Cf. FREYRE, Gilberto. Interação eurotropical: aspectos de alguns dos seus vários processos, inclusive o lusotropical. *Journal of Inter-American Studies*, Gainesville, n. 8, p. 1-10, jan. 1966.

[130] FELE, Buanga, *op. cit.*, p. 12.

[131] Em um artigo recente, Luiz Felipe de Alencastro demonstra que, se tomarmos como exemplo a Angola no mesmo período (séculos XVI e XVII), a miscigenação não constituía uma base demográfica e social apta "a sedimentar o povoamento colonial, o que significa que em Angola, nos primeiros séculos da colonização, já havia um povoamento significativo e, consequentemente, a repetição da miscigenação não era de interesse da Coroa." (ALENCASTRO, Luiz Felipe de. Le Brésil et l'Angola: l'endroit et l'envers du métissage [Brasil e Angola: O direito e o avesso da miscigenação],

Na mesma linha, outro artigo, publicado no ano seguinte pelo sociólogo Alberto Guerreiro Ramos, consagra uma grande parte do texto à crítica ao lusotropicalismo. Nas suas palavras, o lusotropicalismo consistia em uma "apologia do colonizador português". Para sustentar essa afirmação, recolheu passagens extraídas de *Aventura e rotina* e de *Um brasileiro em terras portuguesas*. Para o autor, Freyre advogava que o processo de colonização refletia "menos as condições históricas, econômicas e sociais do que as qualidades de temperamento ou de caráter de tal ou tal povo colonizador".[132] O fato de a tese freyriana se concentrar em aspectos culturais e comportamentais em detrimento de explicações de ordem estrutural pautada nas relações econômicas e materiais levaram Ramos a concluir que Freyre sofreria do "quietismo" da antropologia cultural anglo-americana, que camuflaria sua ideologia sob o signo da ciência.[133]

A ideia de uma mentalidade lusitana favorável aos contatos interculturais era difícil de sustentar quando confrontadas com dados empíricos. Como afirma Alencastro,[134] se, de um lado, a miscigenação (a mistura biológica) é um componente da colonização portuguesa, e proveniente de uma prática de exploração própria ao regime colonial, a mestiçagem (fato cultural) não é uma realidade nos territórios africanos do império, sobretudo no século XX. Como destaca Elikia Bokolo, desde os decretos aplicados pelo governo português em Angola na primeira metade do século XX, o indígena (*indigène*) africano, para aceder ao status de assimilado, deveria saber ler e escrever em português, renunciar à vida tribal, a falar sua língua e a coabitar com seus parentes. Em 1940, apenas 5% da população era assimilada.[135] Além disso, os colonos mestiços de Angola "manifestavam em seu conjunto o racismo primário característico dos meios dos '*petits Blancs*'".[136]

---

texto redigido para o colóquio *L'Expérience Métisse* [*A Experiência Mestiça*], organizado por Serge Gruzinski no Museu do Quai Branly em parceria com o auditório do Louvre, em 2 e 3 de abril de 2004, acessível no site do Museu. Disponível em: http://www.quaibranly.fr.

[132] RAMOS, Guerreiro. À propos de Gilberto Freyre, *op. cit.*, p. 4-5.

[133] *Ibidem, op. cit.*, p. 6.

[134] Cf. ALENCASTRO, Luiz Felipe de. Le Brésil et L'Angola: L'endroit et l'envers du métissage, *op. cit.*

[135] Cf. BOKOLO, Elikia, *op. cit.*, p. 193.

[136] *Ibidem.* Petit Blanc é uma expressão popular francesa que se refere ao branco de baixa renda que vivia nas colônias africanas ou nas Antilhas.

O discurso assimilacionista foi agenciado pelo governo português bem antes dos escritos de Freyre, como atestam as palavras do governador Norton de Matos, para quem "a Angola era mais uma nação portuguesa do que uma colônia".[137] No entanto, os escritos publicados por um sociólogo brasileiro de reputação internacional reforçariam e chancelariam essa política do regime do *Estado Novo* português.[138]

Nos anos de 1960, o apoio do modelo assimilacionista português torna-se mais explícito em Freyre, como atesta a obra *O Luso e o Trópico*, publicada também em língua francesa com o título *Le Portugais et les tropiques*[139] pela Comissão Executiva das Comemorações do V Centenário da morte do infante Dom Henrique. A obra é colocada sob o patrocínio do governo de Oliveira Salazar e distribuída aos diplomatas portugueses para que eles a utilizassem na defesa da manutenção do colonialismo em terras africanas.

Em regra geral, o apoio à política colonial portuguesa não abalou diretamente o prestígio de Freyre nos fóruns internacionais, ao menos nos primeiros anos do pós-guerra. No caso particular da Unesco, os Estados mais proeminentes da Organização eram potências coloniais, como a França e o Reino Unido. Essa contradição de origem é uma característica da instituição, que tenta realizar ações normativas de luta contra o racismo sem, no entanto, criticar frontalmente a política colonial de seus principais Estados-membros.[140] De maneira análoga, as teses lusotropicais de Freyre compartilhavam dessa ambiguidade.

---

[137] Cf. BOKOLO, Elikia, *op. cit.*, p. 192.

[138] Sua obra, naturalmente muito aplaudida pelo regime do "Estado Novo", teve em Eduardo Lourenço um crítico feroz. Primeiro, no artigo "Brasil – Caução do Colonialismo Português" incluído em *Portugal Livre* em janeiro de 1960, jornal mensal publicado em São Paulo, e "A propósito de Freyre", publicado no *Suplemento de Cultura e Arte* de *O Comércio do Porto* em 11 de julho de 1961.

[139] FREYRE, Gilberto. *Le Portugais et les tropiques: considérations sur les méthodes portugaises d'intégration de peuples autochtones et de cultures différentes de la culture européenne dans un nouveau complexe de civilisation, la civilisation luso-tropicale.* [*O português e os trópicos: considerações sobre os métodos portugueses de integração de povos autóctones e de culturas diferentes da cultura europeia num novo complexo de civilização, a civilização lusotropical*]. Comissão Executiva das Comemorações do V Centenário da morte do infante Dom Henrique, 1961.

[140] Cf. MAUREL, Chloé. *Histoire de l'Unesco. Les Trente Premières Années. 1945-1974* [*História da Unesco. Os trinta primeiros anos. 1945-1974*]. Paris: L'Harmattan, 2010.

Capítulo 6

Casa-grande & senzala e o imaginário exótico da França no pós-guerra

6.1 Os trópicos "quentes" de Freyre

> *Arrepiamo-nos de um extremo ao outro de* Casa-grande & senzala, *que se insinua em você como o mais virulento dos venenos e que, no entanto, é um livro de ciência! É como se, para ensinar a geometria no espaço, se ilustrasse nus femininos.* (Alain Bosquet. *Le Combat*, 1953)

A imagem estereotipada dos "trópicos dos pecados" remonta aos primeiros anos da chegada do colonizador europeu em terras austrais. Podemos encontrar esse imaginário em documentos paroquiais, crônicas e nos relatos de viagem escritos em diversas línguas. Em seu trabalho, Freyre integra essas impressões descritas séculos antes e as une a suas próprias impressões, nascidas durante as visitas que fizera, na infância, a engenhos de açúcar. O que teria sido uma obra de memória ou um romance, transforma-se em um livro repleto de reflexões de ordem antropológica e sociológica sobre alguns aspectos da formação histórica brasileira. Leitor e admirador dos irmãos Goncourt e de Marcel Proust, Freyre buscou inspiração nesses escritores para escrever uma "história íntima" brasileira que naturalmente é também, em parte, a história de sua família.

O leitor estrangeiro, mesmo que não conhecesse a história do Brasil ou não possuísse interesse pelo debate em torno das questões sobre a mistura biológica ou a mestiçagem, poderia sentir-se atraído, ao folhear o texto freyriano, pelas descrições minuciosas da paisagem natural, de hábitos e costumes que participavam da vida íntima de famílias patriarcais brasileiras há três ou quatro séculos. Os recursos literários ou a "imaginação sociológica" são as ferramentas que conduziam os leitores da França a experienciar e "sentir o diverso",[1] parafraseando Victor Segalen em seu texto sobre o exotismo.

Assim, *Casa-grande & senzala* retoma, com a reputação de uma escrita intelectual, alguns tropos exóticos que moldaram durante séculos a imagem do Brasil no exterior. Na introdução italiana à obra, publicada em meados da década de 1960, Fernand Braudel confessava: "percorrer os livros de Gilberto Freyre proporciona um prazer concreto, físico, como o de viajar em sonho nas paisagens tropicais e exuberantes de Henri Rousseau".[2] As telas de Rousseau, o "pintor *douanier*" ["pintor aduaneiro"], realizadas no fim do século XIX e no início do século XX, reproduzem cenas imaginárias que destacam significativamente elementos exóticos.

6.1.2 De uma tela de Henri Rousseau ao relatório Kinsey: olhares de Braudel e Alain Bosquet sobre a obra de Freyre

Sem deixar a França, apenas observando a paisagem do Jardin des Plantes de Paris, Henri Rousseau integrava o contexto de representação idílica das terras tropicais, imaginário amplamente difundido na sociedade por meio da circulação de diários de expedições coloniais, de cartões-postais, de fotos e pinturas. Representações que podem ser observadas em quadros como *Paysage exotique* [Paisagem exótica], *Femme se promenant dans une forêt exotique* [Mulher andando em uma floresta exótica]

---

[1] Cf. SEGALEN, Victor. *Essai sur l'exotisme* [Ensaio sobre o exotismo]. Paris: Le Livre de poche, 1978.

[2] BRAUDEL, Fernand. Introdução à edição italiana de *Casa-grande & senzala*. Reproduzida em *Novos Estudos Cebrap*, p. 14, mar. 2000. Braudel afirma também que o livro oferece um "prazer intelectual de qualidade excepcionalmente rara".

ou *Le Rêve* [O sonho], tela em que uma mulher se encontra diante de um tigre, ambos cercados por uma floresta virgem.

A relação entre os cenários imaginados e pintados por Rousseau e os textos de Freyre é uma leitura que faz sentido à medida que a obra do sociólogo brasileiro fornece, simultaneamente, símbolos emblemáticos por meio dos quais os brasileiros são percebidos como exóticos: por um lado, o monstruoso (ou, ao menos, o estranho), por outro, a bondade e a beleza paradisíacas.[3] Assim, paraíso e inferno, para utilizar as palavras de Benzaquén, são inseparáveis na narrativa de Freyre.[4]

Entre esses estereótipos embebidos de exotismo, a sexualidade ocupou um lugar de destaque nas apreciações de alguns comentadores de *Casa-grande & senzala*. A "colonização voluptuosa" descrita no curso das páginas do texto de Freyre surpreende o poeta Alain Bosquet, que publica um artigo na revista *Combat*. O autor declara com estupefação: "Cento e cinquenta páginas sobre as relações sexuais consideradas como a própria essência da civilização do Brasil! Estamos em pleno transe."[5]

Nem inovação metodológica nem discurso antirracista: o que representava uma novidade do livro, segundo Bosquet, eram antes "a história através da pele, a sociologia através do sexo".[6] Com entusiasmo, situa a obra de Freyre entre *A cidade antiga* de Fustel de Coulanges e o relatório Kinsey.

Lucien Febvre também não escapou da estupefação provocada pelas descrições sobre os trópicos, presentes em *Casa-grande & senzala*. Quase toda a primeira parte do prefácio do historiador francês é um panegírico da beleza das paisagens, da sensualidade, da variedade dos povos e culturas do Brasil. Ao longo das páginas, o diretor dos *Annales* demonstrava entusiasmo com a descrição das mulheres "mestiças" da Bahia do século XVIII, ou dos "magníficos coqueiros ao longo de um mar surpreendentemente verde".[7]

---

[3] Cf. AFFERGAN, Francis. *Exotisme et Altérité* [*Exotismo e Alteridade*]. Paris: PUF, 1987. p. 27.

[4] Cf. BENZAQUÉN, Ricardo, *op. cit.*

[5] BOSQUET, Alain. Le Brésil par la Chair [O Brasil através da Carne]. *Combat*, [s.p.], 1 jan. 1953.

[6] *Ibidem*.

[7] FEBVRE, Lucien, *op. cit.*, p. 13.

Quando observamos as resenhas publicadas na França, podemos notar que se, por um lado, as reflexões antropológicas e sociológicas presentes na obra de Freyre consideradas pelos comentadores como fortemente pertinentes para o campo das ideias europeias, por outro lado, no tocante à narrativa, ela é apresentada como um modo de escrita bastante distante daquela praticada na França. Além disso, os hábitos da vida privada da sociedade brasileira descritos por Freyre incorporam elementos que fazem eco ao apelo exótico presente, de modo similar, na literatura colonial ou das narrativas de viagem. Essa dupla polaridade, que divide o texto entre obra intelectual e escrita exótica, acompanhará grande parte das percepções presentes em artigos sobre a obra freyriana, publicados na França.

6.2 *Casa-grande & senzala* e a coleção *La Croix du Sud*

> *É uma sorte que, pela atenção atraída ao Brasil pelas recentes expedições amazônicas,*[8] *podemos dispor, na excelente tradução de Roger Bastide, de um dos ensaios mais característicos do grande historiador brasileiro G. Freyre.* Casa-grande & Senzala *é, com efeito, um livro de primeira ordem que, desde sua primeira edição em 1933, seguida de cinco outras, conferiu a seu autor uma reputação internacional.* (Charles Delane. L'Observateur politique, économique et littéraire, 1953)

A obra mais célebre de Freyre no cenário internacional, lançada na França quase seis anos após a versão norte-americana (1946), foi publicada na coleção *La Croix du Sud* [Cruzeiro do Sul], organizada por Roger Caillois,[9] e destinada a promover as principais obras latino-americanas da época.

No mesmo ano de sua publicação, ele foi lançado em duas edições. Entre 1952 e 1974, *Casa-grande & senzala foi* reeditado onze vezes, todas na coleção *La Croix du Sud*. Percorrendo um caminho distinto dos demais livros da mesma coletânea, praticamente esgotados,[10] *Casa-grande*

---

[8] O autor refere-se talvez à expedição Orenoco-Amazonas (1948-1950), liderada pelo antropólogo e escritor Alain Gheerbrant. Os relatos dessa expedição foram publicados em 1952. Eles foram igualmente objeto de um documentário lançado no mesmo ano.

[9] Freyre foi convidado por Caillois a compor o comitê científico da revista *Diogène*, dirigida por ele. A correspondência entre os dois intelectuais revela a repercussão e a receptividade positiva dos textos de Freyre na revista.

[10] Cf. CHONCHOL, Jacques; MARTINIÈRE, Guy. *L'Amérique Latine et le latino--américanisme en France* [A América Latina e o latino-americanismo na França].

& *senzala* foi incluído em 1974 na coleção *Bibliothèque des Histoires*, do grupo editorial Gallimard, dirigida pelo historiador Pierre Nora. Neste momento, a obra parece ligada aos trabalhos históricos, visto que o objetivo do diretor era o "de acolher todos os tipos de historiografia existentes na atualidade".[11]

Em 1978, o livro é novamente publicado na França, em sua décima quarta edição, na coleção *Tel* da mesma editora. Dessa vez, a obra é inserida em uma antologia mais ecumênica.[12]

Nos anos 1950, durante a criação da coleção *La Croix du Sud*,[13] a intenção de Caillois consistia em divulgar obras que pudessem apresentar características mais específicas e mais originais dos países da América Latina. A esse respeito, o diretor da coleção exprobrava aos escritores Carlos Fuentes e Julio Cortázar suas escritas "cosmopolitas" em demasia, e a Mario Benedetti e Juan Carlos Onetti a exposição de uma realidade que não era "típica" o suficiente para distinguir-se da vida das grandes cidades, quaisquer que elas fossem.[14]

Como destaca Jacques Chonchol, a capa amarela da *Croix du Sud* era considerada por alguns escritores como "uma marginalização de suas obras, uma negação do valor universal de seus escritos".[15] De fato, a coleção é sintoma decorrente de um contexto muito particular no qual viviam os franceses. Desde a década de 1930, é possível observar uma mudança de perspectiva em relação aos produtos literários chegados do Brasil e da América Latina. O horizonte de expectativa francês, de modo geral, consistia, naquele período, em uma busca e descobertas por narrativas, artes e expressões extraeuropeias. As crises do período entre guerras, as inquietações do pensamento ocidental diante de teses

---

Paris: L'Harmattan, 1985. p. 233.

[11] Frase de Pierre Nora citada no livro: FONSECA, Edson Nery da. *Um livro completa meio século*. Recife: Massangana, 1983. p. 77.

[12] O grupo editorial Gallimard apresentou *Casa-grande & senzala* como um "livro da categoria de *Guerra e Paz* de Tolstói". Cf. FREYRE, Gilberto. *Aventura e Rotina, op. cit.*, p. xiii.

[13] A coleção de cinquenta títulos encerrou suas publicações em 1968. As razões que justificam o fim da *Croix du Sud* estão ligadas às novas vias de produção literária latino-americana, que correspondem às mudanças da situação econômica e social do continente latino-americano, à sua urbanização crescente e às lutas sociais. Para mais detalhes cf. CHONCHOL, Jacques; MARTINIÈRE, Guy, *op. cit.*, p. 233.

[14] *Ibidem*.

[15] *Ibidem*.

e discursos autoritários e as novas vias da pesquisa de campo antropológico contribuíram para a emergência de novas leituras acerca das relações com culturas e contribuições não europeias.

Os franceses buscavam na música, na arte e na literatura contrafiguras da França. O trabalho de campo ganhava um lugar central nesse processo. As expedições antropológicas na África, como a de Marcel Griaule, incentivavam estudos sobre a arte e a música "negras". No mesmo contexto, pesquisadores que participavam ativamente da renovação da antropologia, como André Schaeffner, Michel Leiris, Paul Rivet, entre outros, dedicavam interesse à "descoberta" da música afro-americana dos Estados Unidos.

A "etnografia musical" francesa era atraída pelas sonoridades brasileiras, consideradas como a vertente latino-americana da música "negra".[16] Como afirma Denis-Constant Martin, o adjetivo "negro" atribuído aos produtos culturais nos anos de 1930 marcava, em primeiro lugar, um caráter exótico.[17] O rótulo "negro" atribuído a esses produtos culturais consistia em uma representação comumente compartilhada no senso comum que atendia pouco às especificidades: os africanos, os antilhanos, os afro-americanos e os afro-brasileiros eram todos confundidos por um público que buscava culturas distantes do europeu. O conjunto dessas representações exóticas corresponde, portanto, ao horizonte de expectativa do público francês, voltado para produtos culturais que encontravam nas expressões de culturas tradicionais e populares sinônimos de alteridade e de "autenticidade".[18]

Nos anos do pós-guerra, essa procura pela alteridade intensifica-se. Esse imaginário "tropical", alimentado por publicações acadêmicas, ou mesmo pela explosão dos ritmos latinos, em particular o samba brasileiro, ou mesmo associado a produções cinematográficas, como *Orfeu Negro*, de Marcel Camus – vencedor da Palma de Ouro em Cannes

---

[16] Cf. FLECHET, Anaïs. *Villa-Lobos à Paris: Un echo musical du Brésil* [*Villa-Lobos em Paris: um eco musical do Brasil*]. Paris: L'Hartmattan, 2000.

[17] MARTIN, Denis-Constant; ROUEFF, Olivier. *La France du jazz. Musique, modernité et identité dans la première moitié du 20 e siècle* [*A França do jazz. Música, modernidade e identidade na primeira metade do século XX*]. Marseille: Parenthèses, 2002.

[18] RIVAS, Pierre. La réception de la littérature brésilienne en France. In: RIAUDEL, Michel (dir.). *France Brésil* [online]. Paris: Ministère de Affaires Étrangères, 2005.

em 1959[19] –, aproximava-se do apelo ao exotismo herdado de décadas anteriores na França. Nesse sentido, o livro de Freyre correspondia aos objetivos da coleção e de seu diretor Roger Caillois: mostrar uma face mais "típica" dos países latino-americanos.

6.3 Literatura brasileira e exotismo: o Nordeste na França

Jubiabá, obra de juventude de Jorge Amado, traduzida em 1938 com o título *Bahia de Tous les Saints* e publicada pelo grupo editorial Gallimard,[20] corresponde bem a esse contexto literário.[21] O texto sintetiza o conjunto de elementos que atraem a atenção do público francês: religiões afro-brasileiras, cultura popular, folclore e lutas sociais. O livro conta as desventuras de Antônio Balduíno, descendente de escravizados que vive na periferia da cidade de Salvador. A publicação, saudada por Albert Camus, tornou-se um sucesso internacional.

Os fotógrafos Pierre Verger e Marcel Gautherot, inspirados pela leitura de *Jubiabá*, viajaram ao Brasil, seduzidos pelo apelo das manifestações populares e religiosas. Os resultados de suas viagens são publicados em diversas obras. Em 1950, o governo francês financiou a publicação do livro de fotografias *Brésil* pela editora Harmattan, com 217 fotografias de Gautherot, Verger e Antoine Bon.[22] A curadoria das imagens é bastante sintomática da ideia sobre o Brasil compartilhada na França daquele momento. Primeiro, ela segue a fórmula dualista do moderno e do arcaico, conceito desenvolvido pelos trabalhos de Jacques Lambert[23]

---

[19] Como afirma A. Flechet, ainda que *Orfeu Negro* tenha sido lançado em 1959, trata-se de uma expressão típica da atmosfera mental dos anos de 1950. Cf. FLECHET, Anaïs. Um mito exótico? A recepção crítica de Orfeu Negro de Marcel Camus (1959-2008). *Significação: revista de cultura audiovisual*, São Paulo, n. 32, p. 41-60, primavera-verão 2009.

[20] AMADO, Jorge. *Bahia de Tous les Saints*. Paris: Gallimard, 1938.

[21] Para mais detalhes, *ver* RIVAS, Pierre. Fortune e infortunes de Jorge Amado (réception comparée de l'œuvre amadienne) [Fortuna e infortúnios de Jorge Amado (recepção comparada da obra amadiana)]. *In:* OLIVIERI-GODET, Rita; PENJON, Jacqueline (org.). *Jorge Amado: lectures et dialogues autour d'une œuvre* [*Jorge Amado: leituras e diálogos em torno de uma obra*]. Paris: Presses Sorbonne Nouvelle, 2005. p. 23-31.

[22] BON, Antoine; GAUTHEROT, Marcel; VERGER, Pierre. *Brésil* [*Brasil*]. Paris: L'Harmattan, 1950. n. p.

[23] LAMBERT, Jacques. *Le Brésil* [*Os dois Brasis*]. Paris: Armand Colin, 1953.

em 1946 e retomado posteriormente por Roger Bastide em 1956.[24] É na esteira desses estudos que a ideia de um *Brésil-carrefour*, síntese de elementos diversos, até mesmo antagônicos, ganha corpo na propaganda do Brasil na França.

Na introdução do texto do livro *Brésil*, Alceu Amoroso Lima resume a imagem do país evocada pelo governo brasileiro. O Brasil é apresentado aos franceses, de forma geral, como:

> Uma terra imensa e acidentada, difícil de decifrar, frequentemente hostil; um homem de raça ainda indecisa, muito belo em seus exemplares femininos, muito feio em seus exemplares masculinos, mas de uma grande energia física, pelo que se pode pensar a partir de seu aspecto exterior; uma história marcada por traços muito específicos [...]; uma mistura de raças com poucos preconceitos e uma aproximação social entre classes que contrasta com a segregação que durou todo o tempo da escravidão [...] toda essa mistura está em vias de constituir uma das potências desse mundo novo que o século XX entregará ao ano 2000.[25]

Em seu texto, Amoroso Lima reproduz estereótipos construídos a partir do fim do século XIX, facilmente encontrados na pluma de observadores e viajantes estrangeiros: o imaginário da "beleza" exótica da mulher brasileira e o papel do "feio" atribuído ao homem brasileiro e, sobretudo, ao homem do campo.[26] Em outra passagem, o autor utiliza uma fórmula comum na época para caracterizar o Brasil: o tema de uma sobreposição de idades históricas, de camadas imbricadas de "civilização", em que se cotejam vivências tanto da "idade da pedra" como da "era do motor". Essa caracterização das *idades* do Brasil está presente em boa parte das obras francesas que descreviam a paisagem social brasileira, em particular as de Jacques Lambert e Charles Morazé.[27]

---

[24] BASTIDE, Roger. *Brésil, terre des contrastes* [*Brasil: Terra de Contrastes*]. Paris: Hachette, 1957.

[25] LIMA, Alceu Amoroso. Présentation [Introdução]. *In*: BON, Antoine; GAUTHEROT, Marcel; VERGER, Pierre, *op. cit.*, n. p.

[26] Nessa época, essas ideias estão ligadas à tese da degenerescência da miscigenação. Nos anos de 1930, Freyre fala da "caricatura do homem", mas justifica esta "característica" pelas doenças e pela desnutrição, afastando-se de uma explicação de ordem biológica. Apesar disso, o estereótipo mantém-se.

[27] Cf. LAMBERT, Jacques. *Le Brésil, Structure Sociale et Institutions Politiques*. Paris, 1953; *Idem*. *Os dois Brasis* [Trad. do título *Le Brésil*]. Rio de Janeiro: INEP/CBPE, 1959.

Ao fim de sua apresentação, Amoroso Lima repete outro discurso bastante difundido na época: a ideia de que os brasileiros tendiam a equilibrar e aproximar elementos contrários, até mesmo conflituosos, de sua sociedade, incluindo as diferenças raciais. Para os observadores estrangeiros convencidos por essa ideia, nutridos pela leitura de intelectuais brasileiros como Gilberto Freyre, o exemplo brasileiro no convívio e trato das diferenças conferia ao país crédito suficiente para receber o título de "país do futuro".

Para alguns observadores franceses, essa qualidade atribuída ao Brasil seria válida apenas para compreender o binômio tradição e modernidade.[28] Em outras palavras, o Brasil do futuro não seria simplesmente aquele da industrialização, das grandes obras públicas, de Brasília ou dos arranha-céus. Para uma parcela dos pesquisadores franceses do pós-guerra, o grande mérito do Brasil consistia em conciliar e integrar aspectos da cultura e modos de vida tradicionais a essa nova paisagem social em transformação. Tal imagem é reforçada com a publicação de *Brésil, terre des contrastes*.

Em tempos em que a antropologia denunciava o eurocentrismo e proclamava a diversidade, e em que a Unesco preocupava-se com o impacto da industrialização[29] no apagamento das culturas tradicionais do *Tiers Monde* [Terceiro Mundo],[30] o Brasil parecia representar, aos olhos dos intelectuais europeus, uma solução eficaz para a equação entre o desenvolvimento e a sobrevivência das culturas e sociabilidades autóctones.

Apud MORAZÉ, Charles. *Les Trois âges du Brésil, Essai de politique* [As três idades do Brasil: ensaio de política]. Paris: A. Colin, 1954.

[28] Cf. BASTIDE, Roger. *Brésil, terre des contrastes* [Brasil: Terra de Constrastes], op. cit.

[29] Cf. BALANDIER, Georges. *Le fait urbain en Afrique Occidentale et centrale, orientations pour la recherche* [O fato urbano na África Ocidental e central, orientações para a pesquisa]. Paris: Unesco, 1954. O interesse pelas culturas tradicionais era uma preocupação presente nos trabalhos de intelectuais de diferentes orientações. Em 1952, em *Peau Noire, Masques Blancs* [Pele negra, máscaras brancas], Fanon via com preocupação o apagamento das raízes martinicanas e do folclore quando ele declara "o folclore martinicano é pobre" (p. 130). Com efeito, Fanon destacava a pobreza e o sentimento de inferioridade do negro martinicano em relação à sua cultura, identificados como um dos resultados da ideologia da colonização.

[30] Os anos de 1950 assistem à emergência do *"tier-mondisme"* [terceiro-mundismo] na França". A expressão *Tiers Monde* [Terceiro Mundo], criada por Sauvy em 1952, tem um significado prático e político durante a Conferência de Bandung em 1955.

Assim, é possível notar, nos textos e imagens sobre o Brasil dos anos de 1940 e 1950, um verdadeiro entusiasmo centrado nos aspectos telúricos e tradicionais desse país. Sob essa ótica, os atributos socioculturais da região Nordeste ocupariam um lugar central. Tomemos como exemplo as publicações brasileiras na França: a maioria dos temas dessas obras se relacionava com a vida nas paisagens dessa região do Brasil, com seus contrastes e conflitos.

As temáticas dos romances de Jorge Amado e de José Lins do Rego aproximam-se dos temas explorados em Freyre. Em *Gabriela, fille du Brésil* [Gabriela, filha do Brasil], publicado na França em 1959, cujo título original é *Gabriela, cravo e canela*, Amado descreve a vida e os amores de Gabriela, objeto de desejo dos habitantes da cidade.

A mudança de título na tradução francesa revela tanto a maneira como a obra é percebida quanto a forma como os editores desejam mostrá-la ao público leitor na França: a mulher mestiça é a "filha do Brasil", representação "típica" da mulher brasileira. Essa ideia é profundamente inspirada no imaginário ligado à mulher afro-brasileira, presente nas obras de Freyre, em particular em *Casa-grande & senzala*.

Outro livro publicado no mesmo período na França é *L'enfant de la plantation*,[31] do escritor José Lins do Rego. Publicado no Brasil em 1932 com o título *Menino de engenho*, o livro conta a história de vida de Carlinhos, um menino que viveu no campo, nas terras de seu avô, senhor de engenho, no Nordeste. O texto escrito em primeira pessoa é uma mistura de ficção e de autobiografia, no qual o personagem relata uma infância marcada pela relação entre senhores e escravos. A vida patriarcal e escravocrata em toda sua intimidade constitui o elemento central do livro, que é dedicado a Gilberto Freyre. No prefácio da edição francesa, o poeta Blaise Cendrars, que conheceu a obra de Lins do Rego nos tempos em que morou no Brasil, exclama: "Todo o Brasil está neste livro transparente".[32]

Nos anos de 1950, o cenário da região Nordeste[33] ocupa também a cena cinematográfica francesa com o prêmio recebido em Cannes pelo filme brasileiro *O Cangaceiro*, dirigido por Victor Lima Barreto, com

---

[31] REGO, José Lins do. *L'enfant de la plantation* [*Menino de engenho*]. Paris: Deux Rives, 1953. p. 7-22.

[32] Cf. CENDRARS, Blaise. La voix du sang [A voz do sangue]. REGO, José Lins do, *op. cit.*

[33] O termo foi escrito em sua forma original nos textos franceses da época.

diálogos de Rachel de Queiroz. Em 1957, Aubert de la Rüe publica suas impressões sobre a seca no Nordeste em *Brésil aride* [*Brasil árido*].[34]

Esse *Nordeste*[35] telúrico, mestiço e de contrastes torna-se uma fratura cultural do Brasil repleta de estereótipos, e uma fonte de novas imagens do país para o público estrangeiro. Esses personagens inspiram-se em cotidianos de populações de terras distantes e cenários rurais do Brasil, que não se enquadravam na lógica "europeia" dos grandes centros urbanos. A imagem de uma distância civilizacional, do "atraso" diante de um Brasil que preconizava o desenvolvimento, marcou as representações da região neste período. Trabalhos como os de Lambert e Bastide, mas também de Pierre Monbeig, Maurice De Lannou e Charles Morazé,[36] publicados nos anos de 1950, consolidam representações de um Brasil cindido entre o arcaico e o moderno.

Gilberto Freyre critica a imagem dual do Brasil, sobretudo a evocada pelos pensadores brasileiros, como Alceu Amoroso Lima, e franceses, como Lambert e Bastide. Em um artigo escrito para um jornal brasileiro, Freyre lia com reservas a obra *Brasil, terra de contrastes*. Para Freyre, Bastide comprometia-se em generalizações que prejudicavam sua obra, a exemplo desta passagem: "a deformação do Brasil num Sul em tudo progressivo, dinâmico, porém em contraste com um Norte (incluindo o Nordeste) apenas pitoresco e folclórico, perdido na sua rotina e no seu apego às tradições luso-africanas ou luso-ameríndias".[37]

Representações e imagens do *Nordeste* despertavam o interesse do leitor europeu devido, entre outras razões, ao apelo ao exotismo e à alteridade extrema. Por outro lado, elas chamavam atenção para a pobreza crescente da região, agravada ainda mais pelas situações de seca. Os problemas que afligiam essa região deixariam de ser considerados apenas como uma fatalidade ecológica para se tornarem objetos de estudo, tanto no plano político quanto no plano econômico.

---

[34] DE LA RÜE, Edgard Aubert. *Brésil aride: la vie dans la caatinga* [*Brasil árido: a vida na caatinga*]. Paris: Gallimard, 1957.

[35] Sobre a invenção do conceito de *Nordeste*, ver MUNIZ, Durval. *A Invenção do Nordeste e outras artes*. Recife: Cortez, 1997.

[36] Cf. MORAZE, Charles. *Les trois âges du Bresil* [*As três idades do Brasil*]. Paris, 1954; LE LANNOU, Maurice. *Le Bresil* [*Brasil*]. Paris: Colin, 1955; MONBEIG, Pierre. *Le Bresil* [*Brasil*]. Paris, 1954.

[37] FREYRE, Gilberto. Em torno de um livro do professor Roger Bastide. *Diario de Pernambuco*, 11 maio 1958.

As declarações de Albert de La Rüe confirmam esse modelo de representação do Nordeste ao afirmar, na introdução de seu *Brésil Aride* [*Brasil árido*]:

> Creio que um quadro, mesmo que sumário, de um território tão particular e distinto do resto do Brasil, ainda impregnado de pitoresco e de cor local, pode ser de algum interesse. Essas notas de viagem mostram os aspectos curiosos e os contrastes desse Brasil atrasado, sem dúvida às vésperas de industrializar-se e também cujos costumes e cenas da vida cotidiana exibem traços que são vestígios do passado.[38]

O momento era, então, favorável às publicações desse gênero, o que explica, em certa medida, a escolha editorial da publicação de *Terres du Sucre* de Freyre, cujo título original é *Nordeste*.[39]

Com uma tiragem inicial de 3.300 exemplares, a obra não foi agraciada com a mesma recepção que *Casa-grande & senzala*. Diferentemente do destino reservado a seu antecessor, os críticos franceses viram nas páginas de *Terres du Sucre* apenas descrições de uma realidade distante. *Casa-grande & senzala*, ao contrário, foi apreciada como uma obra que revelava questões universais, como as relações inter-raciais.

Assim, a recepção de *Terres du Sucre* restringiu-se às considerações sobre os estudos regionais. Em um texto publicado na revista marxista *La Pensée*, em 1956, Roger Brunet, na seção crônica geográfica, citava dois exemplos de estudos regionais sobre a crise rural: um era o livro de Michel Chevalier, *La vie humaine dans les Pyrénées ariégeoises* [*A vida humana nos Pireneus de Ariège*], e o outro era *Terres du Sucre*, de Freyre. As razões que levaram Brunet a comentar duas obras com temas tão distantes deviam-se ao fato de que ambos os autores haviam escrito acerca do impacto de grandes empresas capitalistas sobre modos de agricultura tradicional.

Brunet, que não é especialista da obra de Freyre, observou que o trabalho do autor de *Terres du Sucre* denunciava a "proletarização dos camponeses", resultado da industrialização da produção do açúcar no Nordeste. Para Brunet, o livro interessava ao leitor marxista, pois se tratava de uma crítica à "exploração burguesa" no campo. Esse tipo de leitura de Freyre contrastava com as críticas que lhe eram dirigidas

---

[38] DE LA RÜE, Edgard Albert, *op. cit.*, p. 9.

[39] FREYRE, Gilberto. *Nordeste*: aspectos da influência da cana sobre a vida e a paisagem do Nordeste do Brasil. Rio de Janeiro: José Olympio, 1937.

no Brasil, onde boa parte dos intelectuais de esquerda enxergava, nos escritos do autor, uma reação ao desenvolvimentismo no meio rural em benefício dos valores de uma aristocracia senhorial.

Apesar da boa receptividade da qual desfrutou a obra de modo geral, o caráter excessivamente regional dos escritos de Freyre era visto com restrições por alguns comentadores, antes mesmo da publicação de *Terres du Sucre*. F. Grey, em uma resenha de *Casa-grande & senzala* publicada na revista *Le Christianisme social*, apontou para o conhecimento fragmentário do Brasil apresentado por Freyre.[40] Dez anos antes, Braudel questionava, da mesma maneira, o caráter restrito de *Nordeste*.[41]

Depois de *Terres du Sucre*, o interesse dos editores pelas traduções de Freyre perde fôlego. A consulta da correspondência passiva revela o esforço de amigos como Caillois e Bastide para conseguir a publicação de outros livros do autor, tais como *Interpretação do Brasil* ou, até mesmo, a novela *Dona Sinhá e o Filho Padre*,[42] mas suas tentativas fracassaram.

Por outro lado, há uma progressão em relação às outras reedições de *Casa-grande & senzala* na França. Como se pode observar no gráfico abaixo, a obra foi reeditada em 1978 na coleção *Tel* com uma tiragem de 14 mil exemplares, um claro aumento se comparado às edições anteriores.[43]

---

[40] GREY, F. Maîtres et Esclaves par Gilberto Freyre [Casa-grande & senzala por Gilberto Freyre]. *Le Christianisme Social*, ano 61, n. 6-7, p. 398-400, maio-jun. 1953.

[41] Cf. BRAUDEL, Fernand. À travers un continent d'histoire. Le Brésil et l'œuvre de Gilberto Freyre [Através de um continente de história. O Brasil e a obra de Gilberto Freyre]. *Mélanges d'histoire sociale* [*Misturas da História Social*], op. cit.

[42] FREYRE, Gilberto. *Dona Sinhá e o filho padre: seminovela*. Rio de Janeiro: José Olympio, 1964.

[43] Na época de sua publicação na coleção Tel, *Casa-grande & senzala* já contava com quatorze tiragens desde 1952. Fonte: Éditions Gallimard.

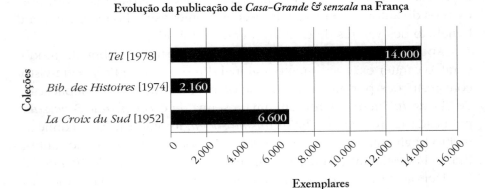

Tabela 1. Dados fornecidos pela editora.

Embora as críticas às ideias defendidas por Freyre no tocante à questão racial no Brasil tenham se intensificado a partir da década de 1960, críticas essas que também foram reproduzidas em artigos publicados na França,[44] parece que, apesar de sua importância, esse questionamento não impediu a valorização da obra, que manteve seu prestígio, em grande parte graças à notoriedade dos intelectuais que garantiram sua divulgação na década de 1950. Dentre eles, estavam Roger Bastide e Lucien Febvre, respectivamente tradutor e prefaciador de *Casa-grande & senzala*. Esses nomes apareciam como uma espécie de selo de qualidade para a obra, atraindo leitores de décadas posteriores. A resenha escrita por Henri Desroche em 1979 é um exemplo.

Em seu texto, Desroche praticamente não comenta a obra de Freyre, preferindo evidenciar os nomes de Febvre e Bastide, considerados por ele como suficientes para avaliar o trabalho do autor: "O brilhante prefácio de Lucien Febvre, a inebriante tradução de Roger Bastide,

---

[44] Cf. JURUNA, Julia (pseudônimo de Luiz Felipe de Alencastro). Racisme et Mythes Brésiliens. *Le Monde Diplomatique*, 1979; SAVONNET-GUYOT, Claudette. Races et classes au Brésil: La démocratie raciale en question. *Revue française de science politique* [Revista Francesa de Ciência Política], 29, n. 4-5, p. 877-894, 1979; AGIER, Michel. Ethnopolitique: racisme, statuts et mouvement noir à Bahia. *Cahiers d'études africaines*, v. 32, n. 125, 1992. Politique de l'identité. Les Noirs au Brésil [Política de identidade. Os negros no Brasil]. p. 53-81.

bastariam para introduzir e recomendar este clássico da literatura antropológica brasileira".[45]

Apesar de não gozar do mesmo peso simbólico da década de 1950, *Casa-grande & senzala* manteve-se por algumas décadas na França como uma importante referência para a produção de conhecimento sobre o Brasil e para a construção do imaginário a ele associado.

---

[45] DESROCHE, Henri. Freyre (Gilberto) Maîtres et esclaves. La formation de la société brésilienne. [Freyre (Gilberto) Casa-grande & senzala. A formação da sociedade brasileira.]. *Archives des sciences sociales des religions* [*Arquivos de ciências sociais e religiões*], v. 48, n. 2, p. 285, 1979.

Conclusão

Estudar a circulação e recepção de ideias e indivíduos é um trabalho que nos escapa, por vezes, pelas mãos. Mãos que tentam, por meio da escrita, alinhavar as histórias vividas e transformá-las em histórias contadas. Nesta pesquisa, cada tentativa de oferecer um fechamento para o estudo da recepção da obra de Freyre – e, por meio dele, da projeção de uma imagem do Brasil do outro lado do Atlântico – se revelou frustrada. Frustrada, mas não infeliz ou improfícua. Pelo contrário, novas possibilidades interpretativas se abriam à medida que me debruçava sobre as fontes e "escutava" o que os leitores e comentadores da obra de Freyre tinham a dizer em seus escritos. Quando considerava que já tinha todas as respostas na mão, novas janelas se abriam.

Ao ler os documentos, era preciso ir além do que os escritos evidenciavam; era necessário buscar nuances, inclinações e referências que a documentação poderia proporcionar sobre o momento social e cultural vivido por aqueles autores. Em um exercício empático, foi preciso aproximar as lentes de observação e mergulhar, tanto quanto possível, nas expectativas e ideias daqueles que tinham acabado de vivenciar um cenário de guerra e genocídios étnicos. O mergulho procurava extrair, em meio aos seus escritos, pistas para respostas à seguinte pergunta: afinal, o que poderia significar o impacto desses eventos nas reflexões desses homens e mulheres saídos da guerra? Certamente, as prioridades que eles elegeram em seus estudos ou em seus manifestos estariam direta ou indiretamente ligadas a esse cenário sócio-histórico.

Por mais que busquemos trazê-los para o nosso presente, quer aludindo às consequências de seus atos e dizeres, quer apontando a influência que exercem sobre nossas questões contemporâneas, nunca é pouco lembrar que esses escritos possuem data e local de origem. Para a historiadora, o tempo pesa, e é essa densidade cronológica que permite uma apreensão menos anacrônica e mais atenta às particularidades e contingências históricas tanto do campo de origem quanto do campo de recepção dos seus escritos.

Com base nesses parâmetros, esse trabalho se propôs a mostrar que o feitio particular que a circulação e a recepção francesas de Gilberto Freyre adquiriu nos anos 1950 foi possível graças, em parte, à ressonância de seus escritos para as questões étnicas e políticas particulares que interpelavam os franceses no pós-guerra. A preferência pelo termo "pós-guerra" no lugar de "Guerra Fria" decorre do recorte temporal da presente investigação, que se encerra na década de 1950. A escolha desse período se justifica em razão da conjuntura sociopolítica marcada pela Segunda Guerra Mundial e pela eclosão dos movimentos de libertação das colônias africanas e asiáticas, cujo ponto máximo pode ser representado pela guerra da Argélia (1954-1962). Outros aspectos, como a crítica ao etnocentrismo e as reorientações de perspectiva no campo da pesquisa em humanidades, compõem o cenário histórico-intelectual em mira.

Juntamente com os impasses em torno da crise do colonialismo em países como a França e Portugal, os anos 1950 também foram relevantes para a acolhida de Freyre na França em razão da agenda antirracista fomentada pela Unesco. Sobre esse aspecto em especial, cunhei a noção de *colonialismo esclarecido* para melhor ilustrar a complexidade e as ambivalências dos debates intelectuais e políticos na França com relação à questão colonial, ao tema da mestiçagem e ao assimilacionismo.

O período histórico recortado para este ensaio, que inicia com algumas incursões aos anos 1930, nos quais veio a lume *Casa-grande & senzala*, mas detém sua ênfase nos anos 1940 e 1950, é especialmente interessante para o historiador do pensamento social: trata-se de um momento marcado pelo esforço do governo brasileiro em projetar o Brasil na cena internacional a partir dos seus intelectuais mais eminentes. Essa postura, tanto por iniciativa governamental quanto pelos esforços dos próprios intelectuais envolvidos, diferia do direcionamento de anos anteriores, nos quais a formação de quadros intelectuais no Brasil era estimulada pela importação de quadros europeus, a exemplo das missões francesas dos anos 1930. A trajetória de Freyre, no entanto, ia no sentido inverso: da América do Sul para as terras acima do equador.

O que se observa durante os anos 1940, nos EUA, e os anos 1950, na França, é uma presença mais significativa de intelectuais latino-americanos, com destaque para Freyre, recebido por seus interlocutores como um sociólogo/historiador cujos ditos e escritos, longe de "somente" informar sobre uma terra não europeia, guardavam ensinamentos epistemológicos, sociopolíticos e mesmo estilísticos para os debates europeus. Principalmente na França da metade do século, o interesse de alguns intelectuais pelos escritos de Freyre não se restringiu ao estudo do tema de história ou cultura brasileiras como tais, mas a questões "universais", a exemplo das relações interétnicas e inter-raciais.

O estudo da recepção de Gilberto Freyre na França, no mesmo passo que dá acesso à atmosfera intelectual e política europeia após a Segunda Guerra Mundial, oferece também uma contribuição à "história da historiografia", sobretudo pelo protagonismo dos historiadores da revista dos *Annales* naquela recepção. O Freyre que chega à França é, sobretudo, um Freyre lido como historiador. Por essa razão, os esforços de análise apresentados neste trabalho concentraram-se, em boa parte, na escrita histórica do autor ou, de modo mais preciso, na dimensão histórica dos seus escritos.

Uma história social das ideias, como referencial analítico para o estudo da circulação internacional do pensamento social brasileiro, também não poderia deixar de estar presente nesta pesquisa, embora não fosse o propósito observar aqui, em profundidade, as especificidades dos debates dos campos sociológico e antropológico. O escopo consistiu em mapear e expor algumas inclinações e vertentes teóricas do período que convergiam com o pensamento freyriano, ajudando a entender a acolhida de cientistas sociais franceses ao seu trabalho.

Por diferentes razões, o ano de 1956 simboliza o limite do recorte temporal do presente estudo: trata-se do ano que abrigou a realização do colóquio de Cerisy-la-Salle, dedicado exclusivamente à obra freyriana e reunindo intelectuais de destaque da França e de outros países. Também foi o ano em que foi publicada a versão francesa de *Nordeste* [*Terres du Sucre*], encerrando um ciclo de traduções. Se *Casa-grande & senzala* [*Maîtres et esclaves*], conforme mostrado no último capítulo, conseguiu se manter na cena editorial francesa com várias edições e reedições, as tentativas de traduzir outras obras além de *Nordeste*, nas décadas subsequentes, não lograram êxito. Em 1968, Roger Bastide articulou a tradução de *Dona Sinhá e o Filho Padre*, mas a tentativa não teve sucesso junto à editora Gallimard, conforme ele comunicara a Freyre em uma carta escrita naquele ano.[1] No mesmo ano de 1956, o falecimento de Lucien Febvre, um dos principais articuladores da obra de Freyre na França, também contribuiu para o encerramento do que denomino o "período áureo" da recepção francesa.

Na esteira desses acontecimentos, as mudanças no campo intelectual e político francês contribuíram para as variações no modo de acolhida das teses de Freyre. Se nos anos de 1950 o sociólogo brasileiro atendia, sob vários requisitos, ao horizonte de expectativa francês, essa inserção se viu diminuída durante os anos 1960, sob efeito de eventos como a efetivação do processo de descolonização das ex-colônias francesas nos continentes asiático e africano, a independência da ex-colônia portuguesa de Angola, os desdobramentos das conclusões do Projeto Unesco de Relações Raciais e, finalmente, as próprias mudanças no campo epistemológico das ciências humanas na França.[2]

Para todos os efeitos, o presente trabalho procurou abordar a historicidade da recepção da obra de Freyre, de maneira a observá-la como um fenômeno multidimensional, peça na engrenagem de uma história intelectual, editorial e – como não poderia deixar de ser – sociopolítica das relações do Brasil com a Europa e, em particular, com a França. Da mesma forma, tratou de pensar a circulação internacional de ideias e autores e, neste caso, a internacionalização da imagem do Brasil por intermédio de um de seus representantes intelectuais mais conhecidos.

---

[1] Carta de Roger Bastide a Gilberto Freyre, 2 de julho de 1968. Arquivo Fundação Gilberto Freyre.

[2] Freyre costumava lembrar, em prefácio redigido em 1973, que sua obra, graças principalmente a Braudel, era lida pelos alunos do célebre professor francês, que a recomendava em seus cursos da Sorbonne. Cf. FREYRE, Gilberto. *Casa-grande & senzala*, 41. ed. Rio de Janeiro: Record, 2000. p. 568. Em 1997, Armelle Enders observou que, na lista de indicações de livros para o preparatório do título de *Agregation* na França, o único livro recomendado para o tema "Os europeus e os espaços marítimos no século XVIII" era *Maîtres et esclaves*. Cf. ENDERS, A. Le lusotropicalisme, théorie d'exportation: Gilberto Freyre en son pays. *Lusotopie*, 1997. p. 201.

Conclusão

1. Capa da primeira edição da tradução de *Casa-grande & senzala* para o francês, na coleção La Croix du Sud.

2. Castelo de Cerisy-la-Salle durante o Colóquio sobre a obra de Gilberto Freyre, 1956. Fonte: Fundação Gilberto Freyre.

3. *Le Courier de L'Unesco*, v. 4, n. IV, p. 3, abr. 1951.
Fonte: www.unesdoc.unesco.org

4. *Le Courier de L'Unesco*, v. V, n. 8-9, ago-set. 1952.
Fonte: www.unesdoc.unesco.org

5. Jean Duvignaud e Gilberto Freyre (da esquerda para a direita) no antigo Instituto Joaquim Nabuco (atual Fundação Joaquim Nabuco), 1950. Fonte: Acervo Fundação Joaquim Nabuco.

Fontes e bibliografia

Fontes impressas – Textos de Gilberto Freyre

Obras

FREYRE, Gilberto. *Aventura e rotina: sugestões de uma viagem à procura das constantes portuguesas de caráter e ação.* Rio de Janeiro: José Olympio, 1953.

FREYRE, Gilberto. *Brazil: an interpretation.* Nova York: Knopf, 1945.

FREYRE, Gilberto. *Casa-grande & senzala: formação da família brasileira sob o regime de economia patriarcal.* 48. ed. São Paulo: Global, 2003.

FREYRE, Gilberto. *Casa-grande & senzala: Introdução à história da sociedade patriarcal no Brasil.* 41. ed. Rio de Janeiro: Record, 2000.

FREYRE, Gilberto. *Como e por que sou e não sou sociólogo.* Brasília: Editora UnB, 1968.

FREYRE, Gilberto. *Dona Sinhá e o filho padre: seminovela.* Rio de Janeiro: José Olympio, 1964.

FREYRE, Gilberto. *Livro do Nordeste*: Comemorativo do primeiro centenário do Diario de Pernambuco [1925]. Edição Gilberto Freyre. Recife: Arquivo Público Estadual, 1979.

FREYRE, Gilberto. *Manifeste régionaliste du nordeste.* Tradução Vincent Wierinck. Paris: [s.n.], 1987.

FREYRE, Gilberto. *Maîtres et esclaves. La formation de la société brésilienne.* Tradução Roger Bastide. Prefácio Lucien Febvre. Paris: Gallimard, 1997.

FREYRE, Gilberto. *New World in the Tropics. The Culture of Modern Brazil.* Nova York: Knopf, 1959.

FREYRE, Gilberto. *Novo mundo nos trópicos*. São Paulo: Companhia Editora Nacional, 1971.

FREYRE, Gilberto. *O Brasil em face das Áfricas negras e mestiças*. Rio de Janeiro: Federação das Associações Portuguesas, 1962.

FREYRE, Gilberto. *O mundo que o português criou: aspectos das relações sociais e de cultura do Brasil com Portugal e as colônias portuguesas*. Rio de Janeiro: José Olympio, 1940.

FREYRE, Gilberto. *Ordem e Progresso: processo de desintegração das sociedades patriarcal e semipatriarcal no Brasil sob o regime de trabalho livre: aspectos de um quase meio século de transição do trabalho escravo para o trabalho livre, e da monarquia para a república*. 6. ed. Rio de Janeiro: Global, 2004.

FREYRE, Gilberto. *Região e tradição*. Rio de Janeiro: José Olympio, 1941.

FREYRE, Gilberto. *Sobrados e mucambos: decadência do patriarcado rural e desenvolvimento do urbano*. São Paulo: Companhia Editora Nacional, 1936.

FREYRE, Gilberto. *Sociologia: introdução ao estudo dos seus princípios*. Rio de Janeiro: José Olympio, 1945.

FREYRE, Gilberto. *Tempo de aprendiz*. V. 1. São Paulo: Ibrasa, 1979.

FREYRE, Gilberto. *Tempo morto e outros tempos: trechos de um diário de adolescência e primeira mocidade (1915-1930)*. 2. ed. São Paulo: Global, 2006.

FREYRE, Gilberto. *Terres du Sucre*. Tradução Jean Orechionni. Paris: Gallimard, 1956.

FREYRE, Gilberto. *Uma cultura ameaçada: a luso-brasileira*. Recife: Officina do Diário da Manhã, 1940.

FREYRE, Gilberto. *Um brasileiro em terras portuguesas*. Rio de Janeiro: José Olympio, 1953.

FREYRE, Gilberto. *Um engenheiro francês no Brasil*. Prefácio Paul Arbousse Bastide. 2. ed. Rio de Janeiro: José Olympio, 1960.

FREYRE, Gilberto. *Vida, forma e cor*. Recife: [s.n.], 1962.

FREYRE, Gilberto. *Vida social no Brasil nos meados do século XIX*. Tradução Waldemar Valente. Recife: Instituto Joaquim Nabuco de Pesquisas Sociais, 1977.

Artigos científicos

FREYRE, Gilberto. Interação eurotropical: aspectos de alguns dos seus vários processos, inclusive o lusotropical. *Journal of Inter-American Studies,* Gainesville, n. 8, p. 1-10, jan. 1966. AGF.

FREYRE, Gilberto. L'Historie microscopique: un exemple de carrefour d'influences. Tradução Jean-Louis Marfaing. *Diogène*, 1957.

FREYRE, Gilberto. Modern Brazil: a new type of civilisation. *The Listener.* Londres, v. 1427, n. 56, p. 149-150, 2 ago. 1956. AGF.

FREYRE, Gilberto. O estudo das ciências sociais nas universidades americanas. *Rumo*, Rio de Janeiro, v. 1, n. 1, p. 4-24, jan./mar. 1943.

FREYRE, Gilberto. Roger Bastide, um francês abrasileirado. *Afro-Ásia*, Salvador, n. 12, p. 54, jun. 1976.

FREYRE, Gilberto. The negro's role in brazilian history. *Unesco Courier*, v. V, 8/9, p. 7-8, 1952.

Artigos na imprensa

FREYRE, Gilberto. 61. *Diario de Pernambuco*, 20 ago. 1922.

FREYRE, Gilberto. Acerca da valorização do preto. *Diario de Pernambuco*, 19 set. 1926.

FREYRE, Gilberto. Ainda Amy Lowell. *Correio da Manhã*. Rio de Janeiro, 17 dez. 1940.

FREYRE, Gilberto. Ainda sobre o Seminário de Cerisy. *O Cruzeiro*, 16 mar. 1957.

FREYRE, Gilberto. A solução Federalista. *O Cruzeiro*, 25 jan. 1958.

FREYRE, Gilberto. Com Gabriel Marcel em Cerisy. *O Cruzeiro*, 21 jun. 1958.

FREYRE, Gilberto. Em torno de um livro do professor Roger Bastide. *Diario de Pernambuco*, 11 maio 1958.

FREYRE, Gilberto. Estudos Afro-americanos. *Correio da Manhã*. Rio de Janeiro, 21 mar. 1942.

FREYRE, Gilberto. *The Bear Trail.* Waco/Texas, Baylor University, a. 2, n. 3, dez. 1920, 1p. AGF.

FREYRE, Gilberto. Mestre Lucien Febvre. *O Cruzeiro*, 19 out. 1957.

FREYRE, Gilberto. Modern Brazil: a new type of civilisation. *The Listener*, Londres, v. 1427, n. 56, p. 149-150, ago. 2, 1956. AGF.

FREYRE, Gilberto. Na Sorbonne e no Castelo de Cerisy. *O Cruzeiro*, 9 mar. 1957.

FREYRE, Gilberto. O professor Lucien Febvre no Brasil. *O Cruzeiro*, 10 nov. 1949.

FREYRE, Gilberto. O Recife e os Modernos Estudos Sociais. *Jornal do Commercio*, Recife, 6 nov. 1957.

FREYRE, Gilberto. Recordação de Amy Lowell. *Correio da Manhã*, Rio de Janeiro, 10 dez. 1940.

FREYRE, Gilberto. Sobre as idéias gerais de Rüdiger Bilden. *Diario de Pernambuco*, 17 jan. 1926. *Tempos de Aprendiz*, p. 249-252.

Conferências, ensaios, opúsculos, relatórios

FREYRE, Gilberto. *A Propósito de relações entre raças e culturas no Brasil*. Dacar: Ifan, 1953. AGF.

FREYRE, Gilberto. *Annexe au rapport général sur le pluralisme culturel*. Lisbonne: Institut International des Civilisations Différentes, 1957. 3 p. AGF.

FREYRE, Gilberto. *Contra o preconceito de raça no Brasil*. In: Discurso proferido na Câmara dos Deputados, 17 jul. 1950, Rio de Janeiro. AGF.

FREYRE, Gilberto. *Guerra, paz e ciência*. Rio de Janeiro: [s.n.], 28 jul. 1948.

FREYRE, Gilberto. *Le Portugais et les tropiques: considérations sur les méthodes portugaises d'intégration de peuples autochtones et de cultures différentes de la culture européenne dans un nouveau complexe de civilisation, la civilisation luso-tropicale*. In: Commission exécutive des commémorations du Vème Centenaire de la mort du prince Henri, 1961.

FREYRE, Gilberto. *Meu amigo Gurvitch*. In: Conferência proferida na Faculdade de Direito de Caruaru, 11 ago. 1971. AGF.

FREYRE, Gilberto. *O Brasil em face das Áfricas negras e mestiças*. Rio de Janeiro: Federação das Associações Portuguesas, 1962.

FREYRE, Gilberto. *Oral Memoirs of Gilberto Freyre*. Baylor University: Institut for Oral History, 1987. AGF.

FREYRE, Gilberto. *Plural and mixed societies in the tropics: the case of Brazil considered from a sociological point of view*. Lisboa: International Institute of Differing Civilizations, 1957, 13 p.

FREYRE, Gilberto. *Sociologia & Folclore*. Recife: IJNPS, 1976.

FREYRE, Gilberto. *Sugestões para o estudo histórico-social do sobrado no Rio Grande do Sul*. Porto Alegre: [s.n.], 1940, p. 3-10. AGF.

Textos sobre a recepção de Freyre na França (até os anos 1950)

AURY, Dominique. Incroyables Florides. *Nouvelle Revue Française*, Dossier Hommage a Francis Ponge, n. 45, set. 1956.

BALANDIER, Georges. 'Maîtres et esclaves' de G. Freyre. *Cahiers Internationaux de Sociologie*, v. 16, p. 183, 1954. In: *Bastidiana*, n. 21-22, p. 21-23, jan./jun. 1998.

BARTHES, Roland. Maîtres et Esclaves. *Les Lettres Nouvelles*, Paris, v. 1, p. 107-108, mar. 1953.

BASTIDE, Roger. Présentation de Gilberto Freyre. *Mercure de France*, Paris, v. 317, p. 336-338, fev. 1953.

BASTIDE, Roger. Sous La Croix du Sud: L'Amérique Latine dans le miroir de sa littérature. *Annales ESC*, ano 13, n. 1, p. 30-46, 1958.

BOSQUET, Alain. Le Brésil par la Chair. *Combat*, 1 jan. 1953.

BRAUDEL, Fernand. À travers un continent d'histoire, le Brésil et l'œuvre de Gilberto Freyre. *In*: *Mélanges d'histoire sociale. Annales d'histoire sociale*, 1943, p. 3-20. Reproduzido em *L'histoire au quotidien*. Paris: Fallois, 2001.

BRAUDEL, Fernand. Dans le Brésil bahianais: le témoignage de Minas Velhas. *Annales. Économies, Sociétés, Civilisations*, ano 14, n. 2, p. 325-336, 1959.

BRAUDEL, Fernand. La règle du jeu. *Annales ESC*, v. 3, n. 4. p. 437-438, 1948.

COORNAERT, Émile. Aperçu de la production historique récente au Brésil. *Revue d'Histoire Moderne* (21), t.11, jan./fev. 1936.

DELANE, Charles. Une histoire intime du Brésil. *L'Observateur*, n. 153, 16 abr. 1953.

DUVIGNAUD, Jean. Avant Propos. *In*: *Terres du Sucre*. Paris: Gallimard, 1956.

FEBVRE, Lucien. Brésil, terre d'histoire. *In*: Préface de *Maîtres et Esclaves*. Paris: Gallimard, 1956.

FEBVRE, Lucien. Un grand livre sur le Brésil. *Annales ESC*, p. 409, 1953.

FEBVRE, Lucien. Un champ privilégié d'études: l'Amérique du Sud. *Annales d'Histoire Sociale*, n. 2, p. 258-279, 1929.

GREY, F. Maîtres et Esclaves par Gilberto Freyre. *Le Christianisme Social*, ano 61, n. 6-7, p. 398-400, maio/jun. 1953.

PIEL, Jean. Genèse et Contrastes du Brésil. *Critique*, n. 71, abr. 1953.

POUILLON, Jean. Maîtres et Esclaves. *Les temps modernes*, Paris, n. 90, p. 1836-1838, maio 1953.

RAMOS, Guerreiro. A propos de Gilberto Freyre. *Arguments*, ano 1, n. 1, dez. 1956/jan. 1957.

ROUSSEAU, André. Maîtres et Esclaves. *In*: *Le Figaro Littéraire*. Paris: [s.n.], 1953.

SÉGUY, Jean. Gilberto Freyre – Maîtres et Esclaves. *Population*. v. 8, n. 4, 1953.

Textos sobre a recepção de Freyre no Brasil (anos 1930/40)

ARINOS, Afonso. Casa-grande & senzala. *O Jornal*, 15 fev. 1934. In: *Casa-Grande & senzala e a crítica brasileira de 1933 a 1944*. Edição Edson Nery da Fonseca. Recife: Companhia Editora de Pernambuco, 1985.

CANDIDO, Antonio. Um instaurador. Homenagem a Florestan Fernandes. *Revista Brasileira de Ciências Sociais*, n. 30, [s.d.].

CARNEIRO, Saul Borges. Um livro premiado. *Boletim de Ariel*, 6, ano 4, mar. 1935. In: *Casa-grande & senzala e a crítica brasileira de 1933 a 1934*. Edição Edson Nery da Fonseca. Recife: Companhia Editora de Pernambuco, 1985.

MARTINS, Wilson. Notas à margem de *Casa Grande & Senzala*. *O Dia*, 23-24 dez. 1943.

MELLO, José Antônio Gonsalves de. Ele viu o Brasil nu. In: *Casa-Grande & Senzala e a crítica brasileira de 1933 a 1944*. Edição Edson Nery da Fonseca. Recife: Companhia Editora de Pernambuco, 1985. p. 121-123.

RABELO, Sylvio. Grande e intenso livro que nunca terá leitores independentes. In: *Casa-grande & senzala e a crítica brasileira de 1933 a 1944*. Edição Edson Nery da Fonseca. Recife: Companhia Editora de Pernambuco, 1985. p. 137-142.

REALE, Miguel. Um sociólogo naturalista. In: *Casa-grande & senzala e a crítica brasileira de 1933 a 1944*. Edição Edson Nery da Fonseca. Recife: Companhia Editora de Pernambuco, 1985.

REIS, V. de Miranda. Desobriga. *Boletim de Ariel*, IV, n. 3, p. 76-78. 1934. *Casa-grande & senzala e a crítica brasileira de 1933 a 1944*. Edição Edson Nery da Fonseca. Recife: Companhia Editora de Pernambuco, 1985.

REIS, V. De Miranda. Um tratado sobre a formação e a evolução do povo brasileiro. In: *Casa-grande & senzala e a crítica brasileira de 1933 a 1944*. Edição Edson Nery da Fonseca. Recife: Companhia Editora de Pernambuco, 1985.

RIBEIRO, João. Poderosa poesia e profunda metafísica de uma obra metapolítica. In: *Casa-grande & senzala e a crítica brasileira de 1933 a 1944*. Edição Edson Nery da Fonseca. Recife: Companhia Editora de Pernambuco, 1985.

Textos sobre Freyre na imprensa

A conferência do Prof. Lucien Febvre. *Diario de Pernambuco*, 6 set. 1949.

Ampla repercussão, na imprensa européia, das homenagens prestadas a Gilberto Freyre. *O Popular*, 2 out. 1956.

Gilberto em Cerisy. *Diario de Pernambuco*, 7 out. 1956.

Gilberto Freyre: renovador vigoroso das ciências do Homem. Saudação do professor Paul Rivet ao autor de *Maîtres et Esclaves* durante almoço oferecido a Freyre. *Diario de Pernambuco*, 11 set. 1956.

Homenageado pela ONU o escritor Gilberto Freyre. *Diario de Pernambuco*, 19 jun. 1954.

Interesse na França pelas coisas do Brasil. *Diario de Pernambuco*, 10 set. 1951.

O curso Gilberto Freyre na Sorbonne. *Diario de Pernambuco*, 5 fev. 1950.

O escritor Gilberto Freyre em viagem à Europa. *Diario de Pernambuco*, 15 jul. 1951.

IV sessão da assembleia da ONU. *Diario de Pernambuco*, 30 ago. 1949.

Relatórios e obras publicadas pela Unesco

BALANDIER, Georges. *Le fait urbain en Afrique Occidentale et centrale, orientations pour la recherche*. Paris: Unesco, 14 nov. 1954. Disponível em: http://unesdoc.unesco.org/images/0015/001561/1561 66fb.pdf. Acesso em: 8 fev. 2022.

FEBVRE, Lucien; CROUZET, François. À un jeune Français. In: *Origines Internationales d'une civilisation. Éléments d'une histoire de France*. Paris: Unesco, dez. 1953. Disponível em: http://unesdoc.unesco.org/images/00142305fb.pdf. Acesso em: 27 set. 2010.

FEBVRE, Lucien; CROUZET, François. *Origines Internationales d'une civilisation. Éléments d'une histoire de France*. Paris: Unesco, dez. 1951, n. 28.

ORGANISATION DES NATIONS UNIES POUR L'EDUCATION, LA SCIENCE ET LA CULTURE. Convention créant une Organisation des Nations Unies pour l'éducation, la science et la culture. In: *Textes Fondamentaux*. Paris: Unesco, 2004. 219 p.

ORGANISATION DES NATIONS UNIES POUR L'ÉDUCATION, LA SCIENCE ET LA CULTURE. *Déclaration sur la race*. Paris: Unesco, jul. 1950.

ORGANISATION DES NATIONS UNIES POUR L'ÉDUCATION, LA SCIENCE ET LA CULTURE. *Déclaration des experts sur les questions de race*. Paris: Unesco, 1950.

ORGANISATION DES NATIONS UNIES POUR L'ÉDUCATION, LA SCIENCE ET LA CULTURE. *Déclaration sur la race et les différences raciales*. Paris: [s.n.], jun. 1951, p. 31.

ORGANISATION DES NATIONS UNIES POUR L'ÉDUCATION, LA SCIENCE ET LA CULTURE. *Préface Bulletin International des Sciences Sociales*, v. 2, n. 4, 1950.

ORGANISATION DES NATIONS UNIES POUR L'ÉDUCATION, LA SCIENCE ET LA CULTURE. *Rapport sur l'histoire scientifique et culturelle de l'humanité*. Apresentação Miguel Ozorio de Almeida. Paris: Unesco, 23 ago. 1949.

Bibliografia

Obras

ABREU, João Capistrano de. *Capítulos de História Colonial (1500/1800) & Os Caminhos Antigos e o Povoamento do Brasil (1907 et 1930)*. 5. ed. Brasília: Editora UnB, 1963.

ABREU, Regina. Tal Antropologia, qual museu? In: *Museus, coleções e patrimônios: narrativas polifônicas*. Edição Regina Abreu, Mário Chagas, Myrian Santos Sepúlveda. Rio de Janeiro: MinC; Iphan; Demu, 2007.

AFFERGAN, Francis. *Exotisme et Altérité*, Paris: PUF, 1987.

AGASSIZ, Jean Louis Rudolphe. *Voyage au Brésil*. Paris: Hachette, 1869.

AGIER, Michel. Ethnopolitique: racisme, statuts et mouvement noir à Bahia. *Cahiers d'études africaines*, v. 32, n. 125, p. 53-81, 1992.

ALFREDO, Margarido. Franz Fanon: Peau Noire, masques blancs. *Annales, Économies, Sociétés, Civilisations*, v. 29, n. 2, 1974.

AMADO, Gilberto et al. *Gilberto Freyre: sua ciência, sua filosofia, sua arte. Ensaios sobre o autor de Casa-grande & senzala e sua influência na moderna cultura do Brasil, comemorativos do 25º. aniversário da publicação deste seu livro*. Rio de Janeiro: José Olympio, 1962.

ANDERSON, Benedict. *L'imaginaire national, réflexions sur l'origine et l'essor du nationalisme*. Paris: La Découverte, 2002.

ANDRADE, Manoel Correia de. Gilberto Freyre e a geração de 45. *Ciência & Trópico*, Recife, v. 2, n. 15, p. 147-156, jul./dez. 1987.

ARAÚJO, Ricardo Benzaquén. *Guerra e Paz: Casa-grande & senzala e a obra de Gilberto Freyre nos anos 30*. Rio de Janeiro: Editora 34, 1994.

ARAÚJO, Rita; PONCIONI, Cláudia; PONTUAL, Virgínia (org.). *Vauthier: um engenheiro de artes, ciências e ideias*. Olinda: Ceci, 2009.

ARENDT, Hannah. *L'impérialisme*. Paris: Fayard, 1982.

ARIÈS, Philippe. *Attitudes devant la vie et devant la mort du XVIIe au XIXe siècle, quelques aspects de leurs variations*. Paris: Ined, 1949.

ARIÈS, Philippe. *L'Enfant et la vie familiale sous l'Ancien Régime*. Paris: Plon, 1960.

AZEVEDO, Thales de. *Cultura e situação racial no Brasil*. Rio de Janeiro, 1966.

AZEVEDO, Thales de. *Democracia racial: ideologia e realidade.* Petrópolis: Vozes, 1975.

AZEVEDO, Thales de. *Les élites de couleur dans une ville brésilienne.* Paris: Imprimerie Chantenay, Unesco, 1953.

BALANDIER, Georges. Culture plurielle, culture en mouvement [Suivi d'un commentaire de Guy Rocher.] *In: La culture en mouvement. Nouvelles valeurs et organisations.* Edição Daniel Mercure. Québec: Les Presses de l'Université Laval, 1992. p. 35-50.

BASTIDE, Roger; FERNANDES, Florestan. *Brancos e negros em São Paulo; ensaio sociológico sobre aspectos da formação, manifestações atuais e preconceito de cor na sociedade paulistana.* São Paulo: Companhia Editora Nacional, 1959.

BASTIDE, Roger. A propósito da poesia como método sociológico. *Diário de São Paulo*, 8 fev. 1946. Republicado em *Cadernos CERU*, série 1, n. 10, nov. 1977.

BASTIDE, Roger. A sociologia de Georges Gurvitch. *Revista do Arquivo Municipal*, 1940.

BASTIDE, Roger. *Brésil, terre des contrastes.* Paris: Hachette, 1957.

BASTIDE, Roger. *Terra de contrastes.* Tradução Maria Isaura Pereira de Queiroz. São Paulo: Difusão Européia do Livro, 1959.

BASTIDE, Roger. Psychanalyse du cafuné. *Bastidiana*, 1996.

BASTIDE, Roger. *Les problèmes de la vie mystique.* Paris: PUF, 1931.

BASTOS, Elide Rugai. *Gilberto Freyre e o pensamento hispânico: entre Dom Quixote e Alonso El Bueno.* Bauru: Edusc, 2003.

BERR, Henri. *La Synthèse en histoire.* Paris: F. Alcan, 1911.

BILDEN, Rudiger. Brazil, laboratory of civilization. *The Nation*, Nova York, v. 128, n. 3315, p. 71-74, 1929.

BLOCH, Marc. *Apologie pour l'histoire ou métier d'historien.* Paris: Armand Colin, 1949.

BLOCH, Marc; FEBVRE, Lucien. *Correspondance.* Organização Bertrand Muller. [*S.l.*]: Fayard, 2003.

BLONDEL, Charles. *Introduction à la psychologie collective.* Paris: Armand Colin, 1927.

BOAS, Franz. *Antropologia Cultural.* 3. ed. Edição Celso Castro. Rio de Janeiro: Zahar, 2006.

BOAS, Franz. *The Mind of primitive man.* Nova York: Macmillan, 1939.

BOKOLO, Elika. *L'Afrique au XXe Siècle.* Paris: Seuil, 1985.

BON, A.; GAUTHEROT, M; VERGER, P. *Brésil.* [*S.l.*]: L'Harmattan, 1950.

BOURDÉ, Guy. *Les écoles historiques*. Paris: Seuil, 1983.

BRAUDEL, Fernand. *História e ciências sociais*. Lisboa: Presença, 1972.

BRAUDEL, Fernand. *Les écrits de Fernand Braudel. II: Les Ambitions de l'Histoire*. Organização Roselyne de Ayala e Paule Braudel. Paris: Le Livre de Poche, 1999.

BRAUDEL, Fernand. *Les écrits de Fernand Braudel. III: L'Histoire au quotidien*. Organização Roselyne de Ayala e Paule Braudel. Paris: De Fallois, 2001.

BRAUDEL, Fernand. Prefácio. Padroni e schiavi. Turim: Einaudi, 1965. *In*: *Novos Estudos Cebrap*. n. 56, p. 13-15, mar. 2000.

BRAUDEL, Fernand. *Une Leçon d'histoire de Fernand Braudel – Châteauvallon / oct. 1985*. Paris: Arthaud, 1986.

BRAUSCH, G. E. J. B. *Pluralisme ethnique et culturel au Congo Belge. Pluralisme ethnique et culturel dans les sociétés intertropicales. Compte-rendu de la XXème session tenue à Lisbonne les 15, 16, 17 et 18 avril 1957*. Institut International des Civilisations Différentes (INCIDI), Bruxelas, p. 243-267, 1957.

BRIGGS, Asa. Gilberto Freyre e o Estudo da História Social. *In*: *Gilberto Freyre na UnB: conferências e comentário de um simpósio internacional realizado de 14 a 17 de outubro de 1980*. Brasília: Editora UnB, 1981. p. 27-42.

CANCELLI, E.; MESQUITA, G.; CHAVES, W. *Guerra Fria e o Brasil. Para a agenda de integração do negro na sociedade de classes*. São Paulo: Alameda, 2019.

CANNON, Walter. *Bodily Changes in Pain, Hunger, Fear and Rage*. Nova York, Londres: [s. n.], 1929.

CAPANEMA, Silvia; FLECHET, Anaïs. *De la démocratie raciale au multiculturalisme; Brésil, Amériques, Europe*. Bruxelas: Peter Lang, 2009.

CARBONELL, Charles-Olivier. *Histoire et Historiens. Une mutation idéologique des historiens français 1865-1885*. Toulouse: Privat, 1976.

CARDOSO, Fernando Henrique. *Capitalismo e escravidão no Brasil meridional: o negro na sociedade escravocrata no Rio Grande do Sul*. São Paulo: Difel, 1962.

CARLYLE Thomas. *Occasional Discourse on the Negro Question*. Fraser's Magazine, 1849.

CHACON, Vamireh. Uma fenomenologia de Gilberto Freyre. *In*: *Gilberto Freyre na UnB: conferências e comentário de um simpósio internacional realizado de 14 a 17 de outubro de 1980*. Brasília: Editora UnB, 1981.

CHACON, Vamireh. *Gilberto Freyre: uma biografia intelectual*. Recife: Fundaj. Editora Massangana, 1993.

CHAIX-RUY, Jules. *Psychologie Sociale et Sociométrie*. Paris: Armand Colin, 1960.

CHONCHOL, Jacques; MARTINIÈRE, Guy. *L'Amérique Latine et le latino-américanisme en France*. Paris: L'Harmattan, 1985.

COSTA PINTO, L. A. *O negro no Rio de Janeiro: relações de raça numa sociedade em mudança*. Rio de Janeiro: Companhia Editora Nacional, 1953.

CUNHA, Euclides da. *Os Sertões*. São Paulo: Três, 1984.

CUVILLIER, Armand. *Où va la sociologie française?* Paris: Marcel Rivière, 1953.

D'AVEZAC-MACAYA, Armand. *Les voyages de Améric Vespuce au compte de l'Espagne et les mesures itinéraires employées par les marins espagnols et portugais des XV et XVI siècles*. Paris: Impr. de L. Martinet, 1858.

D'AVEZAC-MACAYA, Armand. *Considérations géographiques sur l'histoire du Brésil*. Paris: L. Martinet, 1857.

DAIX, Pierre. *Fernand Braudel, uma biografia*. Rio de Janeiro, São Paulo: Record, 1999.

DAVENPORT, Charles. *Heredity in Relation to Eugenics*. Nova York: H. Holt, 1911. Disponível em: http://www.archive.org/details/heredityinrelati00dave. Acesso em: 20 out. 2009.

DAVENPORT, Charles. *Race Crossing in Jamaica*. Washington: Carnegie Institution of Washington, 1929.

DAVIS, Natalie Zemon. Métissage culture et médiation historique. *Conférences Marc Bloch*, 1995. Disponível em: http://cmb.ehess.fr/document114.html. Acesso em: 12 dez. 2010.

DE LA RÜE, Edgard Aubert. *Brésil aride: la vie dans la caatinga*. Paris: Gallimard, 1957.

DEGLER, Carl. *Neither Black Nor White: Slavery and Race Relations in Brazil and the United States*. Nova York: Macmillan, 1971.

DEL PRIORE, Mary. *Ao Sul do Corpo: condição feminina, maternidades e mentalidades no Brasil Colônia*. 2. ed. Rio de Janeiro: José Olympio, 1995.

DELACROIX, Christian; DOSSE, François. *Les courants historiques en France. 19e-20e siècles*. Paris: Armand Colin, 1999.

DEMANGEON, Albert; FEBVRE, Lucien. *Le Rhin: problèmes d'histoire et d'économie*. Paris: A. Colin, 1935.

DIEHL, Astor. *A cultura historiográfica brasileira: do IHGB aos anos 1930*. Passo Fundo: Ediupf, 1998.

DIMAS, Antônio; LEENHARDT, Jacques; PESAVENTO, Sandra et al. *Reinventar o Brasil: Gilberto Freyre entre história e ficção*. Porto Alegre/ São Paulo: Editora da UFRGS/Edusp, 2006.

DOSSE, François; DELACROIX, Christian; GARCIA, Patrick. *Les courants historiques en France, XIXe-XXe siècle*. Paris: A. Colin, 2005.

DUBREIL, Laurent. L'impossible généalogie du métissage. In: *Genre et postcolonialismes. Dialogues transcontinentaux*. Edição Anne Berger, Eleni Varikas. [S.l.]: Éditions Archives Continentaux, 2011.

DUNN, Leslie. *Heredity, Race and Society*. Nova York: Penguin Books, 1946.

DUNN, Leslie. *Principles of Genetics*. Nova York: McGraw-Hill Book Company, 1925.

DUVIGNAUD, Jean; COSTA PINTO, L. A. *Problèmes Démographiques Contemporains. TomeI-Les Faits*. Rio de Janeiro: Atlântica, 1944.

DUVIGNAUD, Jean. Gilberto Freyre, sociólogo humanista. In: *Gilberto Freyre na UnB: conferências e comentário de um simpósio internacional realizado de 14 a 17 de outubro de 1980*. Brasília: Editora UnB, 1981.

EULALIO, Alexandre et al. *A aventura brasileira de Blaise Cendrars*. Brasília: INL, 1978.

FALCÃO, Joaquim. *O Imperador das idéias: Gilberto Freyre em questão*. Organização Rosa Maria Barbosa de Araújo. São Paulo: Fundação Roberto Marinho, Topbooks, 2001.

FANON, Franz. *Les Damnés de la Terre*. Paris: Maspero, 1976.

FANON, Franz. *Peu Noire Masques Blancs*. Paris: Seuil, 1952.

FAUSTO, Boris. *A revolução de 30: historiografia e história*. 16. ed. São Paulo: Companhia das Letras, 1997.

FEBVRE, Lucien. *Correspondance. 1928-33*. Edição Bertrand Müller. Paris: Fayard, 1994.

FEBVRE, Lucien. La *Terre et l'évolution humaine. Introduction géographique à l'Histoire*. Paris: A. Colin, 1922.

FEBVRE, Lucien. *Lettres à Henri Berr*, présentées et annotées par Jacqueline Pluet et Gilles Candar. Paris: Fayard, 1997.

FEBVRE, Lucien. Un champ privilegié d'études: l'Amérique du Sud. *Annales d'Histoire Sociale*, n. 2, p. 258-279, 1929.

FEBVRE, Lucien. *Combats pour l'Histoire*. Paris: Armand Colin, 1992.

FERNANDES, Florestan. *A Integração do negro na sociedade de classes*. São Paulo: Dominus, 1965.

FERNANDES, Florestan. *O negro no mundo dos brancos*. São Paulo: Difel, 1972.

FERNANDES, Florestan. *O significado do protesto negro*. São Paulo: Cortez, 1989.

FLECHET, Anaïs. *Villa-Lobos à Paris: un Echo Musical du Brésil*. Paris: L'Hartmattan, 2000.

FONSECA, Edson Nery da. *Um livro completa meio século*. Recife: Massangana, 1983.

FRAZIER, Franklin. *The Negro Family in the United States*. Chicago: University of Chicago Press, 1939.

FRAZIER, Franklin. The Pathology of Race Prejudice. *Forum Magazine*, jun. 1927.

FRAZIER, Franklin. Brazil has no race problems. *Common Sense*, n. 11, p. 363-365, nov. 1942.

FRESTON, Paul. Um império na província: o Instituto Joaquim Nabuco em Recife. *In*: MICELI, Sergio (Org.). *História das Ciências Sociais no Brasil*. São Paulo: Editora Sumaré, 2001. v. 1, p. 369-417.

FRY, Peter; MAGGIE, Yonne; RESENDE, Cláudia Barcellos (Orgs.). *Raça como retórica: a construção da diferença*. Rio de Janeiro: Civilização Brasileira, 2002.

GARDE–TAMINE, Joelle; HUBERT, Marie Claude. *Dictionnaire de critique littéraire*. Paris: Edition Armand Colin, 2002.

GEMELLI, Giuliana; PASQUET, Brigitte. *Fernand Braudel*. Paris: Odile Jacob, 1995.

GIRARDET, Raoul. *L'idée coloniale en France*. Paris: Hachette, 1986.

GOBINEAU, Arthur de. *Essai sur l'inégalité des races humaines (1853-1855)*. Présentation de Hubert Juin. Paris: Éditions Pierre Belfond, 1967.

GOMES, Ângela de Castro. *Em família: a correspondência de Oliveira Lima e Gilberto Freyre*. Rio de Janeiro: Mercado das Letras, 2005.

GRANT, Madison. *The Passing of the Great Race, or The Racial Basis of European History*. Nova York: Scribner's Sons, 1921. Disponível em: http://www.archive.org/details/passingofgreatra01gran.

GROSSER, Alfred. *Affaires extérieures. La politique de la France depuis 1944*. [S.l.]: Flammarion, 1984. (Coleção Champs, 1989).

GUIMARÃES, Antônio. *O Projeto Unesco na Bahia. Colóquio Internacional: O projeto Unesco no Brasil: uma volta crítica ao campo 50 anos depois*. Salvador: Centro de Estudos Afro-Orientais da Universidade Federal da Bahia, 2004.

HALBWACHS, Maurice. *Les cadres sociaux de la mémoire*. Paris: Félix Alcan, 1925.

HANDELMANN, Gottfried Heinrich. *História do Brasil*. São Paulo: Edusp, 1982.

HANKE, Lewis. "Gilberto Freyre: Historiador Social Brasileño", Gilberto Freyre: Vida y Obra. In: *Bibliografia Antología*. Nova York: Instituto de las Españas en los Estados Unidos, 1939.

HARRIS, Marvin et al. Who are the whites? Imposed census categories and the racial demography of Brazil. *Social Forces*, v. 72, n. 2, p. 451-462, dez. 1993. Disponível em: http://www.jstor.org/stable/2579856. Acesso em: 2 fev. 2011.

HARRIS, Marvin. *Town and Country in Brazil*. Nova York: The Norton Library, 1956.

HARRIS, Marvin. *Patterns of Race in the Americas*. Nova York: Walker, 1964.

HASENBALG, Carlos. *Discriminação e desigualdades raciais no Brasil*. Minas Gerais: Editora UFMG, 2005.

HAYES, Carlton Joseph Huntley. *A Political and Social History of Modern Europe. I.1500-1815*. [S.l.]: Macmillan Company, 1916.

HOFSTADTER, Richard. *The Progressive Historians: Turner, Beard, Parrington*. Nova York: [s.n.], 1970.

HOLANDA, Sérgio Buarque de. *Raízes do Brasil*. Rio de Janeiro: José Olympio, 1968.

IANNI, Octavio. *As metamorfoses do escravo: apogeu e crise da escravatura no Brasil meridional*. São Paulo: Difel, 1962.

IANNI, Octavio; CARDOSO, Fernando Henrique. *Cor e mobilidade social em Florianópolis*. São Paulo: Companhia Editora Nacional, 1960.

IANNI, Octavio. *Escravidão e racismo*. São Paulo: Hucitec, 1978.

IANNI, Octavio. *Raças e classes sociais no Brasil*. Rio de Janeiro: Civilização Brasileira, 1966.

ISER, Wolfgang. *L'acte de lecture. Théorie de l'effet esthétique*. Tradução Evelyne Sznycer. Bruxelas: Mardaga, 1997.

JAUSS, Hans Robert. *Pour une esthétique de la réception*. Prefácio Jean Starobinski. Paris: Gallimard, 1996.

JEANNIN, Pierre. Une histoire planétaire de la civilisation matérielle. In: *Braudel et l'Histoire*. Edição Jacques Revel. Paris: Hachette, 1999.

JOUSSELANDIÈRE, Vigneron. *Novo Manual Prático de Agricultura Intertropical*. Rio de Janeiro: [s.n.], 1860.

JULIEN, Charles-André. *L'Afrique du Nord en marche. Nationalismes musulmans et souveraineté française*. Paris: Julliard, 1952.

JURUNA, Julia. Racisme et Mythes Brésiliens. *Le Monde Diplomatique*, 1979.

KEITH, Arthur. On Certain Factors Concerned in the Evolution of Human Races. *Journal of the Royal Anthropological Institute*, Londres, v. XLVI, 1916.

KLINEBERG, Otto. *Introdução à Psicologia Social*. São Paulo: Boletim LXX, 1946.

KLINEBERG, Otto. *Race et psychologie*. Paris: Unesco, 1951.

KNOX, Robert. *The races of man*. Londres: Renshaw, 1850.

LAMBERT, Jacques. *Le Brésil: Structure Sociale et Institutions Politiques*. Paris: Armand Colin, 1953.

LAMBERT, Jacques. *Os dois Brasis*. Rio de Janeiro: Companhia Editora Nacional, 1967.

LARRETA, Enrique; GIUCCI, Guillermo. *Gilberto Freyre: uma biografia intelectual*. Rio de Janeiro: Civilização Brasileira, 2007.

LE LANNOU, Maurice. *Le Bresil*. Paris: A. Colin, 1955.

LEÃO, A. Carneiro. *Panorama Sociologique du Brésil*. Prefácio Georges Davy. Paris: Presses Universitaires de France, 1953.

LEENHARDT, Jacques. A consagração na França de um pensamento heterodoxo. In: *Reinventar o Brasil: Gilberto Freyre entre história e ficção*. Edição Antônio Dimas, Jacques Leenhardt, Sandra Pesavento. Porto Alegre/São Paulo: Editora da UFGRS/Edusp, 2006.

LEFEBVRE, Jean-Paul: Les professeurs français des missions universitaires au Brésil (1934-1944). *Cahiers du Brésil Contemporain*, n. 12, 1990.

LEIRIS, Michel. *L'Afrique Fantôme*. Paris: Gallimard, 1934.

LEITE, Dante Moreira. *O caráter nacional brasileiro: história de uma ideologia*. 7. ed. São Paulo: Editora Unesp, 2007.

LEMAIRE, Ria. *Amours Intelligentes: réflexion sur le thème Gilberto Freyre et la France*. Disponível em: http://www.bresil.org/images/stories/ambassadedocuments/lebresilnfrance/publications/gilberto-freyre.pdf. Acesso em: 13 jan. 2009.

LEMAIRE, Ria. Discours historiques et littérature, des chassés croisés intrigants: Casa-grande & Senzala de Gilberto Freyre. In: *Historia y Novela*. Edição Maryse Renaud, Fernando Moreno. Poitiers: Centre de Recherches Latino-Américaines, 1996.

LÉVI-STRAUSS, Claude. Race et Culture. *Le Courrier de L'Unesco*, n.3, mar. 1996.

LÉVI-STRAUSS, Claude. Histoire et Ethnologie. *Revue de Métaphysique et de Morale*, n. 54, p. 363-391, 1949.

LÉVI-STRAUSS, Claude. *Race et Histoire*. Paris: Unesco, 1952.

LÉVI-STRAUSS, Claude. *Le Regard éloigné*. Paris: Plon, 1983.

LIAUZU, Claude. *Histoire de l'anticolonialisme en France. Du XVIe siècle à nos jours*. Paris: Armand Colin, 2007.

LIAUZU, Claude. *La Société Française face au racisme*. Paris: Colin, 2007.

LIMA, Luís Corrêa. *Fernand Braudel: vivência e brasilianismo (1935-1945)*. São Paulo: Edusp, 2009.

LIMA, Luiz Costa. A versão solar do patriarcalismo: Casa-grande & Senzala. *In*: *Aguarrás do tempo*. Rio de Janeiro: Rocco, 1989.

LOPES, Marcos Antônio (Org.). *Fernand Braudel, Tempo e História*. Rio de Janeiro: Editora FGV, 2003.

MAIOR, Mário Souto. *Gilberto Freyre e o folclore*. Recife: Fundação Joaquim Nabuco, 1982.

MANNONI, Octave. *Psychologie de la colonisation*. Paris: Seuil, 1950.

MARCEL, Jean-Christophe. Une réception de la sociologie américaine en France (1945-1960). *Revue d'Histoire des Sciences Humaines*, 11, p. 45-68, 2004.

MARTIN, Denis-Constant; ROUEFF, Olivier. *La France du jazz. Musique, modernité et identité dans la première moitié du 20e siècle*. Marselha: Parenthèses, 2002.

MARTINIÈRE, Guy. *Aspects de la coopération franco-brésilienne*. Paris/Grenoble: Presses Universitaires de Grenoble, 1982.

MARTINS, Wilson. *História da Inteligência Brasileira*. São Paulo: Cultrix, 1976.

MATTSON, Kevin. The Challenges of Democracy: James Harvey Robinson, the New History and Adult Education for Citizenship. *The Journal of the Gilded Age and Progressive Era*, v. 2, n. 1, p. 48-79, jan. 2003.

MAUREL, Chloé. *Histoire de l'Unesco. Les Trente Premières Années. 1945-1974*. Paris: L'Harmattan, 2010.

MESQUITA, Gustavo. *Gilberto Freyre e o Estado Novo: Região, Nação e Modernidade*. São Paulo: Global Editora, 2018.

MELLO, José Antônio Gonsalves de. *Tempo dos Flamengos*. Recife: Massangana, 1997.

MEUCCI, Simone. *Artesania da Sociologia no Brasil: contribuições e interpretações de Gilberto Freyre*. Curitiba: Appris, 2015.

MICELI, Sergio (Org.). *História das ciências sociais no Brasil*. São Paulo: Edusp, 1989. v. 1.

MONBEIG, Pierre. *Le Bresil*. Paris: Puf, 1954.

MONTAGU, Ashley. *Man's most Dangerous Myth: The Fallacy of Race*. 6. ed. Londres: Altamira Press, 1997.

MORAZÉ, Charles. *Les Trois âges du Brésil. Essai de politique*. Paris: A. Colin, 1954.

MORIN, Françoise. Les inédits et la correspondance de Roger Bastide. In: *Roger Bastide ou Le réjouissement de l'abîme*. Edição Philippe Laburthe-Tolra. Paris: L'Harmattan, 1994.

MOTTA, Roberto. *Gilberto Freyre, René Ribeiro e o Projeto Unesco*. Comunicação ao Colóquio Internacional "O projeto Unesco no Brasil: uma volta crítica ao campo 50 anos depois". Centro de Estudos Afro-Orientais da Universidade Federal da Bahia, Salvador, 12 e 14 jul. 2004. Disponível em: http://www.ceao.ufba.br/UNESCO/07Paper-Motta.htm. Acesso em: 14 dez. 2010.

MÜLLER, Bertrand. *Lucien Febvre, lecteur et critique*. Paris: Albin Michel, 2003.

MUNANGA, Kabengele. *Rediscutindo a mestiçagem no Brasil: identidade nacional versus identidade negra*. 5. ed. Belo Horizonte: Autêntica, 2019.

MUNIZ, Durval. *A invenção do Nordeste e outras artes*. Recife: Cortez/Massangana, 1997.

OLIVEIRA, Lúcia Lippi de. As ciências sociais no Rio de Janeiro. In: MICELI, Sergio (Org.). *História das Ciências Sociais no Brasil*. v. 2. São Paulo: Anpocs, 1995.

ORGANISATION DES NATIONS UNIES POUR L'ÉDUCATION, LA SCIENCE ET LA CULTURE. *Conférence Générale de l'Unesco*. Paris: Unesco, 1950.

ORTIZ, Renato. *Cultura brasileira e identidade nacional*. 4. ed. São Paulo: Brasiliense, 2006.

PALLARES-BURKE, Maria Lúcia; BURKE, Peter. *Gilberto Freyre: Social Theory in the Tropics*. Londres: Peter Lang, 2008.

PALLARES-BURKE, Maria Lúcia; BURKE, Peter. *Repensando os trópicos: um retrato intelectual de Gilberto* Freyre. São Paulo: Editora Unesp, 2008.

PALLARES-BURKE, Maria Lúcia. *Gilberto Freyre: um vitoriano nos trópicos*. São Paulo: Editora Unesp, 2005.

PALLARES-BURKE, Maria Lúcia Garcia. *O triunfo do fracasso: Rüdiger Bilden, o amigo esquecido de Gilberto Freyre*. São Paulo: Editora Unesp, 2012.

PEIXOTO, Fernanda. *Diálogos brasileiros, uma análise da obra de Roger Bastide*. São Paulo: Edusp, 2000.

PERVILLE, Guy. Remarques sur la revue Christianisme social face à la guerre d'Algérie (1954-1962). *Bulletin Société de l'histoire du protestantisme français*, v. 150, 2004. Disponível em: http://guy.perville.free.fr/spip/article.php3?id_article=31. Acesso em: 25 set. 2010.

PINTO, João Alberto da Costa. Gilberto Freyre e o Lusotropicalismo como ideologia do Colonialismo português (1951–1974). *Revista UFG*, ano XI, n. 6, p. 145-160, jun. 2009.

POMBO, José Francisco da Rocha. *História do Brasil*. 14. ed. São Paulo: Melhoramentos, 1967.

PONCIONI, Claudia. *Ponts et idées. Louis-Léger Vauthier, un ingénieur fouriériste au Brésil. Pernambouc (1840-1846)*. Paris: Michel Houdriard, 2009.

PRADO JÚNIOR, Caio. *Evolução política do Brasil (ensaio de interpretação materialista da história brasileira)*. 2. ed. São Paulo: Brasiliense, 1947.

RAMOS, Arthur. *As culturas negras no Novo Mundo*. 4. ed. Col. Brasiliana 249. São Paulo: CEN, 1979.

RAMOS, Arthur. *Le Métissage au Brésil*. Trad. M. L. Modiano. Paris: Hermann, 1952.

RAMOS, Arthur. Os grandes problemas da antropologia brasileira. *Sociologia,* X, n. 4. p. 213-226, 1949.

RAMOS, Arthur. Manifesto dos Intelectuais Brasileiros contra o preconceito racial. *In*: *Guerra e relações de raça*. Rio de Janeiro: Perfecta, 1943.

RAMOS, Arthur. *O Negro Brasileiro*. São Paulo: Companhia Editora Nacional, 1940.

RAMPINELLI, Waldir José. *As duas faces da moeda – as contribuições de JK e Gilberto Freyre ao colonialismo português*. Florianópolis: Editora da UFSC, 2004.

RAVELET, Claude. *Bio-bibliographie de Roger Bastide*, set. 1992. Disponível em: http://claude.ravelet.pagesperso-orange.fr/bastide.html. Acesso em: 12 jul. 2009.

REGO, José Lins do. *L'enfant de la plantation*. Paris: Deux Rives, 1953.

REIS, José Carlos. *As identidades do Brasil: de Varnhagen a FHC*. 2. ed. Rio de Janeiro: Editora FGV, 1999.

RENDU, Alphonse. *Études topographiques, médicales et agronomiques sur le Brésil*. Paris: J.-B. Baillière, 1848.

REVEL, Jacques (Org.). *Braudel et l'Histoire*. Paris: Hachette, 1999.

RIBEIRO, René. *Religião e Relações Raciais*. Rio de Janeiro: Ministério da Educação e Cultura, Serviço de Documentação, 1956.

ROBINSON, James. *The New History*. Nova York: Macmillan, 1912.

ROCHA, João Cézar de Castro. Notas para uma futura pesquisa: Gilberto Freyre e a Escola Paulista. *In*: *O Imperador das idéias: Gilberto Freyre em questão*. Rio de Janeiro: Topbooks, 2001.

RODRIGUES, José Honório. Capistrano de Abreu e a Historiografia Brasileira. In: *História e Historiadores do Brasil*. São Paulo: Fulgor, 1965.

RODRIGUES, José Honório. Casa-Grande & Senzala: um caminho novo na historiografia. In: *História e Historiadores do Brasil*. São Paulo: Fulgor, 1965.

ROJAS, Carlos Aguirre. *Braudel, o mundo e o Brasil*. São Paulo: Cortez, 2003.

SADJI, Abdoulaye. *Nini, mulâtresse du Sénégal*. 3. ed. [S.l.]: Présence Africaine, 1988.

SANTOS, Ely Evangelista dos. *A Unesco e o mundo da cultura*. Goiânia: Editora UFG, 2004.

SAVONNET-GUYOT, Claudette. Races et classes au Brésil. La démocratie raciale en question. *Revue française de science politique*, ano 29, n. 4-5, p. 877-894, 1979.

SHERRER, J.B. *Dossier Race et Histoire*. Paris: Gallimard, 2007.

SCHWARCZ, Lilia Moritz. *O espetáculo das raças*. São Paulo: Companhia das Letras, 1993.

SEGALEN, Victor. *Essai sur l'exotisme*. Paris: Le Livre de Poche, 1978.

SIEGFRIED, André. *Afrique du Sud. Notes de voyages*. Paris: Armand Colin, 1949.

SIMKINS, Francis Butler. Um século de relações inter-americanas (1825-1925). *In: Livro do Nordeste*: Comemorativo do primeiro centenário do Diario de Pernambuco [1925]. Edição Gilberto Freyre. Recife: Arquivo Público Estadual, 1979.

SKIDMORE, Thomas E. *Preto no branco: raça e nacionalidade no pensamento brasileiro*. Rio de Janeiro: Paz e Terra, 1989.

SOUTHEY, Robert. *History of Brazil*. 2. ed. Londres: Longman. 1822.

TANNENBAUM, Frank. *Slave & Citizen: The Negro in the Americas*. Nova York: Alfred Knopf, 1946.

TURGEON, Laurier; KERBIRIOU, Anne-Hélene. Métissages, de glissements en transferts de sens. In: *Regards croisés sur le métissage*. Direção Laurier Turgeon. Presses Université Laval, 2002.

VAINFAS, Ronaldo. *Trópico dos pecados: moral, sexualidade e inquisição no Brasil*. Rio de Janeiro: Nova Fronteira, 1997.

VENANCIO, Giselle; FURTADO, André. *Mestiça cientificidade: três leitores franceses de Gilberto Freyre e a sua máxima consagração no exterior*. Rio de Janeiro: Eduff, 2020.

VENTURA, Roberto. *Estilo tropical: história tropical e polêmicas literárias no Brasil, 1870-1914*. São Paulo: Companhia das Letras, 1991.

VIANNA, Oliveira. *Evolução do povo brasileiro*. 3. ed. São Paulo: Companhia Editora Nacional, 1938.

VIANNA, Oliveira. *Formation éthnique du Brésil colonial*. Paris: Au Síege de la Société, 1932. Extrait de la *Revue d'Histoire des colonies*, n. 5, p. 433-50, 1932.

WAGLEY, Charles. Attitudes in the Backlands. *UNESCO Courier*, v. 5, p. 12-13, ago./set. 1952.

WAGLEY, Charles. *Races et classes dans le Brésil Rural*. Paris: Unesco, 1951.

YOUNGER, Edward. Reviewed work(s): The South Old and New: A History, 1820-1947 by Francis Butler Simkins. *The Virginia Magazine of History and Biography*, v. 56, n. 3, jul. 1948.

Artigos

ALENCASTRO, Luiz Felipe de. A continuidade histórica do luso-tropicalismo. *Novos Estudos Cebrap*, São Paulo, n. 32, p. 77-84, mar. 1992.

ALENCASTRO, Luiz Felipe de. Geopolítica da mestiçagem. *Novos Estudos*, n. 11, p. 43-63, jan. 1985.

ALENCASTRO, Luiz Felipe de. Le Brésil et l'Angola: l'endroit et l'envers du métissage. Actes du colloque *L'Expérience Métisse*. Edição Serge Gruzinski. Paris: Musée du Quai Branly, 2004. Disponível em: http://www.quaibranly.fr/uploads/media/experienceme tisse.pdf.

BALANDIER, Georges. La situation coloniale: approche théorique. *Cahiers internationaux de sociologie*, v. 11, p. 44-79, 1951.

BARBOSA, Cibele. O racismo velado no Brasil: a interdição da imigração de negros nos anos 20. *Insight Inteligência*, Rio de Janeiro, n. 90, 2020.

BASTIDE, Roger. Le problème noir en Amérique latine. *Bulletin International des Sciences Sociales*. [S.l.]: Unesco. v. 4, n. 3, p. 459-467, 1952.

BASTIDE, Roger. Le Problème Noir en Amérique Latine. *Bulletin International des Sciences Sociales*. [S.l.]: Unesco. v. 4, n. 3, p. 459, 1952.

BASTIDE, Roger. Les relations raciales au Brésil. *Bulletin International des Sciences Sociales*, Unesco. v. 9, n. 4, p. 525-543, 1957. Disponível em: http://pt.scribd.com/doc/52447324/Les-relations-raciales-au-Bresi l-Bastide. Acesso em: 15 maio 2009.

BASTIDE, Roger. Les relations raciales au Brésil. *Bulletin International des Sciences Sociales*, Unesco. v. 9, n. 4, p. 525-543, 1957. Republicado em *Bastidiana*, 29-30. Disponível em: http://pt.scribd.com/doc/52447324/ Les-relations-raciales-au-Bresil-Bastide. Acesso em: 15 out. 2010.

BASTIDE, Roger. Les relations raciales en Amérique Latine. *Droit et Liberté*, n. 236, p. 10-11, 1964. Disponível em: http://claude.ravelet.pagesperso-orange.fr/index.html. Acesso em: 15 out. 2010.

BASTIDE, Roger. Méditations brésiliennes sur un marché de São Paulo. *Dom Casmurro*, 2 jun. 1938.

BASTIDE, Roger. Os novos métodos norte-americanos de africologia. *Cadernos CERU*, n. 10, 1977.

BASTIDE, Roger. État actuel des études afro-brésiliennes. *Revue Internationale de Sociologie*, 47 (1-2), 1939.

BASTIDE, Roger. Itinerário da democracia III – Em Recife, com Gilberto Freyre. *Diário de São Paulo*, 31 ago. 1944.

BASTIDE, Roger. Sous la Croix du Sud: L'Amérique Latine dans le miroir de sa littérature. *Annales ESC*, v. 13, n. 1, p. 41, 1958.

BOURDIEU, Pierre. Les conditions sociales de la circulation internationale des idées. *Les Cahiers de l'histoire des littératures romaines*, ano 14, 1-2, p. 1-10, 1990.

BRAUDEL, Fernand. Histoire et Sciences sociales: La longue durée. *Annales. Économies, Sociétés, Civilisations*, ano 13, n. 4, p. 725-753, 1958. Disponível em: http://www.persee.fr/web/revues/home/prescript/article/ahess_03952649_1958_num_13_4_2781. Acesso em: 10 maio 2009.

BRAUDEL, Fernand. Vie matérielle et comportements biologiques. *Annales ESC*, 1961.

BURKE, Peter. Gilberto Freyre e a Nova História. *Tempo Social. Rev. Sociolog. USP*, São Paulo, n. 9 (2), p. 1-12, out. 1997.

CASTELO, Cláudia. Uma incursão no lusotropicalismo de Gilberto Freyre. *Blogue de História Lusófona*, v. VI, 2011.

COGEZ, Gérard. Premier biland'une théorie de la réception. *Degrés*, ano 12, n. 39-40, 1984.

COPANS, Jean. La situation colonial de Georges Balandier: notion conjoncturelle ou modèle sociologique et historique? *Cahiers internationaux de sociologie*, v. 1, n. 110, p. 31-52, 2001. Disponível em: www.cairn.info/revue-cahiers-internationaux-de-sociologie-2001-1-page-31.html. Acesso em: 27 nov. 2010.

DEL PRIORE, Mary. A antropologia histórica e a historiografia atual: um cordial diálogo. *Ciência e Trópico*, Recife, Massangana, v. 27, n. 1, 1999.

DESROCHE, Henri. Maîtres et esclaves. La formation de la société brésilienne. *Archives des sciences sociales des religions*, v. 48, n. 2, p. 285, 1979.

DUVIGNAUD, Jean. A-t-on découvert le Brésil? La sociologie française et l'école de São Paulo dans les années 50. *Cahiers des Amériques Latines*, Paris, v. 34, 2000.

DUVIGNAUD, Jean. "Encore Gilberto Freyre". *Arguments*, 1 (2), p. 31-32, 1957.

ENDERS, Armelle. Le lusotropicalisme, théorie d'exportation. Paris: Kartala, 1997. Disponível em: http://www.lusotopie.sciencespobordeaux.fr/choixform.html. Acesso em: 13 nov. 2009.

FEBVRE, Lucien. André Siegfried, Autour de la route de Suez. *Annales d'histoire sociale*, v. 2, n. 2, 1940. Disponível em: www.persee.fr/. Acesso em: 21 nov. 2010.

FEBVRE, Lucien. L'homme et la montagne. *AHES*, n. 6, 1933.

FEBVRE, Lucien. Mr. Julien Franc, la colonisation de la Mitidja. *Annales d'histoire économique et sociale*, v. 2, n. 5, p. 156-157, 1930. Disponível em: http://www.persee.fr/. Acesso em: 21 nov. 2010.

FEBVRE, Lucien. Folklore et folkloristes: notes critiques. *Annales d'histoire sociale*, v. 1, n. 2, p. 152-160, abr. 1939. Disponível em: http://www.jstor.org/stable/27573995. Acesso em: 13 set. 2009.

FEBVRE, Lucien. Histoire sociale et folklore. *Annales d'Histoire Économique et Sociale*, n. 10, 1938.

FEBVRE, Lucien. Quelques aspects d'une ethnographie en plein travail. *Annales d'Histoire Économique et Sociale*, n. 10, 1938.

FELE, Buanga (pseudônimo de Mário Pinto de Andrade). Qu'est-ce que le Luso-tropicalisme? *Présence Africaine*, v. 9, n. 5. p. 27-29, out/nov. 1955.

GUIMARÃES, Antonio Sérgio. Democracia racial: o ideal, o pacto e o mito. *Novos Estudos Cebrap*, São Paulo, XX (61), p. 147-162, 2001.

GUIMARÃES, Antonio Sérgio. Depois da democracia racial. *Tempo Social*, n. 18 (2), p. 269-287, 2006.

GUIMARÃES, Antonio Sérgio. O Projeto Unesco na Bahia. *Colóquio Internacional: O projeto Unesco no Brasil: uma volta crítica ao campo 50 anos depois*. Salvador: Centro de Estudos Afro-Orientais da Universidade Federal da Bahia, 2004.

GUIMARÃES, Antonio Sérgio. Racismo de cor e preconceito no Brasil. *Revista de Antropologia*, 47 (1), 2004.

GUIMARÃES, Antonio Sérgio. Revisitando a democracia racial. *Afro-Ásia*, n. 60, p. 9-44, 2019.

GUIMARÃES, Manoel Luiz Salgado. Nação e Civilização nos Trópicos: O Instituto Histórico e Geográfico Brasileiro e o Projeto de uma História Nacional. *Estudos Históricos*, Rio de Janeiro, n. 1, 1988.

IANNI, Octavio. A sociologia de Gilberto Freyre. *Anhembi*, ano VIII, v. VXXXI, n. 92, jul. 1958.

LISCANO, Juan. Apuntes para la investigación del negro en Venezuela. *Acta Venezolana*. Caracas: Tipografía Garrido, abr./jun. 1946. Tomo I. 4.

LOURENÇO, Eduardo. A propósito de Freyre. *O Comércio do Porto*, 11 jul. 1961.

LOURENÇO, Eduardo. Brasil – Caução do Colonialismo Português. *Portugal Livre*, jan. 1960.

MAIO, Marcos Chor. O Brasil no concerto das nações: a luta contra o racismo nos primórdios da Unesco. *História, Ciências, Saúde – Manguinhos*, v. 2, p. 375-413, jul./ago. 1998.

MAIO, Marcos Chor. O Projeto Unesco e a agenda das ciências sociais no Brasil dos anos 40 e 50. *Rev. bras. Ci. Soc.*, v. 14, n. 41, p. 141-158. 1999.

MARTIUS, Karl F. P. von. Como se deve escrever a História do Brasil. *Revista do Instituto Histórico e Geográfico Brasileiro*, Rio de Janeiro, 6 (24), jan. 1845.

METRAUX, Alfred. Report on Race Relations in Brazil. *Unesco Courier*, v. 5, 8/9, 1952.

MELLO, Evaldo Cabral de. O ovo de Combo Gilbertiano. *Folha de S.Paulo*, 12 mar. 2000.

MORELI, Silvana. Entre o Inferno e Paraíso: o Ensaio de Gilberto Freyre. *Estudos Linguísticos*, XXXIV, p. 680-685, 2005.

MORIN, Edgar. Encore Gilberto Freyre (Note). *Arguments*, 1 (2), p. 32.

MOTTA, Roberto. Paradigmas de interpretação das relações raciais no Brasil. *Estudos afro-asiáticos,* n. 38, 2000.

MOURA, Clóvis. A dinâmica político-ideológica do racismo no novo contexto internacional. *São Paulo em Perspectiva*, n. 8 (3), 1994.

NOIRIEL, Gérard. Pour une approche subjectiviste du social. *Annales ESC*, n. 6, p. 1435-1459, 1989.

PALIGOT, Carole. Les Annales de Lucien Febvre À Fernand Braudel: Entre épopée coloniale et opposition Orient/Occident. *French Historical Studies*, v. 32, n. 1, 2009.

PEREIRA, José Maria Nunes. *Mário de Andrade e o Lusotropicalismo*. Disponível em: http://bibliotecavirtual.clacso.org.ar/ar/libros/aladaa/nunes.rtf. Acesso em: 9 dez. 2022.

PETRE-GRENOUILLEAU, Olivier. "Maîtres et Esclaves" de Gilberto Freyre. *L'Histoire*, n. 303, nov. 2005.

PIERSON, Donald. *The Masters and the Slaves: A Study in the Development of Brazilian Civilization*. American Sociological Review, v. 12, n. 5, p. 607-609, out. 1947. Disponível em: http://www.jstor.org/stable/2086740. Acesso em: 1 mar. 2008.

QUEIROZ, Maria Isaura Pereira de. Sur le Brésil: Le premier livre de Gilberto Freyre. *Annales ESC.*, 1964.

QUINTAS, Amaro. Gilberto Freyre e a historiografia brasileira. *Revista de História*, São Paulo, ano 83, p. 189-194, 1970.

REVEL, Jacques; JULIA, Dominique; CERTEAU, Michel de. La beauté du mort. Le concept de culture populaire. *Politique Aujourd'hui*, n. 12, p. 1-23, 1970.

RIVAS, Pierre; RIAUDEL, Michel. La réception de la litterature brésilienne en France. *France Brésil*. Edição Michel Riaudel. Paris: Ministère de Affaires Étragères, 2005.

ROMERO, Silvio. A poesia popular no Brasil. *Revista Brasileira*, v. 7, 1881.

SKIDMORE, Thomas. Gilberto Freyre e os primeiros tempos da república brasileira. *Revista Brasileira de Estudos Políticos*, Faculdade de Direito, Universidade Federal de Minas Gerais, n. 22, 1967.

SOBRAL, José Manuel. Representações portuguesas e brasileiras da identidade nacional portuguesa no século XIX. *Revista de Ciências Sociais*, Fortaleza, v. 41, n. 2, p. 125-139, jul./dez. 2010.

SORA, Gustavo. A construção sociológica de uma posição regionalista: reflexões sobre a edição e recepção de Casa Grande e Senzala de Gilberto Freyre. *Revista brasileira de ciências sociais* (36), v. 13, fev. 1998.

VAN DAMME, Stéphane. La sociabilité intellectuelle. Les usages historiographiques d'une notion. *Hypothèses*, p. 121-132, jan. 1997.

VAINFAS, Ronaldo. Colonização, miscigenação e questão racial: notas sobre equívocos e tabus da historiografia brasileira. *Tempo*, p. 7-22, ago. 1999.

VENTURA, Roberto. Casa Grande e Senzala: ensaio ou autobiografia? *Literatura e Sociedade*, São Paulo, n. 6, p. 212-222, 2001-2002.

VERAS, E.; BRAGA, M.; COSTA, D. O dilema racial brasileiro: de Roger Bastide a Florestan Fernandes ou da explicação teórica à proposição política. *Sociedade e Cultura*, v. 5, n. 1, jan./jun. 2002. Disponível em: http://redalyc.uaemex.mx/pdf/703/70350103.pdf.

WESTPHALEN, Cecília Maria. *Gilberto Freyre, historiador da vida material: os bichos, as cousas e as técnicas*. [S.l.]: Fundaj/Clacso, [s. d.].

WESTPHALEN, Cecília Maria. Lições de Gilberto Freyre aos historiadores. *Ciência & Trópico*, Recife, v. 15, n. 2, p. 225-230, jul./dez. 1987.

Teses

GIL-RIÃNO, Sebastian. *Historicizing Anti-Racism: UNESCO's campaigns race prejudice*. Tese – Institut for the History and Philosohy of Science and Technology, University of Toronto, 2014.

MERCKEL, Ian. *Terms of Exchange: Brazilian Intellectuals and the Remaking of the French Social Sciences*. Tese – Institute of French Studies and Department of History, New York University, 2018.

MEUCCI, Simone. *Gilberto Freyre e a sociologia no Brasil: da sistematização à constituição do campo científico*. Tese (Doutorado em Sociologia) – Universidade de Campinas, Campinas, 2006. Disponível em: http://contasabertas.uol.com.br/WebSite/noticias/imagens/quarta2.pdf.

LEIA TAMBÉM:

Gustavo Mesquita aborda uma questão pouco explorada na obra de Gilberto Freyre: a relação entre o sociólogo e o governo Vargas. Ele sugere um novo ponto de vista do ensaísta sobre este período. Como nova era que surge, apontando para o futuro, ao valorizar a cultura popular e uma tradição nacionalista, cara ao Império.

Vencedor do 6º Concurso Nacional de Ensaios – Prêmio Gilberto Freyre 2016/2017

Nesta publicação premiada, o autor se lança à investigação dos caminhos trilhados por Gilberto Freyre para captar os pequenos detalhes da História, deixando de lado fatos e grandes personalidades para focar na gente miúda e no coletivo.

Claudio Marcio Coelho traça neste ensaio o amplo espectro de leituras de Freyre desde a infância até a publicação de *Casa-grande & senzala*, em 1933, compilando pistas que ajudem a compreender a rota por ele percorrida na composição de uma História pioneira.

Vencedor do 7º Concurso Nacional de Ensaios – Prêmio Gilberto Freyre 2018/2019